苏轼别传

茶道 香道 器道

◎程庸——著

江西美术出版社
全国百佳图书出版单位

目录

CONTENTS

引子 / 001

第一章 / 一天中的雅事 / 005

第二章 / 茶道：点将来，兔毫盏里 /015

1. 茶人 / 025
2. 瓷碗唇边，斗赢一水 / 046
3. 敲火发山泉，烹茶避林樾 / 055
4. 茶禅诗人道潜 / 069
5. 三沸与击拂 / 077
6. 何须魏帝一丸药 / 087
7. 叶嘉小传 / 094

第三章 / 香道：银篆盘为寿，甲煎粉相和 /107

1. 无香不文人 / 116
2. 博山炉与翻香令 / 122
3. 和合，苏内翰贫衙香 /126
4. 缪篆纹起烟缕 / 138
5. 独沉水为近正 / 142
6. 闭阁烧香一病僧 / 148
7. 德仁明者佩玉，行清洁者佩芳 / 154

第四章 / 器道：摩挲钟鼎，格物静心 /167

1. 诗人笔下的瓷碗和日常用具 / 169
2. 香炉、熏笼、熏球 / 177
3. 文玩观德，笔墨见性 / 187

第五章 / 养内之道，超然物外 /205

1. 我守其一，摄心定念 / 208
2. 闻香默坐而行气，坎离相交 / 215
3. 节欲、节食，未饱先止 / 234
4. 甘之如饴，此心安处是吾乡 / 250

后记 / 264

◆ 引子

　　研究苏轼生平的书文汗牛充栋，多描写他的家国情怀、官场沉浮、遭贬谪居以及与民同甘共苦等事迹，但花费笔墨叙说他的雅事与私生活的则较少见。曾有人认为，那些闲玩杂事不登大雅之堂，即使提及，三两句即可，点缀而已。事实上，苏轼绝非神，他处世乐观豁达，境界也高，但频遭贬谪也会苦闷、无聊，甚至绝望。现在我们就来看看他是如何消磨时间、排解苦闷的。宋人喜欢雅玩，苏轼的诗文中有不少涉及赏玩古物、闻香品茶，以及内丹养生功法的内容，这些雅事风行于宋，文人墨客尤其热衷。欧阳修、王安石、苏轼、黄庭坚、蔡襄、丁谓、陆游、李清照、赵佶等，皆痴迷这些雅事。很多文人更是把茶道、香道看作修身养性、冥思遐想的媒介，修行事迹颇多，皆可长文叙来。他们之中，苏轼浸淫最深，时常茶香不离，仿佛自身也变成了茶与香：时常为甘露所浸、清泉所润，虽处是非滓秽之地，却清虚日来，道气仙风，至德可师。本书专述他的茶香文玩与内养修身。

　　当今流行的闻香品茶曾被视为赶时髦、装风雅，其实茶道、香道自古有之，已风行了千余年。在古人眼里，茶道、香道益于养生，更益于修炼性情。早在汉代，华佗就用植物香制成香囊，悬挂室内，或佩挂于身，既可预防疾病，又能安宁身心。魏晋时期男女约会、朋友相见，用香怡情助兴，极为日常。到了唐宋，闻香广泛流行。特别是宋代，文人们趋之若鹜。流行于宋代文人圈的"四般雅事"，除了品香、斗茶，还有挂画、插花。其实，宋人的赏玩品类远不止这些，品香、斗茶之间还延伸出品鉴器物，先把玩香具、茶壶，察其产地，观其釉质工艺，以及甄选香料、茶种，品鉴其色、香，如此赏玩之后，才开始闻香、品茶。闻香在古代被东西方贵族、文人墨客看作是一种修身养性的方法。人们普遍认为，闻香能缓解焦虑、安神志、疏肝气。这般理念自然适用于当今社会。当下，焦虑成了顽疾，其泛滥、蔓延有害于身心健康，也无益于社会和谐。宋人为了驱除焦虑等负面情绪，常从香道中获得片刻解脱，往往做一盘篆字香，慢慢调打香粉，填于印内，平整香线，其制作充满仪式感，缓慢而静心。渐渐地，这般玩香上升到闻香坐禅。宋代文人经常闻香，还会生发灵感。苏轼平日里好闻香冥想，时常灵感乍现，好句子跳出："梦回拾得吹来句，十里南风草木香。"当今科学研究证实，闻香能减压、缓解神经紧张，更益于工作。而写作者，常闻香品茶，不仅不会玩物丧志，反而能丰富感官体验，充盈写作源流。宋人玩香，方法多样，尤其是篆香、隔火熏香之类，非常耗时，乐趣却在其中。品香悟禅，再与静坐运气等养内术相结合，身心得以修炼，有益于健康延寿。古人品茶，并不像今人好聚众，图热闹。特别是宋人，往往喜欢在清雅气氛中品茶；三两知己，或安静喝茶、坐忘不思，或悠然远想、怀高世之志。其中，斗茶为茶道之一种，讲究更多：碾茶出香，冲点起乳，击拂或咬盏，水与水相撞，处处展机巧；浅酌慢饮，尽显风雅。这个过程，同样怡性养情、健身安心。

本书中有关"茶道""香道"之说，得做一个说明。茶、香文化在唐前后流向海外，也传入了日本。日本简化赏茶、烹茶、制香之技术，形成了一套简易的茶会、香会，并称之为茶道、香道，这名称延续至今，也为中国人所接纳。

　　茶、香文化在中国古代得以极盛发展，体系深博，其中煎茶、点茶丰赡繁阜程度远甚于今。香文化亦如此，打一盘篆香，做一罐闷香，工艺精湛，仪式感满满。那么，古人为何很少将其命名为"道"？"茶道"之名在唐宋出现过几次，但并没有流行开来。道，在古代中国人眼里，指代真理，至高无上。《道德经》中的"道可道，非常道"出现后，形而上者谓之道，形而下者谓之器。如此法则之下，日常雅事如茶、香、花等手工，只被看作技艺而已，并不冠名为道。而日本人对"道"的认知，几乎等同于技艺。中日两国解析此"道"颇有差异，本书不做讨论。如今，古代茶、香文化被重新看重，风靡起来，人们已习惯称之为茶道、香道。本书为了叙述方便，贴近当下，沿用这般认知习惯，统一称之为茶道、香道。

　　本书第一章描述苏轼如何度过日常的一天，第二章、第三章着重描述苏轼生活中的茶道与香道，第四章散点式描述他的鉴藏生活，第五章则从茶、香生活延伸开来，并进入养生的领域。这些内容以往很少被专家们重视，其实这关乎苏轼的生活方式。生活方式未必能体现苏轼的真正价值，但能让我们看到一个活生生的苏轼。

◇ 第一章

一天中的雅事

苏轼别传
茶道　香道　器道

黄州（在今湖北黄冈市）清晨。窗外，远近处，树木高低参差，气氛萧瑟，江边孤云游荡，渐渐逼近苏轼的小屋。苏轼（1037—1101），字子瞻，又字和仲，号铁冠道人、东坡居士，世称苏东坡。他之前任官于京都，客居华楼，推窗尽现飞阁流丹鳞萃比栉，一派帝都之胜景，而眼下所见，江边蛮荒一片，孤鸟飞翔。黄州倚靠长江，小屋则在黄州之郊。近早春，却不见春意萌动，唯黄叶儿从冬季一路飘来，仍零星飞舞。苏轼因"乌台诗案"被发配至此已落住了几年，早已没有了初来乍到时的感伤。早晨掀被起床，一天之计在于晨，什么事都放一放，先点上一碗茶，这习惯早在很多年前就已养成。于是端小炉，燃煤炭，摆出黑釉盏，搁上铜瓶水。煮水时，人在一旁一边打坐一边候着，否则沸点过了，茶汤变老，影响口感。苏轼遵循唐代陆羽所创沸水原则，三沸用作煎茶，二沸恰好点茶。随着汤瓶水沸状从"沸如鱼目"到"涌泉连珠"，用壶嘴对着黑釉茶盏内底，朝着一团白色茶膏冲点，再用茶筅搅拌，茶乳起，细白糯软，齐盏沿则止，两手端起啜饮，一天就这样开始了。

喝茶，在人们眼里，往往是做完"正经事"之后的忙里偷闲；忙里偷闲者，只占用边角料时间做茶。苏轼却不然，只要有可能，雅事通常占用了一天中的最好时光。从政之后，他一生在京为官时间都比较短，大部分光阴被抛在贬谪之地。时常赋闲散居，闲玩就成了正事。其诗词中至少有几百首描写了茶道、香道、书画器物鉴赏以及丹道静坐养生等，可见这些雅事在生活里占据了重要的地位。本书欲介入这些雅事，一探苏轼日常生活的面貌。这所谓苏轼的一天，是依赖其诗文描述，浓缩他日常生活中的镜头。我们可据此推测，在黄州或惠州（今广东惠州），苏轼是如何通过闲玩来度过一天的。

唐代元稹曾道出茶在一天中的重要性，"晨前命对朝霞""夜后邀陪明月"（《一字至七字诗·茶》）。而对于唐代诗人卢仝而言，不管是早晨还是晚上，茶犹如空气之于生命，一刻都离不开。唐代陆羽被誉为"茶圣"，卢仝则有"茶中亚圣"之美称，对宋代苏轼等很多诗人的喝茶生活方式有着决定性的影响（图1-1）。唐代诗人李白《答族侄僧中孚赠玉泉仙人掌茶》诗序："惟玉泉真公常采而饮之，年八十余岁，颜色如桃李。而此茗清香滑熟，异于他者，所以能还童振枯，扶人寿也。"诗中论茶颇具养

第一章
一天中的雅事

图 1-1　明　丁云鹏《玉川煮茶图》
故宫博物院

生功用:"茗生此中石,玉泉流不歇。根柯洒芳津,采服润肌骨。"苏轼的学生黄庭坚有这样的诗句:"斋余一椀是常珍,味触色香当几尘。"(《送张子列茶》)喝茶,在古人眼里是日常,也是雅事,除了提神,还能养生。"我官于南今几时,尝尽溪茶与山茗。"(苏轼《和钱安道寄惠建茶》)"尝尽"两字,写出苏轼迷茶程度之深。每当清晨醒来,茶瘾也紧跟着来。要是正逢新茶上市,无论如何要快快来一碗清香好茶,如召唤思念已久的佳人,"春浓睡足午窗明,想见新茶如泼乳。"(苏轼《越州张中舍寿乐堂》)早晨春意浓郁,在充足的睡眠中醒来,心情甚好,也可能好久没有这么美美地睡过觉了。"想见"表达了心情的迫切,对超级茶人而言,出茶时节,对新茶往往怀有强烈渴望。"泼乳"写出一种动态,一种急迫感。从字面上看,有两种解释:

喝茶时把第一道茶倒掉，其方法是冲泡快，出汤也快，这叫试茶，风行于宋后，这里显然不是；第二种，描写点茶，即好不容易获得了新茶饼，快速碾茶成粉，少许沸水调膏，然后冲点成汤，茶乳在茶筅击拂过程中被快速泼出，从盏心急升起茶沫，又叫泼乳。显然，此说较为合理。在春困之晨，身子软绵无力，急需补水，此刻最需快速"泼乳"，于是茶具一排展开，冲一碗，点将来，解渴爽口。宋茶多为茶饼，先得用茶碾碾碎，以往妻妾把茶粉做好，或之前碾茶时有了多余，储于瓷罐，此刻舀出少许，即可点冲。而此时苏轼落难黄州，家眷未到，只得自己做茶，当白色茶沫细腻地浮起，宛如乳汁布满盏面，正是点茶完成时。

喝早茶，就几块点心，茶味会变得更为惬意爽口。喝了茶，去室外散散步。清早太阳升起，草木飘香，空气清新，总给人惬意之感，不禁想要深深吮吸一口。"雾霏岩谷暗，日出草木香。"（苏轼《游灵隐高峰塔》）苏轼喜欢散步，面对空旷的山水，独自一人行走，偶感寂寞，遂叹"江山风月，本无常主，闲者便是主人"。（《临皋闲题》）

这等佳句，洒脱之情溢出。如此襟怀，今人也许更应持有。散步回，书桌旁，阅读写字，继续煮茶、煎茶或点茶，同时点香。要是时间有限，只在铜炉里插上一支箸香，小火点燃；若兴之所至，便花大段时间调打香粉，整理一下印盘和香押、香勺等，慢慢地制作一盘篆香。"香叆雕盘，寒生冰箸，画堂别是风光。"（苏轼《满庭芳·香叆雕盘》）

门口有人叫，原来是本地的铺递送来邮包，邮包中有苏轼钟爱的茶。谁寄来的？在谪居黄州、惠州时，不少好友如林子中、鲁元翰、吴子野等，时常给苏轼寄送好茶，其中头一号名茶叫作"龙团佳茗"。[1][2] 吴子野寄来了福建名茶，苏轼遂有好心情，即在书桌研磨执笔回函致谢："寄惠建茗数品，皆佳绝。彼土自难得茶。"[3] 以往在京都等地做官，易得各类好香好茶，而今被贬荒蛮之地，流离在外，苏轼时常从附近的商铺购买香、茶普品。不过对于苏轼来说，茶香不在于等级高低，而在于茶香之性。苏轼被贬时，好友寄赠好茶名香，或者特意前来拜访，都令他感动莫名，特意诗文记录。偶尔音乐家崔闲大老远来访，只为了会会老友，聊聊音乐，作曲填词，休闲而已，陪伴苏轼度过一段好时光。在这等僻冈幽坡之地，小屋充盈着风雅气息。

午休后，要是外出，香不方便闻，茶却一定要喝。旅途中，走累了，也渴了，日头晒得晕晕乎乎，只见野外一农户人家，苏轼走上前，叩了门，讨茶喝。这等场景昔日常见，今日回看，充满古意："酒困路长惟欲睡，日高人渴漫思茶，敲门试问野人家。"（苏轼《浣溪沙·簌簌衣巾落枣花》）

至于这个"午后"，未必是现代概念中的午饭之后，而是日头渐渐偏西时。唐宋时期人们吃两餐居多，仅早餐晚餐，只有少量特权阶层有时会一日三餐。中国周边不少国家也学样。日本平安时代就如此规定，连皇宫贵族也是一日两餐。《日本书纪》中"雄略天皇"有"朝夕御膳"的记载，就餐时间类似唐宋。《禁秘抄》《宽平御遗诫》中都说，早餐巳时（上午十时），晚餐申时（下午四时）。[4]

午后若闲适在家，闻香喝茶，玩器物，赏书画，"玉粉旋烹茶乳，金齑新捣橙香"（《十拍子·暮秋》），"吾燕坐寂然，心念凝默，湛然如大明镜"（《成都大悲阁记》），燕坐冥思、茶香相伴，则是常态。"山门虚寂，长夏安隐，燕坐湛然，得无所得？"（《与大别才老三首》）[5]"乘闲携画卷，习静对香垆。"（《雨中邀李范庵过天竺寺作》）茶器茶盏、香器香炉，以及衍生开来的茶香道，苏轼在空闲时玩赏得更多。黄州时期，时常闻香静坐，所闻以沉香为上，沉香名贵常常难以为继，就闻普通的香草。"应念雪堂坡下老，昔年共采芸香。"（《临江仙·赠送》）芸香，就是草香。宋代《陈氏香谱》有记载："芸，香草也""鱼豢典略云：芸香，辟纸鱼蠹，故藏书台称芸台。"[6]芸草，作为一种草本植物，使用广泛，枝叶含芳香油，可作调香原料，常闻此香，清热解毒。芸草又称七里香，采一枝插入桌上的花瓶，文人书房常见。

下午时有朋友来访。老友高僧佛印（即释了元）来串门，两人同道，趣味相类，还常常相互捉弄、玩笑。佛印是出家人，却爱鱼肉。苏轼生性幽默，故意难为他，见他来，急忙把鱼藏起来。佛印可能闻到了鱼香，上下左右巡视一遍，嘴角露出笑意："苏学士啊，我忘记了苏字怎么写？鱼字在左还是右？"苏轼不好意思，只好拿出了鱼。两人哈哈大笑。

这一段故事，可能是当时或之后的作家通过野史演绎而成的。不过苏轼与佛印交往甚密，二人相互欣赏，经常相互调侃是事实。在黄州，苏轼与佛印通信频繁。"辱书，

苏轼别传
茶道　香道　器道

伏承道体安佳，甚慰驰仰。见约游山，固所愿也。方迫往筠州，未即走见。还日如约，匆匆布谢。"[7]"辱书累幅，劳问备至，感作不已。腊雪应时，山中苦寒，法体清康。一水之隔，无缘躬谒道场，少闻謦欬，但深驰仰。"[8]此两封信中说，本来要约游山水，不巧要赶往筠州，感谢你的牵挂，只是许久没有见面，没有听到你的谈笑风生，甚想念。"收得美石数百枚，戏作《怪石供》一篇，以发一笑。开却此例，山中斋粥今后何忧，想复大笑也。"[9]苏轼在黄州，时常以把摩文玩消磨时间。这一天收得许多美石，遂作文章给佛印，还留了几件给他。从两人通信中的文字可看出，他们之间不是那种刻板或礼节性的交流，信中出现"一笑""大笑"，想必是他俩之间的戏话谈资。同时代人描写他俩，"至金山寺，僧了元，滑稽人也""余在南海，逢东坡北归，气貌不衰，笑语滑稽无穷"。[10]两人都好戏谑，又是名人，民间流传的故事中自然会添油加醋。

这一天，苏轼身体不适，去看医生不方便，就点香静坐养神。他已习惯用这种方法对待常见病，"不妨更有安心病，卧看萦帘一炷香"（《隋痈谒告·作三绝句示四君子其一》），同时还以喝茶治疗。这次得病，苏轼喝了七大碗茶，又小睡片刻，明显感觉好多了。于是他写诗记下了这个过程，同时把养病时闲看门外卖花姑娘穿梭的情景也做了记录："病腹难堪七碗茶，晓窗睡起日西斜。贫无隙地栽桃李，日日门前看卖花。"（《黄州春日杂书四绝》）

东坡之地，是苏轼时常下地耕作的地方。苏轼因诗获罪被贬到黄州，带着儿子苏迈先谪居在定惠院的小寺庙，紧接着家眷二十多人就要到来，吃饭居住都成问题。他在京城做官时，时常俸禄所得，随手辄尽，积蓄很少，只能维持一年的生活。眼下被贬，只能自己解决住房、吃饭等问题。所幸，在马正卿、徐君猷等朋友的帮助下，苏轼在黄州找了一块地，这块地位于城东，又是高地，这便是"东坡"的由来。之后苏轼就要靠耕种这块农田生活。这个时期，他经常在田头，荷锄劳动。作为书生，他没干过农活，此刻想从脚下的泥土中获得粮食以解决温饱，并非易事。然而一阵劳动之后，苏轼感觉到了快乐。先锄草，再翻地，看着这一片原本茨棘瓦砾的土丘被平整干净，他不由得感动，自愍其勤，自取其乐，遂有《东坡八首》，序言："余至黄州二年，日以困匮，故人马正卿哀予之食，为于郡中请故营地数十亩，使得躬耕其中。地既久荒，

第一章
一天中的雅事

为茨棘瓦砾之场，而岁又大旱，垦辟之劳，筋力殆尽。释耒而叹，乃作是诗，自愍其勤。庶几来岁之入，以忘其劳焉。"这些诗描写了劳动过程，也显示了苏轼受陶渊明影响不止于诗词，还有生活方式，比如乐于农事："荒田虽浪莽，高庳各有适。下隰种粳稌，东原莳枣栗。江南有蜀士，桑果已许乞。好竹不难栽，但恐鞭横逸。仍须卜佳处，规以安我室。家僮烧枯草，走报暗井出。一饱未敢期，瓢饮已可必。"（《东坡八首》其二）东坡是一块荒田，种植了稻谷和枣栗，长势很好，竹子也易种，竹根四处窜，遮挡了住处的出入口。家僮在烧枯草，割草时发现了一口废井。眼下虽不能吃饱，但废井整理后，有水喝了，也解决了大问题。诗中提到了"饱"，表明这位大文豪、社稷重臣虽落到这般田地，但字里行间并没有哀怨，只有乐观。另一首写："良农惜地力，幸此十年荒。桑柘未及成，一麦庶可望。投种未逾月，覆块已苍苍。农父告我言，勿使苗叶昌。君欲富饼饵，要须纵牛羊。再拜谢苦言，得饱不敢忘。"（《东坡八首》其五）这块农田荒了十多年，无人问津，如今经苏轼开垦，又在农夫指导下开始一系列农活，还种了小麦。苏轼内心充满了感激，想象着丰收日的如期到来，可见农事给了他不只是劳动的欢愉，更让他回归到贫民状态，耕读生活，与大自然融为一体，更获得了欢喜。这是以往读书、为官生活中不曾有过的体验。

劳作了大半个时辰，有点累，他喜欢躺在山坡上歇一会儿。远望，幽坡僻冈，天色苍茫，或合眼冥想静坐，易滋生老庄哲思，我与天地同在，万物与我一体。

"自笑平生为口忙，老来事业转荒唐。长江绕郭知鱼美，好竹连山觉笋香。"（《初到黄州》）乐于耕种，瓜果蔬菜也飘来香味。苏轼在东坡"身耕妻蚕""虽劳苦却亦有味"，体会到了生活中的禅意，"便为齐安民，何必归故丘"。因家里人口多，居住拥挤，在朋友的帮助下，苏轼搭建了五间草屋。落成之日恰好降雪，苏轼便在墙壁上画了雪图，暗示主人志趣高洁，不混同于尘世之污浊，遂命名草屋为"雪堂"，还作散文《雪堂记》。文中，苏轼以主客对答的形式，以"散人""拘人"的问答与反诘，埋伏了这一时期的心情，有悲伤，也有豁达。除了这篇散文，他还作了不少有关"雪堂"的诗，"既拜赐雪堂新诗，有获观负日轩诸诗文"……[11]

忙完农活，入夜了，回屋正可休闲一下，拿出香炉，点上香，开窗观望四周夜景。"风

图 1-2 西晋 香熏炉 慈溪市博物馆

吹河汉扫微云,步屟中庭月趁人。溫溫炉香初泛夜,离离花影欲摇春。"(《台头寺步月得人字》)(图1-2)或者早点收工,傍晚时刻去附近乡野转一转,感受一下野外的万花锦簇、草木清香。"红杏飘香,柳含烟翠拖轻缕。水边朱户。尽卷黄昏雨。烛影摇风,一枕伤春绪。归不去。凤楼何处。芳草迷归路。"(《点绛唇·红杏飘香》)词的开头描述大地被杏花芳香覆盖,柳枝条条下垂,云雾轻轻缠绕。水边人家,或有姑娘,望雨景,卷帘子。烛光在风中晃动,不免生出一些春愁。"凤楼"通常指女子住屋。此刻欲归归不得,不知凤楼在何处?路途芳草飘香,却找不到返回的方向。

这首词看似写春景,其实写景中人。红杏翠柳,衬托春景里的女子,隐隐飘来杏花之香,清芬别具。香气缭绕,形成"含烟"之状,又以柳姿"轻缕"之景,动态地描写了一位婀娜女子携着春意飘来。女子住水边,为何收起黄昏雨中的竹帘?隐伏了联想,是否暗示将要发生的男女相约,或者情事已毕,收帘闭春?两种情景,都留下了伤春的情绪。伤春,这里表现为不知情归何处,或者相爱原本无望,不会有前方,也没有归路。总之,情绵绵,道不尽,意余言外。[12]

苏轼有一首词做了这样的记录:一天夜里他外出参加一个酒会,但酒会是黄州太守徐君猷特意宴请他,还是他去岐亭看望好友陈慥而小聚酒家,或者独自喝闷酒,却不得而知。要是徐君猷招待,苏轼不便详述,当地父母官款待一个罪人,传出去会授人以柄。若是骑马外出见友,通常会有朋友接待,哪有老远赶去干巴巴闲聊后返回在路边的酒馆独喝闷酒之事?当然无论谁宴请,都不必细说。不在被贬地好好待着,东逛西跑,张扬出来只会惹是非。总之,这个晚上,他喝了酒,一路微醉,骑马回黄州,

第一章
一天中的雅事

只见月光下小溪春水波涌,天空中白云弥漫。趁着皎月行至一溪桥上,解鞍曲肱当作枕头,索性趁这美好之夜,醉卧稍休。静静地,也不能让马儿踏碎这水中琼瑶般的倒影。苏轼躺在草地上休息,很快入睡,不料长长一觉直至被杜鹃啼醒,方知已拂晓。见到眼前如此静穆的晨景,遂有出尘羽化之感。《西江月·顷在黄州》序言这般描写:"顷在黄州,春夜行蕲水中,过酒家饮。酒醉,乘月至一溪桥上,解鞍曲肱,醉卧少休。及觉已晓,乱山攒拥,流水锵然,疑非尘世也。书此语桥柱上。"词的全文:"照野弥弥浅浪,横空隐隐层霄。障泥未解玉骢骄,我欲醉眠芳草。可惜一溪风月,莫教踏碎琼瑶。解鞍欹枕绿杨桥,杜宇一声春晓。"

苏轼晚上空闲在家,常有朋友来聚,或餐或茶。苏轼将要出知杭州,弟子李廌来送行。李廌因科考屡屡失败,颇苦闷,苏轼频频劝解安慰,这晚同样对弟子谆谆教导,弟子如沐春风。苏轼并以御马赠送,可见师徒之情不同凡响。"方叔能枉访夜话为别,甚幸。"[13] 送别时,清晖竹影,师徒俩仍亲密交谈……

或可推测,乐天派的苏轼睡眠质量还行。要是心事重重,睡眠很坏,岂敢睡前喝茶?苏轼的这几首诗,记录了他的无所顾忌,睡前还要茶香相伴。有时案头事没完,不管是否有碍睡眠,也要喝一壶再说:"簿书鞭扑昼填委,煮茗烧栗宜宵征。乞取摩尼照浊水,共看落月金盆倾。"(《次韵僧潜见赠》)夜深人静,灵感突降,诗兴来袭,得逮住这一刹那,喝茶提神:"皓色生瓯面,堪称雪见羞。东坡调诗腹,今夜睡应休。"(《赠包安静先生茶·其一》)"建茶三十片,不审味如何。奉赠包居士,僧房战睡魔。"(《赠包安静先生茶·其二》)这几句诗强调了喝茶的提神作用。有时喝茶也不管用,喝了茶照睡,次日醒来,口中残留余香:"沐罢巾冠快晚凉,睡余齿颊带茶香。"(《留别金山宝觉圆通二长老》)"困眠一榻香凝帐,梦绕千岩冷逼身。"(《宿九仙山》)这里写了睡觉前香气萦绕床帐。有时难以入眠,再沏茶点香,展开书本,进入一天最后的阅读:"浴凤池边星斗光,宴余香满上书囊。"(《秋兴三首·其三》)在黄州,苏轼或于陋室内闻香静坐,或去安国寺闻香修行:"得城南精舍曰安国寺,有茂林修竹,陂池亭榭。间一、二日辄往,焚香默坐,深自省察,则物我相忘,身心皆空……"[14]

以上所述皆为苏轼在黄州等地一天的生活,材料大多来自他的诗文描述,既有史料依托，也有想象成分，旨在先勾勒一个大概：苏轼的一生虽坎坷起伏，但他始终保持着"茶香道器玩、内丹道养生"的生活方式，儒雅风流、洒脱自在。

注释

[1] 孔凡礼点校《苏轼文集》卷五十五《与林子中五首》，中华书局，1986，第1656页。

[2] 孔凡礼点校《苏轼文集》卷五十七《与鲁元翰二首》，中华书局，1986，第1707页。

[3] 孔凡礼点校《苏轼文集》卷五十七《与吴子野七首》，中华书局，1986，第1735页。

[4] 池田龟鉴著、玖羽译《平安朝的生活与文学》，四川人民出版社，2019，第79页。

[5] 孔凡礼点校《苏轼文集》第五册，《与大别才老三首》，中华书局，1986，1896页。

[6] 陈敬《陈氏香谱》，中国书店，2018，第21页。

[7] 孔凡礼点校《苏轼文集》第五册《与佛印十二首》，中华书局，1986，第1869页。

[8] 孔凡礼点校《苏轼文集》第五册《与佛印十二首》，中华书局，1986，第1869页。

[9] 孔凡礼点校《苏轼文集》第五册《与佛印十二首》，中华书局，1986，第1868页。

[10] 朱彧《萍洲可谈》卷一、卷二，中华书局，2007。

[11] 孔凡礼点校《苏轼文集》五十五卷《与李昭玘一首》，中华书局，1986，第1659页。

[12] 唐圭璋等编著：《唐宋词鉴赏辞典（唐五代北宋卷）》，上海辞书出版社，1988。

[13] 孔凡礼点校《苏轼文集》第四册卷五十三《答与李方叔十七首》，中华书局，1986，第1581页。

[14] 孔凡礼点校《苏轼文集》第二册卷十二《黄州安国寺记》，中华书局，1986，第391页。

◇ 第二章

茶道：点将来，兔毫盏里

苏轼别传
茶道 香道 器道

　　茶，古代中国人的首选饮品。我国现存最早的中医医药典籍《神农本草经》有这般记载："神农尝百草，日遇七十二毒，得荼而解之。""荼"同"茶"。相传自神农氏教会人们喝茶后，茶文化开始传播，古代专家所论之文献，车载船装。中国辞书之祖《尔雅·释木》载："槚，苦荼。"汉代《飞燕外传》中已有饮茶的记载。唐代陆羽在《茶经》中说："茶之为饮，发乎神农氏，闻于鲁周公。"有关茶之名，诸说相类，《古今合璧事类备要》做了梳理："茶，南方嘉木也，其树低者二尺三尺，高者五尺六尺。其巴山峡川，有两人合抱者，伐而掇之。其树如瓜芦，叶如栀子，花如白蔷薇，实如栟榈，蒂如丁香，根如胡桃。其字，或从草，或从木，或草木并，其名一曰茶，二曰槚，三曰蔎，四曰茗，五曰荈。"亦有郭璞注云"早采者为荼，晚取者为茗，一名荈"等。之后陆羽写《茶经》时，将荼减少一画，改写为茶，统称之。[1]

　　苏轼在《寄周安孺茶》长诗开头部分提到茶的历史："大哉天宇内，植物知几族。灵品独标奇，迥超凡草木。名从姬旦始，渐播桐君录。赋咏谁最先，厥传惟杜育。唐人未知好，论著始于陆……"这是对唐前茶史的简要描述。

　　汉代开始有了确切记载茶的文献。《僮约》是西汉作家王褒的散文，记述了他在四川时的亲身经历：他来到四川渝上（今四川彭州市一带），遇见寡妇杨惠家发生土奴纠纷，他便为这家奴仆订立了一份契券，明确规定奴仆必须从事的若干项劳役，内容涉猎较多，其中有关茶事的记载有"脍鱼炰鳖，烹茶尽具""牵犬贩鹅，武阳买茶"。这是我国，也可能是世界上最早的关于饮茶、买茶的记载。从这一记载可推测出，四川地区应该是世界上最早种茶与饮茶的地区之一。武阳（今四川彭山）是当时茶叶主产区和著名的茶叶市场。这也表明唐宋文人时常描写四川种茶喝茶的场景，是可信的。[2]此文献，反映了主仆之间的契约，其中提及了家务中的洗涤茶具、买茶等事宜，真实地反映了当时的社会风俗。《僮约》也被近代学者胡适称为当时的白话散文。

　　西晋时傅咸《司隶教》记载："闻南方有蜀妪作茶粥卖，为廉事打破其器具。后又卖饼于市，而禁茶粥以蜀妪，何哉？"[3]

　　东晋时喝茶成风，从不断出土的两晋瓷壶就可看出这一点（图2-1、图2-2）。虽

第二章
茶道：点将来，兔毫盏里

然这两种壶并非实用器，但说明了瓷壶在当时的流行情况。不仅风行喝茶，还得配以茶果。"陆纳为吴兴太守时，卫将军谢安常欲诣纳。纳兄子俶怪纳无所备……安既至，所设唯茶果而已。"[4]

北魏杨衒之的《洛阳伽蓝记》中记载北魏人王肃回答孝文帝的提问，羊肉和鱼、茶与酪浆哪个味道好，其中将茶比作"酪奴"。这个比方显然是北人的偏见，但"酪奴"之说由此传播开来，为茶之别名。"齐王肃归魏初，不食羊肉及酪浆，常食鲫鱼羹，渴饮茗汁。高帝曰，羊肉何如鱼羹？茗汁何如酪浆？肃曰：羊陆产之最，鱼水族之长，羊比齐、鲁大邦，鱼比邾、莒小国，惟酪（茗）不中，与茗（酪）为奴。"[5]

图 2-1　西晋　越窑鸡首盘口壶

唐代茶艺兴盛，又传至周边国家。而茶入日本，是中国茶传播海外的最重要事件（图 2-3）（图 2-4）。日本和尚最澄大师、空海大师从日本中部摄津乘船经过朝鲜半岛到达中国山东登州（今山东蓬莱），先后在天台（今浙江天台）、越州（今浙江绍兴）留学研究佛学，归国后将中国茶树的栽培及制茶技术、喝茶方式带回日本。[6][7] 茶技术外输反过来也证明了唐代喝茶已成风尚。唐代宗时期征收茶税，表明喝茶进入了当时的日常生活，唐朝各个窑口生产的各类造型丰富的茶碗、茶杯，以及各类汤瓶，也是一个证明（图 2-5）（图 2-6）（图 2-7）（图 2-8）（图 2-9）。唐代裴汶在《茶述》

图 2-2　东晋　德清窑黑釉鸡头壶

中说，茶起于东晋，盛于今朝，因其味清新淡洁而大受欢迎。[8] 作为世界上第一部研究茶的经典著作《茶经》，其出版推动了茶文化迈向一个高峰。人们普遍相信，饮茶可以

图 2-3 唐 佚名 《唐人宫乐图》 中国台北故宫博物院

图 2-4 北宋 佚名 《调琴啜茗图》(局部) 美国密苏里堪萨斯市纳尔逊·阿特金斯艺术博物馆

第二章
茶道：点将来，兔毫盏里

图 2-5 唐 越窑碗

图 2-6 唐 唐三彩耳杯

图 2-7 唐 邢窑执壶

图 2-8 唐 长沙窑执壶

图 2-9 唐 长沙窑绿釉黑彩弁口壶

解毒，还具有醒脑、明目、提神、益思等功效。而在以茶祭祀中，茶是人与神沟通的媒介。饮茶形成的礼仪，给人以教养，也有益于身心。唐代刘贞亮论述饮茶"十德"，如"以茶散郁气""以茶除病气""以茶养身体"等，可见饮茶已被看作是重要的养生之道。

关于茶道的名称，不少读者有疑惑，认为这个提法来自日本，其实不然。两汉时期我国已出现喝茶的仪式，这就是茶道的雏形，之后茶道的两个高峰分别出现在唐宋两朝，唐代的喝茶方式以煎茶为主，宋代的喝茶方式多样，其中点茶最为著名。

唐代的煎茶茶道，为陆羽所创，煎茶的过程、仪式被认为是最早、最完善的。这里对煎茶做一个大概的描述。煎茶采用的是饼茶，即采茶季把采摘的茶叶经过采、蒸、捣、拍、焙、穿、封、干等工序后，制成的茶饼。煮茶时再经炙茶、碾茶至粉，然后煮水候汤。其中的沸水分三个阶段：初沸水面如鱼目时加盐，二沸腾波鼓浪时投茶以搅拌，三沸时茶汤才正式完成，便可饮用。饮用时也时常这般讲究，多人一起喝茶时，还得依次均分斟茶，这叫分茶。茶汤的前几碗最鲜美，不能让第一个喝茶人独享，得均分茶汤，以显示煎茶茶道的平等思想。

唐朝《封氏闻见记》记载："又因鸿渐之论广润色之，于是茶道大行，王公朝士无不饮者。"中唐诗人吕温写过一篇《二月二日茶宴序》，描绘了茶宴的优雅气氛，表明上流社会对饮茶环境、茶仪礼节等十分关注。当时的茶宴已有宫廷茶宴、寺院茶宴、文人茶宴之分。1987年陕西省扶风县法门寺塔基地宫出土了不少唐代精美高档的茶器，就是一个佐证（图2-10）。

宋代的点茶是在煎茶的基础上发展而成的，点茶与煎茶的前几道工序类似，区别在于煮茶时。茶饼经过茶碾加工为茶粉，放茶粉入茶盏，先以少许开水冲点搅拌成茶膏，然后再冲点，再搅拌，这个过程称为击拂；一直击拂到白色的茶沫升起至茶盏口沿边停留为止，这个过程叫咬盏。

宋代径山寺（今浙江天目山径山寺）茶宴的茶道仪式，是以点茶为核心，也被称作宋代点茶的样式。当然，描写宋代茶道仪式的材料很丰富，这里仅举一例，观其大概。宗赜《禅苑清规》中说："院门特为茶汤，礼数殷重，受请之人不宜慢易。既受请已，须知先赴某处，次赴某处，后赴某处。闻鼓板声，及时先到。明记坐位照牌，

第二章
茶道：点将来，兔毫盏里

图 2-10 唐 银制茶具 陕西法门寺出土

免致仓遑错乱。如赴堂头茶汤，大众集，侍者问讯请入，随首座依位而立。住持人揖，乃收袈裟，安详就座。弃鞋不得参差。收足不得令椅子作声。正身端坐，不得背靠椅子。袈裟覆膝。坐具垂面前，俨然叉手朝揖主人。常以偏衫覆衣袖，及不得露腕。热即叉手在外，寒即叉手在内。仍以右大指压左衫袖，左第二指压右衫袖。侍者问讯烧香，所以代住持人法事，常宜恭谨待之。安详取盏橐两手当胸执之，不得放手近下，亦不得太高。若上下相看一样齐等则为大妙，当须特为之人专看。主人顾揖，然后揖上下间。吃茶不得吹茶，不得掉盏。不得呼呷作声。取放盏橐不得敲磕。如先放盏者，盘后安之。以次挨排，不得错乱。右手请茶药擎之，候行遍相揖罢方吃。不得张口掷入，亦不得咬令作声。茶罢离位，安详下足。问讯讫，随大众出。特为之人须当略进前一两步问讯主人，以表谢茶之礼，行须威仪庠序。不得急行大步及拖鞋踏地作声。主人若送回，有问讯致恭而退……"[9]

南宋时，日本人来华热情不减唐朝，其中有名的南浦昭明入宋学佛，参禅于天目山径山寺，跟从诗人高僧智愚学禅学茶道八年。之后他回日本，带去了一套点茶用具和七部茶典，其中就有宋人刘元甫作的《茶堂清规》。此书中的《茶道规章》《四谛义章》两部分被后世抄录为《茶道经》，由此，茶禅一味的精神便为人所知。《茶道经》记载，刘元甫乃杨岐派二祖白云守端禅师的弟子，他以成都大慈寺的茶礼为基础，在五祖山开设茶禅道场，名为松涛庵，并确立了"和、敬、清、寂"的茶道宗旨，可见日本茶道四规——和、敬、清、寂——与中国茶道之间的渊源关系。日本《类聚名物考》对此有明确记载："茶道之起，在正元中筑前崇福寺开山南浦昭明由宋传入。"[10] 简言之，中国茶文化自唐传入日本，宋代茶道也漂洋过海，南浦昭明带回的点茶茶具和相关的中国茶典，对日本茶道的建立起到了奠基作用。日本茶道仪式的核心就是点茶，近代日本学者冈仓天心研究后认为，日本盛行的点茶茶道来源于宋朝。点茶之法，是先将茶叶在小石磨中研成细末，热水冲入茶末后，再用竹制扫帚状的茶筅搅拌，而后冲点而成[11]。可见，这样的点茶法跟宋代很多诗人描绘的场景类似，这些场景的描述也出现在不少文献中，如赵佶《大观茶论》、陶谷《荈茗录》、叶清臣《述煮茶小品》、蔡襄《茶录》、宋子安《东溪试茶录》、黄儒《品茶要录》、赵汝砺《北苑别录》、唐庚《斗茶记》、熊蕃《宣和北苑贡茶录》、孟元老笔记体散文《东京梦华录》等书描写了一些茶店商铺，以及宋人喝茶的情景。描写点茶茶道，影响最大的当属宋徽宗写的《大观茶论》。帝王亲撰茶书与玩赏，对宋代社会喝茶风尚是一个极大的推动，上至达官显贵、下至黎民百姓都热衷喝茶。黄儒在《品茶要录》中说："自国初以来，士大夫沐浴膏泽，咏歌升平之日久矣。夫体势洒落，神观冲淡，惟兹茗饮为可喜。"[12] 绘画作品中张择端的《清明上河图》表现了市民的喝茶之风。画中大街小巷，鳞次栉比，商肆林立，其中就有不少茶坊。这类茶坊大多陈列当时流行的器皿，张挂名人书画，铺设鲜花，以招徕顾客。宋徽宗《文会图》描绘了宫廷主导下的一次文人茶会雅集，主角是宋徽宗，文豪名流围桌而坐，谈茶论道，桌上各类茶器以及各种茶点琳琅满目，一边有茶童、书童备茶侍候。李公麟的《龙眠山庄图》描绘了文人与僧人雅聚的场面，

第二章
茶道：点将来，兔毫盏里

山林野外，品茶啜饮，坐而论道。还有著名的《西园雅集图》，展现了当时文人墨客在驸马都尉王诜之宅第内饮酒作画、品茗闻香的场景。这类场景在河北宣化辽代墓壁画中，也出现了不少。（图2-11）（图2-12）

　　学者杨万里研究了当时宋代的民间茶坊："宋代城市里茶肆随处可见。《摭青杂记》记载：'京师樊楼畔有一小茶肆，甚潇洒清洁，皆一品器皿，椅桌皆济楚，故卖茶极盛。'绍兴年间，茶肆多用鼓乐吹《梅花引》曲破，顾客手捧银盏啜茶，欣赏名人书画、时令小唱。茶楼时有爱乐人到来，学习乐器与小令，当时叫'挂牌儿'。吴自牧《梦粱录》卷十六云：'茶肆……亦有诸行借工卖伎人会聚行老，谓之市头。'有一些茶坊，是歌妓们聚会之地，定期交流行情。还有'水茶坊'者，乃妓女们聊设桌凳。浮郎公子一掷千金，出手不凡，谓之'干茶钱'。凡初登门，则有提瓶献茗者，即使只喝一杯，也得支犒数千，谓之'点花茶'，有的茶肆索性叫作'花茶坊'。"[13]

　　当时的茶馆十分兴盛，名目繁多，功能多样。今天茶文化同样兴盛，大江南北，

图2-11　北宋　《备茶图》　河北宣化辽代墓壁画

苏轼别传
茶道 香道 器道

图 2-12 辽 《童嬉图》 河北宣化辽代墓壁画

到处都是茶肆茗铺，大有复兴宋代茶道之趋势。古人相信喝茶有益于身心健康，现代科技研究也证明了喝茶的多种功效，比如茶叶里含有一种伽马氨基丁酸，能降低神经对噪声的敏感度。伽马氨基丁酸是一种神经介质，能控制人对噪声的感知，使心神宁静。道家的静坐和佛教的禅修，有异曲同工之妙，目的都是获得宁静，规避现实的喧嚣。只是要想获得这般境界并不容易，佛道两家的修行者都找到了茶，希望借助喝茶进而达到思虑清醒、静宁坐忘的境界。近代中国社会长期动荡，茶文化式微。如今人们已经意识到，茶文化是我们民族重要的精神来源之一。古代中国人以儒雅中和的性格为标识，不卑不亢、沉稳温和，颇近茶的气质。中国人喝茶至少已有两千年的历史，气质中不知不觉地渗透了茶的性情。这些都在古代诗文、文献中被反复描述。苏轼之所以在文人性情上被历代文人奉为圭臬，重要的原因就是他在茶道与香道的滋润养育下，形成了高古又清雅的文人品性。苏轼留下了大量有关茶的珍贵诗词文献，对推广茶道起到了巨大的作用。

明代胡之衍在为黄龙德的《茶说》作序时说："茶为清赏，其来尚矣，自陆羽著《茶经》，文字遂繁。为谱为录，以及诗歌咏赞，云连霞举，奚啻五车。眉山氏有言，穷一物之理，则可尽南山之竹，其斯之谓欤，黄子骧溟著《茶说》十章论。国朝茶政，程幼舆搜补逸典，以艳其传。斗雅试奇，各臻其选，文葩句丽，秀如春烟。读之神爽，俨若吸风露而羽化清凉矣。书成属予忝订，付之剞劂。夫鸿渐之《经》也以唐，道辅之《品》

第二章
茶道：点将来，兔毫盏里

也以宋，骧溟之《说》、幼舆之《补》也以明。三代异治，茶政亦差，譬寅丑殊建，乌得无文。噫，君子之立言也，寓事而论其理，后人法之，是谓不朽，岂可以一物而小之哉。"[14]

这篇序说，自从陆羽的《茶经》后，历代茶文献多得像连绵不断的云霞，岂止五车能载？如同苏轼所说，"穷一物之理，则可尽南山之竹"，即探究了一物之理，就可推及万物的全貌。陆羽《茶经》、黄儒《品茶要录》、黄骧溟《茶说》、程幼舆《品茶要录补》等，都是通过记录日常的茶艺，来展现一个时代的风尚，正如古代君子著书立说，其目的是"寓事而论其理"，不能因为论述的茶事小而轻视它。这是胡之衍作序，以苏轼之言来论述黄龙德的《茶说》。同样，也可推及苏轼诗词文献的功德，其记录的茶艺小事，实乃微言大义。

1. 茶人

苏轼是茶道大家，茶给他的感受是丰富的。茶既是生活雅事，又关乎修身养性，特别是后者，于苏轼至关重要。苏轼在《书黄道辅品茶要录后》一文中称赞黄道辅的雅好，其实就是对茶的评价："为世外淡泊之好。"苏轼在这个世界历经磨难，这句话可以作为他屡屡能够求得解脱的注解。"物有畛而理无方，穷天下之辩，不足以尽一物之理。达者寓物以发其辩，则一物之变，可以尽南山之竹。学者观物之极，而游于物之表，则何求而不得。故轮扁行年七十而老于斫轮，庖丁自技而进乎道，由此其选也。黄君道辅讳儒，建安人。博学能文，淡然精深，有道之士也。作《品茶要录》十篇，委曲微妙，皆陆鸿渐以来论茶者所未及。非至静无求，虚中不留，乌能察物之情如此其详哉？昔张机有精理而韵不能高，故卒为名医，今道辅无所发其辩，而寓之于茶，为世外淡泊之好，此以高韵辅精理者。予悲其不幸早亡，独此书传于世，故发其篇末云。"[15]

苏轼在文中给予《品茶要录》作者黄儒（黄道辅）很高的评价：黄儒对茶起源的研究，对茶叶的采制与分类，其趣味幽邃雅致，为《茶经》以来论茶者所不及，称得上是一位"有道之士"；他对茶有"世外淡泊之好"，而成淡然高韵。这位有道之士年纪轻轻就仙逝，苏轼深感痛惜。

苏轼一生被贬多处，又时常在异地为官，他到过的地方，难以历数，在此列个大概。苏轼出生在四川眉山，青年时去京都开封参加进士考试，因被文坛领袖欧阳修高评，名动天下。不久母亲病故，回乡奔丧。后再赶京都应中制科考试，得高分，被派往陕西凤翔（今陕西宝鸡境内）任判官。四年后还朝，苏轼以大理寺丞的身份入判登闻鼓院。接着又逢父亲去世，与苏辙还乡守孝三年，三年后返京继续为官。因遇王安石变革，苏轼与其政见不合，自贬出任杭州通判，又出知密州、徐州、湖州。期间到过润州、富阳、新城、湖州、松江、登州、潍州、齐州、高邮等地。在湖州做官时，苏轼的诗文被李定、何正臣、舒亶等人肆意解读，他们以莫须有的罪名诬陷苏轼讥讽朝廷，遂发"乌台诗案"。苏轼在湖州被京城来的官员逮捕，一路押送前往京城受审，入狱三个月，后被发配黄州。四年后他奉诏赴汝州就任，路上因幼儿夭折，满心悲痛，请求居住常州，获准。宋哲宗即位后，苏轼历任翰林学士、侍读学士、吏部尚书等职，接着短暂出知登州，再回京做官。又因政见不同，请外调出知杭州、颖州、扬州，被贬定州，期间到过麻城岐亭、九江、庐山、筠州、泗州、南京、常州、苏州、真州、润州。晚年他被贬惠州，打算在惠州养老，因逍遥自在获罪，又被贬谪儋州，期间到过广州、新会、藤州、雷州等地。宋徽宗时获大赦，北还，途经廉州、雷州、藤州、广州、英州、连州、韶州、南雄州、大庾岭、南安、虔州、真州，止于常州，最后在常州病逝。

以上所列，可见苏轼一生命途多舛，厄运接二连三。但作为一个茶人，他是幸运的，有机会遍访各地的清泉，品尝各地的名茶，并对各地的名泉、佳茗做了大量的记述。他赞美无锡惠山泉，杭州虎跑泉、六一泉、参寥泉，琼州惠通泉，都昌南山野老泉，庐山谷帘泉等，即使对名不见经传的泉水，也抱有热情，在他看来，泉水有名无名，皆为大自然的馈赠。熙宁八年（1075），"乌台诗案"之前，苏轼自杭州去密州，途经镇江，与柳瑾一见，游览景观，遇到了无名泉水，他也兴致盎然地前往考察、观赏，"岩头匹练兼天净，泉底真珠溅客忙"（《同柳子玉游鹤林招隐醉归呈景纯》）。他对茶的描写就更多了，近百首茶诗，涉猎各地的名茶，其中对福建的壑源茶着墨较多。壑源茶早在宋前就出名，到了宋代成为朝廷贡品，

第二章
茶道：点将来，兔毫盏里

苏轼在《次韵曹辅寄壑源试焙新芽》中做了精彩描述。

壑源茶为何那么美？苏轼在诗中想象，它是老天爷的神来之笔，沐浴着甘霖，禀受天地至清之气，还呈现出仙女般的香肌骨韵，岂能不美？要是能畅饮几杯这般清香诱人的茶汤，便能恰似"茶中亚圣"卢仝，乘着清风明月，飞到武林春。这般想象，具有浓郁的道家色彩，苏轼有意把喝茶和他崇尚的道家风骨糅合在一起。全诗呈现出他早期对茶文化的理解："仙山灵草湿行云，洗遍香肌粉未匀。明月来投玉川子，清风吹破武林春。要知冰雪心肠好，不是膏油首面新。戏作小诗君一笑，从来佳茗似佳人。"

诗题中的曹辅，是江苏泰州人，与苏轼交情深，也与苏轼弟子黄庭坚、秦观等多有来往。他是苏轼的崇拜者，正好在福建担任转运使（漕司），参与福建北部北苑贡茶的生产管理与转运事务。壑源是北苑重要的产茶地，所产头春试焙新茶，十分名贵，被当作贡茶送往朝廷。曹辅"借公济私"送了一点给苏轼，并写小诗一首。苏轼次韵答谢，壑源新芽，即指这款贡茶。[16]

唐宋建立的北苑茶园是皇家御用茶园，贡茶产地主要在壑源。壑源本为山名，位于福建建瓯，古属建安。明弘治《八闽通志·山川》："壑源山高峙数百丈。"建瓯茶之所以优良，跟气候大有关系，产茶地属中亚热带海洋性季风气候，春夏多雨，雨量充足，秋冬干燥，适宜种茶。此处从唐开始，就是产茶重地。中华大地山清水秀之地甚多，易产好茶，叶清臣在《述煮茶小品》中说："吴楚山谷间气清地灵，草木颖挺，多孕茶荈，为人采拾。大率右于武夷者为白乳，甲于吴兴者为紫笋。产禹穴者以天章显，茂钱塘者以径山稀。至于续庐之岩，云衡之麓。鸦山著于吴歙，蒙顶传于岷蜀。角立差胜，毛举实繁。"叶清臣认为，武夷山产好茶，其他地方也有，如吴兴的紫笋、禹穴的天章、钱塘的径山、吴歙的鸦山、岷蜀的蒙顶等地。大凡好茶皆产自青山绿水，"气清地灵，草木颖挺，多孕茶荈"。[17]

"北苑贡茶"名扬天下，其原因有多种，宋代建安人黄儒显然为家乡诞生绝顶好茶颇感骄傲："故殊绝之品始得自出于榛莽之间，而其名遂冠天下。"[18]为什么此地茶能成当时最佳？茶专家蔡襄说："茶味主于甘滑，惟北苑凤凰山连属诸焙所产者味佳。隔溪诸山，虽及时加意制作，色味皆重，莫能及也。又有水泉不甘，能损茶味。"[19]

建溪，水名，闽江北源，其地产名茶，号建茶，即"北苑贡茶"。这款壑源名茶，不仅苏轼有描写，宋代其他诗人也多有称赞。陆游在饮茶名诗《建安雪》中描写道："建溪官茶天下绝，香味欲全须小雪。雪飞一片茶不忧，何况蔽空如舞鸥。银瓶铜碾春风里，不枉年来行万里。从渠荔子腴玉肤，自古难兼熊掌鱼。"林逋的《茶》："石碾轻飞瑟瑟尘，乳花烹出建溪春。世间绝品人难识，闲对茶经忆古人。"范仲淹的《武夷茶歌》："年年春自东南来，建溪先暖冰微开。溪边奇茗冠天下，武夷仙人从古栽。"欧阳修《次韵再作》："吾年向老世味薄，所好未衰惟饮茶。建溪苦远虽不到，自少尝见闽人夸。"

元祐四年（1089），苏轼被贬黄州之后被重新起用，以龙图阁学士身份出知杭州，收到这款曹辅寄赠的名茶，心情大好，诗一开篇就赞美这款好茶，仙境一般的山产出如此优质的茶，茶芽被流动的云雾滋润。常说"山高多云雾，易产名贵茶"，此言不虚。苏轼精于茶道，诗题中出现的"试焙新芽"，特指上等好茶。"茶事起于惊蛰前，其采芽如鹰爪，初造曰试焙，又曰一火，其次曰二火。二火之茶，已次一火矣。故市茶芽者，惟同出于三火前者为最佳。"[20]这是制茶大家黄儒在《品茶要录》中说的一段话。他还强调了茶叶鉴赏的标准，特别是采茶制茶时的成功与得失，并列出十项不当的采制方法。采茶的最佳时间是惊蛰之前，初次试焙，或叫　火。二火之茶，已次于一火。总之，三火之前制作为佳。苏轼明白这个阶段的重要性，所以在"新芽"前加上了"试焙"，为用新芽制茶做了精细的区别。

采摘到了最高等级的茶芽，不等于一定能做出好茶，还要看怎么加工。"洗遍香肌粉未匀"一句，也是一种细腻笔法，对茶品进行深入肌骨的描写，形容被云雾、露水洗礼过的茶芽骨肉亭匀，恰似神山仙水诞生的女子，肌肤清洁白净，未经施粉，天生丽质、清气四溢。苏轼见到这等名茶，首先将之想象成妙龄少女。诗中写茶，也写女子，为最后点睛之笔做了准备。这般美妙少女，乘着明月微风来到玉川子的身边，和风清爽掀拂了杭州之春。玉川子，即唐代"茶中亚圣"卢仝，"明月"指代曹辅寄来的如满月一般包装的圆形团茶。"武林"，为杭州的别称，杭州有武林山，因而得名。表层意是说团茶寄给了玉川子，实则是苏轼把自己比作了卢仝。"心肠"描写茶的内质好，正如送茶人的善待之心。诗意到此，多为赞美，之后诗锋稍作逆向，深入内层。

第二章
茶道：点将来，兔毫盏里

既然是内质优良的天然茶，就没必要为了茶面好看而添加油膏，即不必过度加工。"首面"，即外表，指茶汤表面。宋赵佶《大观茶论》中说："有光华外暴而中暗者，有明白内备而表质者。其首面之异同，难以概论。"宋黄儒《品茶要录·渍膏》："（茶饼）膏尽则有如干竹叶之色，唯饰首面者，故榨不欲干，以利易售。"[21]

诗人在此暗示了对好茶的价值评判，委婉地嘲讽时下对茶过多加工的商业做法。无论什么茶，尽显天然属性，保持原有清香，才是最高的境界。女子也是，天生丽质，面容姣好、骨肉亭匀已经足够，何必再涂脂粉？眼下流行的制茶方法，通过茶碾研磨，时常添加油膏，如此制茶，原味损失了不少。田艺蘅在《煮泉小品》中说："茶之团者、片者，皆出于碾铠之末，既损真味，复加油垢，即非佳品，总不若今之芽茶也。盖天然诸者自胜耳。曾茶山《日铸茶》诗：'宝銙不自乏，山芽安可无？'苏子瞻《壑源试焙新茶》诗：'要知玉雪心肠好，不是膏油首面新。'是也。且末茶瀹之有屑，滞而不爽，知味者当自辨之。"苏轼对茶的评判，深得田艺蘅等茶人的认可。[22]

好茶是道不尽的，"从来佳茗似佳人"一句用来点睛，成千古名句。

苏轼的这一首《新茶送签判程朝奉以馈其母，有诗相谢，次韵答之》也是描写福建的壑源茶，诗中没有指明壑源北苑贡茶，也没有出现"茶"字，但所有信息都围绕着北苑茶园的茶品："缝衣付与溧阳尉，舍肉怀归颍谷封。闻道平反供一笑，会须难老待千钟。火燧试焙分新胯，雪里头纲辍赐龙。从此升堂是兄弟，一瓯林下记相逢。"颈联出现了"试焙""头纲""赐龙"，意思是说这款赐予的壑源龙团茶即头纲贡茶。"试焙"特指壑源贡茶的制作方法。《大观茶论》说："蔡君谟诸公，皆精于茶理，居恒斗茶，亦仅取上方珍品碾之，未闻新制。若漕司所进第一纲名北苑试新者，乃雀舌、冰芽所造。一銙之直至四十万钱，仅供数瓯之啜，何其贵也。"[23] 蔡君谟（蔡襄）等人擅长茶道，平时斗茶，只取上等珍品。漕运司进献的第一纲贡茶，即北苑试新，采用数量极少的雀舌和水芽。"銙"，古人腰带上的装饰品，常见材质有金、银、犀、玉。当时有一种外形带銙的茶，称"銙茶"。这里应该是指茶叶銙数的计量单位。这头纲名贵，一銙四十万钱，也喝不了几口。"雪里头纲"，指头纲茶的外表细如雪花一般，毛茸茸的。"第一纲"即"头纲"，宋代建州北苑皇家御茶园的第一批贡品。纲，在宋代通常指运输团队，十艘船为一纲，称纲运；若是运输茶叶等，规模就更小。苏轼另一首诗中也提到："上人问我迟留意，待赐头纲八饼茶。"（《七年九月自广陵召还复馆于浴室东堂八年六月》）同时期诗人的诗作中也出现了"头纲"，如"龙焙头纲春早，谷帘第一泉香"（黄庭坚《西江月·龙焙头纲春早》）"宣赐龙焙第一纲，殿上走趋明月珰"（杨万里《谢木韫之舍人分送讲筵赐茶》）。南宋赵汝砺在《北苑别录》"纲次"一节中将其分得很细，其中有细色、粗色之分，细色就分五纲次，第一纲龙焙贡新，第二纲龙焙试新，第三纲龙园胜雪等。[24]

此诗题意明确，苏轼把在朝廷做官时得到的贡茶送给友人程朝奉之母，以作贺寿之礼，程写诗致谢，苏和韵答。诗的重点是对贡茶的描写，同时写了孝道。"溧阳尉"指唐代诗人孟郊，他曾担任溧阳县尉（今江苏溧阳），他的诗句"慈母手中线"至今被广泛传诵。"颍谷封"即颍考叔，他是颍谷封人（今河南登封西南），封人即地方官。他是春秋郑国人，在颍谷做官，故称颍考叔。郑庄公奖励他吃肉，他不舍得吃，带回家孝敬母亲。"颍考叔为颍谷封人……公赐之食。食舍肉。公问之，对曰：'小人有母，皆尝小人之食矣，未尝君之羹。请以遗之。'"（《郑伯克段于鄢》）这两句写了慈母与孝道，进而描述友情和亲情的重要性。程朝奉听闻苏轼被"平反"而非常激动，苏轼感受到友人的情谊，以名茶作寿礼相赠。程朝奉与苏轼是同乡，故苏轼称他为兄弟。期盼他们有机会在幽静的林木下，一起举瓯品茗。

苏轼喜爱这款福建闽北的茶，朋友们时常寄赠给他，他也把这类好茶分享给朋友们。《赠包安静先生茶三首》其中的两首就说到把三十片建茶赠送好友。其一："建茶三十片，不审味如何。奉赠包居士，僧房战睡魔。"此诗自注"昨日点日注极佳，点此，复云罐中余者，可示及舟中涤神耳"。包安静，北宋隐居高僧，苏轼把这么多名茶赠送给这位方外之交，显示出二人友情至深。高僧常在僧房打坐参禅，自然需要好茶，喝了能驱赶睡魔，安神定心。第二首："皓色生瓯面，堪称雪见羞。东坡调诗腹，今夜睡应休。"自注"偶谒大中精蓝中，遇故人烹日注茶，果不虚示，故诗以记之"。杯中的茶汤洁白如月，雪都不能比。"瓯面"，即茶碗的汤面，瓯指茶碗或茶杯。后两句说，晚上喝了茶，能提神，今晚恐怕不能睡了，就写写诗吧。这两首诗描写了建

第二章
茶道：点将来，兔毫盏里

茶的茶汤之色，自注却说点茶用的是日注茶。日注茶即日铸茶，产于绍兴东南会稽山日铸岭，也是古代名茶。唐朝时，蒸青制茶法演变成炒青，大受欢迎。其中的珍品芽尖细小，呈雪白茸毛状，被美称为"日铸雪芽"。苏轼造访精蓝（僧舍），恰逢故人在烹日注茶。这两个自注显示了做茶的方式不同，前者是点，后者是烹。苏轼似乎更为考究，而高僧则用简单的烹茶方法。这两首诗创作于"乌台诗案"前，做官时期，苏轼不缺佳饮，以至有这么多优质的建茶。同时提到的日注茶，在苏轼眼里也是好茶。

苏轼寿辰，友人王郎写诗庆贺，苏轼步韵答谢，并寄上福建建溪新饼，"……感君生日遥称寿，祝我余年老不枯。未办报君青玉案，建溪新饼截云腴"（《生日王郎以诗见庆次其韵并寄茶二十一片》）。

在古代，一年喝茶的初始多在清明前后，这是采茶时节，茶和春天、清明同季抵达，既有初春之喜，也有祭祀之伤。无论黎民百姓还是文人雅士，在这特殊时节，都会对茶有相似的感受，观赏着万木爆芽，品尝刚刚采摘制成的新茶，其愉悦无可比拟。"日薄花房绽，风和麦浪轻。夜来微雨洗郊坰。正是一年春好、近清明。已改煎茶火，犹调入粥饧。使君高会有余清。此乐无声无味、最难名。"（苏轼《南歌子·日薄花房绽》）春暖花开的日子，风和日丽，麦浪轻盈起伏。昨夜小雨把郊外之景洗刷得清新透明，又逢清明临近，人们熄火冷灶，煎茶之火唯改期延后。眼下高朋满座，享受这无声无味、难以名状的乐趣。这季节令人善感，伤春时刻，往往借茶怀旧，眼下唯求新火早早来临。苏轼另一首名词《望江南·春未老》，也有伤春之味，把喝茶当作消解苦难、消隐山林之媒介，基调却平和安详："春未老，风细柳斜斜。试上超然台上看，半壕春水一城花。烟雨暗千家。寒食后，酒醒却咨嗟。休对故人思故国，且将新火试新茶。诗酒趁年华。"这首词是典型的先写景后抒情，借景抒情，从游春起笔，一幅风细柳斜、烟雨人家的画面。"超然台"位于密州城北，在今山东诸城。登上超然台远眺，城壕流淌着春水，城内春花遍地。苏轼曾在密州做官，带领城里人修建城北旧台，取名"超然"，语出《老子》"虽有荣观，燕处超然"。"寒食"，民间为纪念介子推，清明前禁火三天，称寒食节。节后，重新点火，称"新火"。新火在此也指烹茶时重新点燃的火，似乎又暗喻浓烈的思乡之情。火在茶道中表现出的新与旧，取决于用什么燃料。

苏轼别传
茶道 香道 器道

新鲜干裂的松枝烧火，要比陈腐的树枝引火快，火来得更新，更加光亮、透明，烧出的水味道也不同。"新火试新茶"中的"新茶"，即寒食前采制的火前茶。在寒食节喝了酒，醉醒后，眼前的楼台、斜柳、烟雨等美景不免令人伤感。这个节日，自然要返乡扫墓，然而眼下落地异乡，身不由己。"休对故人思故国"，思乡了，但家乡在哪？词意到此，笔锋一转，情景别开：还是趁着眼下的好时光，吃上一碗吧。开春正是品茗之际，无论何时何地，好茶趁时，也正好淡化思乡之苦。《茶说》曰："饮不以时为废兴，亦不以候为可否，无往而不得其应。若明窗净几，花喷柳舒，饮于春也。凉亭水阁，松风萝月，饮于夏也。金风玉露，蕉畔桐阴，饮于秋也。暖阁红垆，梅开雪积，饮于冬也。"[25]端起火前茶，词一首，茶一口，享受好年华，又呼应开头的咏叹"春未老"。这就是喝茶的好处，排解情绪，抚慰心灵。此词以伤感起，但豁达的景观一路并未丢失，茶酒此刻，超然物外。

这首关于超然台的词，描画了苏轼在密州为官的生活状况。苏轼写茶诗或与茶相关的诗，不少是借茶发挥，抒发喝茶后的感受，规避现实的纷争与烦恼，以出尘之姿，彰显道家的生活方式。

苏轼向往超然悠闲的生活，在离开密州前往徐州时写的《雨中过舒教授》表达了同样的感慨："疏疏帘外竹，浏浏竹间雨。窗扉静无尘，几砚寒生雾。美人乐幽独，有得缘无慕。坐依蒲褐禅，起听风瓯语。客来淡无有，洒扫凉冠屦。浓茗洗积昏，妙香净浮虑。归来北堂暗，一一微萤度。此生忧患中，一饷安闲处。飞鸢悔前笑，黄犬悲晚悟。自非陶靖节，谁识此闲趣？"舒教授，即舒焕，时任徐州教授。苏轼偶尔去拜访舒教授的住处，一派悠闲的景观，很是羡慕。"飞鸢悔前笑"，是说东汉马援被封新息侯后，他的朋友说，其实读书人有辆车，当个小官养活自己就足够了。马援在一次征战时，见到一只雄鹰坠入河里，就想起这话，心生感慨。"黄犬悲晚悟"，典出李斯临刑前所感：他想再牵黄狗去打猎，过自由自在的生活，可是太晚了。这两个典故，是说人不能奢求过高，否则危险会同时临近。这里也写出了苏轼羡慕舒教授半官半隐的闲暇生活。如何能做到"此生忧患中，一饷安闲处"这般超然呢？就是"浓茗洗积昏，妙香净浮虑"，经常过茶香生活，闻香、喝茶、打坐成为常态，闻一闻香，

第二章
茶道：点将来，兔毫盏里

便能抖落身上的尘埃；喝一壶茶，自会荡涤胸中块垒，大脑中的"积昏"和"浮虑"便能被驱赶出去。这首五言诗似乎呼应了他在密州写的《望江南·春未老》，使人想起那种生起新火煮茶喝酒，喜乐品茗，茶禅合一，坐忘修行的境界。

在《赵德麟饯饮湖上舟中对月》一诗中，苏轼展现了趁湖光春色尽情吃茶的场面："老守惜春意，主人留客情。官余闲日月，湖上好清明。新火发茶乳，温风散粥饧。酒阑红杏暗，日落大堤平。清夜除灯坐，孤舟擘岸撑。逮君帻未堕，对此月犹横。"赵德麟，又名赵令畤，为宋太祖次子燕王德昭玄孙。苏轼任职颍州（今安徽阜阳），赵令畤派人迎接，两人遂成好友。赵从政晚，苏轼曾多次举荐他。赵虽为皇朝宗室子弟，但为人谦恭，有真才实学。从这首诗中可以看出苏轼对他的赞美。他原名赵令畤，苏轼为其改字德麟，并作文《赵德麟字说》，先颂扬宋代不任人唯亲，"宋有天下百余年，所与分天工治民事者，皆取之疏远侧微，而不私其亲"，接着称赞赵令畤，"今君学道观妙，淡泊自守，以富贵为浮云……敬字君德麟，而为之说"。[26]苏轼与这样的好友一起月下品茗，休闲度日，加上湖上景色宜人，暖风起、新火开，茶乳飘香，自是惬意自在，奢享其中。

同上面类似，苏轼这首《记梦回文二首并叙》也把茶写得非常美，注重技术，展示细节。"十二月十五日，大雪始晴，梦人以雪水烹小团茶，使美人歌以饮。余梦中为作回文诗，觉而记其一句云乱点余花唾碧衫，意用飞燕唾花故事也，乃续之为二绝句云。""酡颜玉碗捧纤纤，乱点余花唾碧衫。歌咽水云凝静院，梦惊松雪落空岩。""空花落尽酒倾缸，日上山融雪涨江。红焙浅瓯新活火，龙团小碾斗晴窗。"

诗中用典，有关于受宠于汉成帝的赵飞燕、赵合德姐妹，飞燕为皇后，合德侍奉在侧。有一次，两人闲谈，皇后的唾沫不小心溅到了合德的衣袖上，合德善奉承，说这香唾落到她蓝色的衣袖上，就像石头开了花。这故事出自汉代伶玄《飞燕外传》。苏轼第一首诗赞美了脸色酡红的美人，纤纤素手，醉意朦胧地捧着玉碗，茶汤上漂着乳花，如美人的香唾印在碧衫上。苏轼"叙"中所说，连做梦也在饮茶，可见真爱茶。梦中先得佳句，"乱点余花唾碧衫"即指"飞燕唾花"。"玉碗"是不是玉石所制？如果这是描写汉朝宫廷生活，皇帝与妃子的生活圈，那么手持玉碗完全可能。但"乱

苏轼别传
茶道 香道 器道

点余花",却显然展现了宋代特有的时空。"乱"字妙用,尽显点茶神韵。开水冲点茶膏,茶花扬起,或称汤花,其速度快,汤花飞起,跳跃散乱,这般点茶景观始见宋代。点茶常与黑釉茶盏配套,虽然有时也用影青茶盏(青白瓷),但黑釉茶盏是当时点茶、斗茶的主要器皿。可见这个描写佐证了诗中的情景发生在宋代,或者说汉代故事与宋代场景的穿

图 2-13 宋 吉州窑玳瑁斑茶盏

越融合。因此,"玉碗"当是虚指,玉中之王为新疆和田玉,开采成本高,加工成碗又非常难,这类玉制茶具,即使在皇家宫廷也极为少见。偶尔皇家把玉碗赏给大臣,大臣也不舍得使用。根据宋代遗留的少量玉碗来推测,通常形制为浅腹敞口,可当茶碗,但不宜点茶。点茶多用黑釉茶盏,由福建建窑、江西吉州窑等烧制。(图 2-13)若非要"玉碗"来一个实指,那么可能是指宋代景德镇窑烧制的青白瓷。青白瓷的色泽原本仿玉。"青如天、明如镜、薄如纸、声如磬",这是明代张应文《清秘藏》一文中的说法,原本说的是柴窑,之后也用来形容青白瓷。宋应星在《天工开物》中说:"陶成雅器,有素肌玉骨之象焉。"[27]这表明宋代景德镇青白瓷烧制达到的精美程度被广为称颂,其色泽呈乳白偏青,光泽莹润如玉。玉制高档料难找,加工又难,所以当时制作的瓷具,很多品种在釉色、胎质上有意朝玉质上靠,是一种对玉之性情的崇拜和心理上的满足。景德镇窑青白瓷仿玉色得天独厚,因为当地出产最优质、最白润的制瓷专用高岭土。

景德镇,古属饶州,所产青白瓷又称"饶玉"。元代蒋祈《陶记》中描述:"景德镇陶,昔三百余座。埏埴之器,洁白不疵,故鬻于他所,皆有'饶玉'之称。"以玉形容"青白瓷"的,还有李清照的"玉枕纱窗"(《醉花阴》),玉枕指青白瓷枕。也有专家认为,苏轼诗中的"玉碗"也可能指黑釉茶盏。黑釉茶盏通常釉面滋润,具有玉一般的光泽。这评价在理。在古人眼里,黑釉茶盏像墨玉,青白瓷像白玉,龙泉青瓷像青玉。宋代人无论做什么色泽的瓷器,都追求玉质感,这得到了文献与实物两

第二章
茶道：点将来，兔毫盏里

方面的验证。瓷器仿玉，更深层的意思即继承孔子用玉类比君子品行的思想："昔者君子比德于玉焉，温润而泽，仁也。"（《礼记·聘义》）总之，有关"玉碗"的称呼，并非指玉，而是借代，或在誉美。既然是梦语，不妨任其驰骋想象。瓷碗冲点出来的茶乳，苏轼用"唾碧衫"来形容，这也是美丽的联想。接着，歌声遏云，庭院幽静，因空山里松树上的积雪掉落而惊醒，则可更为明确地表明诗人在记录梦境。

这两首茶诗的奇妙之处在于，它们还可倒读，叙中的"回文"，即是此意。这是一种文学技法。第一首倒过来读："岩空落雪松惊梦，院静凝云水咽歌。衫碧唾花余点乱，纤纤捧碗玉颜酡。"第二首："窗晴斗碾小团龙，火活新瓯浅焙红。江涨雪融山上日，缸倾酒尽落花空。"回文诗，又称"回环诗"，是一种修辞方法，以单音节语素为主，通过特殊的构思，词序往复回环，突显了汉语的特有美感。回文诗在晋代以后盛行，为文人墨客所热衷。回文诗有游戏特征，可看出诗人遣词造句的功力。刘坡公《学诗百法》言："回文诗反复成章，钩心斗角，不得以小道而轻之。"[28] 而且，这两首回文诗，倒过来读，仍然在写点茶，且又有变化，不经意的唾沫类似点茶飞花。玉原本修饰碗，倒读后却用来形容美颜。而这两句茶诗"窗晴斗碾小团龙，火活新瓯浅焙红"，正读倒读，语义完全相同，可见苏轼的文字功力之深厚。

从以上所引用的茶诗，可看出苏轼对茶的喜爱，这些茶诗的描写，主要停留在技法与审美的层面。而在长诗《寄周安孺茶》里，不仅能看到苏轼对茶的赞誉，更能体会到他对其有系统的深层思考与关注，充溢着对茶道背后文化的关怀。《寄周安孺茶》是苏轼被贬黄州时的力作，也被看成苏轼咏茶的代表之作。本文未引用长诗开头描述历史的内容，因为接下去的描述视角更为丰富："……小龙得屡试，粪土视珠玉。团凤与葵花，碔砆杂鱼目。贵人自矜惜，捧玩且缄椟。未数日注卑，定知双井辱。于兹自研讨，至味识五六。自尔入江湖，寻僧访幽独。高人固多暇，探究亦颇熟。闻道早春时，携篇赴初旭。惊雷未破蕾，采采不盈掬。旋洗玉泉蒸，芳馨岂停宿。须臾布轻缕，火候谨盈缩。不惮顷间劳，经时废藏蓄。髹筒净无染，箬笼匀且复。苦畏梅润侵，暖须人气燠。有如刚耿性，不受纤芥触。又若廉夫心，难将微秽渎。晴天敞虚府，石碾破轻绿。永日遇闲宾，乳泉发新馥。香浓夺兰露，色嫩欺秋菊。闽俗竞传夸，丰腴面如粥。自云叶家白,颇胜中山酿。好是一杯深,午窗春睡足。清风击两腋,去欲凌鸿鹄。嗟我乐何深,水经亦屡读……况此夏日长,人间正炎毒。幽人无一事,午饭饱蔬菽。困卧北窗风,风微动窗竹。乳瓯十分满,人世真局促。意爽飘欲仙,头轻快如沐。昔人固多癖,我癖良可赎。为问刘伯伦,胡然枕糟曲。"

长诗描写了有关茶史、茶道、茶品,以及诗人的饮茶性情。"名从姬旦始,渐播《桐君录》",诗的开篇就引经据典:上古时期周公姬旦所著《尔雅》里提到了茶,此乃关乎茶名的重要信息。《尔雅》相传是周武王的弟弟周公旦所著。有关《尔雅》的成书时间,今天的学术界基本认定不早于战国,不晚于西汉末,因为这部辞书中有的名词是战国以后出现的。《尔雅》是辞书之祖,收集了丰富的古汉语词汇,还是典籍《十三经》之一,是汉族传统文化的核心组成部分。成书于秦汉之前的《桐君录》即《桐君采药录》曰:"酉阳、武昌、庐江、晋陵好茗,皆东人作清茗。茗有饽,饮之宜人……又巴东别有真茗茶,煎饮令人不眠。"[29] 晋代杜育所作的《荈赋》是中国最早的茶赋,此赋记载了茶叶从种植、生长至选水烹茶,以及茶具选择和饮用等的全过程。到了唐代,陆羽写出了流传千古的《茶经》,成为中国乃至世界现存最早、最完整的介绍茶的专著。日常茶事,被赋予了丰富的文化内涵,上升到"道"的层面。茶业迅速发展,饮茶之风弥漫开来。宋代开始注重对茶品高低的品评,各种名茶随之诞生。"小龙",团茶之一种,即龙团凤饼,建州北苑御焙制作,丁谓任福建路转运使时,主司北苑茶事,研制出团饼茶的新工艺,诞生了大龙凤团茶,因团饼上压制出龙纹图案而得名。《大观茶论》:"本朝之兴,岁修建溪之贡,龙团凤饼,名冠天下,壑源之品。"这款龙团凤饼专供皇帝御饮,北苑龙团凤饼因而被视为珍品,驰誉京华。龙团凤饼之后又分大龙团和小龙团。"团凤与葵花",团凤形、葵花形,均为团茶。[30]

苏轼在此借题发挥,诗中如此点评宋代名茶小龙、团凤,显然有深意:"小龙得屡试,粪土视珠玉。团凤与葵花,碔砆杂鱼目。"有的名茶成宫廷御供,如建州茶,宋太宗下诏制贡茶,规定模制贡茶茶饼上得刻有龙凤图案。而不少名茶却被辱没,世人多不识茶,或还有以次充好的现象。正如碔砆这种似玉之石一样,时常混玉。"日注",日注茶,即日铸茶,又有"兰雪"之名,属炒青绿茶,产地绍兴。"双井"即双井茶,

第二章
茶道：点将来，兔毫盏里

产于黄庭坚的家乡、风景秀丽的江西修水县。黄庭坚曾以诗赞美："山谷家乡双井茶，一啜犹须三日夸。"（《双井茶》）他积极推销故乡的佳茗，把"双井茶"赠送给好友苏东坡、欧阳修等人，并赠诗颂扬，使得家乡的茶更加名闻遐迩，苏东坡回赠黄庭坚赋诗时也称颂双井茶。

《寄周安孺茶》一诗对采茶、制茶，以及煮茶、茶色变幻、茶具等茶道过程做了较全面的描写。采茶讲究时间节点，赵汝砺的《北苑别录》这样写采茶："采茶之法，须是侵晨，不可见日。侵晨则露未晞，茶芽肥润；见日则为阳气所薄，使芽之膏腴内耗。"[31]在晨露未失时采茶最佳，采下即入干净的竹篓里，保其鲜嫩芬芳，故诗中说"芳馨岂停宿""不惮顷间劳"等句子描写制茶的辛劳，刚采摘的茶叶不能过夜，须立即放入陶制的瓦甑，于釜里蒸，再烘干储存。采下茶叶过了夜再加工，易变味。"夫造茶，先度日晷之短长，均工力之众寡，会采择之多少，使一日造成。恐茶过宿，则害色味。"[32]"籯"，竹笼；"髹筒"，髹漆的筒。中国是世界上最早使用漆的国家。髹即把漆涂在各类材质的外表，这是一种古老的工艺。六七千年前的河姆渡文化就有这类工艺的漆碗。"箬笼"，用箬叶与竹篾编成的盛器，这里主要指储存茶叶的器皿。作者强调茶叶加工时要注意保持住茶之品性。"有如刚耿性，不受纤芥触。又若廉夫心，难将微秽渎"，作者视茶如虚怀若谷的君子，耿直廉洁、出污泥而不染。倘若加工不善，尘垢进入，那么在斗茶环节就会出现障碍。这几句显然又在以德比茶，看似写茶，其实喻人。茶天性具有君子气节和清雅品行。

有关茶的加工，作者提到了"石碾"，即石制的碾茶工具，对原来的石臼、石磨等制茶工具而言是一个提升。茶饼经过茶碾这道工序后，被加工成细细的茶粉，会改善饮用时的口感。"轻绿""乳泉"，前者指茶粉，后者形容茶汤。"馥"，指茶香。"瓶罂"，通常指小口大腹的陶瓷容器，宋代青白瓷、龙泉青瓷等都有类似制品。"乳瓯"，瓯通常指陶瓷器皿，也可能指瓯窑生产的茶器。宋代点茶在冲泡之后以产生白色茶沫为佳，唯以茶筅击拂，方能产生出茶沫，似白乳，香气萦绕，所以常用"香乳""细乳"来形容。苏轼《次韵黄夷仲茶磨》中写到了茶磨及加工方法，可作为这首《寄周安孺茶》的旁注。这首写茶磨的诗这样说："前人初用茗饮时，煮之无问叶与骨。浸穷厥味曰始用，复计其初碾方出。计尽功极至于磨，信哉智者能创物。破槽折杵向墙角，亦其遭遇有伸屈。岁久讲求知处所，佳者出自衡山窟。巴蜀石工强镌凿，理疏性软良可咄。予家江陵远莫致，尘土何人为披拂。"黄夷仲，诗人黄庭坚的叔父。此诗强调了茶具对茶叶加工的重要性。古人在最初饮茶时并不怎么讲究如何加工茶叶，比如汉代就流行把茶叶浸泡后放入石臼中稍作碾压，随后烹茶出汁饮用。由于加工较为简单，茶叶的叶的状态与饮茶咀嚼到的茎脉会影响人们的口感，因为如石臼、石磨等只是对茶的粗加工。而四川一带的石磨受人欢迎，对茶能进行较细致的加工。陆羽在《茶经·六之饮》中描述了几种茶的加工方法："饮有觕（同粗）茶、散茶、末茶、饼茶者，乃斫，乃熬，乃炀，乃舂，贮于瓶缶之中，以汤沃焉，谓之痷茶。"粗茶要斫细，散茶得熬煎，末茶则烘烤，茶饼须捣碎。

长诗中提到了"自云叶家白"，叶家白是福建建茶的一个品种，每年岁贡，诗人们多有称颂。"为我取黄封，亲拆官泥赤。仍须烦素手，自点叶家白。"（苏轼《岐亭》诗之三）"食罢相携堤上步，将散重煎叶家白。人生此事最便身，金印垂腰定何益。"（苏辙《西湖二咏之一·观捕鱼》）"午瓯谁致叶家白，春瓮旋拨郎官清。"（陆游《次韵使君吏部见赠时欲游鹤山以雨止》）"乳瓯十分满，人世真局促"，茶汤满，是斗茶的一个标准，茶汤浅，则不合格，得击拂打出满满的白茶沫。小小茶盏注入满满的茶汤，这种满，让人联想到茶盏外的世界狭小局促，有种种欠缺、种种的不圆满。显然，作者在此借茶抒怀。描写了茶叶的采摘、轻揉、火候工艺之后，接下来就是描述喝茶的感受，"清风击两腋，去欲凌鸿鹄""意爽飘欲仙，头轻快如沐"，这些描写喝茶的经典句子，受唐代卢仝的诗句的影响。

苏轼觉得大热天喝茶，对身体有益，尤其是酷暑发热毒之际，茶更是驱暑的饮料。这首长诗的最后，苏轼表达了他看重喝茶要超过喝酒，喝茶能给人充分的享受，这是其他癖好无法比拟的。"昔人固多癖，我癖良可赎。为问刘伯伦，胡然枕糟曲。"刘伯伦即刘伶，"竹林七贤"之一，放浪不羁，好老庄之学，追求自由逍遥，纵酒避世。苏轼欣赏刘伶，但反对胡喝乱饮。他深感喝茶的乐趣多多，"清风击两腋，去欲凌鸿鹄""嗟我乐何深"，以致"美恶两俱忘"。诗歌写到这里，意境升华了，苏轼从逆

第二章
茶道：点将来，兔毫盏里

境中走出，品茗而获得安宁，随心意，自逍遥。在苏轼看来，无论是精于茶道的茶人，还是普通百姓，喝茶后的感受正如《茶述》所描写的："其性精清，其味淡洁，其用涤烦，其功致和。参百品而不混，越众饮而独高。烹之鼎水，和以虎形，人人服之，永永不厌。"[33]

喝茶喝到这个地步，时有成仙之感，符合道家追求的五德：虚无、齐物、守一、柔弱、纯粹素朴。读罢长诗《寄周安孺茶》，可以发现只有对人生悟透、对茶有切身感受，把茶看成是天公创造的灵品，才能写出如此颂扬饮茶、荡气回肠的佳作来。人世有太多的龃龉、太多的不足，而这些事既可能是社会的，也可能是自己的。用茶来澄清这个世界，同时也是在荡涤自己。生活中时有这般感受，烦恼不顺时，一口香茗入肚，脑筋顿感放松，心肺似被清洗。茶之效用，在醒脑、启智慧，同时又能在虚拟世界里获得神灵的开智，捕捉到生活在别处的乐趣。品茶，在人生快意时，能修性养志；在坎坷失意时，能抚慰心灵。

苏轼比大多数文人更爱茶。这首长诗，可见出他不局限于把喝茶当作一种闲适时的生活方式，而是朝着更深的意义走，从茶道看世道，从茶性至修心。宋代崇尚的茶风培养了苏轼，苏轼等人的茶道引领，又推动了宋代茶文化的前行。当时朝廷显贵、士大夫阶级流行茶道，普通百姓也风行喝茶。孟元老在《东京梦华录》中说，汴京民间茶礼风行，朋友走动，形成客来敬茶的风尚。邻居之间请喝茶叫"支茶"，乔迁新居，邻舍要"献茶"。"或有从外新来，邻左居住，则相借措动使，献遗汤茶，指引买卖之类。更有提茶瓶之人，每日邻里互相支茶，相问动静。"[34]

苏轼讲究喝茶，实在于享受到了喝茶的好处。进入写作状态之前，先喝茶提神，这几乎是必备的功课，"浓茗洗积昏，妙香净浮虑。"（《雨中过舒教授》）历经挫折，郁闷于胸，茶与香是解脱良方。大脑除净了"积昏"和"浮虑"，进入澄澈明朗之境，握笔写作，或赏物看画，会有别样景观。"尝茶看画亦不恶，问法求诗了无碍。"（《龟山辩才师》）欲欣赏书画，先品饮好茶，待神清气爽时。苏轼之前的时代，喝茶的功效已被很多哲人、诗人推崇，《神农本草经》说："茶味苦，饮之使人益思、少卧，轻身明目。"晋人杜育在《荈赋》中说茶能够"调神和内，倦解慵除"。唐代诗人李白在《仙人掌茶》中说："惟玉泉真公采而饮之，年八十余岁，颜色如桃李。而此茗

苏轼别传
茶道　香道　器道

清香……扶人寿也。"到了苏轼所在的宋朝，更多的诗人青睐茶、推崇茶，以至描写茶的诗文多如满天星斗。

被贬黄州的一个冬天，苏轼在郊外取名为"东坡"的荒地里干农活，希望出产粮食、蔬菜，以解决温饱问题。作为贬官，几乎什么都没有了，只能靠自己养活自己。眼下，他已是脱下长袍，摘下方巾，短褐打扮的农民模样，在田头开种。他不想让别人辨识他曾是士大夫的身份。[35]因为爱喝茶，遂请教茶农如何种茶。"松间旅生茶，已与松俱瘦。茨棘尚未容，蒙翳争交构。天公所遗弃，百岁仍稚幼。紫笋虽不长，孤根乃独寿。移栽白鹤岭，土软春雨后。弥旬得连阴，似许晚遂茂。"（《种茶》）茶种在松树间，之后移植于土壤肥沃的白鹤岭，春雨土软，滋润生长。

苏轼的《江城子》自序中有这些文字："元丰壬戌之春，余躬耕于东坡，筑雪堂居之。"堂凡五间。王宗稷《东坡先生年谱》引《雪堂记》"苏子"至"无容隙"云云，谓雪堂之名"盖起于此"。"并谓，先生自书'东坡雪堂'四字以榜之。试以《东坡图》考雪堂之景，堂之前则有细柳，有浚井，西有微泉，堂之下，则有大冶长老桃花茶、巢元修菜、何氏丛橘，种秔稌，莳枣栗，有松期可斫，种麦以为奇事，作陂塘，植黄桑，皆足以供先生之岁用，而雪堂之胜景云耳。"[36]

苏轼在给多位朋友的信中描述了在东坡忙于茶树等耕种之事，对农事以及天伦之乐的赞美，认为这些是天底下头等的好事。"某见在东坡，作陂种稻，劳苦之中，亦自有乐事。有屋五间，果菜十数畦，桑百余本，身耕妻蚕，聊以卒岁也。"他在《与杨元素》中说："近于城中葺一荒圃，手种菜果以自娱。""近于城中得荒地十数亩，躬耕其中，作草屋数间，谓之东坡雪堂。种蔬接果，聊以忘老……此书到日，相次，岁猪鸣矣。老兄嫂团坐火炉头，环列儿女，坟墓咫尺，亲眷满目，便是人间第一等好事，更何所羡。"[37]

苏轼没有干过农活，出生在四川眉山，后通过考试入京当官，因性情直爽反对王安石变法受挫，自贬杭州，后异地做官多年，因写诗惹出"乌台诗案"，被贬黄州。原本写作的手眼下变成了干农活的手，自然得经过一段艰难的时光。苏轼经过调整心态，喝茶闻香，修炼道家内丹功法，渐渐恢复到原来的豁达状态。在东坡筑巢五间以

第二章
茶道：点将来，兔毫盏里

供栖居，因造简屋过程中大雪纷飞，遂自得其乐命名为雪堂，且在墙壁上画了雪景，写上"东坡雪堂"四字作为匾额悬挂大门上。他从大冶讨来了心爱之物大冶茶树，移植在雪堂边。虽然未必期待来年茶树产茶，但种植、养护茶树，对于苏轼而言，原本就是一件非常美妙的事。有关大冶茶树的来历，学者沈振国《苏东坡与阳新茶》一文中认为，苏轼被贬到湖北黄州为团练副使，此间他常游长江两岸的黄冈、鄂州、浠水、大冶、阳新等地，还游赏了兴国州（今湖北阳新县）的山水。而苏轼到兴国南厚脑山桃花尖时，因风寒得病，和尚向东坡敬茶，不久东坡康复，写诗记之。[38]

《苏轼年谱》记载："陈慥来，问大冶长老乞桃花茶栽东坡，有诗。"《太仓稊米集》卷三十五题："苏内相在黄冈，尝从桃花寺僧觅茶栽，移种雪堂下。"知大冶长老乃桃花寺僧。《舆地纪胜》卷三十三："桃花寺在永兴县南五十里，桃花尖山之下。寺中有甘泉，里人用以造茶，味胜他处，今茶号曰'桃花绝品'。"《式古堂书画汇考·书》卷十："苏长公居黄州。""在城南筑一白雪堂，四百三十步，前有桃李林泉，后有果菜堂。大冶长老……"[39]

苏轼何时乞茶，地点在哪儿，乞的是什么茶，尚有争议。有专家认为不是在寺庙里，而是当地的茶农"长老"给他喝的茶。所谓的桃花茶，也不是桃花制作的茶，应该是当地地名带有"桃花"一词，故其茶有此名。《问大冶长老乞桃花茶栽东坡》还记载了种植时的心情："周诗记茶苦，茗饮出近世。初缘厌粱肉，假此雪昏滞。嗟我五亩园，桑麦苦蒙翳。不令寸地闲，更乞茶子蓺。饥寒未知免，已作太饱计。庶将通有无，农末不相戾。春来冻地裂，紫笋森已锐。牛羊烦呵叱，筐筥未敢睨。江南老道人，齿发日夜逝。他年雪堂品，空记桃花裔。"

"周诗"，即周代的《诗经》，早在《诗经》时代就提到过茶，但饮茶是在汉代才风行的。"粱肉"，以粱为饭，以肉为肴，指精美的膳食。此意出自杜甫的"甲第纷纷厌粱肉"，少吃肉，多喝茶，表达对茶树的期待。可耕面积不大，有五亩地，大多被桑树、麦子占领了，然而，还是要尽可能多多栽种茶树，不能使一寸土地闲着，努力想获得更多种植茶树的技巧。"紫笋"指顾渚紫笋茶，产于湖州长兴县顾渚山一带。这里泛指春茶冒尖，一大片茶叶抽芽之时，得提防牛羊来偷吃。"筐筥"，方形为筐，圆形为筥，泛指竹器。此处表达了对种茶、采茶、煮茶、品茗的期待，犹言"快带着筥筐来采摘吧"。"齿发"，牙齿与头发，谦称或指年龄。意指我这么一个江南老头儿，任凭岁月流逝，将来要是在雪堂喝上这棵茶树产的茶，就心满意足了。东坡上的种茶经历，让苏轼体会到了茶农的辛苦，也使他更加熟稔茶与土壤的关系。

当然要想一下子种出好茶，有点难。好在苏轼无论在朝廷任官还是被贬在外，都不缺好茶，时有朝廷奖赏，也有朋友馈赠。每逢得茶，他往往很珍惜地享用。唐庚在《斗茶记》中说了一个小故事："欧阳少师作《龙茶录序》，称嘉祐七年亲享明堂，致斋之夕，始以小团分赐二府，人给一饼，不敢碾试，至今藏之。"[40]此文是说欧阳修难得有机会受赏赐得到珍贵的茶饼，不敢碾试，不舍得吃，此乃人之常情。苏轼也得到过一款高档茶饼，起初不忍破坏茶饼好看的形状，也不舍得吃，之后从茶饼上撬下一小块，毁了其完整度，深感惋惜，因怜惜之情还诞生了一首词，活脱脱一个茶痴。宋代茶品的主要包装形式就是茶饼，有的茶饼包装非常考究，上面印有图案，极富艺术气息。宋徽宗说的龙团凤饼，就是当时福建贡茶的著名包装。苏轼在《月兔茶》一词中这样描写："环非环，玦非玦，中有迷离玉兔儿。一似佳人裙上月，月圆还缺缺还圆，此月一缺圆何年。君不见斗茶公子不忍斗小团，上有双衔绶带双飞鸾。"此词约作于宋神宗熙宁六年（1073）春。是时，苏轼自贬在杭州通守任上，品尝着四川彭水县产的月兔名茶。

原本圆形好看的茶饼，现在缺了一块，成了"玦"型。古代君王要驱逐臣子时则送玉玦，或示玉玦，意在驱赶。朋友间决断，也时用此法。而"环"，寓意万事圆满，以示吉祥。玉玦在古代有着特殊的冷酷意味，谈论时通常表现强烈的语气，平日里忌讳出现这样的词汇。玉玦主凶，其知名案例如在楚汉相争时的鸿门宴上，谋士范增暗示项羽立即决断斩刘邦，"举所佩玉玦以示之者三"，反复出示玉玦，暗示杀机（图2-14）。

如此凶险的"玦"字，苏轼为何要让它出现在这首词中？一个圆满的造型，特别是像这类珍贵的茶饼，其形总要经历这样一个从"环"到"玦"的过程。环，就是玉环。玦，就是玉玦。前者圆形，象征团圆、圆满。后者是圆环中缺掉一截，成一个C字形，意为残缺、不圆满。《荀子·大略》说："绝人以玦，反绝以环。"本来是圆满的月兔

第二章
茶道：点将来，兔毫盏里

茶饼，现在要吃了，不得不"破坏"其形，折下一块，原是环，现成玦。而玦形的茶饼，还得存放很长时间，好折磨人。茶饼包装纹饰中间有玉兔儿，又像女子的衣裙在飘动。月亮圆了又缺，缺了还会圆。月兔茶饼被折了一块，几无再圆，苏轼不忍心目睹这般残缺，尤其是上面还饰有精致的双凤共衔图案。如此叙述，可看出苏轼心思细腻，万千感慨，常人所不及。"月有阴晴圆缺，此事古难全"。苏轼在词中隐伏了什么，茶饼要破，茶要喝，但情谊不能绝，人生从玉环到玉玦，只得坦然面对。今后的日子不可能永远是"环"，词语细节指向，"玦"是常态，"此月一缺圆何年"，暗示了命运多舛。喝此茶时，苏轼正因仕途不顺自贬到了杭州，其心情可以想象，面对精美包装的茶饼，拆开总有些不舍。产生这般怜惜与感慨的并非只有苏轼，其他诗人也有。"凤舞团团饼。恨分破、教孤令。金渠体净，只轮慢碾，玉尘光莹。汤响松风，早减了、二分酒病。味浓香永。醉乡路、成佳镜。恰如灯下，故人万里，归来对影。口不能言，心下快活自省。"（黄庭坚《品令·茶词》）精致的茶饼上饰有凤凰飞舞的图案，原本是完美的，此刻却恨要将其分破。接着好水煎茶，火炉发出的声音如风过松林，与茶汤的沸声汇合，完成了一幅煮茶图。此刻想起故人千里迢迢赶来相会，孤灯下静静对影，口不能言，欲说还休。在这首词中，黄庭坚和苏轼一样，从茶饼的圆到缺，吃茶吃出了人生况味。《月兔茶》的最后，苏轼似乎也不愿过多谈论，笔锋一转，"君不见斗茶公子不忍斗小团"。斗茶，让人忘却一切，是茶道中最充满趣味、最被同时期文人所津津乐道的茶事活动。

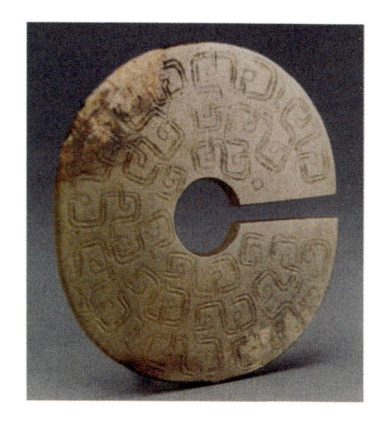

图 2-14 春秋 青玉虺纹玦
故宫博物院

苏轼的《月兔茶》在结尾部分不愿再拘泥于圆与缺的讨论，稍作议论，戛然而止。但在另一首诗中，他喝了茶联想到社会现实，冷嘲热讽、嬉笑怒骂，诗意指向明确。这首《和钱安道寄惠建茶》也写作于这个时期。

"我官于南今几时，尝尽溪茶与山茗。胸中似记故人面，口不能言心自省。为君细说我未暇，试评其略差可听。建溪所产虽不同，一一天与君子性。森然可爱不可慢，骨清肉腻和且正。雪花雨脚何足道，啜过始知真味永。纵复苦硬终可录，汲黯少戆宽饶猛。草茶无赖空有名，高者妖邪次顽懭。体轻虽复强浮泛，性滞偏工呕酸冷。其间绝品岂不佳，张禹纵贤非骨鲠。葵花玉銙不易致，道路幽险隔云岭。谁知使者来自西，开缄磊落收百饼。嗅香嚼味本非别，透纸自觉光炯炯。粃糠团凤友小龙，奴隶日注臣双井。收藏爱惜待佳客，不敢包裹钻权幸。此诗有味君勿传，空使时人怒生瘿。"

这首诗描写了一个茶人应具有的品格，即做人必须性情坦荡。诗句先说自己在南方当官，常有机会喝到名茶。而品过的茶，如同交往过的朋友，看在眼里、记在心里，有时不做评论，但心知肚明。喝过的茶，首推建茶，品尝其味，能感觉到清澈的骨干，醇厚的肉味，味道隽永，纯正冲淡。其品性时常苦硬兼具，又森然可爱，让人联想到敢于直言的西汉官员汲黯和宽饶。这里借茶味褒扬有"戆""猛"之风的名臣。反之，那些有才但无骨之人，如汉代丞相张禹，只会逢迎权贵，如同空有虚名的"草茶"。作者在这里嘲讽了他们的"妖邪""顽懭"。这首茶诗指向明确，茶味不同，其品格高低也不同，诗中以不同的人物去象征。世人常见诤官之清风气节和小人之钻权争宠，恰似喝茶之间的感受。一个真茶人——苏轼推崇清风气节者、耿直性情者。

诗中提到的"溪茶""山茗"，皆泛指依山傍水的茶园，前者还可能特指福建闽北的北苑贡茶。北苑贡茶的茶园多溪水，如"建溪""沙溪"，[41] 故常以"溪茶"指代。"团凤""小龙"，是北苑贡茶的茶饼包装形式，此包装式样由皇室制定，遂成茶中翘楚。[42] 而原先出名的"日注""双井"茶也只能甘拜下风。"体轻虽复强浮泛"等句，描述点茶后茶乳溢盏的情景。苏轼《西江月·茶词》中就有"盏浮花乳轻圆"的句子，冲茶汤，茶乳浮，汤花轻盈漂亮，且能咬住口沿，这种境界只有点茶高手才能做到。如此描写实是暗喻草茶如同那些小人，骨体轻飘，性滞酸冷，与敢于直言的热血忠臣无法相比，"草茶味短而淡，故常恐去膏；建茶力厚而甘，故惟欲去膏"。[43]

读《和钱安道寄惠建茶》，似见一位茶人走来，性情坦荡、清风明月般地进入我们的视野。下面这首《和蒋夔寄茶》，我们又看到一位善解人意的茶人形象："我生百事常随缘，四方水陆无不便。扁舟渡江适吴越，三年饮食穷芳鲜。金齑玉脍饭炊雪，海螯江柱初脱泉。临风饱食甘寝罢，一瓯花乳浮轻圆。自从舍舟入东武，沃野便到桑

第二章
茶道：点将来，兔毫盏里

麻川。剪毛胡羊大如马，谁记鹿角腥盘筵。厨中蒸粟埋饭瓮，大杓更取酸生涎。柘罗铜碾弃不用，脂麻白土须盆研。故人犹作旧眼看，谓我好尚如当年。沙溪北苑强分别，水脚一线争谁先。清诗两幅寄千里，紫金百饼费万钱。吟哦烹噍两奇绝，只恐偷乞烦封缠。老妻稚子不知爱，一半已入姜盐煎。人生所遇无不可，南北嗜好知谁贤。死生祸福久不择，更论甘苦争蚩妍。知君穷旅不自释，因诗寄谢聊相镕。"

公元 1075 年，苏轼离开杭州，出知密州，友人蒋夔寄来了好茶，苏轼心情不错，就随意闲聊自己的平常事。诗中描述：我一生事事随缘，行走四方，曾到过吴越，那是一块富足之地，我在那生活了三年。日常吃白米饭，享受新鲜海味，酒足饭饱稍作休息，再品尝着好茶。"一瓯花乳浮轻圆"，是对点茶、斗茶的描写。冲点后的茶乳慢慢浮起，乳花轻盈细腻、圆润，这是斗茶追求的效果，也是茶人乐于享受的画面。不久来到了北方的密州东武（今山东诸城），眼前所见的广大桑麻之地，盘中的饮食迥别于南方，当下照着北方人的习惯，吃粟米饭，就酸酱菜。那些考究餐具如柘罗铜碾之类的，就用不着了，入乡随俗吧。在南方时，喝着北苑的茶，还时常点茶、斗茶，闲玩之后，就爱看在水脚一线上谁能击败对手。"水脚一线争谁先"是上句"一瓯花乳浮轻圆"的继续，斗茶到了最后阶段，就是争"水脚一线"。水脚即水痕，一线即一水。《茶录》说："茶少汤多，则云脚散；汤少茶多，则粥面聚。钞茶一钱七，先注汤，调令极匀，又添注入，环回去拂，汤上盏可四分则止，视其面色鲜白，著盏无水痕为绝佳。建安斗试，以水痕先者为负，耐久者为胜。故较胜负之说，曰相去一水两水。"[44]《大观茶录》说："粥面未凝，茶力已尽，雾云虽泛，水脚易生。"[45]总之，这首诗写了南北方在饮食等方面的差异，苏轼所到的北方条件简陋，不如南方，但对真正的茶人而言，却可坦然面对，随运自适。

苏轼的《怡然以垂云新茶见饷报以大龙团仍戏作小诗》说的是怡然和尚送他一包垂云茶，他回赠宫廷赏赐自己的大龙茶团，并赋小诗说明："妙供来香积，珍烹具大官。拣芽分雀舌，赐茗出龙团。晓日云庵暖，春风浴殿寒。聊将试道眼，莫作两般看。""垂云茶"，宋代杭州名茶。"龙团"指福建北苑贡茶。"香积"，有多种意思，根据上下文分析，这里应指佛国、佛寺。"拣芽分雀舌"，描述了从茶园摘回的茶芽，分拣出雀舌后再制成龙团贡茶。这首诗有游戏的成分,你送我的茶不错,我回赠的茶也不差,其采摘工艺特殊,制作过程也十分精细,如此描写似乎有些炫耀,故称"戏作小诗"。苏轼一生多次到杭州,时常居住在寺庙,这天可能与怡然和尚一起闲聊茶道,晚上入住寺内,次日起床,对寺庙早晨的景观描写了一番。"道眼",佛教语,具备了道眼,即能洞察世象、区分真妄。有了这般智慧,便能从品茗中养炼性情、参禅悟道,小诗尽显茶人的性情。

2. 瓷碗唇边,斗赢一水

斗茶呈现了茶道中的仪式感,留下了丰富的人文阐释空间。斗茶一方面是当时流行的文化娱乐形式,另一方面是官府检验茶品高低的方法。茶业是宋代经济重要的支柱产业,朝廷加以控制管理,益于国计民生。唐代已建立了茶税制度,宋代更为完善,建立了茶业专卖机构,形成了完整的商业体系。[46] 其时全国各地产茶品种多样,如何加以甄选、品评等级的斗茶形式的诞生,便为全方位评判茶的质量提供了检验尺度。各地送上的成品茶饼,前期质量如何、采茶时间是否合适、加工时的技术标准怎样,这些都能在斗茶的过程中显示出来。另外,茶碾时茶品是否清香、汁水是否丰润,冲点后茶汤的新鲜度、口感度,都可在斗茶过程中有细节化的呈现,等级高低立见分晓。反之,若名茶加工不地道,冲点不当,茶品受影响,斗茶也会输。《茶疏》这样说:"顾彼山中不善制造,就于食铛大薪炒焙,未及出釜,业已焦枯,讵堪用哉。兼以竹造巨笱,乘热便贮,虽有绿枝紫笋,辄就萎黄,仅供下食,奚堪品斗。"[47]

宋代的茶道,在各地又演变出不同的花样。比如分茶游戏,其过程也得经过三个步骤(碾茶、注汤、筅拂),然后在被茶筅击打的茶面上以汤纹水脉变幻出各类图纹,再手工绘制出花鸟图、云雾图等,形成水墨画般的效果。这出"茶百戏"的分茶技艺又称"水丹青"。这些技巧也可用来斗茶,看谁的茶艺水准高。北宋陶谷在《清异录·茗荈门》中说:"茶至唐始盛,近世有下汤运匕,别施妙诀,使汤纹水脉成物象者,禽兽虫鱼花草之属,纤巧如画,但须臾即就散灭,此茶之变也。时人谓之'茶百戏'。"[48]

第二章
茶道：点将来，兔毫盏里

孟元老在《东京梦华录》里多处记载了京城的茶馆，其中就有分茶馆。朱雀门外"以南东西两教坊，余皆居民或茶坊，街心市井，至夜尤盛"，宣德楼前御街"李家香铺、曹婆婆肉饼、李四分茶……街北薛家分茶、羊饭、熟羊肉铺……御廊西即鹿家包子，余皆羹店、分茶、酒店、香药铺、居民"。[49]

关于斗茶，苏轼在《行香子》中这般描写："绮席才终。欢意犹浓。酒阑时、高兴无穷。共夸君赐，初拆臣封。看分香饼，黄金缕，密云龙。斗赢一水，功敌千钟。觉凉生、两腋清风。暂留红袖，少却纱笼。放笙歌散，庭馆静，略从容。"宴会结束，欢意却不散。主人拿出一款密云龙，玩斗茶。拆开封印后，"看分香饼"，大家闻到茶饼的芳香。"黄金缕"，金线包扎的茶饼显示了奢华，上面的龙纹图案则尽显精美。"密云龙"，属福建武夷（古属建州）岩茶，即北苑御焙贡茶之一种，其名属宋神宗下诏制作皇室专享之御茶时所赐，茶种可分密云龙大红袍与密云龙北苑贡茶。宋徽宗在《大观茶论》中称赞这类贡茶："采择之精，制作之工，品第之胜，烹点之妙，莫不咸造其极。"[50]文中提到的"正焙"，即指建安北苑、壑源专门生产贡茶的官焙茶园。"斗赢一水"，斗茶的核心部分就是斗茶汤。茶汤的制作比较复杂，要是不顺，斗茶就受影响。制作茶汤时，将折取少许的茶饼放入茶碾碾碎成末，点茶时，用事先煎好的汤冲点。宋代点茶与唐代煎茶，对煎水要求类似，都不能太老。煎水后，茶末入茶盏，通常使用福建建阳产的黑釉茶盏。先入少许沸水，调成膏，再注入瓶中沸水，叫点水。点水时讲究落点要准，自中心注入，接着用茶筅旋转调打，称击拂。茶汤在旋转中产生白色茶沫，渐渐上升，齐盏沿、微凸起、咬住盏边。点茶结束，随即品尝。斗茶过程中的这三个步骤都必须做到位：均匀调膏，节制注水，茶筅适度击拂，俗称"三昧手"。苏轼曾在《送南屏谦师》诗中称赞谦师茶艺高超："道人晓出南屏山，来试点茶三昧手。"茶先被调成膏状，再冲点击打，慢慢出现白色茶沫，这时候还要看谁的白色茶沫漂亮，雪白细腻，咬盏时间长。茶水痕是指残留在盏内壁上的茶痕，残留多，表明前期采茶、加工过程中出了问题。而斗茶最完胜的，先看汤色是否鲜白，此是一斗汤白；接着看咬盏时间是否长，即茶沫停留在茶盏唇边时间越长越好，且无水痕，这难度更高，叫二斗水痕。当然，有水痕也难免，这时就看深浅多少，水痕少者便赢。要想做到无水痕或少水痕，须得在前期采茶与加工上下功夫，比如不能有灰尘污垢掺入，加工时得细心分拣等。正像苏轼长诗《寄周安孺茶》所写："有如刚耿性，不受纤芥触。又若廉夫心，难将微秽渎。"

斗茶前的茶碾阶段，能见茶粉细腻与否，击拂茶汤是否手势利索、疾徐适度。若技术得当，使茶沫丰富且细、糯、滑，成粥面，汤花一旦细糯似乳，其黏附力强，能长时间咬盏不散，便是胜出。要是前面制作工序稍有瑕疵，击拂时又少了耐心，急于求成，汤花急速起沫，茶沫便会加快消散，不见咬盏之效。以上所述茶沫、汤色、乳白等词，都是对茶水的形容，所以词中简要概括为"斗赢一水"。明人黄龙德如此描绘宋代风格的斗茶："试水斗茗，饮何雄也。梦回卷把，饮何美也。古鼎金瓯，饮之富贵者也。瓷瓶窑盏，饮之清高者也。"[51]

这样的斗茶，颇具仪式感，过程也颇复杂。每个步骤都须认真对待，能培养恭敬心，有修身养性的作用，凸显茶道的核心。点茶、斗茶还牵涉相关的茶具，古人称之为"十二先生"（图 2-15）。"十二先生"出自南宋审安老人的《茶具图赞》，他以白描手法画出十二件茶具，美称"十二先生"，对每一种茶具赋以官职名，取其功用与形制之谐音，形象地反映出茶具的诸多趣味与文化内涵：韦鸿胪，烘茶炉；木待制，捣茶茶臼；金法曹，碾茶茶碾；石转运，茶磨；胡员外，茶入；罗枢密，筛茶茶罗；宗从事，茶帚；漆雕秘阁，盏托；陶宝文，茶盏；汤提点，汤瓶；竺副帅，茶筅；司职方，茶巾。"十二先生"茶具被如此隆重地介绍，显示了茶具在茶道中

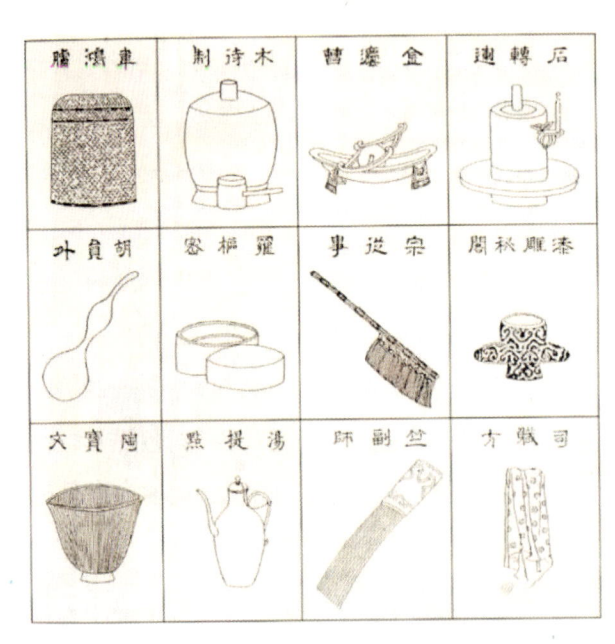

图 2-15 宋 茶具"十二先生"

第二章
茶道：点将来，兔毫盏里

的重要性。

对于斗茶而言，黑釉茶盏自然是最重要的茶具，无论是建窑生产的或是建窑系生产的同类产品，都得"广口束边深腹"，只有这般，才适合茶汤起乳咬盏，完成斗茶的全部过程。（图2-16）（图2-17）从技术上说，茶盏内壁弧度还必须匀称糯滑，有利于茶筅击拂时茶汤起乳。

图2-16 宋 建盏

斗茶之后，喝个畅快。"千钟"即指千杯，只在言多尽兴，并非实指。上文说过苏轼饮茶喝酒，可能多用小杯，"千钟"虽是夸张说法，也可作为一个旁证。苏轼在《满庭芳·蜗角虚名》中说："江南好，千钟美酒，一曲满庭芳。"词中的"千钟"也是此意。斗茶最后的感受，是"觉凉生、两腋清风"，甚是过瘾，有羽化登仙之感。这个过程十分美妙，红袖笙歌，飘飘欲仙。然而，美景往往短暂，没有不散的筵席。

图2-17 宋 茶盏与茶托

词意到此，并不多发议论与感慨，最后安安静静地收笔，"庭馆静，略从容"，庭院房间一下子寂静下来，好茶让人闲适，自得轻松。

苏轼的《西江月·茶词》是一首有名的茶词，既写了美丽的姑娘，也写到了斗茶。先自序："送建溪、双井茶，谷帘泉与胜之。胜之，徐君猷家后房，甚丽，自叙本贵种也。"苏轼送了好茶给胜之，胜之是黄州太守徐君猷的侍妾，长得非常美丽，曾介绍自己的祖上也是贵族。再引出本词正文："龙焙今年绝品，谷帘自古珍泉。雪芽双井散神仙。苗裔来从北苑。汤发云腴酽白，盏浮花乳轻圆。人间谁敢更争妍。斗取红窗粉面。"

"建溪"即福建建阳溪，出产名茶。"双井"即双井茶，黄庭坚故乡江西洪州（今江西修水）出产，经黄庭坚推广，声名远扬。谷帘泉，名泉，在今九江市庐山境内。《茶经》记载："第水高下，有二十品，庐山谷帘泉居第一。"词的上阕写北苑茶、双井茶的珍贵，并把这些珍贵的茶水送给胜之，可见苏轼对这位美丽的姑娘颇有好感。下阕则写制作茶汤的色相与美妙感受。"龙焙",茶名。龙焙茶今年极佳,又用谷帘名泉水来煮,当绝配。"雪芽双井",雪芽即茶芽鲜嫩,身披白色绒毛,此乃双井茶中的佳品。"苗裔来从北苑",这世间的千般好茶,通常来源于福建北苑,显示其"苗裔"的正统。这般说明,似乎在呼应胜之自叙其贵族的血统。北苑在建安县,即今建瓯市吉苑里,宋代产贡茶之地。这里能成为北宋贡茶产地,有着特殊的条件,《梦溪笔谈》中说"建茶皆乔木",建州的茶树是大茶树,产量颇丰。"建茶之美者号'北苑茶'。今建州凤凰山,土人相传谓之北苑,言江南尝置官领之,谓之北苑使。予因读《李后主文集》有《北苑诗》及《文苑纪》……李氏时有北苑使,善制茶,人竞贵之,谓之'北苑茶'……丁晋公为《北苑茶录》云:'北苑,地名也,今曰龙焙。'"[52]北苑贡茶先后有龙凤团、小龙团、密云龙、龙团胜雪等品种,又称龙凤茶、龙团凤饼、建溪官茶等。茶饼形制多为模具压印翻出,一款蒸青团茶现龙凤图案,名贵非凡。北苑茶在五代十国时期的闽国就已出现,风行于宋代,一直到明代仍然是名茶。"江南之茶,唐人首称阳羡,宋人最重建州,于今贡茶,两地独多。阳羡仅有其名,建茶亦非最上,惟有武夷雨前最胜。"[53]这是明代人的论述,表明闽北建茶,即北苑贡茶在明代仍然负有盛名,但之后让位给其他地方茶种,如武夷茶,皆来自闽北好山好水的养育,"擅瓯闽之秀气,钟山川之灵禀"(赵佶语),这一大片风水宝地,产出的都是好茶。

"汤发云腴酽白,盏浮花乳轻圆。"只有点茶冲泡,才会出现"汤发"。"汤发"之说与宋徽宗的"发汤取乳"语义相同。折一块茶饼放入茶碾,碾磨成粉末状,舀一勺放入福建产的黑釉茶盏,然后少许沸水冲点,先调成膏状,类似"云腴"(图2-18)(图2-19)。云腴原意指传说中的仙药,这里形容酽白的茶膏。茶膏被搅拌至匀,再注水,这时才用茶筅快速击打,即击拂,使得水与茶膏充分融合,在击拂过程中,茶汤渐渐浮现大量乳白色茶沫,茶沫自盏底往上发出,故称"汤发"。发出的茶沫是白色的,茶汤略高于茶盏,呈漂浮状,此刻方能咬合茶盏的边缘,即咬盏。从盏底的茶膏到发浮在表面的茶汤,显然是前稠后稀,皆呈乳白色。当然,用"云腴"来形容汤发之后的样貌,也能说通。但既然称云腴,则现黏稠状,就很难说"轻圆",起初的茶膏被稀释、被击拂成茶汤,方显轻圆。可见这十二个字,就把宋代点茶的技术流程简要道

第二章
茶道：点将来，兔毫盏里

出，且非常形象。如此神仙般的"酽白"茶汤，让人心情喜悦。对茶汤色泽的形容，也可使人联想胜之的容貌。

有关技术流程的"盏浮"，还可继续讨论。茶汤浮在茶盏表面，怎样的状态可以被称作"浮"？要是茶汤起乳，其高度只是盏内一半，很难被称作"盏浮"。只有茶汤起乳高于茶盏口沿，才能如此称呼，这是斗茶的最终阶段。这里巧妙地写出了建盏之类的茶器口边有束口设计，有此束口，茶汤才易"咬盏"。至于什么茶盏，产地哪里，作者都没有写，但通常是指福建产的建窑黑釉茶盏，或者是建窑系的茶洋窑、福清窑、遇林亭窑、浦城窑等生产的类似茶盏。[54] 白茶汤配黑茶盏，黑白两色组合，是道家茶事崇尚的基本色。茶汤越白、茶沫越细，表明茶的质量越好。所以诗词中时常把这样的茶汤写作雪白，苏轼的《赠僧》："今年过我江西寺，病瘦已作霜松寒。朱颜不办供岁月，风中蒿火汤中雪。"最后一句就是写茶汤的雪白。这一描述可看作是对"汤发云腴酽白，盏浮花乳轻圆"的补充。冲泡茶汤技艺到了这个阶段，有进一步的要求，即酽白的茶汤不仅要能浮起，像乳酪那般稠，还要那般轻，

图 2-18 南宋 刘松年《撵茶图》局部之磨茶
中国台北故宫博物院

图 2-19 南宋 刘松年《撵茶图》局部之点茶
中国台北故宫博物院

汤花得漂亮，且能咬盏口。有关这个过程，《大观茶论》中这般论述："七汤以分轻清重浊，相稀稠得中，可欲则止。乳雾汹涌，溢盏而起，周回凝而不动，谓之'咬盏'，宜均其轻清浮合者饮之。"[55]"乳雾汹涌，溢盏而起，周回凝而不动"，茶的质量高，茶乳咬盏不会轻易退下，又具"花乳轻圆"之美。作者描写这热气腾腾的茶汤，乳白色茶沫在黑釉茶盏中翻滚，圆珠一般浮起，茶道中溢出的情趣，给人仙药一般的感受，容易让人沉迷，忘却尘世。

这首词最后两句含意颇丰，"人间谁敢更争妍。斗取红窗粉面"，斗茶的含义被延伸，好比人世间的女子在争色比妍。或者说，茶汤色美可人，其貌"云腴醅白"，其态"花乳轻圆"，也只有镜中少女之貌可以比美。胜之是好友徐君猷的侍妾，身为太守的徐君猷在苏轼落难黄州期间，暗中厚待苏轼，多次邀请参宴，时常给与好茶，偶尔还有莺歌燕舞相伴，给苏轼清苦、窘迫、灰暗的生活添了亮色。苏轼感激，不可能有非分之想，也不可能看到胜之在闺房内面朝红窗持镜梳妆打扮之状，这情状较隐私，外人不可能轻易看到。这般描写显然只是诗人的想象，当然也不排除徐君猷希望胜之善待苏轼的可能。词中描写多为含蓄，并没有提供可以进一步想象的空间。苏轼对胜之有好感显而易见，在另一场茶宴招待中，也可看出。徐君猷招待苏轼等人，家中多位侍女出席，胜之也在其中。晚宴结束后，这些姑娘缠着苏轼，讨一首词。苏轼给每人填写了一首，其中给胜之的《减字木兰花·赠徐君猷三侍人：胜之》："双鬟绿坠，娇眼横波眉黛翠。妙舞蹁跹，掌上身轻意态妍。曲穷力困，笑倚人旁香喘喷。老大逢欢，昏眼犹能仔细看。"先是赞美胜之眉如远山黛，眼似秋波横，轻盈曼妙，舞姿翩跹。舞蹈之后，她略显困乏，倚靠着旁人，笑靥浅浅，娇喘微微。苏轼说自己虽然老了，忍不住也要睁大眼细细欣赏。从字里行间可以看出苏轼的有情有义，当然也可能是落难孤寂之时，酒足饭饱、茶酒之后的逢场作戏，这般有情有义的私生活在古代落魄文人的生活中，自然常见。

苏轼《记梦回文二首并叙》的第二首诗："空花落尽酒倾缸，日上山融雪涨江。红焙浅瓯新活火，龙团小碾斗晴窗。"描写了斗茶时的茶汤与茶器，"红焙浅瓯新活火"写制茶的过程，焙火正红，新鲜的树枝窜出活火。"浅瓯"指一种斗笠状的茶盏，比深腹斗笠状的黑釉茶盏要浅很多，后者不会被称作"浅瓯"，且更便于茶筅击拂。关于茶盏的深腹造型,赵佶在《大观茶论》中有所描写,"盏色贵青黑……底必差深而微宽。底深则茶直立,易以取乳"。[56] 这里明确说了建窑茶盏必须深腹,才为斗茶器皿之要。浅斗笠状的茶盏就是普通茶具,不宜斗茶,器腹不深难以汤发。"龙团"是当时著名的茶饼,"龙团小碾斗晴窗"则说龙团茶饼被茶碾之后,进入冲泡的斗茶环节。既然浅显的斗笠茶盏不宜斗茶,为何接着又写斗茶呢?或许是在细说斗茶的等级。古人通常说的斗茶,包含了斗颜色、斗咬盏、斗水痕,如此多样的斗法,必须使用典型茶盏,即建窑产深腹束口茶盏。而浅斗笠茶盏难以完成复杂的斗咬盏、斗水痕,只能停留在茶汤汤色孰优孰劣的斗茶初级阶段。

斗茶在文人之间,通常表现更多的是闲玩、娱乐的情趣。苏轼在另一首《夜卧濯足》诗中,道出斗茶能解忧:"云安市无井,斗水宽百忧。"(图 2-20)

同时代诗人热衷描写斗茶的不少:

"万里承平尧舜风,使君尺素本空空。庭中无事吏归早,野外有歌民意丰。石鼎斗茶浮乳白,海螺行酒滟波红。宴堂未尽嘉宾兴,移下秋光月色中。"(范仲淹《酬李光化见寄二首》)"上春精择建溪芽,携向芸窗力斗茶。点处未容分品格,捧瓯相近比琼花。"(赵佶《宫词·上春精择建溪芽》)"腊雪飞如真脑子,水仙开似小莲花。睡云正美俄惊起,且唤诗僧与斗茶。"(白玉蟾《冥鸿阁即事·腊雪飞如真脑子》)"水杨成幄翠相遮,犹有东风管岁华。叶底青梅无数子,梢头红杏不多花。烦将炼火炊香饭,更引长泉煮斗茶。"(范成大《题张氏新亭·水杨成幄翠相遮》)

图 2-20 南宋 刘松年 《斗茶图》(局部) 中国台北故宫博物院

斗茶，有助于官方检验各地茶种的好坏，但主要的功能还是娱乐、修身、养性。斗茶普遍存在于普通百姓中间，更成为文人雅士热衷的休闲方式。苏轼曾与司马光斗茶，司马光败了，不服。苏轼有文记载，由斗茶联想到茶白与墨黑，充满了乐趣："司马温公尝曰：'茶与墨政相反。茶欲白，墨欲黑；茶欲重，墨欲轻；茶欲新，墨欲陈。'予曰：'二物之质诚然，然亦有同者。'公曰：'谓何？'予曰：'奇茶妙墨俱香，是其德同也。皆坚，是其操同也。譬如贤人君子，妍丑黔晳之不同，其德操韫藏，实无以异。'公笑以为是。元祐五年十月二十六日，醇老、全翁、敦夫、子瞻同游南屏寺。寺僧谦出奇茗如玉雪。适会三衢蔡熙之子瑫出所造墨，黑如漆。墨欲其黑，茶欲其白，物转颠倒，未知孰是？大众一笑而去。"[57]

苏轼有关茶与墨的谈论还有几则："近时，世人好蓄茶与墨，闲暇辄出二物校胜负，云：'茶以白为尚，墨以黑为胜。'予既不能校，则以茶校墨，以墨校茶，未尝不胜也。"[58] "真松煤远烟，馥然自有龙麝气，初不假二物也。世之嗜者，如滕达道、苏浩然、吕行甫。暇日晴暖，研墨水数合，弄笔之余，少啜饮之。蔡君谟嗜茶，老病不能复饮，则把玩而已。看茶而啜墨，亦事之可笑者也。"[59] "茶欲其白，常患其黑。墨则反是。然墨磨隔宿则色暗，茶碾过日则香减，颇相似也。茶以新为贵，墨以古为佳，又相反矣。茶可于口，墨可于目。蔡君谟老病不能饮，则烹而玩之。吕行甫好藏墨而不能书，则时磨而小啜之。此又可以发来者之一笑也。"[60]

这几篇茶白墨黑的文章，意思相近，观点类似。特别是有关茶的讨论，苏轼认为茶讲究一个新鲜，喝时令茶，才能得真正的茶味、茶色。新鲜的茶，加工适当，泉水又好，泡出的茶汤乳白、清新可人。苏轼的时代风行茶汤必求乳白，如此才赏心悦目。若陈茶储藏不妥，香气消减，茶汤很难现乳白膏面。由茶白想到墨黑，茶汤以白为贵，墨色以黑为胜。两者看似并无什么关联，然而在道家思想风行的宋代，人们更喜欢道家崇尚的黑白两色，瓷器的釉色也是，当时流行黑釉茶盏，烧制的窑场有几十座，其中不少窑场也产白釉器皿。之所以选黑釉茶盏，最基本的考虑，是黑白组合更能体现茶汤的美感。"茶色白，宜黑盏，建安所造者绀黑，纹如兔毫，其坯微厚，熁之久热难冷，最为要用。出他处者，或薄或色紫，皆不及也。其青白盏，斗试家自不用。"[61]

3. 敲火发山泉，烹茶避林樾

好茶重要，好水同样重要，合适的水与合适的茶，般配才最好。

苏轼被贬黄州之后，去拜访王安石。王荆公对他说："老夫幼年寒窗灯下日久，染成陈疾。今觅得一偏方，须用中峡巫峡之水服之。""倘尊眷往来之便，将瞿塘中峡水，携一瓮寄与老夫。"之后苏轼又去拜见，王安石问："老夫烦足下带瞿塘中峡水，可有么？"回说带来了。荆公命堂侯官两员，将水瓮抬进书房。荆公亲以衣袖拂拭，纸封打开。命童儿茶灶中煨火，用银铫汲水烹之。先取白定碗一只，投阳羡茶一撮于内。候汤如蟹眼、急取起倾入，其茶色半晌方见。荆公问："此水何处取来？"东坡道："巫峡。"荆公道："是中峡了。"东坡道："正是。"荆公笑道："又来欺老夫了！此乃下峡之水，如何假名中峡？"东坡大惊，述土人之言"三峡相连，一般样水"，又说："晚生误听了，实是取下峡之水！老太师何以辨之？"荆公道："这瞿塘水性，出于《水经补注》。上峡水性太急，下峡太缓。惟中峡缓急相半。太医院官乃明医，知老夫乃中脘变症，故用中峡水引经。此水烹阳羡茶，上峡味浓，下峡味淡，中峡浓淡之间。今见茶色半晌方见，故知是下峡。"东坡离席谢罪。[62]

古人认为，好水首先指泉水，此外还有井水、雪水、雨水、河水等。明代冯梦龙《警世通言》所叙苏轼与王安石的故事，说出了水对于茶的重要性，以及宋人对水的研究程度之深。这个故事是否真实，有待考证，也可能是宋明小说家的演绎。

水的学问很大，东南西北的水都不同。喝茶讲究品，要想煮一壶好茶，先得有好水。苏轼每到一处，总是留意是否有好水，是否有名泉。无论有名无名，见到天然泉水，他总会称颂一番。苏轼自杭州前往密州，途中来到镇江，拜访了书法家柳瑾，同游鹤林寺，在《同柳子玉游鹤林、招隐醉归呈景纯》一诗中对当地泉水做了生动描写："岩头匹练兼天净，泉底真珠溅客忙。"在密州写的《留别雩泉》："举酒属雩泉，白发日夜新。何时泉中天，复照泉上人。二年饮泉水，鱼鸟亦相亲。还将弄泉手，遮日向西秦。"游玩荆门写的《荆门惠泉》："泉源从高来，走下随石脉。纷纷白沫乱，隐隐苍崖坼。萦回成曲沼,清澈见肝膈。众泻为长溪,奔驶荡蛙蝈。"再比如《卢山五咏·三泉》:"皎皎岩下泉,无人还自洁。不用比三星,清光同一月。"《廉泉》:"水性故自清,不清或挠之。君看此廉泉,五色烂摩尼。廉者为我廉,我以此名为。有廉则有贪,有慧则有痴。"

有了好水,苏轼常常自己动手煮茶。古时候,人们生活的环境没什么污染,泉水自不待说,河水、雨水,通常都可直接饮用。苏轼在短文《论雨井水》中这样说:"时雨降,多置器广庭中,所得甘滑不可名,以泼茶煮药,皆美而有益,正尔食之不辍,可以长生。其次井泉甘冷者,皆良药也……吾闻之道士,人能服井花水,其热与石硫黄钟乳等,非其人而服之,亦能发背脑为疽,盖尝观之。又分、至日取井水,储之有方,后七日辄生物如云母状,道士谓'水中金',可养炼为丹,此固常见之者。此至浅近,世独不能为,况所谓玄者乎?"[63]

读了此文,很容易感慨苏轼就是一个水专家。他看重水,老天降下的水,口感甘滑,泼药煮茶,美而有益;井泉则次;春分、秋分、夏至、冬至之日,清晨取井水,称作"井花水"。《本草纲目》:"平旦第一汲为井花水。其功极广,又与诸水不同。"井花水储之,七日则生成云母状,如"水中金",可养炼为丹。苏轼时常研究水之道,具体做法是:每逢下雨,在庭院中多放些容器收集雨水,雨水可泡茶煮药,经常喝雨水能有长生之效。其次,井水也佳,储存的井水还能炼丹。利用雨水的说法,古文献早有提及,通常认为采集雨水有季节之别,水性也不同。春雨较受人欢迎,集之装入坛中,炭火熬煮后,在阴凉处长期保存,陈年之后,水会变得洁净甘美。有关收藏好水,袁枚认为:"欲治好茶,先藏好水,水求中泠、惠泉。人家中何能置驿而办?然天泉水、雪水,力能藏之。水新则味辣,陈则味甘。"[64]

苏轼在《天庆观乳泉赋》里面这样描写水:"阴阳之相化,天一为水。六者其壮,而一者其稚也,夫物老死于坤,而萌芽于复。故水者,物之终始也……今夫水之在天地之间者,下则为江湖井泉,上则为雨露霜雪,皆同一味之甘,是以变化往来,有逝而无竭。故海洲之泉必甘,而海云之雨不咸者,如泾渭之不相乱,河济之不相涉也。若夫四海之水,与凡出盐之泉,皆天地之死气也。故能杀而不能生,能槁而不能浃也,

第二章
茶道：点将来，兔毫盏里

岂不然哉？吾谪居儋耳，卜筑城南，邻于司命之宫，百井皆咸，而醴醴浑乳，独发于宫中，给吾饮食酒茗之用，盖沛然而无穷。吾尝中夜而起，挈瓶而东。有落月之相随，无一人而我同。汲者未动，夜气方归。锵琼佩之落谷，滟玉池之生肥。吾三咽而遄返，惧守神之诃讥。却五味以谢六尘，悟一真而失百非。信飞仙之有药，中无主而何依。渺松乔之安在，犹想像于庶几。"[65]

在这篇赋里，作者对天庆观的乳泉称颂有加，毕竟是在儋州（今海南儋州），能发现这等佳泉，好心情难免。阴阳互化是指天地、乾坤、日月、昼夜、男女等诸多因素作用于万物，而其过程中头等重要的是水。"夫物老死于坤，而萌芽于复"，"坤""复"是周易六十四卦中的第二卦坤卦和二十四卦复卦。坤卦下部三条爻是主卦，上部三条爻是客卦，主卦与客卦六爻全阴，意味着没有阳气，故说"夫物老死于坤"。复卦是下震上坤，意指恢复，卦象从下往上生，第一为阳爻，其他为阴爻。最下阳爻，则指阳气初生，阴气渐失，所以"萌芽于复"。而水是生命，意永恒，"物之终始也"。儋州好水少，苏轼说："百井皆咸，而醴醴浑乳，独发于宫中。"这天庆观的乳泉在作者眼里乃意外欣喜，归功于天，天南海北，万物都有生发与衰弱的规律，唯独水与众不同，所谓"天一为水"即天一是神，地位至尊。《淮南子·天文训》："天神之贵者，莫贵于青龙，或曰天一，或曰太阴。太阴所居，不可背而可向。"《史记·封禅书》："天神贵者太一……""天一""太一"即"道性为一"，超越于一切之上，包括精神与物质世界，水在其下，天一所生，是第一号的。水是生命之本，万物之源流，没有水，便没有这个世界。这些关于水的观念，皆属道家学说的范畴。以此观之，出自天庆观的水，与众不同。要是时常行走于清寂的野外，啜饮这等山间的泉水，定会清爽宜人，思出尘表，生羽化世外之感。万物易枯，磨砺后将更生，而水参与了枯萎与更生的整个过程。有关天地之间的水，在天上则是霜雪雨露，在大地则是江湖井泉，其味皆甘。这世上所有的事物往来变化，如水一般不会枯竭。苏轼被贬儋州，选择在城南建屋，为何？与神庙为邻，就接近了水源，方能喝到好茶。"司命之宫"指供神的神庙，就是天庆观。醴醴，原意指酒。从神庙里流出的井水，有酒香，味道甘甜，可用来做饭、泡茶。[66]

苏轼别传
茶道 香道 器道

用天庆观乳泉泡茶,苏轼给学生姜唐佐的信中也有提及。元符二年(1099)闰九月,姜唐佐来叩拜苏轼。《与姜唐佐秀才六首一》:"某启。特辱远访,意贶甚重。衰朽废放,何以获此,悚汗不已。经宿起居佳胜。长笺词义兼美,穷陋增光。病卧,不能裁答,聊奉手启。"苏轼说,自己居住的地方寒酸,又逢生病卧床,满眼都是衰败相,学生来看他,十分感动。《与姜唐佐秀才六首三》:"今日霁色,尤可喜。食已,当取天庆观乳泉泼建茶之精者,念非君莫与共之。"乳泉,指天庆观泉水。建茶,即建州产的茶。这里是说,苏轼藏有建州好茶。"泼"写出了喝茶方式,即点茶,这是对点茶冲泡而生茶沫的描绘。夜雨霏霏,苏轼用乳泉泼建茶招待姜唐佐,师生夜话,煮茗闲聊。寒冷天,点茶的冲泡气氛,最具禅意。我这里没有好吃的招待,无肉无鱼,但有好茶,故邀请你:"可来啜茗否?"(《与姜唐佐秀才六首四》)[67]建盏茶乳招待,已是高级的享受,虽然简食,学生自当感激。苏轼在赋中用宗教般的视角,对天庆观乳泉给予礼赞,可见他的喝茶作风。茶之考究,先是择水。他曾说:"精品厌凡泉,愿子致一斛。"(《焦千之求惠山泉诗》)

"……吾尝中夜而起,挈瓶而东。有落月之相随,无一人而我同。汲者未动,夜气方归。锵琼佩之落谷,滟玉池之生肥。吾三咽而漱返,惧守神之诃讥。却五味以谢六尘,悟一真而失百非。信飞仙之有药,中无主而何依。渺松乔之安在,犹想像于庶几……"苏轼在《天庆观乳泉赋》中满心欢喜地记录了自己半夜取水的经过:我常常半夜起来携瓶前去取水,据说半夜时分水质最好,此时只有一轮圆月相伴,其欢喜、得意之情由此可见。"琼佩"指佩戴的美玉饰品。"玉池",嘴的美称,道家语。苏轼《菜羹赋》中也用到"玉池":"登盘盂而荐之,具匕箸而晨飧。助生肥于玉池,与五鼎其齐珍。"蔬菜鲜美的气味与牛羊鱼一样珍贵,引得人唾液涌动,吃起来满嘴生香。"却五味以谢六尘","五味",即酸、苦、辣、咸、甜。"六尘",佛教术语,指色尘、声尘、香尘、味尘、触尘、法尘。此六尘易污六根,昏昧真性,故称为尘。六尘在心之外,故称外尘。去除了五味和六尘的污染,方能明了真理。世间或许有成仙的药,若没有水主持守护,将无所依托。这里自然是指天庆观乳泉,神仙飞升,定有灵药相助,这神药不知在哪儿。不过能饮这乳泉,也胜似灵丹妙药,或许能成仙。"渺松乔之安在",

第二章
茶道：点将来，兔毫盏里

松乔原意指树木长寿，在古典文学中又专指古代两位仙人赤松子和王子乔。东汉班固《西都赋》中有"庶松乔之群类"，魏曹丕《芙蓉池作》有"辱命非松乔，谁能得神仙"等句，都是指这二位仙人。松乔两仙形象还常出现在汉代的铜镜中。此赋最后感叹，传说中的成仙者，只是想象而已。[68]

好泉成为泡出好茶的重要条件，好泉养人，又有着特殊的寓意，苏轼想到了恩师欧阳修。嘉祐二年（1057年），二十二岁的苏轼参加进士考试。当时的主考官是声名显赫的欧阳修，考生的姓名等个人资料皆属保密，试卷皆以匿名形式传递给主考官审核。欧阳修读到苏轼之文，深感惊讶，何人能写出这等才子文章？可能是青年时两次科举考试都落榜的缘故，他非常爱惜有才之人。按理说，欧阳修是北宋开创文风的文坛领袖，声誉隆高，他录取谁，谁都不会有异议。但自己的弟子曾巩很出色，也来参加了考试，会不会是他的作品？为避免落人口实，便给了这位考生第二名。之后欧阳修才知真相，此等奇文作者是苏轼，他大加称赞，并对众人说，苏轼必将超过他。这次考试事件，苏辙有文章记载："比冠，学通经史，属文日数千言。嘉祐二年，欧阳文忠公考试礼部进士，疾时文之诡异，思有以救之。梅圣俞时与其事，得公《论刑赏》，以示文忠。文忠惊喜，以为异人，欲以冠多士。疑曾子固所为，子固，文忠门下士也，乃置公第二。复以《春秋》对义，居第一，殿试中乙科。以书谢诸公。文忠见之，以书语圣俞曰：'老夫当避此人，放出一头地。'士闻者始哗不厌，久乃信服。"[69]

欧阳修在甄选苏轼试卷这件事上，不经意地呈现了他特有的风采，其言为士则，德高为师，行为世范，或为荷天下重名之根由，其言行，更是深深影响了苏轼。苏轼在《六一泉铭并叙》中表达了对老师的感激，由泉水想到了恩师德泽。欧阳修向来爱茶，号醉翁，晚号六一居士，故有六一泉：

"欧阳文忠公将老，自谓六一居士。予昔通守钱塘，见公于汝阴而南。公曰：'西湖僧惠勤甚文，而长于诗，吾昔为《山中乐》三章以赠之。子问于民事，求人于湖山间而不可得，则盍往从勤乎？'予到官三日，访勤于孤山之下，抵掌而论人物。曰：'公，天人也。人见其暂寓人间，而不知其乘云驭风，历五岳而跨沧海也。此邦之人，以公不一来为恨。公麾斥八极，何所不至，虽江山之胜，莫适为主，而奇丽秀绝之气，

苏轼别传
茶道 香道 器道

常为能文者用,故吾以谓西湖盖公几案间一物耳。'勤语虽幻怪,而理有实然者。明年,公薨,予哭于勤舍。又十八年,予为钱塘守,则勤亦化去久矣。访其旧居,则弟子二仲在焉,画公与勤之像,事之如生。舍下旧无泉,予未至数月,泉出讲堂之后、孤山之趾,汪然溢流,甚白而甘。即其地,凿岩架石为室。二仲谓予:'师闻公来,出泉以相劳苦,公可无言乎?'乃取勤旧语,推其本意,名之曰'六一泉',且铭之曰:泉之出也,去公数千里,后公之没,十有八年,而名之曰'六一',不几于诞乎?曰:君子之泽,岂独五世而已,盖得其人,则可至于百传。尝试与子登孤山而望吴越,歌山中之乐而饮此水,则公之遗风余烈,亦或见于斯泉也。"[70]

苏轼在前往杭州任通判时,取道颍州(今安徽阜阳)南下拜访了隐退的恩师欧阳文忠公。老师向他推荐孤山僧人惠勤,希望他在公务之余去见见惠勤。苏轼前往孤山拜访惠勤并与之成了好友。惠勤盛赞欧阳公是天人,仿佛能乘云驭风,跨越沧海,眼下只是暂居人间。这里的人们,以欧阳公没来杭州为憾。其实欧阳公翱翔八方,何所不至。杭州西湖,也只是欧阳公几案间的一个点缀物。惠勤之言显示了其对欧阳公的敬意。次年,欧阳公仙逝。苏轼与惠勤伤心不已。又过了多年,苏轼再到杭州为官,惠勤已仙逝。他拜访惠勤旧居,见到惠勤弟子二仲,将欧阳公、惠勤画像挂在堂上,一直供奉祭祀。此旧居四周原本没有泉水,苏轼的到来,让孤山之下出现了泉水,便凿岩架石,在此修成一个泉池。二仲说,似乎恩师惠勤地下有知,听说他要来,特意涌出泉水。苏轼名之"六一泉",铭文称赞欧阳公的精神品格岂止在五世之间,而是大地深处的惠泉涌现,泽被千秋。学生希望跟着老师神游孤山、远望吴越,感恩华夏大地,欢喜享用这清澈甘甜的泉水,感受他遗留人间的风貌。写泉水的品性,表达了对恩师的怀念与颂扬。此处的泉,拟人化了。

苏轼另一篇铭文,不仅表达了类似的思想,还深入到佛理的传扬。"朝奉郎提举成都府玉局观苏轼,先于绍圣之初,谪往惠州,过南华寺,上谒六祖普觉大鉴禅师而后行。"[71]

苏轼被贬惠州,经过广东南华禅寺(在今广东韶关曲江马坝镇以东的曹溪河畔),前往拜谒,寻找卓锡泉,探寻六祖惠能的事迹。相传六祖惠能为了使佛法得以传播,

第二章
茶道：点将来，兔毫盏里

在寺内种植荔枝，不久荔枝树枝繁叶茂，生机勃勃。人们因而相信佛法通过这棵沁甜人心的嘉树，得以延绵。又据传，因寺内没有井，僧人用水不便，六祖惠能在寺内以锡杖触地引出地下泉水，故名卓锡泉。苏轼写下《卓锡泉铭并序》，碑铭中写道："六祖初往曹溪，卓锡泉涌，清凉滑甘，赡足大众，逮今数百年矣。或时小竭，则众汲于山下。今长老辩公住山四岁，泉日涌溢，闻之嗟异。为作铭曰：祖师无心，心外无学。有来扣者，云涌泉落。问何从来，初无所从。若有从处，来则有穷。初住南华，集众浈水。水性融会，岂有无理。引锡指石，寒泉自冽。众渴得饮，如我说法。云何至今，有溢有枯？泉无溢枯，溢其人乎！辩来四年，泉水洋洋。烹煮濯溉，饮及牛羊。手不病汲，肩不病负。饱勺瓦盂，莫知其故。我不求水，水则许我。讯于祖师，有何不可。"[72]

六祖惠能引卓锡泉造福后世的功绩善德"赡足大众，逮今数百年矣"，惠能功德使得佛法惠及众人，泽被后世。卓锡泉常出不竭，是因为"祖师无心，心外无学。有来叩者，云涌泉落"。泉水出自大自然的赐予，佛法通过泉水得以传扬。苏轼对泉水的诸多描写，带着象征意味。由泉水的天然特性，以及泉水的难觅，想到人世间道德高人其品性的鲜有，以及高僧们竭力弘扬佛法的虚怀若谷之性情。泉以人重，以泉修身。

对《焦千之求惠山泉诗》一诗中出现的泉水，苏轼的描述却重在细节，说明上品的泉水需具有哪类属性，才能泡出相应的好茶："兹山定空中，乳水满其腹。遇隙则发见，臭味实一族。浅深各有值，方圆随所蓄。或为云汹涌，或作线断续。或鸣空洞中，杂佩间琴筑。或流苍石缝，宛转龙鸾蹙。瓶罂走四海，真伪半相渎。贵人高宴罢，醉眼乱红绿。赤泥开方印，紫饼截圆玉。倾瓯共叹赏，窃语笑僮仆。岂如泉上僧，盥洒自挹掬。故人怜我病，蒻笼寄新馥。欠伸北窗下，昼睡美方熟。精品厌凡泉，愿子致一斛。"

这首诗是苏轼写了惠山诸诗后回杭再写的，诗赠给了无锡知县，表达了以诗求得佳泉的祈愿。今人看来，以诗求水，这是天下难得的风雅事，大约也只有苏轼这般性情中人才会如此作为。可见他对惠山泉的好感，已近痴迷。其实，讨水喝在宋代常见，当时不少文人雅士相互走动，不带钱财礼物，却携一瓶泉水而来。

焦千之字伯强，时任无锡县令。"乳水"是对泉水鲜乳般美味的赞美。泉水做成茶后，时被称作"乳茶"。惠山耸立于空中，山体之腹孕育了"乳水"，清澈甘冽，

苏轼别传
茶道　香道　器道

原本就是在崇山峻岭中流动，浸润大地，或云雾汹涌，或时断时续，或鸣响于山涧。泉水这般动态，显现出大自然强盛不尽的生命力。泉水活泼清新，新鲜爽口，自然非陈水能比。"杂佩"，是对各种佩玉或连缀一起的组合玉器的总称。古人有佩玉传统，特别是贵族阶层喜欢佩组玉，既求美观，也表身份。缓缓行走时，玉与玉之间碰撞，会发出清脆之声。这里对杂佩的描写，特指泉水跳跃流动时发出的美妙声音。"瓶罂"常指盛贮器，小口大腹的陶瓷瓶。在瓷器初创时期，茶人多用陶瓶，到了两晋，已经习惯使用瓷瓶、瓷碗等茶具，用瓷制茶具喝茶比用陶制的更卫生。至宋代，瓷业更是高度发达，通常不会用陶瓶装水、陶碗喝茶。此瓶罂显然是指瓷质瓶，装水之用。"赤泥"即红色黏土，原本跟陶器有关，可做红陶。此地出现了"方印"，意思明了，即茶叶包装后需要封口，古代茶饼封口后往往盖印，显示时间、地点或用途。"紫饼"指团茶、茶饼。"圆玉"是对茶饼的形容。这几句是说，得到了珍贵的团茶，剥泥启封，现出圆玉状、紫色的茶饼，甚是可爱。接着碾茶煮茶，自然得"倾瓯"，将全部茶汤酣畅淋漓地喝下。"岂如泉上僧"中的"僧"，指道潜，为苏轼好友。"蒻笼"，蒲草编成的笼子，用来包装新茶。老朋友见诗人生病了，特意寄来新茶。宋代很多诗人相信喝茶能治病，因此诗人朋友得知苏轼身体欠安，遂寄新茶。"一斛"，宋代一斛即五斗，一斗等于十升。泉水、新茶具备，茶也煮好了。此时的苏轼仕途不顺，被人打压，心情不畅，见到了好茶好泉，诸事放下，痛痛快快地喝上几大碗。要是单论喝茶，必须好茶配好水。而好水，还得是好泉、活水。泉水，有静态动态之分，这个静态是指流动缓慢，或长久静止。动态的泉水，时断时续，鸣响空中。这就是活水应具有的气质。时常曲折宛转流经于石缝之中，云涛汹涌的泉水自然更为洁清，更具活力。茶艺高手田艺蘅道"泉不流者，食之有害"。"泉非石出者必不佳。故《楚辞》云：饮石泉兮荫松柏。皇甫曾送陆羽诗：幽期山寺远，野饭石泉清。"[73]

苏轼描写过不少泉水，却对惠山泉水情有独钟，留下不少诗篇。"儿童龟手握轻明，斩碾枪旗入鼎烹。拟欲为之修水记，惠山泉冷酿泉清。"（《雪诗八首》）"楚人少井饮，地气常不泄。蓄之为惠泉，坌若有所折。泉源本无情，岂问浊与澈。贪愚彼二水，终古耻莫雪。只应所处然，遂使语异别。泉傍地平衍，泉上山嶭嶭。"（《次韵答荆

第二章
茶道：点将来，兔毫盏里

门张都官维见和惠泉诗》）这两首诗都提到了惠泉水。元丰二年（1079）春，苏轼离开徐州前往湖州任职，期间和秦观、诗僧参寥同游无锡惠山，看到唐贞元四年（788）王武陵、窦群、朱宿在惠山的题诗（史称"第一次诗会"），苏轼等人诗兴大发，他们用唐朝三位诗人的原韵分别写了《游惠山》三首，这些诗不仅提到惠山泉，而且重点描述其特征。这次同游惠山作诗，被称作"惠山第二次诗会"。

苏轼在《游惠山（并叙）》中说："余昔为钱塘倅，往来无锡未尝不至惠山。即去五年，复为湖州，与高邮秦太虚、杭僧参寥同至，览唐处士王武陵、窦群、朱宿所赋诗，爱其语清简，萧然有出尘之姿，追用其韵，各赋三首。"《游惠山》三首分别步韵王武陵、窦群、朱宿，其一："梦里五年过，觉来双鬓苍。还将尘土足，一步漪澜堂。俯窥松桂影，仰见鸿鹤翔。炯然肝肺间，已作冰玉光。虚明中有色，清净自生香。还从世俗去，永与世俗忘。"其二："薄云不遮山，疏雨不湿人。萧萧松径滑，策策芒鞋新。嘉我二三子，皎然无淄磷。胜游岂殊昔，清句仍绝尘。吊古泣旧史，疾逸歌小旻。哀哉扶风子，难与巢许邻。"这两首诗描写的惠山如若仙境，让人清身涤虑，静心安灵，去了就忘不了。"虚明中有色，清净自生香。还从世俗去，永与世俗忘"，如此清澈的景观，如此佳地，所产的泉水自然是好水。《游惠山》其三，很明显的是以茶明志，似乎更能反映苏轼的理想生活："敲火发山泉，烹茶避林樾。明窗倾紫盏，色味两奇绝。吾生眠食耳，一饱万想灭……"惠山坐落于无锡西郊。《蠡溪笔记》记载，晋代开山禅师、西域僧人慧照隐居此山，遂命名为"慧山"，"慧"通"惠"，惠山由此得名。惠山又以"天下第二泉"闻名遐迩。苏轼描写在泉水闻名天下的惠山上生火，用了"敲火"一词，即击打石头取火，充满古意。然后汲泉煮茶。使用的茶具，又是著名的福建黑釉茶盏。茶盏通常是黑色，由于有兔毫、蓝毫等做装饰，在窑变工艺中时常会不经意地出现紫色，故此处称"紫盏"。黑盏带紫，茶器更显珍贵，加上雪白的茶乳与之相映，审美效果奇幻妙绝，由此产生的白茶汤，赏心悦目，喝个畅快，还能管饱。如此状态下，世间的万种念头自然而然抛开了。陶渊明在《饮酒》中写"结庐在人境，而无车马喧"，苏轼心仪陶渊明，通过茶诗表达了渴望尘外逍遥之情。

在任杭州通判期间，苏轼创作了一首意境十分美妙的诗，对惠山泉水的描写出神

苏轼别传
茶道 香道 器道

入化。名茶是佳人，名泉也是，此乃山水间神仙般的姐妹，相约天上人间，奏出天人合一的乐章。诗人苏轼从天上携来团月，飞至人间，寻觅天下尽人皆知的惠山名泉。喝了好茶，"清风击两腋，去欲凌鸿鹄"，飞向惠山"九龙脊"山峰中的头茅峰、二茅峰、三茅峰。这几座山峰的外形似龙，在如此仙气缭绕的背景下，晋代博学多才的隐士孙登也出场了。孙登善弹一弦琴，尤善长啸，名动朝野，后成了一段游逸山林、长啸放情的典故。另一位名士阮籍受魏文帝委托，前往拜谒；对来自朝廷的问候，孙登似乎没兴趣，沉默着。孙登的学生嵇康也上门问他有何打算，他先不语，之后暗示嵇康应该退隐。嵇康被害时，临终的幽愤诗中有"昔惭柳下，今愧孙登"之句，后悔当初不听孙登相劝。苏轼由喝茶营造出这般仙境，层峦叠嶂中的烹茶燃松之景，松风习习，又有孙登长啸一声，这远离人世的天籁之音，产生了特殊的艺术效果，呼应了天上人间的惊鸿双姝。喝茶养性乃出尘淡泊之好。《惠山谒钱道人烹小龙团登绝顶望太湖》："踏遍江南南岸山，逢山未免更留连。独携天上小团月，来试人间第二泉。石路萦回九龙脊，水光翻动五湖天。孙登无语空归去，半岭松声万壑传。"苏轼时常和当地的佛道高人交往，在拜访惠山寺的钱道人时，饮茶品茗，攀登九龙山峰，写下此诗，发出"独携天上小团月，来试人间第二泉"之感慨。苏轼青睐的惠山泉水，被唐代"茶圣"陆羽评定为"天下第二"，眼下再经苏轼颂扬，惠山泉水更负盛名。苏轼与惠山泉水的渊源，与惠山的地理位置有一定关系，他曾多次造访惠山，故时常经过泉水，结缘至深。

苏轼晚年游览琼州之东五十里的三山庵，应庵僧惟德之请，为泉水命名。苏轼作《琼州惠通泉记》："《禹贡》：'济水入于河，溢为荥河。'南曰荥阳河，北曰荥泽。沱、潜本梁州二水，亦见于荆州。水行地中，出没数千里外，虽河海不能绝也。唐相李文饶，好饮惠山泉，置驿以取水。有僧言长安昊天观井，与惠山泉通。杂以他水十余缶试之，僧独指其一曰：'此惠山泉也。'文饶为罢水驿。琼州之东五十里有三山庵，下有泉，味类惠山泉。东坡居士过琼，庵僧惟德以水饷焉，且求为名之，曰惠通。元符三年六月十七日记。"[74]

苏轼赞美海南，说这里的三山泉水与惠山泉水相类，味道也很美，因此命名为"惠

第二章
茶道：点将来，兔毫盏里

通泉"。他饶有兴致地前往琼州之东五十里，去访泉。被贬儋州三年，原本哀莫大于心死，但苏轼的情感深处，又返回了安心，从随天命，随运乘化。在第三年的最后岁月，苏轼恢复到中年的状态，似乎忘却了自己贬官的身份。他以积极的姿态面对生活，还时常盼望北归，精气神满满。为何能这样？除了修身养性，时常内丹养炼，还应该归功于他积极参与改善儋州百姓的生活质量与当地的文化建设，且皆有成效。让苏轼深感喜悦的是，他带领当地人一起改善水质，并为发现泉水而欣喜若狂，不吝赞美之词。他实在不忍看到当地人喝脏兮兮的河水，一旦发现井水、泉水，自然激动万分。当地人因此提高了生活质量，喝上了干净的水，喜笑颜开，这一切都宽慰了苏轼。

在《次韵完夫再赠之什某已卜居毗陵与完夫有庐里》诗中，苏轼描写了阳羡茶，却不忘再赞美一下惠山的泉水："柳絮飞时笋箨斑，风流二老对开关。雪芽我为求阳羡，乳水君应饷惠山。竹箪水风眠昼永，玉堂制草落人间。应容缓急烦间里，桑柘聊同十亩闲。"阳羡茶是古代名茶，产于太湖地区，在唐代就受陆羽称赞，而阳羡雪芽则得名于苏轼这首诗。苏轼还描写各地的泉水："阶下有龙潭，一泓寒且碧。不须抚两掌，流出仙人液。"（《慈云四景·甘露泉》）"积水焚大槐，蓄油灾武库。惊然丞相井，疑浣将军布。自怜耳目隘，未测阴阳故。郁攸火山烈，鬵沸汤泉注。岂惟渴兽骇，坐使痴儿怖。安能长鱼鳖，仅可焊狐兔。山中惟木客，户外时芒屦。虽无倾城浴，幸免亡国污。"（《咏汤泉》）"山石有时尽，我意殊未阑。今朝僮仆喜，黄土复可搏。晨瓶得雪乳，暮瓮渟冰湍。我生类如此，何适不艰难。一勺亦天赐，曲肱有余欢。"（《白鹤山新居凿井四十尺遇盘石石尽乃得泉》）"金沙泉涌雪涛香，洒作醍醐大地凉。倒浸九天河影白，遥通百谷海声长。僧来汲月归灵石，人到寻源宿上方。更续茶经校奇品，山瓢留待羽仙尝。"（《虎跑泉》）

而对当时闻名的第一泉庐山谷帘泉，苏轼却描写不多。与苏轼一同在杭州任职的好友鲁元翰，曾赠送过谷帘泉水给苏轼。苏辙说"有开（鲁元翰）与兄轼'钱塘结弟昆'"，鲁有开赠惠谷帘水、龙团并诗，苏轼答简次韵为谢。[75]《元翰少卿宠惠谷帘水一器、龙团二枚，仍以新诗为贶，叹味不已，次韵奉和》："岩垂匹练千丝落，雷起双龙万物春。此水此茶俱第一，共成三绝景中人。"此诗对泉水、茶和茶具都进行了赞美，三者缺一不可。茶具选用，苏轼向来看重，他的不少茶诗，都写到了与之相适合的茶具，有时也强调哪些器物不适合当茶具。"铜腥铁涩不宜泉，爱此苍然深且宽。蟹眼翻波汤已作，龙头拒火柄犹寒。姜新盐少茶初熟，水渍云蒸藓未干。自古函牛多折足，要知无脚是轻安。"（《次韵周穜惠石铫》）这首诗的起句直接点名"铜腥铁涩"，这类茶具不宜用。他感谢友人赠送的烹茶之器石铫，即石制的茶具，并把古代煮茶的鼎和无脚的石铫做了比较。古鼎时常因三足的直立与折足引发人们的议论，古鼎造型通常象征着国家的形象，问鼎，即问山河。折足之鼎在古人眼里可能是烧造原因或奇异的美观所需，之后却被人诟病，认为折足鼎颇有凶兆，有倾覆之联想。诗最后，作者似乎不想讨论这个话题，稍调侃，便绕开，话里有话："使用这个平底无足的石铫，多好啊，既方便又安稳。"

远方来客，清茶一杯招待，若都是性情友人，看重的是泉水品质，不在乎其他。不过，有时也不尽然，上等泉水上等茶，清茶一杯待来客，不配上一些茶点，就会觉得怠慢，特别是饥肠辘辘时，更会这样想。苏轼的《赠惠山僧惠表》就表达了这种心情："行遍天涯意未阑，将心到处遣人安。山中老宿依然在，案上楞严已不看。欹枕落花余几片，闭门新竹自千竿。客来茶罢空无有，卢橘杨梅尚带酸。"客人来了，只有一杯清茶，没有点心招待，自家院子栽种的卢橘杨梅尚未成熟，还带着酸涩。要是有了成熟季节甘甜的卢橘杨梅，上桌待客，就完美了。苏轼是茶客，深知配上适当的瓜果点心，一方面解饥养胃，一方面好点心会使好茶好水更有口感。只是眼下生活窘迫，食品匮乏，提供不出茶点。喝茶配茶点原本是一个传统，宋代更盛。无论煎茶还是点茶，佐以饼干水果待客，也是一种礼仪。陆羽《茶经》中引用《晋书》记载："桓温为扬州牧，性俭，每宴饮，唯下七奠，拌茶果而已。"这是说桓温每次宴请，只用七盘茶果招待客人。现在看来已经不错，但当时风行铺张豪宴，七盘茶果还是稍显寒酸。

唐宋的茶点，随着茶道风行而兴起。茶点丰盛，大点心如馅饼、馄饨、粽子，小点心有绿豆糕、豆蓉饼、椰饼等。有关点心瓜果之类，《东京梦华录》"饮食果子"一节中有很多描绘。通常的茶会，都会有煮茶配茶点。在宋徽宗所画的《文会图》中就能看见这般场景。茶会时，光喝茶显单调，欠气氛，肠胃还可能产生不适。中国茶

第二章
茶道：点将来，兔毫盏里

传播到世界各地，世界各地的喝茶习惯都保留了佐茶点心，世界各地喝茶人也都有同感，佐茶点心搭配得当，有助于消化与养胃，也更加突出茶味。配什么茶点，因人而异，因地区而不同。中国民间有许多说法，如"甜配绿、酸配红、瓜子配乌龙"。福建人喝功夫茶，时见绿豆糕、椰饼等。浙东一带的茶点多以瓜果为主。各地的喝茶风俗多样，却形成了一个共识：配上不同的茶点，可以强化不同茶种的滋味。总之，天然的泉水配天然的茶，再佐以天然瓜果，是茶会的至高境界。

被贬儋州是苏轼人生的最后一个遭贬谪时期。虽然晚年遭受如此大罪，然而一旦举盏喝茶，他似乎又忘了一切，现出茶人的性情。苏轼一生到过许多地方，每到一处都要考察附近是否有名茶佳泉，他可能没想到，最为偏僻的儋州也会有不错的江水。一个夜晚，苏轼来了雅兴，临江支起火堆，汲来江水煮茶，写出了饮茶名诗《汲江煎茶》："活水还须活火烹，自临钓石取深清。大瓢贮月归春瓮，小杓分江入夜瓶。雪乳已翻煎处脚，松风忽作泻时声。枯肠未易禁三碗，坐听荒城长短更。""活水"指有源头又流动的水，这是好水的保证。名山大川有泉水，若时遭堵塞，水就好不了。穷乡僻壤有活水，即使不知名，也属好泉。宋人唐庚说："茶不问团銙，要之贵新；水不问江井，要之贵活。"[76]宋徽宗《大观茶论》曰："水以清轻甘洁为美。轻甘乃水之自然，独为难得。古人品水，虽曰中泠惠山为上，然人相去之远近，似不常得。但当取山泉之清洁者。其次，则井水之常汲者为可用。若江河之水，则鱼鳖之腥，泥泞之污，虽轻甘无取。"[77]宋徽宗认为清是泉水的最高标准，其先决条件，必须是流动中的清，倘若死水中的清就不可取。中泠、惠山泉水固然最好，但路途遥远时不可及。因此就地取水，宜取清洁的山泉，或常汲的井水。而江河之水若没有鱼鳖泥泞污染，也可看作佳处。

苏轼看重的"汲江"，他事先做过仔细观察，在某个偏僻区域显示出清澈的活水，这令他兴致盎然，便半夜来汲。诗人说的烹茶，即煎茶。这里说明煎茶的水取自江边钓鱼石旁的活水，这活水可能会有一些腥味，只要通过适当的煎煮就可去味。宋徽宗说的凡江河之水因有鱼鳖而不可用，看来也未必。活火煮沸后，诞生一碗好茶，这是何等的美事。明月朗照，大瓢舀水，水中的明月不经意也进入了瓮瓶中。瓮指一种盛

苏轼别传
茶道　香道　器道

水或酒的罐，若用于唐代煎水，那么可能是广口形，可直接搁在炉上煮，察其沸水状，便于把握水沸的不同阶段。"大瓢贮月归春瓮，小杓分江入夜瓶"，从顺序看，可能是说用瓮罐取水，煮开后，再用小水杓分舀到瓶里。或者瓮罐取回水，用小杓把水舀到瓶里再煮。那么这个瓮应该是陶制或铁制，而不应是瓷制。《茶经》说"瓷与石皆雅器也，性非坚实，难可持久。用银为之，至洁，但涉于侈丽"，是指瓷石之器不可煮之长久，容易开裂，而银制的又太奢华。当然，理解这样的诗句，未必要死抠句子的表层意，这里也可能是一种互文的修辞手法，瓮与瓶就是指一物，未必分说两器。

茶煮开后，"雪乳"随着煎得翻转的茶脚浮起，茶汤倒入茶碗，飕飕作响，像风吹松林时发出的声音。茶香诱惑着辘辘饥肠，情不自禁地连喝几碗，好生愉悦。或许夜晚茶汤入肚，影响了睡眠，只得深夜坐听荒城长短不齐的更声，静等时光流逝。整个过程用文字记录，画面感甚强，汲水、舀水、煎茶、畅饮到听更，一步一步，仿佛一场微电影，尽显唐代陆羽的茶事遗风。这时的茶，已不仅仅是一杯水，而是苏轼生命的一部分。一个真正的茶人，不就是把茶当人生，人生当茶？

　　此刻的苏轼，吃茶吃出了愉悦，也吃出了苦涩。心情时有一番寂寥，荒城空无又贫病交加，让人伤感，但与这神意一般的茶水化为一体，最终使他暂忘当下的苦难。南宋诗人杨万里称此诗："七言八句，一篇之中，句句皆奇。一句之中，字字皆奇。古今作者皆难之……'活水还须活火烹，自临钓石取深清'，第二句七字则含五意：水清，一也；深处清，二也；石下之水，非有泥土，三也；石乃钓石，非寻常之石，四也；东坡自汲，非遣卒奴，五也。'大瓢贮月归春瓮，小杓分江入夜瓶'，其状水之清美，极矣。'分江'二字，此尤难下。'雪乳已翻煎处脚，松风忽作泻时声'，此倒语也，尤为诗家妙法，即少陵'红稻啄余鹦鹉粒，碧梧栖老凤凰枝'也。'枯肠未易禁三碗，卧听山城长短更'，又翻却卢仝公案。仝吃到七碗，坡不禁三碗，山城更漏无定，'长短'二字，有无穷之味。"[78]

4. 茶禅诗人道潜

在"乌台诗案"之前，苏轼结识了影响他茶禅生活的诗僧道潜（俗姓何，字参寥）。道潜在周围人眼里，乐观豁达、道骨仙风。喝茶与禅坐，是道潜修行的主要方式。元丰元年（1078），苏轼在彭门（徐州）做官，道潜来访，这是他们的第一次见面。苏轼安排他住在州衙逍遥堂，两人相谈甚欢，相见恨晚。

道潜呈诗《访彭门太守苏子瞻学士》，对苏轼及其家族颂扬了一番，同时对苏轼的人品与才学表达出敬意：

"眉山郁莽眉水清，清淑之气钟群形。精璆美璞不能擅，散发宇内为豪英。煌煌苏氏挺三秀，豫章杞梓参青冥。少年著书即稽古，经纬八极何峥嵘。未央宫中初射策，落笔游刃挥新硎。翰林醉翁发奇叹，台阁四座争相惊。逡巡传玩腾众手，一日纸价增都城。同时父子擅芳誉，芝兰玉树罗中庭。风流浩荡播江海，粲若高汉悬明星……"

苏轼作《次韵僧潜见赠》和之："道人胸中水镜清，万象起灭无逃形。独依古寺种秋菊，要伴骚人餐落英。人间底处有南北，纷纷鸿雁何曾冥。闭门坐穴一禅榻，头上岁月空峥嵘。今年偶出为求法，欲与慧剑加砻硎。云衲新磨山水出，霜髭不翦儿童惊。公侯欲识不可得，故知倚市无倾城。秋风吹梦过淮水，想见橘柚垂空庭。故人各在天一角，相望落落如晨星。彭城老守何足顾，枣林桑野相邀迎。千山不惮荒店远，两脚欲趁飞猱轻。多生绮语磨不尽，尚有宛转诗人情。猿吟鹤唳本无意，不知下有行人行。空阶夜雨自清绝，谁使掩抑啼孤茕。我欲仙山掇瑶草，倾筐坐叹何时盈。簿书鞭扑昼填委，煮茗烧栗宜宵征。乞取摩尼照浊水，共看落月金盆倾。"

万象起灭，世界万物时而清晰可见，时而虚无缥缈，在这般世界里众生无处逃遁，唯有道潜这般活法最得逍遥。这层意思是苏轼次韵诗的核心。从此意义上说，首句"道人胸中水镜清"的描述显得格外重要，眼前的道潜，如清风明月，胸中澄澈、外貌飘逸，如镜子一般传递出超凡脱俗的神韵。这体现了苏轼对道潜由衷的欣赏。古刹旁边的秋菊伴随着被贬的骚人，"闭门坐穴一禅榻，头上岁月空峥嵘"，要想获得气质上的明月清风，只有时时依禅榻、习坐忘，进入持久的修炼。"慧剑"与"砻硎"，前者佛语，以智慧剑斩断烦恼，后者指碾米器皿，用以借代修行。苏轼感慨，我这个"彭城老守"眼下忙于公务杂事，何时能过上秋风吹梦、相望晨星的生活？这般期望少许，不由得长吁短叹，罢了罢了，眼下还是煮茗烧栗，一壶茶，自逍遥吧。"摩尼"，梵语，又称如意摩尼、如意宝、如意珠、摩尼宝珠，能随意愿变幻出各种珍宝，且有除病、祛苦等功效。希冀摩尼宝珠流溢清光，普照四方，犹如明月一般笼罩大地。

苏轼也有诗送道潜，《与参寥师行园中得黄耳蕈》："遗化何时取众香，法筵斋钵久凄凉。寒蔬病甲谁能采，落叶空畦半已荒。老楮忽生黄耳菌，故人兼致白芽姜。萧然放箸东南去，又入春山笋蕨乡。"接着参寥《次韵子瞻饭别》和之："铃阁追随半月强，葵心菊脑厌甘凉。身行异土老多病，路忆故山秋易荒。西去想难陪蜀芋，南来应得共吴姜。白云出处元无定，只恐从风入帝乡。"赠诗与次韵的最后两句表意相类，也是茶禅生活的境界，人生归宿，远离尘嚣。

他俩诗歌、书信交往十分频繁，苏轼给道潜的信，主要是交流诗艺，以及回忆他与道潜在逍遥堂相聚的情景。"……为书勤勤不忘如此。仍审比来法体康佳，感服兼至。三诗皆清妙，读之不释手，且和一篇为答。所要真赞，尚未作，来人又不敢久留，甚愧！甚愧！知且伴太虚为汤泉之游，甚善！甚善！某开春乞江浙一郡，候见去处，当以书奉约也。要墨，纳两笏，皆佳品也。余惟为法自重。适有数客，远来相看，陪接少暇，奉启不尽意。"[79]

元丰六年（1083），道潜来黄州看望苏轼，苏轼夜梦道潜赋诗："余谪居黄，参寥子不远数千里从余于东城，留期年。尝与同游武昌之西山，梦相与赋诗，有'寒食清明''石泉槐火'之句，语甚美，而不知其所谓。"[80]苏轼在《记梦参寥茶诗》中说："昨夜梦参寥师携一轴诗见过，觉而记其饮茶诗两句云：'寒食清明都过了，石泉槐火一时新。'梦中问：'火固新矣。泉何故新？'答曰：'俗以清明淘井。'当续成一诗，以纪其事。"[81]清明时期新茶上市，如何喝上清新爽口的茶？煮茶时得讲究新火。关于新火，苏轼在一些茶诗中多有提及。

有关苏轼做梦读道潜的诗，《西湖寻梦》卷一对此事有记载：

"智果寺，旧在孤山，钱武肃王建。宋绍兴间，造四圣观，徙于大佛寺西。先是

第二章
茶道：点将来，兔毫盏里

东坡守黄州，于潜僧道潜，号参寥子，自吴来访，东坡梦与赋诗，有'寒食清明都过了，石泉槐火一时新'之句。后七年，东坡守杭，参寥卜居智果，有泉出石罅间。寒食之明日，东坡来访，参寥汲泉煮茗，适符所梦。东坡四顾坛墠，谓参寥曰：'某生平未尝至此，而眼界所视，皆若素所经历者。自此上忏堂，当有九十三级。'数之，果如其言，即谓参寥子曰：'某前身寺中僧也，今日寺僧皆吾法属耳，吾死后，当舍身为寺中伽蓝。'参寥遂塑东坡像，供之伽蓝之列，留偈壁间，有'金刚开口笑钟楼，楼笑金刚雨打头，直待有邻通一线，两重公案一时修'。"[82]

元祐四年（1089），苏轼在杭州时跟道潜谈茶论道，《参寥上人初得智果院会者十六人分韵赋诗轼得》记录了参寥出尘的生活图像："涨水返旧壑，飞云思故岑。念君忘家客，亦有怀归心。三间得幽寂，数步藏清深。攒金卢橘坞，散火杨梅林。茶笋尽禅味，松杉真法音。云崖有浅井，玉醴常半寻。遂名参寥泉，可濯幽人襟。相携横岭上，未觉衰年侵。一眼吞江湖，万象涵古今。愿君更小筑，岁晚解我簪。"

此诗的写作背景，是好友道潜初入杭州智果院，苏轼率宾客十六人前往聚会，并赋诗唱和。[83]诗的开头描写河水涨起填满了沟壑，云彩飘过，令人思念故乡。智果院里的幽寂禅院，四周静谧无声，行走几步便能进入深邃之境，只见卢橘（即枇杷）泛着金色，杨梅殷红一片。茶树漫山遍野，悄无声息地长出嫩绿的茶芽，参天的松树随风摇动，这茶笋松杉尽显禅味法音。正如北宋道原的《景德传灯录》所云："青青翠竹尽是法身，郁郁黄花无非般若。""玉醴"，泉水。山崖上的一眼清泉、自然万物，显示了偌大的江湖，吞古今、涵天地，豁达平和的相处，也尽现"一花一世界，一叶一菩提"之佛性。被命名为"参寥泉"的泉水，常常洗涤着幽居隐士的衣襟，那是因道潜的禅房在此。"智果寺又称智果观音院，始建于五代后晋开运元年（944），原在孤山南麓。南宋绍兴十四年（1144），寺院一分为二：一迁栖霞岭南；一迁葛岭今址，又称上智果寺。"这是如今杭州孤山智果寺旧址简况。苏轼接着写道，智果精舍下有清澈甘洌的泉水从石缝间汨汨流出，道潜钻火煮泉，清茶入盏，招待我等。道潜过着茶禅合一的生活，跟拥有一汪天然的泉水有很大关系。此泉清新明澈，煮的茶尤甘洌，令苏轼欣羡、难忘，他遂命名为"参寥泉"。凿山石得泉水，烹煮而泡新茶，象征着道潜与禅的关系。不仅如此，在苏轼眼里，道潜这样的生活，也与道家有着紧密的联系，如斯修行，道佛相通。禅宗视大地上的万物皆依佛性而存，植物生长，皆为佛力。道家认为，自然即道，道存于万物之中，万物的面貌，乃道之体现，万物是道的杰作，道无处不在。[84]

苏轼当时也就不惑之年，却觉得自己心已衰老。他与道潜相互搀携攀登而上，好不容易爬到山上，似乎气力不支。但眼前的寥廓之景，让他豁然开朗，不只是景观开阔，更是从心底吐出一口郁气，瞬间变得豪爽。琐碎的世俗生活，在亘古万象之前，不值一谈。最后他不禁叹道，很期待在此长住啊。天已晚，解开帽上的簪子，休息吧。苏轼与参寥这般特殊交往，落在双方心底深处的友情之重，常在通信中互表思念，"别来思企不可言，每至逍遥堂，未尝不怅然也"。[85] 在一封"书参寥诗"信中，除了思念又记录了与道潜近来的交往："后七年，仆出守钱塘，而参寥始卜居西湖智果院。院有泉出石缝间，甘冷宜茶。寒食之明日，仆与客泛湖，自孤山来谒参寥，汲泉钻火，烹黄蘖茶，忽悟所梦诗，兆于七年之前。众客皆惊叹，知传记所载，非虚语也。元祐五年二月二十七日，眉山苏轼书并题。"[86] 此信描写了苏轼梦见道潜的诗，并访问智果院，以及道潜汲泉钻火，烹茶给苏轼喝的经历。里面提到的黄蘖茶，是当时名茶。黄蘖茶自唐代开始为贡茶，与禅宗相融，称茶禅一味。黄蘖茶产于江西省宜丰县黄蘖山，此山风景优美秀丽，为禅宗名山，是我国佛教禅宗五大宗之一临济宗的祖庭圣地，以禅、茶、泉、竹"四绝"而闻名。黄蘖茶历经千年，号称"中州绝品"，为天下人所追捧。

道潜茶禅合一的生活，有着人生的终极意义。苏轼在《参寥泉铭（并叙）》中还写道："其后七年，余出守钱塘，参寥子在焉。明年，卜智果精舍居之。又明年，新居成，而余以寒食去郡，实来告行。舍下旧有泉，出石间，是月又凿石得泉……乃名之参寥泉，为之铭曰：在天雨露，在地江湖。皆我四大，滋相所濡。伟哉参寥，弹指八极。退守斯泉，一谦四益……"[87] 从以上文字可看出，苏轼再次描述了道潜是一位超凡脱世、仙风道骨的茶人，体现了喝茶的最终意义，即为求得天人合一的茶道精神。这也是苏轼愿意与他深交的缘由。"轼于元祐四年出守钱塘，元祐六年召还京师。叙云'又明年，新居成'，可知此铭作于元祐六年将离杭州而与参寥告别之时。"[88]

第二章
茶道：点将来，兔毫盏里

好友之间的通信交往，不仅表现为相互欣赏，还表现为能时常推心置腹。苏轼落难黄州，因怕被连累，不少朋友不敢来看他，他心情自然孤寂，以致有不想写诗、把砚台等心爱之物毁掉的想法。试想，一个半辈子爱诗、爱笔墨的诗人，竟然要"焚笔砚，断作诗"，这是何等的苦闷。他给参寥写信，说了这些心里话："……到黄已半年，朋游常少，思念公不去心。懒且无便，故不奏书。远承差人致问，殷勤累幅，所以开谕奖勉者至矣。仆罪大责轻，谪居以来，杜门念旧而已。虽平生亲识，亦断往还，理故宜尔。而释、老数公，乃复千里致问，情义之厚，有加于平日，以此知道德高风，果在世外也。见寄数诗及近编诗集，详味，洒然如接清颜听软语也。比已焚笔砚，断作诗，故无缘属和，然时复一开以慰孤寂，幸甚！笔力愈老健清熟，过于向之所见，此于至道，殊不相妨，何为废之耶？……"[89]

在黄州，苏轼体会到门可罗雀的凄凉，就对一些好友如道潜等的关照和陪伴，感动万分。之后苏轼别黄州，道潜赠诗《留别雪堂呈子瞻》："策杖南来寄雪堂，眼看花絮老风光。主人今是天涯客，明日孤帆下渺茫。"苏轼和诗《和参寥》："芥舟只合在坳堂，纸帐心期老孟光。不道山人今忽去，晓猿啼处月茫茫。"苏轼给道潜的另一封信中说："专人远来，辱手书，并示近诗，如获一笑之乐，数日慰喜忘味也。某到贬所半年，凡百粗遣，更不能细说，大略只似灵隐天竺和尚退院后，却在一个小村院子，折足铛中，罨糙米饭便吃，便过一生也得。其余，瘴疠病人，北方何尝不病？是病皆死得人，何必瘴气。但苦无医药。京师国医手里死汉尤多。参寥闻此一笑，当不复忧我也。故人相知者，即以此语之，余人不足与道也。未会合间，千万为道自爱。"[90]

此信写于绍圣二年(1095)，"贬所"指惠州。这时期章惇为相，排斥旧党，恢复新法，苏轼再次受到打击，他向道潜吐露了心事。其实，道潜被看作是苏轼的同党，也遭了不幸，但道潜看得很淡，觉得人生遭际时有苦难，实属春冬轮转。在惠州，道潜派人远道来看望，"专人远来"携带"手书"和"近诗"给他，苏轼"如获一笑之乐，数日慰喜忘味也"。这里引用了一个典故。《论语·述而》："子在齐闻《韶》，三月不知肉味，曰：'不图为乐之至于斯也。'"孔子到齐国听到了舜王时代的音乐，叫韶乐，其庄严，显示了圣贤之志。《汉书·礼乐志》记载，韶乐安详美妙，是颂舜之

苏轼别传
茶道　香道　器道

德政。尧舜禅让，世道平和。武王伐纣而得天下，那时的音乐尽含杀伐之声。孔子来到齐国，感受到了韶乐的尽善尽美，沉潜于学习与欣赏，浑然忘我，以至吃饭时不知什么是肉味。苏轼以此典故形容自己在危难时道潜派人大老远来看他，带来信和诗稿，如同韶乐一样安详美好，他此时的感觉，也像忘了肉味。他告诉道潜自己在惠州的生活状况，把自己比作一位老和尚，此刻正坐在小村院落中，用断足的旧锅煮着糙米饭。"折足铛中"，铛是一种带柄的三足锅，有直足也有折足，这类器型来源于青铜器的鼎。苏轼在这说的，未必是铛的折足造型，可能特指断足。所以紧跟着说，"便过一生也得""凡百粗遣，更不能细说"。信中说到的"瘴疠"，苏轼甚为顾忌，常恐惧，在诗文中多次提到。他在信中却安慰道潜不要担心，认为瘴疠就是南方流行的传染病，在南方得此病者，多半会死。但"北方何尝不病？""是病皆死得人，何必瘴气""京师国医手里死汉尤多"，只要得病，总会死人，即使国医来救，也不能起死回生。反复叙述，消除好友之忧的同时，也为了引出这样一句话，"参寥闻此一笑，当不复忧我"。从这可看出道潜在苏轼心目中的分量："东坡居士曰：维参寥子，身寒而道富。"（《参寥子真赞》）

苏轼和道潜在山上钻火煮泉、清茶入盏的简朴情景类似，安于清贫，时饮茶，乐安居，便能"浓茗洗积昏，妙香净浮虑""意爽飘欲仙，头轻快如沐""雪芽双井散神仙"，喝茶到达这般神仙之境，坐忘、放下，回归这原始简朴的生活，才是禅意。人生的煎熬，无非就是法执、我执，要是能够丢去这些执念，回归到平常而自然的世界，如同旧锅糙米、吃茶出汗，万事皆能自悟本性。"一性圆通一切性，一法遍含一切法。一月普现一切水，一切水月一月摄。诸佛法身入我性，我性同共如来合。"（永嘉大师《证道歌》）

苏轼写过不少与禅有关的茶诗，这些诗往往借茶参透道佛的理趣，显示清风明月的禅意。"……禅窗丽午景，蜀井出冰雪。坐客皆可人，鼎器手自洁。金钗候汤眼，鱼蟹亦应诀。遂令色香味，一日备三绝。报君不虚授，知我非轻啜。"（《到官病倦未尝会客毛正仲惠茶乃以端午小集石》）一间静寂的小屋，茶具清爽，坐客雅聚，一起倾听煎茶时沸水鱼目翻滚的声音，品尝煎茶后的色、香、味。

第二章
茶道：点将来，兔毫盏里

"白发长嫌岁月侵，病眸兼怕酒杯深。南屏老宿闲相过，东阁郎君懒重寻。试碾露芽烹白雪，休拈霜蕊嚼黄金。扁舟又截平湖去，欲访孤山支道林。"（《九日寻臻阇梨遂泛小舟至勤师院二首》之一）这首诗描写的是苏轼造访寺院饮茶的情景。诗最后点出的支道林，本名支遁，东晋高僧，为佛教学派之一般若学大家。支道林晚年时常宴坐山门，耽于坐禅养生，曾为《安般守意经》《本起经》等作注，与谢安、王羲之、孙绰、许询等，以及名僧竺法深、于法开、竺法虔等相交，好谈玄理，风靡一时。

"月明写照寺林幽，最是江湖入念头。衣染炉烟金漏迥，茶烹石鼎玉蟾留。山星几点躔官舍，僧院百年过客舟。封事未投圣主意，长安此夕亦多愁。"（《宿资福院》）这是一首描写寺院喝茶的诗，和上一首相类。

"……东坡先生取人廉，几人相欢几人嫌。恰似饮茶甘苦杂，不如食蜜中边甜。因君寄与双龙饼，镜空一照双龙影。三吴六月水如汤，老人心似双龙井。"（《安州老人食蜜歌》）喝茶的甘苦，仿佛人生的体验。从此意义上说，品茶与参禅，内涵一致。

"此生念念浮云改，寄语长淮今好在。故人宴坐虹梁南，新河巧出龟山背。木鱼呼客振林莽，铁凤横空飞彩绘。忽惊堂宇变雄深，坐觉风雷生謦欬。羡师游戏浮沤间，笑我荣枯弹指内。尝茶看画亦不恶，问法求诗了无碍。千里孤帆又独来，五年一梦谁相对。何当来世结香火，永与名山躬井硙。"（《龟山辩才师》）苏轼在寺院喝茶，描绘了禅僧游戏三昧的姿态，回望"游戏浮沤间""荣枯弹指内"，进而体悟佛理。

从苏轼的茶诗中可以感受到，他中年以后的茶禅生活，日子时常过得清苦，内心却很平静。人生的起伏颠簸，原本就像吃茶那么平常。在这一点上，道家、禅宗皆相类。禅宗提倡听其自然，回归日常，自在无碍，饥来则食，困来则眠。记录历代禅宗祖师语录的《五灯会元》卷四中有一公案：一人新到赵州禅院，赵州从谂禅师问："曾到此间么？"答："曾到。"师曰："吃茶去！"又问僧，答曰："不曾。"师又曰："吃茶去！"后，院主问："为什么曾到也云吃茶去，不曾到也云吃茶去？"师唤院主，院主应诺，师云："吃茶去！"

这有名的禅宗公案显示了无论遇到何种变故，都得看作平常，淡定面对，平常的故事中蕴含了禅意。

吃茶的过程看似简单，却有着复杂的前期流程，采茶、加工、制作、碾茶、泡茶、候汤等，任何一道工序不完美，就会影响吃茶。每一道平常工序，组合起来，就成了一个系统。茶与禅各自具有"悟性"，此刻合二为一。此"悟性"易得，也易失，因而需要坚持吃茶，坚持坐禅。若长久地坚持喝茶禅悟，生活的智慧就会像泉水一般汩汩而出，永不枯竭。在苏轼眼里，道潜就是这一汪泉水，具有友情、滋润、关爱的属性。

道潜跟苏轼家人及朋友交往甚多。苏辙来访，也宿逍遥堂："熙宁十年二月，始复会于澶濮之间，相从来徐，留百余日，时宿于逍遥堂。"（《栾城集》）[91]苏过《送参寥道人南归叙》："浮屠中有参寥子者，年六十，性刚狷不能容物；又善触忌讳，取憎于世。"[92]"近有一僧名道潜，字参寥，杭人也。特来相见。诗句清绝，可与林逋相上下，而通了道义，见之令人肃然。"[93]

另有专家研究，道潜禅师与苏轼有类似的人生经历，曾写诗讽刺时政引起朝廷不满，而被勒令还俗。他俩见面，谈茶论道，气味相投。道潜爱喝茶，讲究喝茶，"茶笋尽禅味，松杉真法音"。茶叶，要像笋一样嫩，煮茶时，要有香味的松枝参与焙火，加上天然的泉水煮成一碗茶汤，还未端碗，清香飘来，禅意已满。道潜喝茶坐禅的生活方式，为苏轼看重。苏轼在黄州，道潜从杭州赶来，入住东坡雪堂近一年时间，两人同游山水，相互和诗，情谊深厚。苏轼有诗："吴山道人心似水，眼净尘空无可扫。故将妙语寄多情，横机欲试东坡老。"不久，苏轼移汝州，道潜一路伴随，过武昌，游庐山。苏轼欣赏道潜之诗的清新风格，认为其诗句清绝，可与林逋相上下。"风蒲猎猎弄轻柔，欲立蜻蜓不自由。五月临平山下路，藕花无数满汀州。"（道潜《临平道中》）道潜是禅宗弟子，他的诗风清绝，与禅宗主张见性成佛有关。道潜有诗《子瞻席上令歌舞者求诗戏以此赠》："禅心已作沾泥絮，肯逐春风上下狂。"苏轼赞道："吾尝见柳絮落泥中，谓可以入诗，偶未收入，遂为此人所先。"苏轼与道潜，在处世之道上颇多类似，都能调和儒释道思想。苏轼《参寥子真赞》："东坡居士曰：维参寥子，身寒而道富。辩于文而讷于口。外沍柔而中健武。与人无竞，而好刺讥朋友之过。枯形灰心，而喜为感时玩物不能忘情之语。此余所谓参寥子有不可晓者五也。"[94]

所谓"身寒而道富""与人无竞""枯形灰心"，这是佛道相合的境界。苏轼在

第二章
茶道：点将来，兔毫盏里

黄州时，常常自认为是"修行人"，就是受了道潜茶禅合一生活方式的启发。在禅宗看来，入台阁与隐山林并无区别，入世与出世，形式而已。苏轼糅合了道家的空与禅宗的定，形成了随缘自适的修行方式。[95]

5. 三沸与击拂

苏轼平时喝茶、煮茶的方法，主要是煎茶与点茶，三沸是对煎茶的描绘，击拂是指点茶。通常说唐代青睐煎茶，宋代流行点茶。宋代点茶兴起，与煎茶很长一段时间并行不悖，之后才渐渐此消彼长，点茶走在前头，取代煎茶。苏轼生活在北宋晚期，其一首诗中写到了喝茶的方式："老妻稚子不知爱，一半已入姜盐煎。"（《和蒋夔寄茶》）有人送来了茶饼，妻儿还照以前唐朝时流行的"煎茶"方式放姜与盐。这反映出当初两种煮茶方法同时存在，点茶已经是时尚了，但妻儿仍用老法煎茶。

苏轼的《试院煎茶》就是直接描写煎茶的："蟹眼已过鱼眼生，飕飕欲作松风鸣。蒙茸出磨细珠落，眩转绕瓯飞雪轻。银瓶泻汤夸第二，未识古人煎水意。君不见昔时李生好客手自煎，贵从活火发新泉。又不见今时潞公煎茶学西蜀，定州花瓷琢红玉。我今贫病长苦饥，分无玉碗捧蛾眉。且学公家作茗饮，砖炉石铫行相随。不用撑肠挂腹文字五千卷，但愿一瓯常及睡足日高时。"这首诗写于熙宁五年（1072），苏轼在朝中做官不顺，因反对王安石变法而受到打击，自贬来到杭州。因担任的杭州通判是副职，工作只是协助知州、知府，苏轼便有较多的空闲时间研究煎茶之道。煎水之法，先将泉水放在茶釜中煮。煮多少时间，得看水之形状。这首诗的第一句，说煎茶到达第一沸，即苏轼所看重的煎茶三沸中的"鱼目"沸，将茶末放入茶釜中不断搅动，培育汤花。煎茶三沸之说，来自陆羽《茶经·五之煮》："其沸，如鱼目，微有声，为一沸；缘边如涌泉连珠，为二沸；腾波鼓浪，为三沸。已上，水老，不可食也。初沸，则水合量，调之以盐味，谓弃其啜余。"陆羽的煮汤三沸，思路、节点清晰，也是唐代煎茶茶道的精髓。到了明代，煎茶程序虽有变化，但还得听水的声音。不过如等到出现唐人理解的"腾波鼓浪"时揭盖，明人认为这样的水已经变老。两个时代对于煮

苏轼别传
茶道 香道 器道

茶认知自有特点，但水不能太老这一点相同。赵佶在《大观茶论》中说："凡用汤以鱼目、蟹眼连绎迸跃为度，过老则以少新水投之，就火顷刻而后用。"煮茶汤凭借的是经验，控制时间长短的感受，早在晚唐李群玉诗中就有体现："客有衡岳隐，遗余石廪茶。自云凌烟露，探掇春山芽。珪璧相互叠，积芳莫能如。碾成黄金粉，轻嫩如松花。红炉爨霜枝，越儿斟井华。滩声起鱼眼，满鼎漂清霞。"（《龙山人惠石廪方及团茶》），其中"碾成黄金粉，轻嫩如松花"描述的是茶末，第一沸有从"滩声起鱼眼"之状到颜色"满鼎漂清霞"的变化。从"鱼眼"到"清霞"，描述了茶汤第一沸时如何培育汤花。煎后分茶，妙在分汤花，汤花细而轻的叫"花"，薄而密的叫"沫"，厚而绵的叫"饽"。这些词语多来自陆羽《茶经》。煎茶难在控制汤候，乐趣也在汤候。除了需要把握时间，还得看煎茶引火的燃料，如炭、松、竹之类，都是影响汤候的因素。蔡襄认为"有水泉不甘能损茶味。前世之论水品者以此"，是说不好的水会损茶味，以往对于泉水讨论的出发点皆在于此。有好水是大前提，接下来如何煮烧也非常关键。有了高质量的泉水，煮烧时，还得讲究温度高低、时间长短。煮烧时间长短把握不好糟蹋了好水，其根源就是没有严格遵循煎茶茶道之顺序。苏轼坚持煮沸不能过度，过度则"老"，失鲜馥，水味变。他以一沸时泛起蟹眼鱼目状小气泡以及发松涛之声时为适度，可见他对煎茶茶道认识之细。蔡襄强调："候汤最难。未熟则沫浮，过熟则茶沉，前世谓之蟹眼者，过熟汤也。沉瓶中煮之不可辨，故曰候汤最难。"[96]明人许次纾说："水一入铫，便须急煮。候有松声，即去盖，以消息其老嫩。蟹眼之后，水有微涛，是为当时，大涛鼎沸，旋至无声，是为过时。过则汤老而香散，决不堪用。"那么煮水为什么一定要到沸点？"山多浮沙，随雨辄下，即着于叶中。烹时不洗去沙土，最能败茶……水不沸，则水气不尽，反能败茶。毋得过劳以损其力。"[97]通常的茶树，时而被风沙雨水侵凌，尘土微粒会附在上面，需用水洗去浮尘。煮茶至沸，可以去除水气，否则"败茶"。从以上文字也可看出，两个时代对候汤的理解基本类似，不能煮水太久，否则易老，必须适当。只有恭敬面对整个煎茶过程，谨慎察看，遵循一系列的茶道要点，取得水面变化的尺度与画面，才能得到一碗好茶，这碗好茶，是恭敬遵循茶道之后得到的馈赠。

第二章
茶道：点将来，兔毫盏里

《试院煎茶》的第二句"飕飕欲作松风鸣"，显然是崇尚唐人遗风，煮茶燃料用松树枝，清香且风雅。明代田艺蘅在《煮泉小品》中也认可，表明明人煮茶继承了这种方法："余则以为山中不常得炭，且死火耳，不若枯松枝为妙。若寒月多拾松实，蓄为煮茶之具更雅。"[98] "蒙茸出磨细珠落，眩转绕瓯飞雪轻"，碾磨茶叶的粉末纷纷落下，茶粉投入茶汤里旋转起雪白的汤花。"银瓶"，从字面上看指银制的煎茶汤瓶，这个词语在唐代流行，金制汤瓶第一，银制汤瓶第二。唐代煎茶常用敞口锅，也有带盖的。用敞口锅目测汤候看得明白。宋代则多用细颈铜瓶，不能见汤沸模样，只能倾听其声，以辨汤候。这里说的银瓶，未必银作，或指瓷器。唐代茶人陆羽在《茶经》中用"类玉""类冰"来比喻越窑青瓷的美丽，用"类银""类雪"来赞美邢窑白瓷釉色之莹润洁白。到了宋代，茶具多用福建黑釉茶盏，其次使用白瓷茶具的也不少，如江西景德镇窑的青白瓷（图 2-21）、河北定窑的白瓷等，其釉色洁白莹润，一直受宋代文人青睐。"未识古人煎水意"，唐代茶人在煎茶时表现出的古意，也就是说凭肉眼就能判断煎水的老或嫩，此等眼力宋人"未识"，恐怕不及唐人。"君不见昔时李生好客手自煎"，苏轼联想到唐代诗人李约为远道来客亲自煎茶，擅于活水用活火烹。"潞公煎茶学西蜀"，潞公，北宋名臣文彦博，他煎茶招待老友，还拿出名贵的定窑茶碗。定窑瓷器，产地在河北曲阳，以烧制如玉的白瓷闻名，为宋代五大名窑之一，河北省博物馆有不少藏品展示。要是上句描述的"银瓶"指向白釉瓷器，那么此句所指便是呼应。苏轼接着说自己能力有限，虽然学着煎茶，但没有这么名贵的茶器，也没有蛾眉捧玉碗，只有普通的砖炉、陶制的烹茶器皿。

图 2-21 北宋 青白瓷汤瓶 日本东京国立博物馆

在试院中煮茶，听着煎水时的沸声，饶有兴致地察看汤瓶中飞雪一般翻腾的茶汤，想象着李约擅长活火煎茶，而潞公的煎茶有些奢侈，时用定窑白瓷。而他呢，破砖为炉，粗劣的石铫来煎汤，更不敢想象还有蛾眉捧玉碗作陪，好在苏轼自得其乐，有或没有，时常无胜于有。"玉碗"也是虚指,玉制的碗,很少用来喝茶,也不实用。可能指白釉瓷器。诗中三处提到器皿,标示了不同指代,或许是为了丰富修辞。其意简要,借用往昔李约和今日潞公的故事,描写了他们喝茶之奢华。自己虽然寒酸,却已进入唐代卢仝喝茶时的状态,"不用撑肠挂腹文字五千卷,但愿一瓯常及睡足日高时",满腹的文章此刻也不必,佳器名瓷也不需,有一瓯好茶,痛快畅饮,一觉睡到天明,足矣。至于诗中提到没有蛾眉捧玉碗作陪,也可理解成他想念蜀中的特产峨眉茶,想念家乡。但根据诗意推测,蛾眉在此处应指美女,唐人多有煎茶时美女侍奉一旁的画面。宋代更甚,达官显贵喝茶闻香,时有仕女侍奉左右,一则照应打理,端拿迎送,另则也是一种风情,适合吟诗作词。如此风情,苏轼在诗中多次描绘。被贬黄州时,当地太守徐君猷等人一起宴请苏轼,就有侍女相伴,酒足饭饱后,苏轼填词助兴,如《减字木兰花·赠徐君猷三侍人》等,侍女不仅奉茶,还能引吭高歌,如此盛宴款待、莺歌燕舞,给苏轼清苦、窘迫的生活增添了亮色,心底实实在在得到了抚慰。不仅徐太守时常邀他聚会,还有其他朋友也时常邀约。元丰七年(1084),苏轼在黄州的最后一年,将要赶赴汝州之前,在友人祖行宴席上,因心情大好,写下赠营妓诗《赠李琪》。《春渚纪闻》卷六《营妓比海棠绝句》:"先生在黄日,每有燕集,醉墨淋漓,不惜与人。至于营妓供侍,扇画带书,亦时有之。有李琪者,小慧而颇知书札,坡亦每顾之喜,终未尝获公之赐。至公移汝郡,将祖行,酒酣奉觞再拜,取领巾乞书。公顾视久之,令琪磨砚,墨浓,取笔大书云:'东坡七岁黄州住,何事无言及李琪?'即掷笔袖手与客笑谈,坐客相谓:语似凡易,又不终篇,何也?至将彻具,琪复拜请。坡大笑曰:'几忘出场。'继书云:'恰似西川杜工部,海棠虽好不留诗。'一座击节,尽醉而散。"[99]元祐六年(1091)苏轼离开杭州,过润州(今江苏镇江),曾与诸侍女为戏。据《诚斋诗话》记载,东坡过润州,当地太守招待,宴终,侍女们遂歌黄鲁直的茶词:"惟有一杯春草,解留连佳客。"东坡善戏谑:"却留我吃草。""侍女们立东坡后,凭东坡胡床者,大小绝倒,胡床遂折,东坡堕地。宾客一笑而散。"[100]除了茶酒宴席,还有游山玩水,也希望有音乐与美人作伴。"于是饮酒乐甚,扣舷而歌之。歌曰:桂棹兮兰桨,击空明兮溯流光。渺渺兮予怀,望美人兮天一方。"(《前赤壁赋》)

第二章
茶道：点将来，兔毫盏里

苏轼写作《试院煎茶》，表现出洒脱、率真的襟怀。苏辙在读了这首诗后，写了《和子瞻煎茶》，也体现出类似的情感："年来病懒百不堪，未废饮食求芳甘。煎茶旧法出西蜀，水声火候犹能谙。相传煎茶只煎水，茶性仍存偏有味。君不见闽中茶品天下高，倾身事茶不知劳。又不见北方俚人茗饮无不有，盐酪椒姜夸满口。我今倦游思故乡，不学南方与北方。铜铛得火蚯蚓叫，匙脚旋转秋萤光。何时茅檐归去炙背读文字，遣儿折取枯竹女煎汤。"

煎茶与点茶相比，更近古风。煎茶体现了唐人的生活方式，宋人跟随与仰慕。唐风风靡宋代，宋人好古怀旧，乃人之本性，所以苏轼在茶道上常把陆羽、卢仝等先贤挂在嘴边，反映了宋代大多数诗人的口味。煎茶与点茶，前者更接近自然，更为朴素，更为天人合一。煎茶更靠拢远古，远古时制茶，会放入很多东西，煎茶时常放入姜与盐等，把茶当药来吃。煎茶要察看火候，火候讲究松风嗖嗖，松柴飘香，得用大自然新鲜的松木烧火，煮茶时火中溢香。汤水沸腾时的三个阶段，皆呈现出大自然的生命状态。煎茶关乎大地的水、火、植物，俨然是大自然景观的浓缩。明人许次纾说："日品茶尝水，抵掌道古。僧人以春茗相佐，竹炉沸声，时与空山松涛响答，致足乐也。"[101] 到了明代，喝茶方式已变，唐代煎茶、宋代点茶已式微，但仍有文人好古，模仿古代的喝茶风气，特别是煎茶，"竹炉沸声，时与空山松涛响答"，在自然景观里煮茶喝茶，接天地之精气神，享天人合一之羽化感。

这样制作的茶，这般喝茶的方法，大俗到底，仿佛一个喝茶后大汗淋漓的汉子，一个随心所欲的散人，嬉笑怒骂地吧嗒吧嗒摇着大蒲扇，两腋生风，超然物外，岂不快哉！这是宋人所向往的。

苏轼弟子黄庭坚也喜好茶道，这跟他出生在江西修水这个茶乡有关。黄庭坚家乡出产的"双井茶"遐迩闻名，他曾把"双井茶"送给苏轼、欧阳修等人，并写诗《双井茶送子瞻》："人间风日不到处，天上玉堂森宝书。想见东坡旧居士，挥毫百斛泻明珠。我家江南摘云腴，落硙霏霏雪不如。为公唤起黄州梦，独载扁舟向五湖。"苏轼的老师欧阳修赋诗称颂"双井茶"："江西水清江石老，石上生茶如凤爪。穷腊不寒春气早，双井芽生先百草。白毛囊以红碧纱，十斤茶养一两芽。长安富贵五侯家，

苏轼别传
茶道　香道　器道

一啜犹须三日夸。宝云日注非不精，争新弃旧世人情。岂知君子有常德，至宝不随时变易。君不见建溪龙凤团，不改旧时香味色。"欧阳修是茶道行家，很快判断出"双井茶"受人欢迎的原因，是因为这种茶萌发得早，白毫多，肯定了黄庭坚的说法"我家江南摘云腴，落硙霏霏雪不如"。"云腴"，茶的别称，形容茶如云腴之美。这样的茶煎成茶汤后汤花浓稠，口感就好，自然"长安富贵五侯家，一啜犹须三日夸"。大名家如此称赞，"双井茶"不成名也难。接着看看苏轼是如何称赞这款茶的，他次韵回赠黄庭坚《鲁直以诗馈双井茶次韵为谢》："江夏无双种奇茗，汝阳六一夸新书。磨成不敢付僮仆，自看雪汤生玑珠。列仙之儒瘠不腴，只有病渴同相如。明年我欲东南去，画舫何妨宿太湖。"[102]"江夏"指黄庭坚的家乡江西修水。"汝阳六一"，汝阳即河南汝州，欧阳修晚年居住地，因其晚年号"六一居士"，故称"六一"。整首诗如果从茶道的角度上说，主要在这两句"磨成不敢付僮仆，自看雪汤生玑珠"。这里透露出煎茶是很花工夫的，非老茶客不能为。有关候汤，蔡襄也说："未熟则沫浮，过熟则茶沉。"汤候时间难以把握，而茶饼先得磨碾，无论煎茶还是点茶，都需要先把茶饼碾碎，磨碾需要工夫，不能三下两下地粗磨完事，而是要有章法地来回均匀磨碾。年轻人通常没有这耐心，茶饼磨碾不匀，会影响茶的口感。古代培养茶童，重要的一关就是磨碾，逼迫人安下心来，静静地碾茶，整个过程枯燥，若能坚持长久，会把身上的烦躁气磨掉。眼下，这么好的茶让茶童去磨碾，处理不好，会坏了一壶茶，苏轼只得亲力亲为。从煮汤起沸至三沸一步步展开，并控制在二沸水时投入茶粉，煎茶的茶汤呈现突突的沸腾声，雪乳玑珠翻滚，茶香飘散；完成了煎茶，接下来便可好好享口福。"列仙之儒瘠不腴，只有病渴同相如"，苏轼崇奉道教，自嘲为飘零江湖的散仙，也像司马相如一样，同患消渴之病。《史记·司马相如》记载："相如口吃而善著书，常有消渴疾。"传说司马相如确实有病，也为他退隐江湖、不愿为官找到了借口。

宋代很多诗人也和苏轼一样，平时饮茶，时而煎茶，时而点茶，都各有特色。传说中苏轼写点茶的《水调歌头》（又传白玉蟾即葛长庚所作），且词语稍有差异，成两种版本，意思大同小异。这两首词并未收入权威版本，因典型地写出了宋人点茶的情景，特用作参考。这两首词先从名茶于何处诞生说起，到采茶时间，加工过程，点

第二章
茶道：点将来，兔毫盏里

茶流程，喝茶茶具，最终茶道求得什么样的境界等，较为全面。

"已过几番雨，前夜一声雷。旗枪争战，建溪春色占先魁。采取枝头雀舌，带露和烟捣碎，结就紫云堆。轻动黄金碾，飞起绿尘埃。老龙团、真凤髓，点将来。兔毫盏里，霎时滋味舌头回。唤醒青州从事，战退睡魔百万，梦不到阳台。两腋清风起，我欲上蓬莱。"

春雷一声起，惊起雨前茶。人们相信，春雨、春雷之后的茶都是好茶，这也说明了节气与茶的关系。五代后唐冯贽编撰的《云仙杂记》，记载了五代时期的逸事，其时寺院的僧人习惯将茶分三等：紫茸香、惊雷荚、萱带草。紫茸香为上，惊雷荚为中，萱带草为下，分别用以供佛、待客、日常饮用。[103]词中的这"一声雷"，妙用双关，既明指节气，又暗指惊雷荚。"旗枪"，即枪旗，形容茶的外形，通常茶是由茶芽和嫩叶组成，芽尖类枪，茶芽旁的嫩叶似旗。宋徽宗明确了此说的定义，"一枪一旗为拣芽，一枪二旗为次之""建溪春色占先魁"。建溪流经闽北重要的采茶基地，也是闽北古城建阳境内黑釉茶盏生产的水源。闽江水源流经建阳，故称建溪，蔡襄说："茶味主于甘滑。惟北苑凤凰山连属诸焙所产者味佳。""北苑"就是指建溪茶的贡茶。[104]"雀舌"，表茶叶外形。"凡芽如雀舌谷粒者为斗品。"[105]"茶牙，古人谓之雀舌、麦颗，言其至嫩也……则新牙一发，便长寸余，其细如针。唯牙长为上品。"[106]"紫云堆"指茶饼。可见雀舌对贡茶之重要。熊蕃在《宣和北苑贡茶录》中说："凡茶芽数品，最上曰'小芽'，如雀舌鹰爪，以其劲直纤锐，故号芽茶；次曰'拣芽'，乃一芽带一叶者，号'一枪一旗'；次曰'紫芽'，乃一芽带两叶者，号'一枪两旗'；其带三叶、四叶，皆渐老矣。芽茶早春极少。景德中，建守周绛为《补茶经》言'芽茶只作早茶，驰奉万乘尝之可矣。如一枪一旗，可谓奇茶也。'故一枪一旗，号'拣芽'，最为挺特先正。"[107]此文对茶芽等级做了详细的形象区分。明代《茶疏》也这样说："古人制茶，尚龙团凤饼，杂以香药。蔡君谟诸公，皆精于茶理。居恒斗茶，亦仅取上方珍品碾之，未闻新制。若漕司所进第一纲名北苑试新者，乃雀舌、冰芽所造。一銙之直至四十万钱，仅供数盂之啜，何其贵也。"[108]宋代贡茶的龙团、凤饼等，是用雀舌和水芽制作出来的，还掺杂香料，这样的茶特别昂贵。

词中描述了制茶的工序。宋代赵汝砺的《北苑别录》记载，宋代茶主要以团茶为主，其制茶工艺共分八步：采茶、拣茶、蒸茶、榨茶、研茶、造茶、过黄，最后做成茶饼。"紫云堆"，是说建溪茶带着天地玉露和云雾烟气被做成了团饼形状。接着开始泡茶，即点茶。先把茶饼掰下几块，放入"黄金碾"中碾碎。通常制作茶碾的材料有银、瓷、铜、铁、石等，黄金碾应该是对铜制茶碾的美称。蔡襄《茶录·下篇》介绍了宋代的茶碾工具，制作的材料一般用铁和银。黄金性柔，质地软，极易磨现碾痕，不入用。[109] 唐代遗留的文物，还有铜制的。碾茶时间久了，由于磨损，隐现包浆，铜色闪亮泛金。宋代还出现过银制茶碾，"碾以银为上，熟铁次之。生铁者，非淘炼槌磨所成，间有黑屑藏于隙穴，害茶之色尤甚"。银制茶碾漂亮，同样质软不宜久用，铁制茶碾极易产生黑铁屑混入茶粉中对其产生危害。[110] 在碾茶过程中茶粉飞起，空气中飘浮着绿色的烟雾。陈年龙团茶，才是真正的青凤髓茶，即凤髓茶。此茶是出产于古代建州建安县的名茶，建安县即今建瓯市。宋徽宗在《大观茶论·品名》一节中举出青凤髓茶具体产地："名茶各以所产之地叶……刚之高峰青凤髓叶……"明代黄一正《事物绀珠》："青凤髓出建安。"苏词的下阕描写点茶、品茶，词人情不自禁地喜上心头，本真性情冒出，手臂一扬，对着好茶叫道："老龙团、真凤髓，点将来！"呼唤茶童，要他快快泡上茶来。煮好开水，在黑釉茶盏里放上少许刚磨碾好的茶粉，点茶开始，呈现茶汤色泽。不过点茶过程中茶盏的大小选择，很有讲究，这对击拂、咬盏起着重要作用。宋徽宗曾详细说明，茶盏"底深则茶直立，易以取乳；宽则运筅旋彻，不碍击拂。然须度茶之多少，用盏之大小。盏高茶少，则掩蔽茶色；茶多盏小，则受汤不尽。盏惟热，则茶发立耐久"。[111]《茶录》说："茶少汤多，则云脚散；汤少茶多，则粥面聚。钞茶一钱七，先注汤调令极匀，又添注入环回击拂。"[112]

喝下香味茶汤，齿颊之间，茶香的滋味萦回，此等喝茶感受，犹如品尝美酒。"青州从事"，指美酒。战退了睡魔，疲劳消遁，也不会想到男女之欢。"阳台"，典出战国时期楚国宋玉《高唐赋》："昔者先王尝游高唐，怠而昼寝，梦见一妇人，曰：'妾，巫山之女也，为高唐之客，闻君游高唐，愿荐枕席。'王因幸之。去而辞曰：'妾在巫山之阳，高丘之阻，旦为朝云，暮为行雨，朝朝暮暮，阳台之下。'""阳

第二章
茶道：点将来，兔毫盏里

台"此后被指男女欢会之地，此典故也是成语"雨沾云惹"的出处。[113] 最后两句说，又仿佛喝了卢仝的第七碗茶，浑身爽畅，唇齿留香，瞬间忘却尘世，直抵蓬莱仙境。有关茶有香味，一则为原本茶香，另则烹茶时常会加入佐料助香。"茶有真香。而入贡者微以龙脑和膏，欲助其香。建安民间皆不入香，恐夺其真。若烹点之际，又杂珍果香草，其夺益甚。"[114]

在《送南屏谦师》中，苏轼引出一位茶道高手，他的点茶之道，达到了茶禅合一的境界，人称"点茶三昧手"："道人晓出南屏山，来试点茶三昧手。忽惊午盏兔毛斑，打作春瓮鹅儿酒。天台乳花世不见，玉川风腋今安有。先生有意续茶经，会使老谦名不朽。"

南屏山位于杭州，谦师是南屏山净慈寺的高僧。元祐四年（1089），苏轼第二次任职杭州，谦师得知他游览西湖葛岭的寿星寺，便特意赶来为其点茶。苏轼自是高兴，在僧房高院品饮清茶，其大雅高洁之至，还有什么能与之比肩？正如《茶说》所说："僧房道院，饮何清也。山林泉石，饮何幽也。焚香鼓琴，饮何雅也。"[115]

苏轼品茶后写道："道人晓出南屏山，来试点茶三昧手。"是说谦师点茶功夫了得。"三昧"，源于梵语，又称三摩提、三摩帝，即定之意。正心行处、凝心息虑，心静近止，故曰定，是佛教的修行方法。集中思虑的能力，能使"心体寂静，离于邪乱"，长久禅修或进入特殊境界并获得改变生命现状的神秘力量。[116] "三昧手"，主要是指他的茶艺高超，技法娴熟。苏轼喝了感受特别，这样的茶道体验能让人的精神融于大自然。"午盏兔毛斑"，午后喝茶使用的是福建建窑茶盏，上有兔毫丝纹状。相对应的"春瓮鹅儿酒"，酒瓮倒出黄色的酒，形成色差对比。"天台乳花"，是说谦师点茶而出的图案与天台山高僧点茶类似，十分稀罕。"玉川风腋"，玉川，唐代卢仝，号玉川子，他有名句"七碗吃不得也，唯觉两腋习习清风生"。玉川子制作的茶汤同样难觅。最后说，谦师的点茶三昧，可以续写陆羽的《茶经》，把谦师的茶道技艺传扬开去。

饮茶对于僧人，被认可的有两大益处，从实用功能上说，茶药一体，吃茶能起到提神醒脑、祛病的作用；此外，茶还能使人安宁静思与领悟佛理。持久地专注于茶道技艺，在点茶过程中安静地击拂等，对耐力、智力、心力、定力等都是一种锻炼。有了这诸多的力，茶筅才能击拂出乳沫细腻洁白的茶汤。所有的茶道程序，俱行进在静思状态中。禅门修行，重在坐禅观心，要求禅修者长时间专注于一境。此境难及，若禅修佐以茶道，规避喧嚣，一步步地依着茶道的顺序走，这样终究有益于排除杂念，求得心静。古人还说，茶有三德，即参禅打坐时可以聚精会神，有利于餐后的消化，心意杂乱时能够清心定神、除去杂念。茶道因而先流行于禅林，成为念经之外的特殊修行方式，这样的茶叫"寺院茶"。下午的某一时刻，法堂前敲响茶鼓，僧人们集合吃茶，若要招待尊客长老，得击鼓集众陪茶。茶道、禅修往往一体。

苏轼品了谦师的点茶，深感是茶中优品。获得如此感受，表明苏轼本是茶道高人，两者相遇，妙乎一心。苏轼之后又作《又赠老谦》，称赞道："泻汤旧得茶三昧，觅句近窥诗一斑。"苏轼笔下的"三昧手"，便成了点茶技艺高境界的代名词。

苏轼诗词描述了点茶的流行，在宋代其他诗人中也有很多类似的诗篇。"北窗高卧鼾如雷，谁遣香茶挽梦回？绿地毫瓯雪花乳，不妨也道入闽来。"（陆游《试茶》）展现了点茶后获得的色彩享受。"毫盏雪涛驱滞思，篆盘云缕洗尘襟。"（陆游《梦游山寺焚香煮茗甚适既觉怅然以诗记之》）写了点茶中的兔毫茶盏、雪涛一般的茶乳（图2-22），并提到了香篆。"泉甘器洁天色好，坐中拣择客亦嘉。新香嫩色如始造，不似来远从天涯。停匙侧盏试水路，拭目向空看乳花。"（欧阳修《尝新茶呈圣俞》）最后两句由点茶说到斗茶。"鹰爪新茶蟹眼汤，松风鸣雪兔毫霜。"

图2-22 点茶击拂起茶乳

(杨万里《以六一泉煮双井茶》)既写了煎茶,也写了点茶。"雅燕飞觞,清谈挥座,使君高会群贤。密云双凤,初破缕金团。窗外炉烟似动。开瓶试、一品香泉。轻淘起,香生玉尘,雪溅紫瓯圆。"(秦观,一说米芾的《满庭芳·咏茶》)词中出现了几个"香"字,不是指闻香,而是对点茶过程的形容。"午醉醒来,红日欲平西,一碗新茶乳面肥。"(王之道《南乡子·寄和潘教授元宾喜晴》)写出点茶击拂后的茶汤色。"红袖扶来聊促膝,龙团共破春温。高标终是绝尘氛。两箱留烛影,一水试泉痕。"(刘过《临江仙·茶词》)词句最后提到的试泉痕,即指斗茶。

6. 何须魏帝一丸药

茶是老天爷恩赐给人类的宝贝,既能当日常饮料,又能治病祛邪,还成了人们坐禅养性的灵物,时刻伴随着人间的生活。在历朝茶文化的发展过程中,吃茶又经数代茶人的经营与诠释,形成了丰富的茶道思想,渐渐引导人们进入背尘合觉、冲淡超然的境界,进而形成中国人特有的性情和品格。苏轼曾经写过这样的诗:"落帆古戍下,积雪高如丘。强邀诗老出,疏髯散飕飗。僧房有宿火,手足渐和柔。静士素寡言,相对自忘忧。铜炉擢烟穗,石鼎浮霜沤。征夫念前路,急鼓催行舟。我行虽有程,坐稳且复留。大哉天地间,此生得浮游。"(《雪后至临平与柳子玉同至僧舍见陈尉列》)

熙宁六年(1073),苏轼时任杭州通判,赴常州、润州一带赈饥,恰好亲戚柳子玉(即柳瑾)当时住在灵仙观,便和苏轼同行。次年,下雪之际,苏轼邀请柳子玉同访住在僧舍的陈尉列,共赏雪景。苏轼即起诗兴,写了这首诗。诗中描写,柳子玉本不愿外出,被苏轼强行邀请,前往寺院喝茶。雪天寒冷,积雪甚厚,大地上渺无人烟,古老的城墙边,寂寥的帆船落下了风帆,一派冰天冻地的苍莽景象。柳子玉胡须疏散,在飕飗北风间冒着寒气。他们来到寺院,进入僧房,隔夜未熄的火,散发的热量,迎面扑来,他们被冻僵的手和脚渐渐变暖了、松弛了。在僧房里修行,通常寡言少语,苏轼等作为访客,自然也是。拜访此处,就是来寻清静的。于是,主客安静地对坐,寥寥数语,风轻云淡,人间事早已抛在脑后。通常僧房修行,总少不了香与茶。"铜炉擢烟穗",

铜炉焚香，烟气拔出形如穗条。这里说的是焚香，焚香时有拔烟之状。有专家提出这是不是在隔火熏香？通常不会，隔火熏香，是指闷香，炭被点着，然后吹灭埋入香灰之下，靠碳块热量传递到隔火板，再传导至隔火板上的香块出香。这样的香事通常没有明火，也不出烟，即使出烟，也只是细软的线条，绝对不会有拔出之感。"石鼎浮霜沤"，石鼎，陶制烹茶用具，此处应该是泛指茶器；浮，是写因点茶而使茶沫浮起；霜沤，指白色泡沫，因点冲击拂浮起茶沫。安静地坐忘，慢慢地修心，此时喝茶，什么都不想，唯有安宁，所思所想只在顺应天意。僧房这般茶禅合一的场景颇合苏轼心境，美好又安详，冥想悠悠的天地之间，人的一生如寄存之蜉蝣，正如苏轼《赤壁赋》中所写，哀吾生沧海一粟、蜉蝣一般渺小。

苏轼的另一首茶诗语境与此类似，也充满了养生安心的情绪："步来禅榻畔，凉气逼团蒲。花雨檐前乱，茶烟竹下孤。乘闲携画卷，习静对香炉。到此忽终日，浮生一事无。"（《雨中邀李范庵过天竺寺作二首》其一）大雨瓢泼，雨水弹乱之中，禅房清凉，蒲团安宁。僧房禅修，未必总是静坐，安安静静地做一壶茶，印一盘篆香，坐忘期间，安神静心。久坐后，舒展画卷，或欣赏，或展墨。笔墨短歇，再趺坐，自然会生发"到此忽终日，浮生一事无"这般感慨。浮生山，不过如此，何必我执，要是修得心安，夫复何求？

喝茶成为生活中的日常，除了养心，自然还能养生，预防、治疗疾病，古代文献中有不少记载。五代蜀人毛文锡的《茶谱》："泸州之茶树獠，常携瓢置，穴其侧。每登树采摘芽茶，必含于口，待其展，然后置于瓢中，旋塞其窍。归必置于暖处。其味极佳。又有粗者，其味辛而性熟。彼人云：饮之疗风。通呼为泸茶。"这发酵过的泸州茶可治风寒，此类方法在中国南方少数民族中也有流行。《枕中方》记载："疗积年瘘，苦茶、蜈蚣并炙，令香熟，等分捣筛，煮甘草汤洗，以末傅之。"这是说茶叶能治疗外科病。喝茶还能"理头痛""饮消食"等。[117]

苏轼体弱，平日小疾频发，特别是伤风感冒，他相信喝热茶可治疗此症。熙宁六年（1073）他在杭州任通判时，生病了，外出散心，一个人游览诸座佛舍，净慈、南屏、惠昭等，傍晚去孤山拜访惠勤禅师。这一天他连续喝了七杯浓茶，之后症状果然

第二章
茶道：点将来，兔毫盏里

明显减轻。茶能抗菌杀毒，这在中国传统医学文献里有诸多记载，苏轼对此深信不疑。他在《仇池笔记·论茶》中说，喝茶能使牙齿坚密，可解油腻，调理肠胃，帮助消化。当然喝茶也不能过量，否则有损脾胃。茶用来喝，还可用来洗，他提倡吃饭后，要用浓茶漱口："除烦去腻，世不可阙茶。然暗中损人，殆不少。昔人云：'自茗饮盛后，人多患气，不复病黄，虽损益相半，而消阳助阴，益不偿损也。'吾有一法，常自珍之。每食已，辄以浓茶漱口，烦腻既去，而脾胃不知。凡肉之在齿间者，得茶浸漱之，乃消缩不觉脱去，不烦挑刺也。而齿便漱濯，缘此渐坚密，蠹病自已。然率皆用中下茶，其上者自不常有，间数日一啜，亦不为害也。此大是有理，而人罕知者。故详述云。"[118]

苏轼屡次被贬到南方，他最不适应南方的天气，瘴疠弥漫，令他尤其不适。"微生山海间，坐受瘴雾侵。"（《次韵定慧钦长老见寄八首》）"峤南瘴毒地，有此江月寒。"（《藤州江下夜起对月赠邵道士》）当他发现茶能减轻瘴毒对人的侵害时十分高兴。"更将西庵茶，劝我洗江瘴。"（《杭州故人信至齐安》）苏轼被贬到黄州、惠州，总是想办法自己种茶，茶已经成了他心灵的寄托、养生的依靠。《古今合璧事类备要·外集》有这样的记载："服芳茶、理头痛、饮消食、疗积痿。"[119]"宪宗赐马总治泻痢腹痛方，以生姜和皮切碎，如粟米，用一大盏，并草茶相等，煎服。元祐二年，文潞公得此疾，百药不效。而余传此方，得愈。"[120]文潞公，即文彦博，他得病，根据遗留的唐宪宗姜茶汤药方煮食而治愈。[121]

有关饮茶益于身心，唐代裴汶说得更彻底："得之则安，不得则病，彼芝术黄精，徒云上药，至效在数十年后，且多禁忌，非此伦也。或曰多饮令人体虚病风。余曰不然。夫物能祛邪，必能辅正，安有蠲逐丛病而靡保太和哉？今宇内为土贡实众，而顾渚、蕲阳、蒙山为上，其次则寿阳、义兴、碧涧、湄湖、衡山，最下有鄱阳、浮梁。今其精者，无以尚焉。得其粗者，则下里兆庶，瓶盎粉揉。苟未得，则谓百病生矣。人嗜之如此者，两晋已前无闻焉，至精之味或遗也，作《茶述》。"[122]

由于东南西北都在种茶，各类茶的茶性不同，茶经过不同的发酵加工，会呈现出不同的口味，加上原本种类的区别，茶分寒性、中性和温性等几个特性，饮茶也应因人而异。茶专家李辉教授用现代科学方法研究了多种茶的功效：绿茶以火灭酶而干封，不使茶多酚及咖啡因流失，而存太阳气。太阳对应人体两条经脉，手太阳小肠经和足太阳膀胱经。绿茶多含茶多酚、咖啡因，饮用后，会进入相应的经脉，起到利尿提神之效。因产地不同，绿茶之性不同。碧螺春、猴魁，芽嫩纤细，含雪菊香，芽细气轻，走手经。龙井等，芽粗、厚气较重，带蚕豆花香，走足经。红茶就地湿热渥堆而发酵生胺，地力所蓄，属少阳，得地之气。红茶富含茶多胺，饮用后，会进入人体少阳经脉——手少阳三焦经和足少阳胆经，分别起到养颜和利胆祛风之效。白茶晒青灭酶，长年缓慢氧化而生酸，继而因太阳热照成酯，渐生太阴气，得天之气。白茶富含白茶酯，饮用后，会进入人体太阴经脉——手太阴肺经和足太阴脾经，从而起到润肺健脾功效。用芽做的白茶，如景谷银针、白毫银针等，叶嫩气轻，有着类似雪梨的香味，上走手太阴经润肺。取秋天制作的寿眉，叶老气沉，带着枣的香味，下走足太阴脾经而健脾。

这般现代研究虽跟古人喝茶的医效之说未必一致，但对喝茶养生的研究明显是一个提升。总体上说，喝茶益于健康养生之说，古已有之，也被今天的科学研究所证明。茶能杀菌消毒，无论什么种类的茶，几乎都有这样的功效。古代文献记载福建福鼎白茶能治麻疹之类的病。不发酵、不杀青的绿茶，含有高茶多酚。2009年8月1日日本《朝日新闻》报道，研究人员利用绿茶提取物开发出一种新型抗流感药物，经动物实验表明对抑制流感病毒感染很有效果。每天喝茶，可以获得足够的EGCG（茶多酚的衍生物），去杀肿瘤细胞中的双氢叶酸黄硫酶。今天，人们越来越相信喝茶养生，有益健康。

苏轼喝茶，除了解渴、提神之外，更多的是用来修性养生，他是唐宋以来喝茶的代表性人物。之后列朝，喝茶方式改变了，但喝茶的功能没有变。明代许次纾在《茶疏》所说："先握茶手中，俟汤既入壶，随手投茶汤，以盖覆定。三呼吸时，次满倾盂内，重投壶内，用以动荡香韵，兼色不沉滞。更三呼吸顷，以定其浮薄。然后泻以供客。则乳嫩清滑，馥郁鼻端。病可令起，疲可令爽，吟坛发其逸思，谈席涤其玄襟。"从文中可看出，明人已经直接把茶叶投入壶中泡了喝，不同于唐代煎茶和宋代点茶，但喝茶后的感受一致："吟坛发其逸思，谈席涤其玄襟。"[123]

宋代很多诗人都与苏轼一样，崇尚喝茶养性，看开人生。苏轼喝茶受唐代卢仝的影响，其茶诗中时常提到这位茶仙。卢仝喝茶所体现的精神疗法，在苏轼看来，胜过

第二章
茶道：点将来，兔毫盏里

药丸，他的一首诗里这样写："何须魏帝一丸药，且尽卢仝七碗茶。"（《游诸佛舍，一日饮酽茶七盏，戏书勤师壁》）诗中借用了魏文帝曹丕《折杨柳行》的诗句："西山一何高，高高殊无极。上有两仙僮，不饮亦不食。与我一丸药，光耀有五色。服之四五日，身体生羽翼。轻举乘浮云，倏忽行万亿。流览观四海，茫茫非所识。彭祖称七百，悠悠安可原……"崇尚道教养生的曹丕想长寿，爱上了仙药，苏轼却认为卢仝的"七碗茶"远胜于曹丕的一丸药。

苏轼在茶诗中多次提到卢仝，主要在于抒发超脱与归隐的情感，远离纷乱世道。"珍重绣衣直指，远烦白绢斜封。惊破卢仝幽梦，北窗起看云龙。"（《马子约送茶作六言谢之》）"借与玉川生两腋，天仙未必相思。"（《临江仙风水洞作》）野外的清泉借给卢仝来泡茶，喝茶后两腋生风、羽化飞升，自然不会思恋天仙了。"颇笑玉川子，饥弄三百月。岂如山中人，睡起山花发。一瓯谁与共，门外无来辙。"（《游惠山其三》）而这一首，明显是以茶明志，反映了苏轼的理想生活。苏轼笑玉川子喝茶上了瘾，而不去想是否饥肠辘辘。苏轼如此羡慕，在这样仙境一般的地方喝茶，什么也不用想，哪怕没有访客叩门，又有何要紧？

卢仝的《七碗茶诗》，为何在苏轼眼里这么重要？主要是苏轼崇尚卢仝的精神品质。卢仝是"初唐四杰"之一卢照邻的嫡系子孙，名门望族之后，到了卢仝辈，家道已近衰落，他秉性孤傲，拒绝朝官的诱惑，对仕途毫无兴趣，淡泊名利、清贫耿介，笑傲山林。有了这样的背景，他的喝茶，在常人看来就与众不同。何况卢仝的茶诗确实写出了当时士人的心态，人生一世，更应该推崇放浪形骸的散人，而不是一个唯唯诺诺的官场拘人。他经常举行茶会，名流荟萃，小众雅聚，名闻天下。卢仝认为，喝茶原本是道家事，须得尽兴，心胸放开，清除一切杂念，越喝心情越舒畅。卢仝的《七碗茶诗》写最后第七碗茶喝下，两腋清风徐徐，张翅羽化，逍遥而去。这才是喝茶的正道，喝茶的最高境界。当然，这第七碗茶恐怕非常人所能为，只有那些道行高深的茶人才能喝得，才能有如此奇特的感受。

苏轼在诗词中时常提到并称颂卢仝，也反映了卢仝对宋代喝茶风气的影响。这个喝茶风气的形成，根本上关乎养性养心，特别是人到中年，遇到各种磨难以致内心郁闷，喝茶是消解之法。要是喝茶还能遵循一定的方法，比如点茶，一整套的茶道仪式下来，便颐养了心情，现实世界的喜怒哀乐也会变得虚化。

宋代其他诗人对卢仝的推崇，正是反映了喝茶的特殊功能。"绿云入口生香风，满口兰芷香无穷。两腋飕飕毛窍通，洗尽枯肠万事空。君不见孟谏议，送茶惊起卢仝睡。"（白玉蟾《茶歌》）"都蓝携具向都堂，碾破云团北焙香。汤嫩水轻花不散，口甘神爽味偏长。莫夸李白仙人掌，且作庐仝走笔会。亦欲清风生两腋，从教吹上月轮傍。"（梅尧臣《尝茶和公仪》）"北苑龙团，江南鹰爪，万里名动京关。碾深罗细，琼蕊暖生烟。一种风流气味，如甘露、不染尘凡。纤纤捧，冰瓷莹玉，金缕鹧鸪斑。相如，方病酒，银瓶蟹眼，波怒涛翻。为扶起，樽前醉玉颓山。饮罢风生两腋，醒魂到、明月轮边。归来晚，文君未寝，相对小窗前。"（黄庭坚《满庭芳·北苑龙团》）"春波一眼诗句好，两腋尚觉风翩翩。投闲方觳觫可勉，何用不饮空三叹。"（晁补之《次韵和文潜暮春即事》）"晚天雨霁横雌霓。帘卷一轩月色。纹簟坐苔茵，乘兴高歌饮琼液。翠瓜冷浸冰壶碧。茶罢风生两腋。四座沸欢声，喜我投壶全中的。"（曹冠《使牛子·晚天雨霁横雌霓》）"宴罢莫匆匆，聊驻玉鞍金勒。闻道建溪新焙，尽龙蟠苍璧。黄金碾入碧花瓯，瓯翻素涛色。今夜酒醒归去，觉风生两腋。"（王庭珪《好事近·宴罢莫匆匆》）"饮罢清风生两腋，余香齿颊犹存。"（刘过《临江仙·试茶》）卢仝在宋代引起这么大的反响，今天的读者可能觉得意外。这也正好说明了古人喝茶成风的原因。宋代诗人茶诗多，既是诗的时代，也是茶的时代，两者相辅相成，正应了古代佚名作者的诗句："自古诗人多茶客，清茗一盏酬知音。"

古人对卢仝的记载不少，元人辛文房《唐才子传》传记："仝，范阳人，初隐少室山，号玉川子。家甚贫，惟图书堆积。后卜居洛城，破屋数间而已。一奴，长须，不裹头；一婢，赤脚，老无齿。终日苦哦，邻僧送米。朝廷知其清介之节，凡两备礼征为谏议大夫，不起。"[124]

从上面的文字中可看出卢仝家境贫寒，却有堆积的图书，食米靠邻僧相济。朝廷感知其清介，曾两次备礼，请他出山接受谏议大夫的官职，但他不为所动，甘愿隐居，起初隐于少室山，后又大隐于洛城。他出身名门，却安贫乐道，淡泊名利。然而，这

第二章
茶道：点将来，兔毫盏里

样的人不成名也难，凭借一首茶诗，闻名遐迩，千古流传。这首茶诗就是《走笔谢孟谏议寄新茶》中的第三部分《七碗茶歌》，也是诗中最精彩的部分。古人醉心喝茶，写过不少类似的茶歌，但卢仝的茶歌，却前无古人地道出了喝茶到达的美妙意境："一碗喉吻润，二碗破孤闷。三碗搜枯肠，惟有文字五千卷。四碗发轻汗，平生不平事，尽向毛孔散。五碗肌骨清，六碗通仙灵。七碗吃不得也，唯觉两腋习习清风生。蓬莱山，在何处？玉川子，乘此清风欲归去。山上群仙司下土，地位清高隔风雨。安得知百万亿苍生命，堕在颠崖受辛苦。便为谏议问苍生，到头还得苏息否。"喝茶能润喉吻，破孤闷，文思泉涌，把不平事抛到云霄外。喝到第七碗，就觉得两腋飕飕毛窍达通，洗尽枯肠万事皆空，并可随着这般想象，乘清风到达蓬莱仙境。一杯清茶不只是口腹之饮，而是能抵达别样的世界，名闻利养皆在脑后。到了这般道家的境界，该超拔一切了吧？还没有，诗人念念不忘"堕在颠崖受辛苦"的茶农，为之请命，并责问道：喝了那些名贵的茶，是否想到茶农的艰辛？由此看来，卢仝喝茶到达这般境界，不是为了逃避现实，而是体恤苍生之艰辛，充满着仁与爱。

由喝茶而生发诸多感慨、体会诸多妙处，卢仝如此喝茶，才是苏轼以及整个宋代诗人被感动的原因。除了诗人、作家们对卢仝的描述，还有不少画家纷纷为卢仝造像，以至绘制古代高士煮茶图时，人们往往首先想到卢仝（图2-23）。南宋刘松年的《卢仝烹茶图》，可能是最早的卢仝造像。画面上山石瘦削，古松老槐，幽篁摇曳，简陋的木构老屋旁，卢仝拥书而坐，身后赤脚奴婢执扇烹茶，屋外长须老翁肩瓢汲泉，安贫乐道，意趣高古。明代唐寅题跋："右玉川子烹茶图，乃宋刘松年作。玉川子豪宕放逸，傲睨一世，甘心数间之破屋，而独变怪鬼神于诗。观其《茶歌》一章，其平生宿抱忧世超物之志，洞然于几语之间，读之者可想见其人矣。松年复绘为图，其亦景行高风，而将以自企也。"除了刘松年，还有宋末元初钱选的《卢仝烹茶图》、明代丁云鹏的《玉川子烹茶图》、明代陈洪绶的《玉川子像》、清代金农的《玉川子烹茶图》等。

苏轼心仪卢仝这位世外高人，自叹不如，卢仝竟然什么都不要，且不发愤世嫉俗、怀才不遇之叹，年轻时就退隐野外。而这方面，苏轼却是在中年以后才渐渐明悟。

有关喝茶是否能养生治病的讨论，从苏轼的人生经历可看出答案，中年以后的他

图 2-23　南宋　刘松年　《卢仝烹茶图》（画心）故宫博物院

通过喝茶、闻香之道，内丹养炼的修行，努力追求心安的生活，心一安，病减半。苏轼原本多病，加上时常在被贬的道路上颠簸，又不适南方之热毒，最终在瘴疫之地活到 66 岁，高于宋人的平均寿命，想必喝茶等修行起到了重要的作用。

7. 叶嘉小传

以上主要描写了苏轼日常生活中的雅事之一：喝茶。这里再介绍苏轼的一篇长文，作为本章的结束。这篇长文对茶文化做了全面总结，以拟人化的手法，描写了茶的来源、特性，包括如何制作，如何品尝，进而如何通过品茶修身养性，再由茶品联想到士大夫的品行，既能善其身，又能济天下的人生要求。此篇长文《叶嘉传》，是苏轼有关茶诗文研究的集大成者：

叶嘉，闽人也。其先处上谷。曾祖茂先，养高不仕，好游名山，至武夷，悦之，遂家焉。尝曰："吾植功种德，不为时采，然遗香后世，吾子孙必盛于中土，当饮其惠矣。"茂先葬郝源，子孙遂为郝源民。

第二章
茶道：点将来，兔毫盏里

至嘉，少植节操。或劝之业武。曰："吾当为天下英武之精，一枪一旗，岂吾事哉！"因而游见陆先生，先生奇之，为著其行录，传于时。方汉帝嗜阅经史，时建安人为谒者侍上，上读其行录而善之，曰："吾独不得与此人同时哉！"曰："臣邑人叶嘉，风味恬淡，清白可爱，颇负其名，有济世之才，虽羽知，犹未详也。"上惊，敕建安太守召嘉，给传遣诣京师。

郡守始令采访嘉所在，命赍书示之。嘉未就，遣使臣督促。郡守曰："叶先生方闭门制作，研味经史，志图挺立，必不屑进，未可促之。"亲至山中，为之劝驾，始行登车。遇相者，揖之曰："先生容质异常，矫然有龙凤之姿，后当大贵。"嘉以皂囊上封事。天子见之，曰："吾久饫卿名，但未知其实尔，我其试哉！"因顾谓侍臣曰："视嘉容貌如铁，资质刚劲，难以遽用，必槌提顿挫之乃可。"遂以言恐嘉曰："砧斧在前，鼎镬在后，将以烹子，子视之如何？"嘉勃然吐气，曰："臣山薮猥士，幸惟陛下采择至此，可以利生，虽粉身碎骨，臣不辞也。"上笑，命以名曹处之，又加枢要之务焉，因诫小黄门监之。

有顷，报曰："嘉之所为，犹若粗疏然。"上曰："吾知其才，第以独学，未经师耳。"嘉为之，屑屑就师，顷刻就事，已精熟矣。上乃敕御史欧阳高、金紫光禄大夫郑当时、甘泉侯陈平三人，与之同事。欧阳疾嘉初进有宠，曰："吾属且为之下矣。"计欲倾之。会天子御延英，促召四人，欧但热中而已，当时以足击嘉，而平亦以口侵陵之。嘉虽见侮，为之起立，颜色不变。欧阳悔曰："陛下以叶嘉见托，吾辈亦不可忽之也。"因同见帝，阳称嘉美，而阴以轻浮訾之。嘉亦诉于上。上为责欧阳，怜嘉，视其颜色，久之，曰："叶嘉真清白之士也，其气飘然若浮云矣。"遂引而宴之。

少选间，上鼓舌欣然，曰："始吾见嘉未甚好也，久味其言，令人爱之，朕之精魄，不觉洒然而醒。《书》曰：'启乃心，沃朕心。'嘉之谓也。"于是封嘉钜合侯，位尚书。曰："尚书，朕喉舌之任也。"由是宠爱日加。朝廷宾客，遇会宴享，未始不推于嘉。上日引对，至于再三。后因侍宴苑中，上饮逾度，嘉辄苦谏，上不悦，曰："卿司朕喉舌，而以苦辞逆我，余岂堪哉！"遂唾之，命左右仆于地。嘉正色曰："陛下必欲甘辞利口，然后爱耶？臣虽言苦，久则有效，陛下亦尝试之，岂不知乎？"上顾左右曰：

苏轼别传
茶道 香道 器道

"始吾言嘉刚劲难用,今果见矣。"因含容之,然亦以是疏嘉。

嘉既不得志,退去闽中。既而曰:"吾未如之何也,已矣。"上以不见嘉月余。劳于万机,神荼思困,颇思嘉。因命召至,喜甚,以手抚嘉曰:"吾渴见卿久也。"遂恩遇如故。上方欲南诛两越,东击朝鲜,北逐匈奴,西伐大宛,以兵革为事。而大司农奏计国用不足。上深患之,以问嘉。嘉为进三策。其一曰:榷天下之利,山海之资,一切籍于县官。行之一年,财用丰赡,上大悦。兵兴有功而还。上利其财,故榷法不罢。管山海之利,自嘉始也。

居一年,嘉告老,上曰:"钜合侯,其忠可谓尽矣。"遂得爵其子。又令郡守择其宗支之良者,每岁贡焉。嘉子二人。长曰搏,有父风,故以袭爵。次曰挺,抱黄白之术,比于搏,其志尤淡泊也。尝散其资,拯乡间之困,人皆德之。故乡人以春伐鼓,大会山中,求之以为常。

赞曰:今叶氏散居天下,皆不喜城邑,惟乐山居。氏于闽中者,盖嘉之苗裔也。天下叶氏虽夥,然风味德馨,为世所贵,皆不及闽。闽之居者又多,而郝源之族为甲。嘉以布衣遇天子,爵彻侯,位八座,可谓荣矣。然其正色苦谏,竭力许国,不为身计,盖有以取之。夫先王用于国有节,取于民有制,至于山林川泽之利,一切与民。嘉为策以榷之,虽救一时之急,非先王之举也。君子讥之。或云管山海之利,始于盐铁丞孔仅、桑弘羊之谋也。嘉之策未行于时,至唐赵赞始举而用之。[125]

茶神叶嘉,福建人。叶嘉,嘉叶,名称上即可联想到茶叶。《茶经》说:"茶者,南方之嘉木也。"嘉木,可延伸到嘉叶。叶嘉出生于福建,此地出名茶,尤其在宋代。其祖先叶茂先虽有很高的修养,却不愿做官,游览至武夷山并在此地入住,开始种茶树。他深知自己未必为当下人接纳,但能遗香后世,相信子孙后代会饮用他种植的茶。这里一定程度上说出了福建名茶的来历。祖先葬于郝源,后代皆为郝源人。郝源,即壑源。当地的茶叶有名,"壑源之品,亦自此盛""建茶胜处曰郝源、曾坑,其间又岔根、山顶二品尤胜"。[126][127]

到了下一代的茶人叶嘉,他继承父业,继续茶事。"一枪一旗",描述了茶叶顶芽常现的样态。《大观茶论》说:"一枪一旗为拣芽,一枪二旗为次之。"叶嘉之后

第二章
茶道：点将来，兔毫盏里

遇到茶圣陆羽，先生惊奇他的种植才能，遂为之写了《行录》，流传开来。正赶上汉皇帝爱读史书（这里虚虚实实，本意描写宋，却假托于汉），有建安人谒见皇帝时递上《行录》，皇帝读后非常抱憾，说不能与此人同时代。谒见者说此人正是他的同乡。皇帝听后大喜，又听闻叶嘉还有济世之才，遂敕令建安太守召叶嘉进京。

建安太守派人找到叶嘉，叶嘉却不愿进京。当地太守称赞他一直潜心研味经史，这是指叶嘉在研究制茶工艺。之后太守亲自造访山中，叶嘉才同意进京，这也暗示了茶叶开始走上进贡的旅程。路上所遇，都觉得这款茶叶好，"容质异常，矫然有龙凤之姿"，这里呼应"建溪之贡，龙团、凤饼"。"嘉以皂囊上封事"，叶嘉携带黑袋封好的奏呈去见皇帝。专家丁以寿研究，这类名茶贡品多层层密裹装匣，且加盖朱印。有关向朝中送上奏事的文件或上贡品，在包装外面贴上封条，是朝廷的规矩。苏轼有诗："黄门殿中奏事罢，诏许来迎先出省。已飞青盖在河梁，定饷黄封兼赐茗。"（《召还至都门先寄子由》）宋人周密《乾淳岁时记》："福建漕司进第一纲茶，名北苑试新，方寸小銙，进御止百銙。护以黄罗软盝，藉以青箬，裹以黄罗夹复，臣封朱印，外用朱漆小匣，镀金锁，又以细竹丝织笈贮之，凡数重。"[128] 皇帝见了叶嘉说久仰大名，不过要试试他的能耐，即尝尝这款茶的味道。叶嘉容貌如铁，资质刚劲，这是对茶叶拟人的描写。"其色则青紫；越宿制造者，其色则惨黑。有肥凝如赤蜡者……"[129] "难以遽用，必槌提顿挫乃可。"团饼茶难以擂用，不能直接烹饮，得经过一系列复杂的过程，先得用砧椎之类的硬器捣碎，然后进入碾磨、罗茶、择水、取火、候汤、调膏、沸水冲点、击拂、咬盏等工序。正如选拔叶嘉为官，也得经过一系列程序逐一考核。皇帝得到进贡的好茶，煮一碗尝尝，看看是否能经受得住鼎镬之器的煮烧。经过考核，皇帝满意，便任命他做官，即朝廷接纳了贡茶。

不久有人告状说叶嘉不尽职，皇帝下令御史欧阳高、金紫光禄大夫郑当时、甘泉侯陈平三人，与叶嘉同事。此处描写同僚出于嫉妒，合起伙来捉弄他，暗示了各地进贡的茶前来争宠。

"当时以足击嘉，而平亦以口侵凌之。嘉虽见侮，为之起立，颜色不变。"皆为点茶程序，乃至茶面起立。《大观茶论·点》："量茶受汤，调如融胶。环注盏畔，勿使侵茶。势不欲猛,先须搅动茶膏,渐加击拂,手轻筅重,指绕腕旋,上下透彻,如酵蘖之起面,疏星皎月,灿然而生,则茶面根本立矣。"这是详细描写茶筅击拂的过程,手势轻重缓急,通常茶道高人才能掌握得当。茶盏面色白乳涌现,咬盏适度,耐久不褪色为佳。颜色不变也是斗茶的关键。到了皇帝那儿,称赞叶嘉清白,茶汤上等。"点茶之色,以纯白为上,青白为次,灰白次之,黄白又次之。"(《大观茶论·色》)

于是皇帝邀请叶嘉一起用餐。这几位大臣的出现,也象征着与茶相关的器物,如瓯者,通常指茶瓯、茶具。可联想到瓯窑,古代中国名窑瓷器的一种,产地在温州一带瓯江两岸,因瓯江而得名。瓯窑以青瓷为主,多仿造浙江东部的越窑青瓷,当时在江南流行。也可联想到福建的建瓯窑,也烧制瓷器,多产青白瓷、黑瓷。无论是瓯窑,还是建瓯窑,当时都出产茶具。"瓯瓷"一词在文人的诗词中经常出现。"甘泉侯陈平",或借指甘泉承瓶。甘泉,其意显然。平者,谐音为瓶,汤瓶。汤瓶流行于唐宋,也时常出现于文人的诗词中,瓷器质地居多。

少顷,皇帝愉快地说,起初见叶嘉没有好感,但细细琢磨他的话,细细品尝这款茶,才感觉美妙。《尚书》上说,启迪的话,滋润我心。这福建进贡来的茶,开始苦口,渐渐感觉口中甘甜,这就是叶嘉啊。皇帝遂封他尚书一职,并说,尚书一职,其重要性好比帝王喉舌。"喉舌之任",暗指"滋润":喝茶能滋润喉舌,清润心肺。这款好茶,每逢宾客往来,必用以招待。皇帝已习惯每天与叶嘉交谈,每天要喝数道茶。一次宴会,皇帝饮茶过度,叶嘉苦劝,皇帝不悦:"你专管我喉舌,却用逆言待我?"于是冷落他,命侍从把他打倒在地。叶嘉说,陛下只想听好话是不对的,忠言逆耳,日后有益。皇帝对左右说,之前觉得叶嘉容貌刚性,难以任用,果然如此。皇帝虽宽容了他,却也随之疏远。皇帝之所以如此,其实是喝茶不当,却归咎于茶本身。任何美物,过之则害。茶也同样,适量饮用有益,多喝苦涩伤身。

叶嘉回家了。皇帝月余不见他,又思念了,再召见。这时期,朝廷正准备起兵,而大司农则报告:国家经费不足,不利开战。叶嘉建议天下山川的资源、海上的资源,都放开经营,让县一级官府来管理经营。这个政策推行一年,国家财政充盈,开战也得以胜利。这里暗指茶税是当时宋代重要的国家收入,经济支柱,之后朝廷重视了,

第二章
茶道：点将来，兔毫盏里

果然经济状况有所改善。

叶嘉为官一年就告老回乡。皇帝念他尽忠，封赐爵位给叶家后代。叶嘉有二子，长子叶搏，有父亲遗风，继承了爵位；次子叶挺，热衷于道家炼丹术。比起叶搏，叶挺志向淡泊，常捐助穷人。乡民常在春秋季节聚会击鼓，表达感恩之情。

《叶嘉传》塑造了茶人叶嘉的形象，其官场浮沉以及所有的经历，显示了茶的生产、制作、饮用以及走向市场受挫后又大受欢迎的过程。对叶嘉的描写，其实就是对茶的颂歌，其中一些描写，茶专家丁以寿这样解读："难以遽用，必槌提顿挫乃可。"说叶嘉难以擢用，其实是指龙凤贡茶制作等多有讲究，从宋代点茶法可看出，团饼茶不能直接烹饮，先得用砧椎之类的硬器捣碎，经碾、磨、罗而成茶粉，故不可急用。"遂以言恐嘉曰：砧斧在前，鼎镬在后，将以烹子，子视之如何？"茶饼先得用斧斤将茶剉成小块，再捣碎入茶碾。碾成茶粉再入盏内，待煮烧汤瓶（鼎镬）水沸后提瓶点茶。"嘉勃然吐气，曰：'臣山薮猥士，幸陛下采择至此，可以利生，虽粉身碎骨，臣不辞也。'"山薮猥士，喻茶生于山野，幸被招至朝廷，能养生祛病，可以利生。茶饼经过斫、捣、碾、磨等直至粉碎，实属正常。"嘉之所为，犹若粗疏然。上曰：'吾知其才，第以独学未经师耳。'嘉为之屑屑就师，顷刻就事，已精熟矣。"茶的加工过程复杂，初碾后仍有大颗粒，样子粗疏。师者，筛也，借指筛茶。茶未用茶罗筛之，不能饮用，一旦被碾碎入罗筛之，才能精熟。"嘉亦诉于上，上为责欧阳，怜嘉，视其颜色，久之。曰：'叶嘉真青白之士也。其气飘然若浮云矣。'遂引而宴之。"嘉亦诉于上，指茶汤送到皇帝手上。皇帝怜嘉，喻爱茶。点茶以盏上面色鲜明、耐久则佳，故能"视其颜色，久之"，暗指叶嘉为清白之士。点茶做好，乳沫汹涌，几近溢盏，故称"其气飘然若浮云矣"。皇帝引叶嘉同赴宴席，一起饮茶。"嘉子二人。长曰搏，有父风，故以袭爵。次子挺，抱黄白之术，比于搏，其志尤淡泊也。"搏，同"团"，指龙团茶。挺，"铤"也，谐音，指京铤茶。京铤茶始制于五代南唐，北苑龙凤团茶始制于北宋。"长曰搏""次子挺"，借指茶品。"黄白术"是指道教的炼丹术，为苏轼毕生信奉，茶伴随他一生，潜心修道，虚静恬淡，寓意其志始终淡泊。[130]

苏轼这篇《叶嘉传》，写法不同于一般的叙事散文，具有虚构因素，有象征、比喻、

苏轼别传
茶道 香道 器道

指代等修辞手法,因此也可称之为小说。故事起承转合,节奏分明,主要人物、次要人物分布清晰。主人公叶嘉是虚构的,是一个类似茶神的人物,文中对他所有的描写都隐伏着茶的韵味、茶的性情与茶意的指代,不仅具体到茶的采摘、制造、饮用等方面的描写,同时又把叶嘉塑造成一个清风性情、秉直刚烈、满腹韬略、一心为国的文士形象。通过这个形象描述,我们对茶有了进一步的了解,茶来自大自然,胸怀山川精气,拥有高洁品格,其馨香在人间传递。

叶嘉真有其人,还是苏轼的文学创造?从宋代文献可看出,叶嘉或许有一定来历。宋子安在《东溪试茶录》中记载:"茶之名有七。一约白叶茶,民间大重,出于近岁,园焙时有之。地不以山川远近,发不以社之先后,芽叶如纸,民间以为茶瑞。取其第一者为斗茶,而气味殊薄,非食茶之比,今出壑源之大窠者六(叶仲元、叶世万、叶世荣、叶勇、叶世积、叶相)。壑源岩下一(叶务滋)。源头二(叶团、叶肱)。壑源后坑一(叶久)。壑源岭根三(叶公、叶品、叶居)……次有柑叶茶,树高丈余,径头七八寸,叶厚而圆,状类柑橘之叶,其芽发即肥乳,长二寸许,为食茶之上品。"[131]

这段文字记载了北苑御茶园壑源山区的种茶环境,以及当地种茶首推叶氏家族的情况。可以想象苏轼把这篇散文体小说的主人公取名为叶嘉,不是随意为之。曾参与福建北部北苑贡茶的生产管理与转运事务的转运判官曹辅,自然会对苏轼描述壑源当地贡茶的种植、加工情况。当然,叶嘉姓名的来源并不重要,重要的是,文章看似写叶嘉,其实也是在写苏轼自己。苏轼爱茶,也曾喝遍大江南北的茶,这得益于他长期多地的地方官生涯和贬谪生活,使他有机会品尝各地的茶,留下了大量与茶有关的诗词。在这里,再回顾一下苏轼写过的名茶。建茶:"仙山灵草湿行云,洗遍香肌粉未匀。"(《次韵曹辅寄壑源试焙新茶》)江西的"双井茶":"江夏无双种奇茗,汝阳六一夸新书。"(《鲁直以诗馈双井茶次韵为谢》)赣粤交界的大庾岭生产的焦坑茶:"浮石已干霜后水,焦坑闲试雨前茶。"(《留题显圣寺》)湖州的"顾渚紫笋茶":"千金买断顾渚春,似与越人降日注。"(《送刘寺丞赴余姚》)产自南剑州(今福建南平)的茶:"未办报君青玉案,建溪新饼截云腴。"(《生日王郎以诗见庆次》)当然,这些茶诗描写的不仅是茶本身,也反映了苏轼在人生道路中无论顺境还是逆境,茶始终是他的性情伴侣，和闻香一样，是忘却烦恼、断却我执、进入空灵虚境的阶梯，正如他在诗词中经常写到的那样，这也是他一直在追求的境界："清风击两腋，去欲凌鸿鹄。"

注释

[1] 谢维新：《古今合璧事类备要》，上海古籍出版社，1992。

[2] 王启涛：《王褒＜僮约＞研究》，《四川师范大学学报（社会科学版）》2004年第6期。

[3] 谢维新：《古今合璧事类备要》，上海古籍出版社，1992。

[4] 谢维新：《古今合璧事类备要》，上海古籍出版社，1992。

[5] 谢维新：《古今合璧事类备要》，上海古籍出版社，1992。

[6] 关卫：《西方美术东渐史》，熊得山译，上海书店出版社，2002，第141页。

[7] 滕军：《中日茶文化交流史》，人民出版社，2004，第34页。

[8] 谢维新：《古今合璧事类备要》，上海古籍出版社，1992。

[9] 宗赜：《禅苑清规》，上海古籍出版社，2020。

[10] 程庸：《瓷耀世界》，江西美术出版社，2017，第84页。

[11] 冈仓天心：《茶之书》，山东画报出版社，2010，第30页。

[12] 陆羽等：《茶经》（外四种），浙江人民美术出版社，2016。

[13] 杨万里：《宋词与宋代的城市生活》，华东师范大学出版社，2006，第27页。

[14] 黄龙德：《茶说》，中华书局，2015，第154页。

[15] 孔凡礼点校《苏轼文集》五册卷六十六《书黄道辅品茶要录后》，中华书局，1986，第2067页。

[16] 孔凡礼：《苏轼年谱》，中华书局，2005，第914页。

[17] 蔡襄：《茶录》（外十种），上海书店出版社，2021，第9页。

[18] 陆羽等：《茶经》（外四种），浙江人民美术出版社，2016。

[19] 蔡襄：《茶录》（外十种），上海书店出版社，2021，第12页。

[20] 陆羽等：《茶经》（外四种），浙江人民美术出版社，2016。

[21] 赵佶等著，沈冬梅、李娟编《大观茶论·外二种》，中华书局，2015，第24页。

[22] 朱权、田艺蘅：《茶谱·煮泉小品》，中华书局，2015，第130页。

[23] 赵佶等著，沈冬梅、李娟编《大观茶论·外二种》，中华书局，2015，第84-86页。

苏轼别传
茶道　香道　器道

[24] 蔡襄：《茶录》（外十种），上海书店出版社，2021，第72页。
[25] 黄龙德：《茶说》《大观茶论·外二种》，中华书局，2015，第180页。
[26] 孔凡礼点校《苏轼文集》第一册卷十，中华书局，1986，第336页。
[27] 宋应星：《天工开物译注》，上海古籍出版社，2013。
[28] 周均生、皮毓云编著《璇玑奇观·回文诗研究》，作家出版社，2007。
[29] 谢维新：《古今合璧事类备要》，上海古籍出版社，1992。
[30] 赵佶等著，沈冬梅、李涓编《大观茶论·外二种》，中华书局，2015，第7-8页。
[31] 蔡襄：《茶录》（外十种），上海书店出版社，2021，第72页。
[32] 赵佶等著，沈冬梅、李娟编《大观茶论·外二种》，中华书局，2015，第21页。
[33] 谢维新：《古今合璧事类备要》，上海古籍出版社，1992。
[34] 孟元老：《东京梦华录》第五卷，中州古籍出版社，2017，第87页。
[35] 林语堂：《苏东坡传》，张振玉译，湖南文艺出版社，2018，第201页。
[36] 孔凡礼：《苏轼年谱》，中华书局，2005，第532页。
[37] 孔凡礼点校《苏轼文集》第四册五十一卷《与李公择》第九简、第四册五十五卷《与杨元素》第八简、第五册六十卷《与子安》第一简，中华书局，1986，第1499、1653、1829页。
[38] 沈振国：《苏东坡与阳新茶》，《农业考古》1994年第4期。
[39] 孔凡礼：《苏轼年谱》，中华书局，1986，第544页。
[40] 蔡襄：《茶录》（外十种），上海书店出版社，2021，第37页。
[41] 蔡襄：《茶录》（外十种），上海书店出版社，2021，第20页。
[42] 蔡襄：《茶录》（外十种），《宣和北苑贡茶录》，上海书店出版社，2021，第63页。
[43] 陆羽等：《茶经》（外四种），浙江人民美术出版社，2016。
[44] 蔡襄：《茶录》，徐勃编、吴以宁点校，上海古籍出版社，1996。
[45] 赵佶：《大观茶论·外二种》，中华书局，2015，第41页。
[46] 沈括：《梦溪笔谈》，辽宁教育出版社，1997，第70页。
[47] 许次纾：《茶疏》《大观茶论·外二种》，中华书局，2015，第75页。
[48] 陶谷撰，李益民等注释《清异录》，中国商业出版社，1985。
[49] 孟元老：《东京梦华录》卷二，中州古籍出版社，2017，第38-40页。
[50] 赵佶：《大观茶论》，中华书局，2015，第7页。
[51] 黄龙德：《茶说》《大观茶论·外二种》，中华书局，2015，第180页。
[52] 沈括：《梦溪笔谈》，辽宁教育出版社，1997，第162页。
[53] 黄龙德：《茶说》《大观茶论·外二种》，中华书局，2015，第75页。
[54] 叶文程、林忠干：《建窑瓷鉴定与鉴赏》，江西美术出版社，2016，第68页。

[55] 赵佶：《大观茶论》，中华书局，2015，第47页。

[56] 赵佶：《大观茶论·外二种》，中华书局，2015，第33页。

[57] 孔凡礼点校《苏轼文集》第五册，中华书局，1986，第2227页。

[58] 孔凡礼点校《苏轼文集》第六册，中华书局，1986，第2576页。

[59] 孔凡礼点校《苏轼文集》第五册，中华书局，1986，第2576页。

[60] 孔凡礼点校《苏轼文集》第五册，中华书局，1986，第2227页。

[61] 蔡襄：《茶录》（外十种），上海书店出版社，2021，第14页。

[62] 冯梦龙：《警世通言》卷三《王安石三难苏学士（苏轼）下》，人民文学出版社，1994。

[63] 苏轼：《东坡志林》，中华书局，2019，第8页。

[64] 袁枚：《随园食单》，第十三章《茶酒单》，三秦出版社，2016。

[65] 孔凡礼点校《苏轼文集》卷一，中华书局，1986，第16页。

[66] 孔凡礼点校《苏轼文集》卷五十九，中华书局，1986，第1739页。

[67] 孔凡礼点校《苏轼文集》卷五十九，中华书局，1986，第1739页。

[68] 孙名：《东坡赋译注》，巴蜀书社，1995，第119页。

[69] 《苏辙集》第三册，中华书局，1990，第1117页。

[70] 孔凡礼点校《苏轼文集》第二册，《六一泉铭并叙》，中华书局，1986，第565页。

[71] 孔凡礼点校《苏轼文集》第五册，《南华寺六祖塔功德疏》，中华书局，1986，第1904页。

[72] 孔凡礼点校《苏轼文集》第二册，中华书局，1986，第566页。

[73] 朱权、田艺蘅：《茶谱·煮泉小品》，中华书局，2015，第102-105页。

[74] 孔凡礼点校《苏轼文集》第二册卷十二《琼州惠通泉记》，中华书局，1986，第400页。

[75] 孔凡礼：《苏轼年谱》（上），中华书局，2005，第262页。

[76] 蔡襄：《茶录》（外十种），上海书店出版社，2021，第37页。

[77] 赵佶：《大观茶论》，中华书局，2015，第39页。

[78] 杨万里：《诚斋诗话》，凤凰出版社，2014。

[79] 孔凡礼点校《苏轼文集》第五册《与参寥子二十一首》，中华书局，1986，第1859页。

[80] 孔凡礼点校《苏轼文集》第二册卷十九《参寥泉铭并叙》，中华书局，1986，第566页。

[81] 孔凡礼点校《苏轼文集》第五册卷六十八《记参寥诗》，中华书局，1986，第2156页。

[82] 张岱：《陶庵梦忆·西湖梦寻》卷一，夏咸淳、程维荣校注，上海古籍出版社，2001。

[83] 孔凡礼：《苏轼年谱》（中），中华书局，2005，第894页。

[84] 孔凡礼：《苏轼年谱》（中），中华书局，2005，第894页。

[85] 孔凡礼点校《苏轼文集》卷六十一，中华书局，1986，第1859页。

[86] 孔凡礼点校《苏轼文集》第五册《书参寥诗》，中华书局，1986，第2145页。

[87] 孔凡礼点校《苏轼文集》第二册《参寥泉铭》，中华书局，1986，第566页。

[88] 吴雪涛：《苏文系年略考》，内蒙古教育出版社，1986，第304页。

[89] 孔凡礼点校《苏轼文集》第五册《与参寥子二十一首》，中华书局，1986，第1859页。

[90] 孔凡礼点校《苏轼文集》第五册《与参寥子二十一首》，中华书局，1986，第1864页。

[91] 吴雪涛：《苏文系年略考》，内蒙古教育出版社，1986，第105页。

[92] 曾枣庄、刘琳主编《全宋文》，上海辞书出版社，2006，第3101页。

[93] 孔凡礼点校《苏轼文集》第六册，《与文与可十一首》，中华书局，1986，第2446页。

[94] 孔凡礼点校《苏轼文集》第二册，《参寥子真赞》，中华书局，1986，第639页。

[95] 于翠玲：《苏轼与道潜的交游探微》，《文学遗产》1992年第2期。

[96] 蔡襄：《蔡襄集》，徐勃等编、吴以宁校，上海古籍出版社，1996。

[97] 许次纾：《茶疏》《大观茶论·外二种》，中华书局，2015，第115–130页。

[98] 朱权、田艺蘅：《茶谱·煮泉小品》，中华书局，2015，第134页。

[99] 孔凡礼：《苏轼年谱》（中）第二十三册，中华书局，2005，第612页。

[100] 孔凡礼：《苏轼年谱》（下）卷三十，中华书局，1986，第973页。

[101] 赵佶：《大观茶论·外二种》，中华书局，2015，第70页。

[102] 孔凡礼：《苏轼年谱》，中华书局，1986，第802页。

[103] 冯贽：《云仙散录》，中华书局，1998。

[104] 蔡襄：《蔡襄集》，徐勃等编、吴以宁校，上海古籍出版社，1996。

[105] 赵佶：《大观茶论》，中华书局，2015，第17页。

[106] 沈括：《梦溪笔谈》，辽宁教育出版社，1997，第138页。

[107] 蔡襄：《茶录》（外十种），熊蕃《宣和北苑贡茶录》，上海书店出版社，2021，第47页。

[108] 许次纾：《茶疏》《大观茶论·外二种》，中华书局，2015，第84页。

[109] 蔡襄：《蔡襄集》，徐勃等编、吴以宁校，上海古籍出版社，1996。

[110] 赵佶：《大观茶论》，中华书局，2015，第7页。

[111] 赵佶：《大观茶论·外二种》，中华书局，2015，第33页。

[112] 蔡襄：《蔡襄集》，徐勃等编、吴以宁校，上海古籍出版社，1996。

[113]《昭明文选》卷十九《赋癸·情·高唐赋》，华夏出版社，2000。

[114] 蔡襄：《蔡襄集》，徐勃等编、吴以宁校，上海古籍出版社，1996。

[115] 黄龙德：《茶说》《大观茶论·外二种》，中华书局，2015，第180页。

[116] 丁福保：《佛学大辞典》，福建莆田广化寺印行，中国书店出版社，2011，第312页。

[117] 谢维新：《古今合璧事类备要》，上海古籍出版社，1992。

[118]《苏轼文集》第六卷《漱茶说》，中华书局，1986，第2370页。

[119] 谢维新：《古今合璧事类备要》，上海古籍出版社，1992。

[120] 孔凡礼点校《苏轼文集》第六册卷七十三《宪宗姜茶汤》，中华书局，1986，第 2344 页。

[121] 孔凡礼：《苏轼年谱》，中华书局，2005，第 803 页。

[122] 谢维新：《古今合璧事类备要》，上海古籍出版社，1992。

[123] 许次纾：《茶疏》《大观茶论·外二种》，中华书局，2015，第 112 页。

[124]《唐才子传全译》卷五《卢仝》，贵州人民出版社，2000。

[125] 孔凡礼点校《苏轼文集》第二册卷十三，中华书局，1986，第 429 页。

[126] 赵佶：《大观茶论》，中华书局，2015，第 7 页。

[127] 沈括：《梦溪笔谈》，辽宁教育出版社，1997，第 142 页。

[128] 丁以寿：《苏轼〈叶嘉传〉中的茶文化解析》，《茶叶通报》2003 年第 4 期。

[129] 赵佶：《大观茶论》，中华书局，2015，第 23 页。

[130] 丁以寿：《苏轼〈叶嘉传〉中的茶文化解析》，《茶叶通报》2003 年第 4 期。

[131] 蔡襄：《茶录》（外十种），宋子安《东溪试茶录》，上海书店出版社，2021，第 22 页。

◇ 第三章

香道：银篆盘为寿，甲煎粉相和

苏轼别传
茶道　香道　器道

　　人类初始的信仰多来自对自然界的崇拜。日落日出，神秘宏大，不可捉摸，人们遂崇拜太阳。当夜晚降临，人们惊讶于月光之美，清雅无比，赏心悦目，月亮遂成图腾对象。先民们在草地间闲逛，闻到植物芳香，惊叹于自然的神力瑰异又离奇，于是香慢慢被人们推崇，成了人与天地沟通的媒介。

　　古代自然环境没有什么污染，人们行走其间，很容易感知大地上各类植物的芳香。人类生活的地方有高低纬度的差异，有寒冷与酷暑之别。生活在炎热地带，卫生洗涤条件差，身体容易起味，甚至生疮，这对早期的先民来说是一件令人苦恼的事。偶尔采摘一束香草挂在身上，猛然觉得身体发生了变化，臭味、怪味少了，渐渐地，人们对香草一类的植物开始关注起来。人类早期对香的理解可能出于两种视角：洁身与祭祀。当然因地而异，对于香的需求和认识会有差别。日本学者认为，不管焚香在亚洲用作什么目的，与西方相比，焚香在东方基本上没有被用作洁身的香料。他归结的原因是，黄种人相对来说较少体臭，而中世纪的文献则反复描述西方突厥斯坦的白种人体臭强烈。[1]东西方的古代人都大量使用香料，这是事实，东方人可能更偏重祭祀与修身养性，而西方人除了祭祀外，可能更看重洁身。

　　人们最早搜寻那些带有香味的植物，采摘树枝或花卉挂在身上，之后把它们稍作加工，涂抹于身，便有焕然一新的感觉。有关香文化如何兴起的讨论甚多，其中采摘香草的目的是去除身上的杂味，这个说法得到了大多数学者的认可。古人崇拜带香味的植物，后来发展到从植物香草或动物身上提炼香药，显然是一个飞跃。香药具有药理功能，逐渐成了人们生活的必需品。

　　在东方，古人相信焚香能通达天地神灵，焚香是人与神的沟通途径以及人们祈求神灵保佑的方式，这种信念的产生可能要早于其他地区。公元前3300年至公元前2300年的良渚文化出土过陶制的香薰（图3-1），表明良渚文化的焚香活动至少出现在距

图3-1　良渚文化　竹节纹带盖陶熏炉
　　　　　上海青浦博物馆

第三章
香道：银篆盘为寿，甲煎粉相和

今四五千年之前。殷商时期流行的"燎祭"，应该是古代焚香的早期形式，通常是氏族大头领参与的祭祀神灵活动。据考古研究，燎祭这类祭祀仪式，就是把相关物品放在柴堆上焚烧祭天。人类初期，最早的生活用品陶器的生产也采用这般形式。从不少国家的出土资料中发现，古代陶器的烧造方法，即把泥做成某个形状放在柴堆上露天焚烧，此法在古代中国、古代印尼、古印度等地都有记载。[2]

古代中国对药品、香料以及焚香等物品之间的用途区分不明显。滋补身体与怡养精神之物，用于魅惑情人之物与祭飨神灵之物之间也没有明显区别。[3]

这个说法得到了一些文献的证实。《诗经·大雅·生民》中记载了焚"萧"（香蒿）的过程，"载谋载惟，取萧祭脂"，是说祭祀的季节来了，烧烧香吧。这表明先秦时期就出现了用植物香作为熏香的材料。这类香料既可以用于祭祀祖先，也可以用来取悦情人。

古人用香草来表达爱情，这在《诗经》中常见。"彼采萧兮，一日不见，如三秋兮。彼采艾兮，一日不见，如三岁兮。"（《诗·王风·采葛》）想念爱人了，就去采摘香草吧。"视尔如荍，贻我握椒。"（《诗·陈风·东门之枌》）"维士与女，伊其相谑，赠之以芍药。"（《诗·郑风·溱洧》）都描写向喜欢的人赠送芳草。从这些诗中可看出，此时香材主要指各类香草。"香最多品类出交、广、崖州及海南诸国。然秦汉以前未闻，惟称兰、蕙、椒、桂而已。"《尚书·君陈》中写道："至治馨香，感于神明。黍稷非馨，明德惟馨。"把香比作君子德行的象征，认为真正能通达神明的，不在于香气，而在于高尚的德行。可见，"香之为用从上古矣。所以奉神明，可以达蠲洁。三代禋享，首惟馨之荐"。[4]

香能养生疗病，先秦时人们用菖蒲、艾叶来洗澡预防疾病。《大戴礼记·夏小正》："五月蓄兰，为沐浴。"《楚辞·九歌·云中君》："浴兰汤兮沐芳，华采衣兮若英。"香用来养鼻。《荀子·正论》："乘大路趋越席以养安，侧载睪芷以养鼻，前有错衡以养目。"《荀子·礼论》："椒兰芬苾，所以养鼻也。"香用来修身，还用来装点居室。人们在居室中安放芳香植物，不但养鼻，还可以使人郁气消解、心旷神怡。《楚辞·九歌·湘夫人》中有："荪壁兮紫坛，播芳椒兮成堂。桂栋兮兰橑，辛夷楣兮药房。"

室内已有置香草香药的习俗，如同之后的插花、花熏。屈原《离骚》："纷吾既有此内美兮，又重之以修能。扈江离与辟芷兮，纫秋兰以为佩。"闻香、佩香，除了美化身体，还上升到"修能"的性灵高度，士大夫如此闻香养性，成为一种品格。[5][6]

有关熏香美化身体，有一则历史典故："庄公使束缚，以予齐使，齐使受之而退。比至，三衅，三浴之。桓公亲迎之于郊。"出自《国语·齐语》。[7] 战国时齐桓公即位，欲用鲍叔牙为相，鲍说若起用流亡在鲁国的管仲，定能治理好国家，他在五个方面的能耐胜过自己。齐桓公派使者去请求鲁庄公，鲁庄公把管仲交给齐国使者。管仲到达齐国后，多次香薰更衣，以除秽味。也有一说：齐桓公斋戒三天、沐浴三天，以隆重之礼，到郊外迎管仲。

《世说新语》记载："王子敬病笃，道家上章，应首过。"译注认为，道士替患病者向天帝上奏章。即把病人引咎自责、祈求保佑、以求愈病延年等内容写成奏章形式的黄表，由道士焚香陈读，与香火一起焚烧，据说可以上达天庭。[8]

汉代时，随着张骞出使西域，中西贸易得到发展。张骞率百余人出使西域大月氏等地，历时13年，之后再次奉命率300余人至乌孙国，副使们则前往大宛、康居、大月氏、大夏、安息、条支、黎轩等国，西方各国也纷纷派使臣回访，中西贸易、文化交流大大得到拓展，形成了闻名世界的"丝绸之路"。当时中国丝绸等商品广受各国欢迎，作为物物交换，西方以及南亚的香料大量进口，主产地是南亚、西亚、红海、波斯湾等地，有波斯湾沿岸的乳香，索马里的末药（没药）、芦荟，北非的迷迭香，伊朗的安息香，等（图 3-2）（图 3-3）（图 3-4）（图 3-5）。[9] 汉晋进口香料不少，西域传入香料时有树脂类香料，其香味浓郁，胜于芳香类花草为主的香料。此时中国已出现香草以外的香料，如甲香类、沉香（图

图 3-2 安息香

图 3-3 龙脑香

图 3-4 苏合香

图 3-5 迷迭香

第三章
香道：银篆盘为寿，甲煎粉相和

3-6)、麝香等。《世说新语》记载："石崇厕常有十余婢侍列，皆丽服藻饰，置甲煎粉、沉香汁之属，无不毕备。"表明汉晋进口的香料进一步丰富了人们的生活用香。

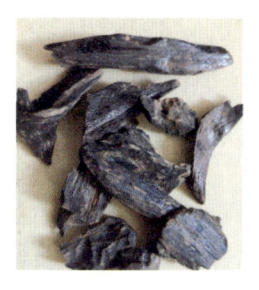

到了隋代，海南沉香进入大流行阶段。"晋武时，外国亦贡异香，隋炀帝除夜，火山烧沉香、甲煎不计数，海南诸香毕至矣。"[10]

图 3-6 沉香

汉代起民间百姓采摘香草制成香丸已很普遍，上层阶级对闻香更是趋之若鹜（图 3-7）（图 3-8）。当时朝廷有规定，为避免口臭，臣下向皇帝奏事时须口含鸡舌香，这就是有名的刁存含香的故事。宋代《太平御览》引东汉应劭《汉官仪》的记述："侍中刁存，年老口臭，帝赐以鸡舌香，令含之。"[11] 另一条材料记述："汉桓帝时侍中刁存年耆口臭，上出鸡舌香与含之。自疑有过赐毒，归舍辞诀。"[12] 东汉恒帝年间，一官员刁存口臭厉害，皇帝忍受不了，就赐给他鸡舌香，让他上朝时含在嘴里。他很恐惧，以为皇帝赐毒药，之后才知是为了口香。有关鸡舌香，陈藏器曰："鸡舌香与丁香同种。花实丛生，其中心最大者为鸡舌。击破有顺理，而解为两向，如鸡舌，故名，乃是母丁香也。"沈括考究诸义，直言鸡舌即丁香也。《齐民要术》

图 3-7 东汉 镂空熏炉 慈溪市博物馆 　　图 3-8 东晋 青釉博山炉 慈溪市博物馆

云:"鸡舌,俗名丁子香。"《老学庵日记》:"沈存中辨鸡舌香为丁香,累累数百言,竟是以意度之,惟元魏贾思勰作《齐民要术》第五卷有合香译法,用鸡舌香,注云:'俗人以其似丁子,故谓之丁子香。'"[13]

《陈氏香谱》中"鸡舌香"条这样描述:"《唐本草》云:出昆仑国及交、广以南。树有雌雄,皮叶并似栗,其花如梅,结实似枣核者,雌树也,不入香用;无子者,雄树也。采花酿以成香,香微温,主心痛、恶疮,疗风毒,去恶气。"[14] 唐宋不少诗人吟诵过鸡舌香,表明此香当时的流行。唐代白居易:"对秉鹅毛笔,俱含鸡舌香。"(《渭村退居,寄礼部崔侍郎、翰林钱舍人诗一百韵》)刘禹锡:"鸳鹭差池出建章,彩旗朱户蔚相望。新恩共理犬牙地,昨日同含鸡舌香。白芷江边分驿路,山桃蹊外接甘棠。应怜一罢金闺籍,枉渚逢春十度伤。"(《朗州窦员外见示与澧州元郎中郡斋赠答长句二》)宋代王安石:"赤车使者锦帐郎,从客珂马留闲坊。紫芝眉宇倾一坐,笑语但闻鸡舌香。"(《和微之药名劝酒》)宋代吴泳:"美人自西方,钟此一气清。如潭贮皎洁,如室生虚灵。姱节丽有晖,高情澹无营。昔含鸡舌香,曾以凤味鸣。"(《寿范洁斋二首》)

南北朝时韩寿偷香的风流韵事名闻遐迩,"偷香"之说遂与男女爱情紧密关联。此故事记载于《世说新语》:"韩寿美姿容,贾充辟以为掾。充每聚会,贾女于青琐中看,见寿,说之,恒怀存想,发于吟咏。后婢往寿家,具述如此,并言女光丽。寿闻之心动,遂请婢潜修音问。及期往宿。寿矫捷绝人,逾墙而入,家中莫知。自是充觉女盛自拂拭,说畅有异于常。后会诸吏,闻寿有奇香之气,是外国所贡,一箸人则历月不歇。充计武帝唯赐己及陈骞,余家无此香,疑寿与女通,而垣墙重密,门阁急峻,何由得尔?乃托言有盗,令人修墙。使反,曰:'其余无异,唯东北角如有人迹,而墙高,非人所逾。'充乃取女左右婢考问,即以状对。充秘之,以女妻寿。"[15] 贾充常在家中与下属官员聚会,韩寿被贾充看重,时常参会。贾充女贾午偷窥韩寿英俊的模样,通过婢女私信韩寿,信件几次来往,韩寿便来到贾府,翻墙入内与贾午幽会。不久贾充发现韩寿身上有特殊的香味,乃是国外进贡的香料。晋武帝只赐给他与另一个官员,贾充就怀疑女儿与韩寿私通。下人搜寻一番,发现东北角墙头有爬过的痕迹。

第三章
香道：银篆盘为寿，甲煎粉相和

贾充盘问婢女，才知女儿私通，为不泄露，准许女儿嫁给韩寿。

隋唐时闻香礼制盛行，朝廷在庆典、朝会、政务、考科、祭祀、丧葬等场合均要闻香（图3-9）。唐太宗过年时有意让前朝萧皇后来看宫殿盛况，萧皇后遂讲了隋炀帝挥霍无度，大肆焚沉香、甲煎的故事。"唐太宗与萧后宫中观灯，问：'孰与隋主？'曰：'彼亡国之君，陛下开基之主，奢俭不同尔。'帝曰：'隋主何如？'后曰：'每除夜，殿前诸位设火山数十，每一山焚沉香数车，沃以甲煎，焰起数丈，香数十里，一夜用沉香二百余乘，甲煎二百余石。房中不燃膏火，悬宝珠一百二十，照之。'太宗口刺其奢，心服其盛。"[16]

《新唐书·仪卫志上》记载："朝日，殿上设黼扆、蹑席、熏炉、香案。御史大夫领属官至殿西庑，从官朱衣传呼，

图3-9 隋唐 铜博山焚香炉 百济出土

促百官就班，文武列于两观。监察御史二人立于东西朝堂砖道以莅之，平明，传点毕，内门开。"朝廷设置香案，在香气弥漫中处理国事。显然这是古代焚香祈求老天保佑之类的习俗延续所致。皇帝本人批阅大臣进献的奏章，也得焚香盥手。《旧唐书》："得大臣章疏，必焚香盥手而读之。"[17]可见唐朝上至皇帝都有闻香的习惯。唐朝诗人贾至这样描写："银烛朝天紫陌长，禁城春色晓苍苍。千条弱柳垂青琐，百啭流莺绕建章。剑佩声随玉墀步，衣冠身惹御炉香。共沐恩波凤池上，朝朝染翰侍君王。"（《早朝大明宫呈两省僚友》）在气势恢宏、金碧辉煌的宫殿上，官员们身佩的宝剑和玉饰

发出优雅的声响,衣冠上沾染了御炉散发出的香味,这似乎是一个象征,标志着臣子们侍奉朝廷、处理政事的一天开始了。唐朝诗人张九龄在《谢赐香药面脂表》中记载了皇帝奖励大臣香料的事,也展示了大臣在得到皇帝恩赐之后常见的谢表:"臣某言:某至,宣敕旨,赐臣裹衣香面脂,及小通中散等药。捧日月之光,寒移东海;沐云雨之泽,春入花门。雕奁忽开,珠囊暂解,兰薰异气,玉润凝脂。"[18]

唐明皇时用香已经十分完备,品类齐全。"唐明皇君臣多有用沉、檀、脑、麝为亭阁,何侈也! 后周显德间,昆明国又献蔷薇水矣,昔所未有,今皆有焉。然香一也,或出于草,或出于木,或花或实,或节或叶,或皮或液,或又假人力煎和而成。有供焚者,有可佩者,又有充入药者。"[19]

唐朝文人墨客间流行闻香,描写闻香的诗词不少。王建有诗:"闲坐烧印香,满户松柏气。火尽转分明,青苔碑上字。"(《香印》)诗中写到的印香,指篆香。房屋里弥漫着一股松柏的香气,松柏子时常被唐宋诗人用作香料。松柏子加工后被碾碎,做成香料粉末,然后匀入香印的图案或文字中。印香通常用于计时,最初为寺院里诵经所用。除了印香,唐朝还流行熏笼,专门用来给衣服、被褥熏香。王昌龄有诗:"金井梧桐秋叶黄,珠帘不卷夜来霜。熏笼玉枕无颜色,卧听南宫清漏长。"(《长信秋词五首》)

在古代上层社会,无论男女,外出之前,为了美颜,体现精气神,都会用心打扮一下,嘴里含香、香汤沐浴、穿着整齐后佩香,从香盒、香罐中取出香粉朝身上撒上少许(图3-10)。唐代诗人韩偓的《咏浴》就描写了香汤沐浴的场景:"再整鱼犀拢翠簪,解衣先觉冷森森。教移兰烛频羞影,自试香汤更怕深。初似洗花难抑按,终忧沃雪不胜任。

图3-10 唐 三彩带盖香罐

第三章
香道：银篆盘为寿，甲煎粉相和

岂知侍女帘帷外，剩取君王几饼金。"香汤习俗，古已有之，屈原《九歌·云中君》中写道："浴兰汤兮沐芳，华采衣兮若英。灵连蜷兮既留，烂昭昭兮未央。"到了宋代，描写香浴的诗不少，苏轼的《浣溪沙·端午》这般描述："轻汗微微透碧纨，明朝端午浴芳兰。流香涨腻满晴川。彩线轻缠红玉臂，小符斜挂绿云鬟。佳人相见一千年。"

参加重要的社交活动前先洗澡，此习惯并非只属女子，在春秋战国时就有这般习俗，无论王公士大夫，还是庶民，皆重视沐浴礼仪。每逢祭祀活动，人们更是要洗浴洁身，忌荤腥等刺激性气味的食物，以示身体洁净虔诚，称之为"斋戒"。史书记载"孔子沐浴而朝"，表明孔子也看重这个礼节。《礼记·儒行》中说："儒有澡身而浴德。"洗浴时，时不时加一些植物香料入浴汤，既可保健，也增体香，更重要的是体现了一种内美与修能。《资治通鉴》记载了唐朝的一个用香事例，安禄山部下释放了即将称王的李正己的使节，并赠送了丰厚的礼物，"又图正己之像，焚香事之"，正准备称王的李正己大喜，遂按兵不动，不与安禄山为敌。[20] 可见，闻香对于男人而言，除了礼节，更显涵养。

古人出行时常佩香囊，或放在宽大的衣袖里，或佩在身上，这种习俗早在周代已经流行。《礼记·内则》中有关于男女皆佩香囊的文字："男女未冠笄者，鸡初鸣，咸盥漱，栉，縰，拂髦，总角，衿缨，皆佩容臭。昧爽而朝，问何食饮矣。""容臭"即香囊。魏晋诗人繁钦的《定情诗》："何以致叩叩？香囊系肘后。"五代宋初诗人孙光宪的《遐方怨》："红绶带，锦香囊，为表花前意，殷勤赠玉郎。"唐代诗人秦观的《满庭芳·山抹微云》："当此际，香囊暗解，罗带轻分。谩赢得、青楼薄幸名存。"以上诗中描述的多是女子佩香囊。下面两首诗描述了男子佩香囊的情景。唐代诗人章孝标的《少年行》："平明小猎出中军，异国名香满袖薰。画槛倒悬鹦鹉嘴，花衫对舞凤凰文。"苏轼的《浣溪沙·有赠》："上殿云霄生羽翼，论兵齿颊带风霜。归来衫袖有天香。"男子出征前，稍加香事，是礼节，也是修身。

在其他重要的场合，用香也成为常态。比如礼部贡院试进士日，皆需早早备香案于阶前，考试日香烟袅袅，主司与考生对拜后，考试才能开始。这一传统被宋代承继，欧阳修诗云："紫案焚香暖吹轻，广庭清晓席群英。无哗战士衔枚勇，下笔春蚕食叶

声。乡里献贤先德行，朝廷列爵待公卿。自惭衰病心神耗，赖有群公鉴裁精。"（《礼部贡院阅进士就试》）

人们相信闻香能修身养性、疏肝理气、防疫祛病、避瘟祛毒等，香成了生活中不可或缺的物质。香材的来源，早先以大自然的香草为主，那时除了直接从大自然得来的香料以外，还产生了一些根据人体所需而特意配制的香料药物，合香的概念随之产生。秦汉时期香料药物大多为单方；魏晋以后，香料大量进入中国，合成香方和药方开始流行。汉开始，丝绸之路开启，中西方贸易更加深入，香料贸易日益发达。到了唐代，中国本土的名贵香料如海南沉香渐渐使用殆尽，不得不大量依赖进口香材。在外国人心目中，中国是一个有名的沉香发源地。有一位阿曼的阿拉伯商人曾经在八世纪时到过中国，买到了沉香。但广州地区的沉香是从南安进口的。阿拉伯人说的中国，并非指沉香的主要产地，而是指一个巨大的沉香市场。唐朝人使用的沉香或许大部分是进口的，其中大部分主要来自林邑国（越南南部）。八世纪，林邑王将沉香贡献给唐朝，其中有一次就贡献了多达三十斤"黑沉香"。[21] 这种大量依赖进口的情况，表明中国内地生产的沉香已供不应求，只得靠邻国进贡。此状况在之后的各朝延续。

1. 无香不文人

与唐代相同，宋代香道兴旺，朝廷、皇宫内院、政务场所、寺庙祠堂、考场等场所香火不歇。宋代市民的闻香习俗，可以从《清明上河图》中窥见一斑：茶肆林立中，穿插着各类香药铺，香药铺门前写有各类招牌。另外，香文化如此繁荣，跟唐代以来海外贸易的持续扩大有很大关系。中国本地的沉香优质，但由于用香量大，不得不进口。来自异国他乡的奇香，有檀香、沉香、婆罗洲龙脑香、广藿香、安息香、苏合香，以及乳香、没药，等等。特别是东南亚濒临南海的国家，树木分泌出来树胶和树脂，芳香四溢。这些国家的香料资源优势，世人公认。[22]

关于香道，虽然在古代香文化的各个阶段的发展中，并没有被命名为"道"，但香文化发展到了唐宋，已经非常成熟。宋代的各类香事，都有相关的香具、技术与仪式。

第三章
香道：银篆盘为寿，甲煎粉相和

闻香的方法不同，其技术也不同。单看篆香与隔火熏香这两种香事技术与仪式就有很大的区别。篆香得经历做合香、打香、填香、压香、燃香等工序，程序复杂，仪式感强。隔火熏香，是在一个香罐里放入香灰，做成山字形，挖孔、埋入炭火、押灰、上置隔火板，再搁上香丸，方能闻香。期间的打香灰、做香丸、押灰等，仪式感也很强，也费时间（图3-11）。

唐宋文人时常把闻香悟道看作一体，可见香道不见其名，但有其实。唐宋时期的这类篆香、隔火熏香，往往称之为香席，传到日本后被正式命名为香道。隋唐以前没有桌、椅，所谓的"香席"，指人们饮食作息时，在地面上先铺上一面竹类编织的铺盖叫"筵"，加铺在筵上规格较小的叫"席"。香席或香道，通常在小众范围内进行。[23] 中国古代，除了日常的香席之外，达官显贵、文人雅士的香道，更注重人与神的沟通，与禅宗或道家内丹功相结合，启迪昏蒙、开示智慧，注重的是修身养性和士大夫的品行炼养。

宋代香事活动开始广泛地流行在民间，成为平头百姓的日常雅事。当然，最能表现香道风行的，是文人阶层。他们在各类祭祀活动、品茗雅集、居家会客、读书、抚琴、静坐等场合都要闻香，出行时也时常香不离身。

在古代，东西方多数国家还把香料当作财富和身份的象征。之后，香又作为明志的媒介，成为士大夫洁身自好、品行双修之必需，成了士大夫人格的象征，这在东方的中国体现得更加充分。唐宋时期，可以说文人大多有玩香闻香的嗜好。所谓的无香不文人，若不玩香，在文人圈中可能会被视作无趣的人。爱香的人越来越多，自然香不够用，合香便迅速发展，一方面是不满足于大自然提供的单一香草植物，另一方面自己动手把植物香、动物香等合成需要的香，这既是对香的品种的开拓，也是一个修性的过程。做合香常被看作是一种文人情怀。香成了雅玩，为宋代四种雅事之首。

苏轼初入仕途的第一站是陕西凤翔，26岁的他被任命为凤翔府签书判官，辅助州官掌管文书。当时正逢陕西干旱，农人焦虑不已，恐怕影响收成，苏轼便烧香求雨，跟远古时期的人们遇到重大灾害时首先会燃香祭神一样，人们相信香能通达神灵。祭祀、供奉、烧香，以此跟神对话，求神保佑平安，这显示了烧香的祭祀功能。苏轼写

苏轼别传
茶道　香道　器道

圖表一　燜香爐用法示意圖

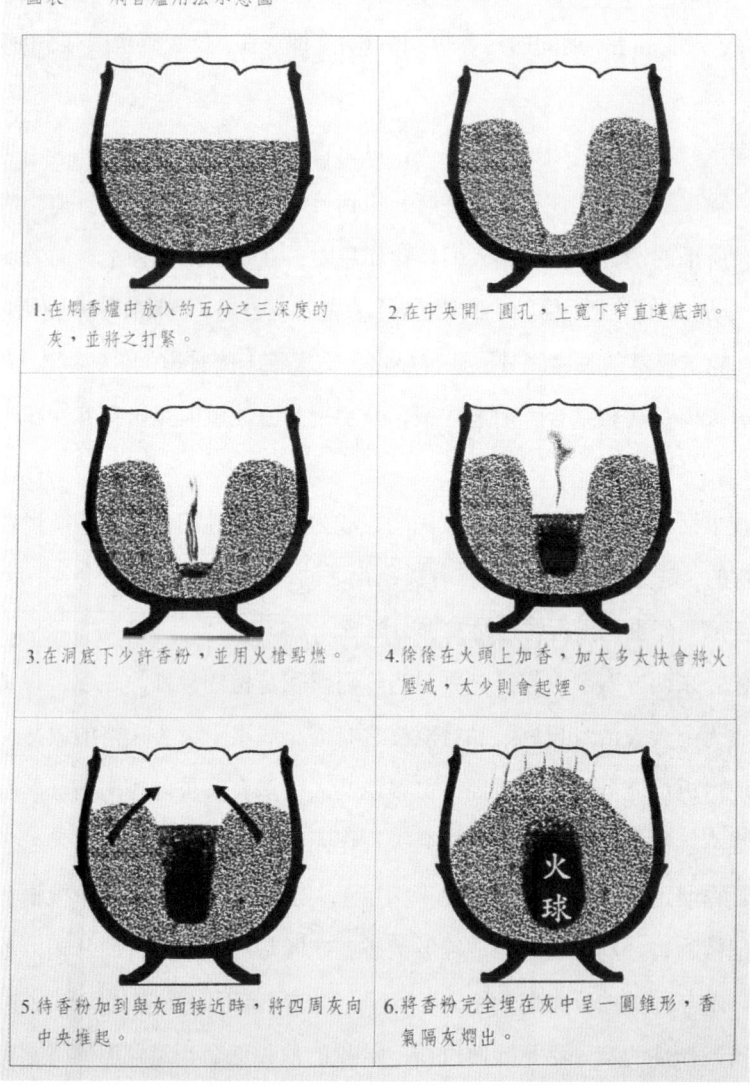

1. 在燜香爐中放入約五分之三深度的灰，並將之打緊。

2. 在中央開一圓孔，上寬下窄直達底部。

3. 在洞底下少許香粉，並用火槍點燃。

4. 徐徐在火頭上加香，加太多太快會將火壓滅，太少則會起煙。

5. 待香粉加到與灰面接近時，將四周灰向中央堆起。

6. 將香粉完全埋在灰中呈一圓錐形，香氣隔灰燜出。

图 3-11　闷香炉用法示意图　选自《香学会典》

第三章
香道：银篆盘为寿，甲煎粉相和

的祷告诗："府主舍人，存心为国，俯念舆名，燃香霭以祷祈，对龙湫而恳望，伏愿明灵敷感，使雨泽以旁滋。"起初几次失败，最后求雨成功，就像发生了奇迹一般，田里枯萎的小麦等作物，纷纷挺立。苏轼为了纪念这一场烧香求雨，把花园里的亭子改名为"喜雨亭"，并写了《喜雨亭记》："余至扶风之明年，始治官舍，为亭于堂之北，而凿池其南，引流种树，以为休息之所。是岁之春，雨麦于岐山之阳，其占为有年。既而弥月不雨，民方以为忧。越三月乙卯，乃雨，甲子又雨，民以为未足，丁卯，大雨，三日乃止。官吏相与庆于庭，商贾相与歌于市，农夫相与忭于野，忧者以乐，病者以愈，而吾亭适成。"[24]

字里行间显示了烧香祭祀求得降雨的喜悦心情以及儒家重农、重民、与民同乐的朴素情感。在日常生活中，香对于苏轼而言，跟迷恋茶道一样，成了他生活中的伴侣，闻香是他精神生活的重要组成部分。香用途广泛，生病时要闻香，绘画、写作、打坐修行时都要香来陪伴。苏轼有关香的诗词，描写了他日常用的什么香，如何闻香悟道与修身养性，也有关香道技术、玩香细节，用什么香具，方式是篆香还是熏香等各个方面。

"酒醒梦回春尽日，闭门隐几坐烧香。"（《三月二十九日二首其一》）"闲驾彩鸾归去、趁新年。烘暖烧香阁，轻寒浴佛天。"（《南歌子·黄州腊八日饮怀民小阁》）"那日绣帘相见处。低眼佯行，笑整香云缕。"（《蝶恋花·记得画屏初会遇》）"淡月疏星绕建章，仙风吹下御炉香。"（《上元侍宴》）"一点香檀，谁能借箸，无复似张良。"（《少年游·为诗敏捷》）"从今却笑风流守，画戟空凝宴寝香。"（《苏州闾丘、江君二家，雨中饮酒二首其一》）"亭下佳人锦绣衣，满身璎珞缀明玑。晚香消歇无寻处，花已飘零露已晞。"（《和文与可洋川园池三十首·露香亭》）"急雨萧萧作晚凉，卧闻榕叶响长廊。微明灯火耿残梦，半湿帘栊裛旧香。"（《连雨江涨二首其一》）"夜香烧罢掩重扃，香雾空蒙月满庭。抱琴转轴无人见，门外空闻裂帛声。"（《四时词四首其一》）"帐底吹笙香吐麝，更无一点尘随马。"（《蝶恋花·密州上元》）"梦觉还惊屟响廊，故人来炷影前香。鬓须白尽成何事，一帖空存老遂良。"（《元祐六年六月，自杭州召还，汝公馆我于东堂》）

苏轼别传
茶道 香道 器道

　　从以上诗词句中大致可看出，苏轼闻香，是为努力打破现实的藩篱，在这一点上，与他喝茶具有同等的志趣。在诗词中通过闻香描写的场景和故事，往往少不了这个主题："物我相忘，身心皆空。"通过闻香、喝茶，寻求与现实生活拉开距离，忘尘去俗，达到内心平宁清静的目的。佛家言，人生皆苦，生老病死、求不得、怨憎会、爱别离、五取蕴，这些苦压得人透不过气来，此刻，香是文人追求超脱最常见的媒介。

　　苏轼的《书双竹湛师房二首》就反映了这类感受："我本江湖一钓舟，意嫌高屋冷飕飕。羡师此室才方丈，一炷清香尽日留。""暮鼓朝钟自击撞，闭门孤枕对残釭。白灰旋拨通红火，卧听萧萧雨打窗。"这两首名诗，是苏轼于熙宁六年（1073）为杭州广严寺住持湛师而作，可看出苏轼来到杭州后抑郁不得志的心情。"双竹"，即杭州广严寺。"湛师房"，即寺内住持居住之地。我本是湖中的一叶扁舟，深感居住地不要太高大，否则冷气飕飕。关于"一钓舟"，杜甫《将赴荆南，寄别李剑州》有过这样的表达："天入沧浪一钓舟。""意嫌"，明显的情感倾向，对深居高屋的生活没有什么好感，进而联想"高处不胜寒"，如此，诗歌内在的隐喻也清晰了，即表达了对官场生活的不屑。不屑此道，那向往什么呢？苏轼羡慕大师方丈的斗室，燃上一炷香，袅袅香烟，尽日长留不消散。第二首诗进一步想象自己在这里生活的场景，暮鼓朝钟，使得禅房愈显清静，如此闻香禅修，暂离尘嚣，身心皆空，在这清雅幽静之地，倾听萧萧树叶敲打着窗户。寻常的诗意，清脱的意境。这里还需说明，对香火的描写，作者用了夸张的手法。既然是斗室，通常不会用很大的香炉、很粗的香，一炷细香足够。既然是"一炷香"，决定了闻香的形式，不是篆香，也不是闷香，只是日常的形式，即在香炉里插上线香。至于焚烧的是什么香材，没有说明。一炷香焚烧的，常以檀香居多，外形一般分粗细两种，而此处细香足够，否则斗室内烟雾缭绕，不利于闻香禅修。第二首诗中出现了"白灰旋拨通红火"，焚香形式变了？从这几个字的描述中可看出，不是焚烧线香，也不是隔火熏香、篆香，因为这些通常不会产生通红的香火。只有一种可能，焚香，即点燃炭火，焚烧块香或香丸。在寺庙禅修，闻香形式发生变化，也是自然的事。当然，苏轼的诗句也可能是文学笔法，多种闻香形式交错，再放大细节，只为渲染气氛。

第三章
香道：银篆盘为寿，甲煎粉相和

苏轼的生活时而遇到磨难，除了偶尔消极萎靡外，更多的是积极面对。闻香冥思、闻香悟道，以此作为修行，并成为日常的功课。被贬儋州，是他一生中最艰难的时光，条件艰苦，但他却在寒室另立"息轩"，仍然坚持在轩中打坐，闻香悟道。"无事此静坐，一日似两日。若活七十年，便是百四十。"（《司命宫杨道士息轩》）这些文字看似乐观，其实惆怅。喝茶清心、静坐闻香，或禅修冥想、养炼胎息，皆能给他以慰藉。

"白酒新开九酝，黄花已过重阳。身外徜来都似梦，醉里无何即是乡。东坡日月长。玉粉旋烹茶乳，金薤新捣橙香。强染霜髭扶翠袖。莫道狂夫不解狂。狂夫老更狂。"（《十拍子·暮秋》）此词中对茶香生活的美好描写，寄寓了深深的期望，显示了苏轼乐观豁达的性格。美酒端上，重阳已过，渐入深秋。酒醉时，哪里都是故乡。玉粉茶乳，金薤橙香，概括了他的茶香生活，日常又别具情趣。"莫道狂夫不解狂"，如此享受，自然可以放荡不羁，什么都不在话下了。"玉粉"是对茶饼碾碎后的美称，"茶乳"指点茶而产生的乳白状的茶汤。"金薤新捣橙香"，从字面意思看，可以理解成对橙香的赞美。薤，要是指香料，那么应是用来做合香的。元代的《饮食须知》中将食用香料分为菜类与味类，其中菜类就包括薤。[25] 橙在古代常被提炼成香料。在词中，橙有时用作对香味的赞美。专家认为，金薤是指切成细末的食物，橙就是橙子，若从语义上这样辨识，有些费解。食物描写与前面的茶汤描写的搭配有些生硬。而前者描写茶，后者描写香，茶香搭配，常见于文学作品。"浓茗洗积昏，妙香净浮虑。"（《雨中过舒教授》）"酒阑更喜团茶苦，梦断偏宜瑞脑香。"（李清照《鹧鸪天·寒日萧萧上琐窗》）"生香熏袖，活火分茶。"（李清照《转调满庭芳·芳草池塘》）"灰冷香烟无复在，汤成茶碗径须持。"（陆游《午寝》）"茶鼎苍蝇鸣，香几黄金纽。"（徐自明《华盖仙山院》）"树影散香篆，水光泛茶瓯。"（张栻《题榕溪阁》）"谩薰新宁香，时烹固陵茶。"（冯时行《偶成》）"芝茹荐盘香露散，茶腴烹鼎绿云浮。"（李仲偓《桐柏崇道观》）词中的"薤"，是一种植物，一般指藠头，或称薤菜，是百合科葱属多年生鳞茎植物，因花朵之美与形体修长而被文人用来形容文章优美。金薤，有辞典解释为："倒薤书的美称，喻文字之优美。"倒薤书，是古代流行的一种书体。因此，金薤在词中可能有修饰之意，泛指那些用作合香的香料。

《十拍子·暮秋》通过对平日里茶香生活的描写，表现了苏轼随运自适、任由万般的性情。在《雨中邀李范庵过天竺寺作》中苏轼表达了同类的感受："步来禅榻畔，凉气逼团蒲。花雨檐前乱，茶烟竹下孤。乘闲携画卷，习静对香垆。到此忽终日，浮生一事无。"禅坐、饮茶、闻香、赏画，宋代的主要雅事在这首诗中都体现了出来，成为他日常修炼的经典画面。正是雨天，外出不便，阴冷天气，凉气来自团蒲间。这样的时光，喝几壶茶最是惬意。然后安安静静做起香事，是篆香还是闷香，没有说。"垆"是指一种小口的盛酒瓦器，小口器皿，如何焚香？这里显然与词意不符。也可能"垆"，指黑土，或安置酒瓮的土台子。又或许是黑土制成的香炉？也有可能。闻香时展开画卷，闲闲地欣赏。最后一句"浮生一事无"，看上去百无聊赖，闲着没事做，其实是这诸多养生功课，帮助他度过了日常的一天。宋代诗人闻香静坐是常态，不管艰难之日，还是平常闲日，欲得静心，唯赖闻香。"黄庭两卷伴身闲，盘篆香残日未残。"（陆游《杂题》）"一卷黄庭日未移，跏趺坐处篆香迟。儿曹问我新官职，顺适堂中老住持。"（叶茵《打坐》）"竹窗吹雨夜潇潇，独拥寒炉叹寂寥。坐久不知更漏永，镫花零落篆香消。"（杨再十一《夜坐》）"檀篆香消默无语，乌藤相伴倚绳床。"（释正觉《保福萃长老写师像求赞》）"隐几赜渊源，篆香随玉尘。爱此坐忘归，东峰月华吐。"（释长吉《题清辉堂》）

对于一个家庭，喜怒哀乐是日常，遇到白事，怀念亲友，或纪念祖先，香事自是必需。追忆友情，化解失去亲人带来的苦痛。好友范元长在元符元年（1098）卒于化州贬所，远在儋州的苏轼唁函悼念："流离僵仆，九死之余，又闻淳夫先公倾逝，痛毒之深，不可云谕……圣善郡君，不及拜慰状。侍次，乞致区区。沉香少许，望于内翰灵几焚之。表末友一恸之意而已。"[26]

2. 博山炉与翻香令

《翻香令》是苏轼的一首著名的焚香祭妻的词，作于宋英宗治平二年（1065）。任凤翔府签判的第四年，第一任妻子王弗去世，年近30的苏轼无比悲痛。王弗是进士

第三章
香道：银篆盘为寿，甲煎粉相和

的女儿，知书达理，嫁苏轼后，相夫教子，两人的生活和谐美满。王弗生病去世，令苏轼十分悲伤。以往当丈夫时常在客堂会见客人，她偶尔帘后倾听，之后会提醒丈夫要警惕那些刻意奉承之人。这对苏轼由放浪直率的性格走向沉稳帮助很大。在这首词中，苏轼用了一些细节来表达对亡妻的思念之情："金炉犹暖麝煤残。惜香更把宝钗翻。重闻处，余熏在，这一番、气味胜从前。背人偷盖小蓬山。更将沈水暗同然。且图得，氤氲久，为情深、嫌怕断头烟。"

之所以在此单独列出重点解说，是因为这首词描述的香事颇具典型性，描述的范围较广，较完整地反映了以香事活动纪念亲人的情景，包括焚香风俗、香具以及香材等。古人每逢清明总会以各种方式纪念逝去的亲人，烧纸祭奠，闻香缅怀。在宋代，文人用沉香来寄托哀思，通常是很正式的表达，沉香名贵，如此香事方显庄重。

"翻香令"词牌因苏轼的这首词而得名。"金炉"，铜制香炉。"麝煤"指麝墨，含有麝香的墨。唐代王勃有文《秋日饯别序》："研精麝墨，运思龙章。"元代马祖常的《礼部合化堂前后栽小松》诗之二："微风吹几帷，砚池麝墨香。"在不少宋诗中，麝煤指的是香，宋代无名氏的《沁园春·柳眼偷金》："屏帏里，看合欢杯尽，连理花开。笙歌上下楼台。更罗绮丛中薰麝。"宋代陈允平的《山房》："此际衣偏湿，熏笼著麝煤。"宋代释绍嵩《山居即事》："病目书淫歇，熏炉炷麝煤。山将落日去，风带旧寒来。"韩偓的《横塘》明确点明了麝煤用来绘画："蜀纸麝煤沾笔尖，越瓯犀液发茶香。"

苏词"金炉犹暖麝煤残"，明确了词中所说的麝煤，是麝香与煤等材料制成的合成品，既是绘画材料，也可用于焚香。铜香炉里的麝香块未烧透，得翻动一下，"惜香更把宝钗翻"，炉中的香快烧完了，因爱惜香，希望能延缓焚香的速度。这里面关键一个"翻"字，表明不是在燃线香和篆香，通常香炷插在铜银制或瓷制的香立上，香自然燃尽，无需翻。如果点燃的是篆香，篆香条燃烧到最后，火自动熄灭，香事即结束，也不必"翻"。那么这里有可能是直接的焚香，方法是：点燃后的炭块去火，避免直接燃烧，再搁上香块。如此焚香有时需要翻动一下炭块。另一个可能是闷香，即隔火熏香，是焚香或闻香中的高级方式。在香炉里置大半香灰，中留小洞，把点燃并泻火的炭块埋入香灰下层，炭块发热，通过香灰传递热量给隔火板，徐徐熏烤上面的香品。由于经过隔火板降温，搁在上面的香块或香丸受热后只是慢慢出香。这是一种颇有技术难度的闻香方法，操作不易。无明火焚香，香块不容易烧透，得用香夹翻动一下，透透风，补充氧气，才能继续燃烧。李商隐的《烧香曲》："八蚕茧绵小分炷，兽焰微红隔云母。"诗句描写的就是唐代文人玩隔火熏香之事。这类焚香，翻动香块之后，香味重新出现，且"气味胜从前"。通过燃香，房屋内已经香气缭绕，随着时间的积淀，香味变得厚实沉定。气味比之前要好，乃是常理。类似的描写，其他诗里也有出现："灯烬不挑垂暗蕊，炉灰重拨尚余薰。"（《十二月十七日夜坐达晓寄子由》）埋在香灰中的碳块被重新拨动，又透了气，碳块的热量被重新拔出，继续熏烤，使得香品的余香被慢慢逼出（图3-12）。

图3-12 北宋 耀州窑青釉刻花五足炉 甘肃省博物馆

"背人偷盖小蓬山。更将沈水暗同然。"为何要"背人"，趁人不注意继续添加沉香？纪念去世的夫人，可能觉得意犹未尽，继续添香，让香事活动长久一点。添加名贵的沉香，显然表达了对妻子的深情，但又恐怕让人觉得奢侈。"背人"和"偷盖"，都表达了这般细腻的心思。"小蓬山"，从语义上让人猜想到香烟袅袅的蓬莱仙山，进而联想到香炉。历史上并没有被命名为"小蓬山"的香炉，此处只是一个借代，是指汉代焚香的名器博山熏炉，或类似博山炉的熏炉。

"沈水"即沉水，沉香之一种。"筠篮撷翠爪甲香，素绠分碧银瓶冻。归路霏霏汤谷暗，野堂活活神泉涌。"（《同正辅表兄游白水山》）"柿叶满庭红颗秋，薰炉沉水度春篝。松风梦与故人遇，自驾飞鸿跨九州。"（《睡起》）这两首诗里提到的"爪甲香""沉水"，也是沉香。而《翻香令》中提到的沉香，其意趣颇值得回味。怀念妻子，

第三章
香道：银篆盘为寿，甲煎粉相和

烧香用的是麝煤，闻香后不过瘾，再补上一块贵重的沉香，强化一下情绪，香事场景得以继续与升华，前后有了递进的关系，也符合苏轼此时的心情。苏轼的家里或许设有专门的香室，因而悄悄进入，偷偷地背着前来凭吊的亲戚，快速添香。按理说，祭奠妻子天经地义，但又恐怕别人议论，太过于伤感，太儿女情长。当时，苏轼还年轻，对香的理解，可能会多看重等级，只有放几块名贵的香，才能表达自己的爱意。渐渐进入中年，万事看淡，闻香喝茶，全在于心之所安，平时用的香材有名无名就不怎么在意了，普通的芸香、柏子香等，皆能随心适用。

有关沉香，《辞海》解"又称'伽南香''奇南香'，瑞香科。常绿乔木。叶革质，卵状披针形，有光泽……花白色，心材为著名熏香料"。《陈氏香谱》中说："《唐本草》云：'出天竺、单于二国，与青桂、鸡骨、栈香同是一树。叶似橘，经冬不凋，夏生花，白而圆细，秋结实如槟榔，其色紫似葚，而味辛，疗风水毒肿，去恶气。树皮青色，木似榉柳。'重实黑色沉水者是。今复有生黄而沉水者，谓之蜡沉。又有不沉者，谓之生结。即栈香也。《拾遗解纷》云：'其树如椿，常以水试，乃知。'"[27]"叶廷珪云：'沉香所出非一真腊者，为上占城次之。'叶廷珪又云：'沉香，所出非一，真腊者为上，占城次之，渤泥最下。真腊之真又分三品，绿洋最佳，三泺次之，勃罗间差弱。而香之大概，生结者为上，熟脱者次之；坚黑为上，黄者次之。然诸沉之形多异而名亦不一，有状如犀角者，如燕口者，如附子者，如梭者，是皆因形为名。其坚致而纹横者，谓之横隔沉。大抵以所产气色为高，而形体非所以定优劣也……'"[28]这些材料大概说了沉香的等级与产地，产地名字大多是古代国名，如真腊即今柬埔寨，占城即今越南。

苏轼在妻子灵柩前如此焚香缅怀，用古物之形事香，还要添加名贵香料，就是希望"氤氲久"，即香气久久不散。然而，这样焚香的关头，还会有些担心，"嫌怕断头烟"。忌讳断头烟，一般是对篆香的评价。篆香是另一种闻香形式，在千绕百回的篆字形中填入香粉条，一头点燃，逐丝焚香，到最后燃尽，才算圆满。篆香盘（或香印盘）中填的香粉，必须事先经过打香的步骤，便于分拣里面的杂质或结块，为香粉条顺利燃烧扫除障碍。没经过打香等工序的香粉条点燃后极易发生熄火断香的可能，即所谓的"断头烟"。古人认为断头香不吉利。此说似乎迷信，但也显示人们努力规避凡是半途而夭的习俗。做任何香事,每道工序必须做得虔诚、认真、尽心,持有恭敬心,只有这样,才会避免焚香过程突然中断。

3. 和合,苏内翰贫衙香

从苏轼日常的玩香来看,他用的香材比较广泛,既有高级的沉香,也有普通的柏子香。他不仅研究香材,还自制合香。合香的材料,既有取自草本植物、木本植物的香料,也有取自动物身上的香材。史料记载,历史上最早的合香出现在汉代,"汉建宁宫中香"。建宁是东汉汉灵帝刘宏的第一个年号,使用时间为公元168年~172年。周嘉胄在《香乘》中记载了这一款合香,香材有黄熟香、白附子、丁香皮、藿香叶、零陵香、檀香、白芷、茅香、茴香、甘松、乳香、生结香和枣,其加工方法为"右为细末,炼蜜和匀,窨月余,作丸或饼爇之"。[29]

到了唐宋,已流行做合香,宋代文人阶层更是风行。制作合香,能够随意购买到各类香草材料是关键。《东京梦华录》之"驾幸琼林苑"记载:"驾方幸琼林苑,在顺天门大街,面北,与金明池相对。大门牙道,皆古松怪柏。两傍有石榴园、樱桃园之类,各有亭榭,多是酒家所占。苑之东南隅,政和间创筑华觜冈,高数十丈,上有横观层楼,金碧相射。下有锦石缠道,宝砌池塘,柳锁虹桥,花萦凤舸,其花皆素馨、末莉、山丹、瑞香、含笑、射香等闽、广、二浙所进南花。有月池、梅亭、牡丹之类,诸亭不可悉数。"[30]

琼林苑是宋朝皇家最华丽的园林,也是向市民开放的游乐园。这一段文字记载的植物都是香草。可见,在宋朝,有了大面积种植香草的风气,在香材上能满足当时文人亲手制作合香的需求。文人雅士不可一日无香,亲手制作合香,是精神所需,是性情养炼的日常功课,也是衡量文人雅士风雅生活的一种标尺。屠隆在《考槃余事·香笺》中说:"和香者,和其性也。"

合香中的主香有沉香、麝香、龙涎香、檀香等,苏轼平时闻沉香较多:"沉香作庭燎,甲煎粉相和。"(《和陶拟古九首》之六)庭燎的沉香,里面拌和着甲煎粉,这显然

第三章
香道：银篆盘为寿，甲煎粉相和

是一款最为简易的合香，为日常所用。有关沉香，将在下一节专门列出，这里对合香中的其他主香稍作介绍。有关麝香，苏轼有这样的诗句："暗麝著人簪茉莉，红潮登颊醉槟榔。"（《残句》）另一首表意非常清晰："漏声透入碧窗纱，人静秋千影半斜。沉麝不烧金鸭冷，淡云笼月照梨花。"（《寒食夜》）麝香与沉香作为合香，放入铜制的鸭形香薰里焚烧，鸭薰是非常流行的薰香器具。眼下，香料焚烧完了，或还没有焚香，自然鸭薰还是冷的。苏轼在《翻香令》中提及"金炉犹暖麝煤残"，描写了焚麝香纪念爱妻，在《蝶恋花·密州上元》也出现了麝香："灯火钱塘三五夜。明月如霜，照见人如画。帐底吹笙香吐麝，更无一点尘随马。寂寞山城人老也。击鼓吹箫，却入农桑社。火冷灯稀霜露下，昏昏雪意云垂野。"点题密州，却从钱塘之夜起笔，作者欣赏着元宵夜景，明月正圆，清光照耀着赏灯的人流，如画中一般。美妙的夜晚，弥漫的音乐，颇添气氛。不知谁在吹笙，声音如风，或远或近。而此刻，不点上一支香，这个夜就不够圆满。焚麝香者应该就在身边，或者是作者自己在闻香看景。杭州城空气清新怡人，骑马过闹市，不见一丝尘土翻起。另一层意思，或指时光逝去，无论马蹄是否溅起尘土，明月总是会逐人来。语出"暗尘随马去，明月逐人来"。（苏味道《正月十五夜》）此意牵出下片"寂寞山城人老也"，春光易逝，接着顺势展开密州城的寂寞。与杭州城热闹的元宵之夜相比，密州地处偏僻，元宵节多见孤清，火冷灯稀霜降，大地笼罩着雾霾，大雪又将到来，不闻吹笙吐麝。人们击鼓吹箫来到农桑社，祈求土地神保佑平安。

有关麝香，洪刍《香谱》中说："《唐本草》云：'生中台川谷，及雍州、益州皆有之。'陶隐居云：'形似獐，常食柏叶及啖蛇。或于五月得者，往往有蛇皮骨。主辟邪、杀鬼精、中恶、风毒。疗伤多以一子真香分糅作三四子，刮取血膜，杂以余物，大都亦有精粗，破皮毛共在裹中者为胜。或有夏食蛇虫多，至寒香满，入春患急痛，自以脚剔出，人有得之者。此香绝胜。带麝，非但香，辟恶，以香真者一子，着脑间枕之，辟恶梦及尸疰鬼气，今或传有水麝脐，其香尤美。"[31]

龙涎香可能难觅，在苏轼诗文中很少见到他在香事中使用龙涎香，只见相关的文学描写："洗尽铅华见雪肌，要将真色斗生枝。檀心已做龙涎吐，玉颊何芳獭髓医。"（《再

苏轼别传
茶道　香道　器道

和杨公济梅花十绝》其七）诗赞梅花，却喻龙涎的幽香。"香似龙涎仍酽白，味如牛乳更全清。莫将北海金虀鲙，轻比东坡玉糁羹。"（《过子忽出新意以山芋作玉糁羹色香味皆奇绝天》）歌咏山芋羹时，竟然由香联想到龙涎。这首诗写于他被贬儋州时，儋州地处海外，其粮食常靠内地海运，遇到恶劣天气与自然灾害，当地百姓就会吃不上饭。这种情况下，尝到这香喷喷的山芋羹，有这般美好又夸张的联想并不为过。"数弦已品龙香拨，半面犹遮凤尾槽。"（《宋叔达家听琵琶》）"何处遇良工。琢刻天真半欲空。愿作龙香双凤拨，轻拢。长在环儿白雪胸。"（《南乡子（沈强辅雯上出犀丽玉作胡琴，送元素还朝，同子野各赋一首）》）上两首诗中出现了龙香拨，即以龙香木制成的拨子，已够风雅，仿佛弹奏时香意附身于音，闻者魂魄被勾出。这类雅器，不仅出现在苏轼的文字中，其他诗人也有描写。"玉奴琵琶龙香拨，倚歌促酒声娇悲。"（郑嵎《津阳门诗》）"鱼子笺中词宛转，龙香拨上语玲珑，明朝车马莫西东。"（范成大《浣溪沙·元夕后三日王文明席上》）

科学百科词条这样解释：龙涎香是一种黑色的固态蜡状可燃物质，龙涎香的实质是抹香鲸科动物抹香鲸肠内分泌物的干燥品，有的抹香鲸会将其吐出，有的则会从肠道排出体外，仅有少部分会留在体内。排入海中的龙涎香起初为浅黑色，在海水的作用下渐渐变为浅灰，最后成为白色，具有独特的甘甜土质香味。《陈氏香谱》说："龙涎出大食国，其龙多蟠伏于洋中之大石，卧而吐涎，涎浮水面，土人见鸟林上异禽翔集，众鱼游泳，争啖之，则没取焉。然龙涎本无香，其气近于臊，白者如百药煎而腻理，黑者亚之，如灵脂而光泽，能发众香，故多用之以和香焉。"[32]

苏轼闻香，檀香用得也较多。他被贬岭南时，在《答吴秀才书》中记述了买檀香之后躲进小楼，闻香禅坐、调息运气之事。[33] 他在《韩康公坐上侍儿求书扇上二首》一诗中提到了檀香："一一窗扉面水开，更于何处觅蓬莱。天香满袖人知否，曾到旃檀小殿来。"旃檀，即檀香、白檀，其香味醇和，曾有"香料之王"之称。为何满袖飘香？因为去了旃檀飘香的寺院。"天香"有多重意思，可称呼沉香等珍贵香料，或指代在寺庙祭神礼佛焚香、宫廷用香等，也可比喻女性。吴文英的《天香·熏衣香》描写用沉香熏衣："茜垂西角，慵未揭、流苏春睡。熏度红薇院落，烟锁画屏沈水。"

第三章
香道：银篆盘为寿，甲煎粉相和

王沂孙的《天香·咏龙涎香》重点描写龙涎香。陆游《夜归》中的"天香余袅袅，佛灯犹煜煜"写寺庙场景。黄庭坚《奉同公择作拣芽咏》中的"想得天香随御所，延春阁道转轻雷"写皇家的香事。在苏轼的这首诗中，天香可能意指一个女子。

他赠送一款合香并写了一首描写合香的名诗给弟弟，开头就提到旃檀，《子由生日、以檀香、观音像及新合印香银篆盘为寿》："旃檀婆律海外芬，西山老脐柏所薰。香螺脱靥来相群，能结缥缈风中云。一灯如萤起微焚，何时度惊缪篆纹。缭绕无穷合复分，绵绵浮空散氤氲。"诗中提到的"旃檀""婆律""香螺脱靥"，通常指檀香、龙脑香、甲香。

有关檀香，《陈氏香谱》记载："《本草拾遗》云，檀香，其种有三：曰白，曰紫，曰黄。白檀树出海南，主心腹痛，霍乱，中恶鬼气，杀虫。"[34]"叶廷圭曰：檀香出三佛齐国，气清劲而易泄熟之能夺众香，皮在而色黄者谓之黄皮，腐而色紫者谓之紫檀，气味大率相类而紫者差胜，其轻而脆者谓之沙檀，药中多用之。"[35]而"婆律香出婆律国，其树与龙脑同，乃树之清脂也。除恶气，杀虫蛀"。[36]"龙脑香树，出婆律国……其树有肥有瘦，瘦者有婆律膏香，亦曰瘦者，出龙脑香肥者出婆律膏也。在木心中，断其树劈取之。"[37]"香螺"，即甲香。"唐本草云：甲香，蠡类，生云南者，大如掌，青黄色，长四五寸，取靥烧灰用之，南人亦煮其肉啖，今合香多用，谓能发香，复末香烟倾酒蜜煮制……温子皮云：甲香本是海螺靥子也。"[38]香螺沉水，为名贵沉香。在这里当作合香材料，把多种香料捣末和匀做成了合香。这种合香用来做篆香。"老脐"指麝脐香满，雄麝麝香腺囊的分泌物。"柏"，柏树种子民间常做香料，其香有清热解毒、净化空气之效。这些显然是苏轼自制合香所用的香料。苏轼时常以柏子闻香，如"铜炉烧柏子，石鼎煮山药"。同时代的其他诗人也把柏子当香料："客到惟烧柏子香，晨饥坐待山前粥"（苏辙《游钟山》），"铜炉柏子香"（朱敦儒《菩萨蛮·老人谙尽人间苦》），"铜彝炷柏子香"（刘克庄《竹溪再和余亦再作》），"待晓先烧柏子香"（贺铸《宿芥塘佛祠》）。《陈氏香谱》记录几种合香时提到，"古香"配方：柏子仁二两、甘松芷一两、檀香半两、金颜香二两、龙脑二钱。"黄太史清真香"配方：柏子仁二两、甘松芷一两、白檀香半两、桑柴麦炭末三两。《陈氏香谱》还记

苏轼别传
茶道　香道　器道

载柏子香的采制方法：新鲜柏子须带色、未开破，沸水焯一下，再浸泡酒中，密封七天取出，置阴凉处慢慢晾干，即成。[39]

这首诗写到了这么多的香材，用了檀香、龙脑、麝香、甲香、柏子调配而成的合香，确实少见。不知为何没有出现在当时的香谱中。《陈氏香谱》只记载了一款冠以苏轼名字的香方"苏内翰贫衙香"，苏内翰即苏轼，他曾为翰林学士而得此称。

"白檀香四两（砍作薄片，以蜜拌之，净器内炒如干，旋入蜜，不住手搅，以黑褐色止，勿令焦）、乳香五粒（生绢裹之，用好酒一盏同煮，候酒干至五七分取出）、麝香、玄参一钱。右先将檀香杵粗末，次将麝香细研入檀香，又入麸炭细末一两借色，与玄、乳同研和令匀，炼蜜作剂，入磁器实按密封，地埋一月用。"[40] 衙香，是宋代文人阶层流行的一种合香香方，宋代官方出版的医方书籍《太平惠民和剂局方》中有记载。[41] 这类合香多以名贵沉香为主香，《陈氏香谱》收录了十多种香方。[42] 衙香，也称牙香。牙香即沉香，或角香的俗称。王建《宫词》中这样描写："虽道君王不来宿，帐中长是炷牙香。""静炷衙香谁与伴，慈悲大士共黄昏。"（陈起《雪中三绝其一》）"静掩金铺三十六，黄昏处处爇衙香。"（张枢《宫词十首其一》）可见，牙香是一种流行的香。配方多有沉香、檀香、甲香、龙脑香、麝香、乳香、丁香皮等。[43]（图3-13）

苏轼这款衙香方无沉香而只以檀香、乳香等调配，从合香香名中出现一个"贫"字，似乎见出故意不用名贵沉香之意。苏轼在晚年给友人写信时也提到了闻衙香，文中写到他北归的喜悦，拿出好茶，点上好香，庆祝一下。里面特意提到的"衙香"，可能是每逢开心时，要拿出来闻的。闻的是他制作的合香？不得而知，至少表明了在比较郑重其事的状态下会闻衙香。"今日于叔静家饮官法酒，烹团茶，烧衙香，用诸葛笔，皆北归喜事。"[44]

苏轼制作这款合香，不使用沉香，在下面的文章中，或许能看到他的心迹。他的《香说》记载："温成皇后阁中香，用松子膜、荔枝皮、苦练花之类；沉檀、龙麝皆不用。或以此香遗余，虽诚有思致，然终不如婴香之酷烈。贵人口厌刍豢，则嗜笋蕨；鼻厌龙麝，故奇此香，皆非其正。"[45] 温成皇后，是宋仁宗赵祯的宠妃，去世早，被追封为皇后。温成皇后生前爱玩合香，她的阁中香用松子膜、荔枝皮、苦楝花之类的普通香材，却

第三章
香道：银篆盘为寿，甲煎粉相和

图 3-13 合香配料图

不用名贵的沉檀龙麝，并没有什么特别的原因，在苏轼看来，一直玩名贵香材，没有新鲜感了。好比贵族人家"口厌刍豢，则嗜笋蕨"，牛、羊等山珍海味吃厌了，就想着尝尝山间野笋。富贵人熏多了名贵香材，就找来普通香材做合香以寻求新鲜。在古代重要的节庆时日，闻香通常使用名贵香材，然而，当一个人需要清静，或者打坐冥想时，往往会改用芸香、柏子香等日常香材，这些香似乎更能使人安神平和，人们也更能从中体会到大自然的林木气息，涤除现实世界的喧哗与浮躁。温成皇后是否如斯想？在苏轼看来，只要能制成合香，香材没有好坏之分，这也符合他一贯的审美理念。《子由生日、以檀香、观音像及新合印香银篆盘为寿》这首有名的合香诗中，既提到不少名贵香，也提到日常所见的普通香材。苏轼平时也使用这类香材，病中常闻这种香："铜炉烧柏子，石鼎煮山药。"（《十月十四日以病在告独酌》）苏轼以柏子闻香，同时代的其他诗人也是如此。闻香生活不全是奢华事，风雅在内不在表。芸香也是常见的香草，也易于日常闻玩。"应念雪堂坡下老，昔年共采芸香。"（《临江仙·赠送》）这里描写了苏东坡在黄州时常采摘芸草来闻香。《沉香山子赋》一开篇也提及芸草等各类香草："古者以芸为香，以兰为芬，以郁鬯为裸，以脂萧为焚，以椒为涂，以蕙为薰。"

  苏轼还有一款名叫"雪中春信"的合香，《中华遗产》（2014年4月17日）刊载，宋哲宗五年（1090）春节期间，身为龙图阁大学士兼杭州太守的苏轼，在用银钗拨开狻猊香炉中的香炭时，看到雪景，来了灵感，制成了一款"雪中春信"合香。传说苏轼制成的合香还有"闻思香"等。《陈氏香谱》记载有多款"雪中春信"，其配方："沉香、白檀、丁香、木香、藿香、零陵香、回鹘香附子、白芷、当归、官桂、麝香、槟榔、豆蔻。""细末炼蜜作剂窨七日烧之。"其他几款，同类的香料有香附子、檀香、麝香等。但这几款"雪中春信"没有说明哪一款是苏轼制作的。"闻思香"的配方："玄参、荔枝、松子仁、檀香、香附子、甘草、丁香。""同为末渣子汁和剂窨烧如常法。"此款也没注明制作者。[46]"雪中春信"为苏轼制作的合香，此说流传甚广，却少见文献支持，或相关文献已遗失，或后朝制香者托其名而为之。明代周嘉胄的《香乘》中记载一香方，据说也是苏轼的："沉檀为末各半钱，丁皮梅肉减其半。捡丁五粒木宇，半两朴硝柏麝拌。"这款香方与《陈氏香谱》所载多款"雪中春信"的配方类似，主体结构相近，沉、檀为基础的温暖甜香型，再搭配梅肉型的清凉。宋代洪刍《香谱》中记载了不少合香，如《雍文彻郎中牙香法》，香型主体也相类："沉香、檀香、甲香、栈香各一两、黄熟香一两、龙脑、麝香各半两。右件捣罗为末，炼蜜拌和匀，入新瓷器中，贮之密封埋地中，一月取出用。"当然合香结构丰富多变，有不同的配方，如《江南李王帐中香法》："右件用沉香一两细锉，加以鹅梨十枚，研取汁于银器内盛却，蒸三次，梨汁干，即用之。"《延安郡公蕊香法》："玄参半斤，净洗去尘土，于银器中以水煮令熟，控干，切入铫中，慢火炒，令微烟出；甘松四两，择去杂草尘土方秤定，细锉之；白檀香锉；麝香颗者俟别药成末，方入研、乳香细研，同麝香入。上三味各二钱。右并新好者，杵罗为末，炼蜜和匀，丸如鸡头大，每药末一两，使熟蜜一两，未丸前再入，杵臼百余下，油单密封；贮瓷器中，旋取烧之。"[47]

第三章
香道：银篆盘为寿，甲煎粉相和

合香如合药，香方与医方应是同源。最早的香方见于医书，这些香方多用来去秽、香身、香口、熏衣，以及净化空气、防虫等。唐代孙思邈的《千金翼方》《千金月令》中都记载了熏衣、香体的香方。原香少，合香就多了起来。合香的基本程序，是先配好香料，然后研磨细致，加水调和，或者晾晒，或者阴干。窨藏，是合香的末一道工序，古称窨香，目的是让这些香药之间相互作用、相互咬合，通常要十多天。有关"窨香"，《陈氏香谱》曰："新和香必须窨，贵其燥湿得宜也。每约香多少，贮以不浸瓷器，蜡纸封于静室屋中，掘地窨深三五寸，月余逐旋取出，其尤馤馣也。"[48] 和香，即合香。窨香，即把几种香材粉末搅拌一起醇化、发酵，使之淳厚、纯粹，众香得以互相反复咬合，成浑然一体，香气圆润融合，此香遂出"馤馣"之味。

朱敦儒的《菩萨蛮》："芭蕉叶上秋风碧。晚来小雨流苏湿。新窨木樨沈。香迟斗帐深。"描述夜晚床帐中熏香的情景。薰焚的"新窨木樨沈"，木樨，即桂花，沈，即沉香，这是两种香料混合制作的合香。陆游《焚香赋》描写了荔枝壳和兰花、菊花的花瓣以及松柏子制作的合香："暴丹荔之衣，庄芳兰之茝。徙秋菊之英，拾古柏之实。纳之玉兔之臼，和以桧华之蜜。掩纸帐而高枕，杜荆扉而简出。"陆游另一首诗也描写了合香，《窗前作小土山蓺兰及玉簪最后得香百合并种之戏作》："方兰移取遍中林，余地何妨种玉簪。更乞两丛香百合，老翁七十尚童心。"

合香选择多款天然香料，根据自己的喜好进行配方，在宋代风靡，这显示了香文化在宋代文人生活中的重要性，合香便成了宋代香文化的精要。明代周嘉胄的《香乘》记载："君臣佐使，以相宜摄合和，宜用一君、二臣、三佐、五使，又可一君、三臣、九佐使也。"此是借用中医的概念，合香中各类香料最终得讲究轻重缓急，众味合一，不能各自为政，香料的剂量多少很有讲究：所谓的君臣佐使，即先定主香，为发香主力，同时又得包容吸收其他香材。《神农本草经》说："上药一百二十种为君，主养命；中药一百二十种为臣，主养性；下药一百二十五种为佐使，主治病。用药须合君臣佐使。"也就是说，合香要根据香药的属性搭配，如香力很重的檀香之类，通常配乳香之类的香药，增清凉，以泻火。要是某一种香料属于下药，就要控制其剂量。

可见，合香不是把各类香料简单地搭配，而是必须参照中医理论，根据香料的五行属性及其分别承担的作用，进行适当的组合，使各香料得以完美地相互生发。如此合香，自然非常人所能为。宋代文人流行合香，说明文人阶层香学学养高深，能够驾驭合香制作的各个环节，因此合香香方大量出现。在《陈氏香谱》所收录的合香香谱中，有不少冠以士大夫名号，如丁公美香篆、李次公香、赵清献公香、苏州王氏帐中香、黄太史清真香、黄太史四香等。[49]

有关合香香事，苏轼与黄庭坚多有唱和，留下佳话。黄庭坚是苏轼弟子，也是玩香、制作合香的高手。元祐元年（1086）春，黄庭坚作《有惠江南帐中香者戏赠二首》赠给苏轼，其一云："百炼香螺沉水，宝薰近出江南。一穟黄云绕几，深禅想对同参。"其二云："螺甲割昆仑耳，香材屑鹧鸪斑。欲雨鸣鸠日永，下帷睡鸭春闲。"

第一首诗是说朋友送的这种"帐中香"是江南名产，可能用珍贵的香料精心制作合成。"宝薰"即熏炉，古时用来熏香或取暖。熏香炉也叫香熏或者香炉，其形通常炉盖布满小孔，利于香气溢出。最初多见铜制，如汉代有铜器博山炉（一种熏炉）（图3-14），而博山炉形制可能是更早时期的陶制、釉陶制熏炉演变而来。之后各类材质的熏炉多了起来，博山炉的因其深具道家仙风而受人欢迎，特别是炉盖为仙山特色造型，直截了当地传递出不同于世俗器物的审美趣味。汉代博山炉装饰多见层层叠叠的山峦仙阁。到了唐宋，博山炉超凡出尘的气息更加强烈，继续受到欢迎。至宋代，其外形多以简洁的线条勾勒，隐约呈现山峦起伏之状。随着宋代极简主义盛行，博山炉渐渐被三足鼎式筒身香炉取代，这也表明宋代香文化更重香本身，而淡化炉身的装饰。很多香炉最终呈现出全素的视觉效果，

图 3-14 汉　彩绘博山炉　郑州市东方翰典文化博物馆

第三章
香道：银篆盘为寿，甲煎粉相和

青釉香炉广受欢迎。

第二首诗，"螺甲"即香螺、甲香、沉水，与第一首中的"香螺沉水"意思相同。香螺沉水乃名贵沉香，宋代《陈氏香谱》等皆有描写，是当时流行的一种沉香。如此玩香，使用的"宝熏"可以推测是瓷制或玉制。瓷制的相对多见，玉制的"宝熏"，因优质材料紧缺，大多被朝廷、达官显贵所控制。最佳的玉料来自西部新疆等地，而其他地方如辽宁岫岩玉、河南南阳独山玉等，材质较次，很少用来制作高等的香炉。接着描写"绕几"闻香的情景，几位好友"同参"，一起闻香参禅，气氛幽静安详。第二首诗是对第一首的补充，描写了香材的外形及斑纹。"螺甲"一句说的是甲香，其形状通常较大。"香材"一句看似形容香料外貌像鹧鸪斑，实则是指一种香材。《陈氏香谱》卷一分别对甲香与鹧鸪斑香有过描述："大如掌，青黄色……甲香本是海螺厣子也。""叶廷珪云出海南与真腊生速等，但气味短而薄，易烬，其厚而沉水者，差久，文如鹧鸪斑，故名焉。"最后两句，是说斑鸠终日鸣叫，春天闲适，夜晚的"睡鸭"悠然自得。睡鸭，是唐宋文人常用的鸭形香薰，风雅之至，诗人描写甚多，这类香具多置于床上。

有关诗题中的帐中香，其中最有名的一款，是南唐后主制作的帐中香，在《陈氏香谱》中有"江南李主帐中香"之第二方："沉香末一两，檀香末一钱，鹅梨十枚。右以鹅梨刻去瓤核，如瓮子状，入香末，仍将梨顶签盖。蒸三溜，去梨皮，研和令匀，久窨，可爇。"[50]《香乘》卷七："鹅梨香，江南李后主帐中香法，以鹅梨蒸沉香用之，号鹅梨香。"[51]据传周娥皇爱香，需要焚香伴眠，但帐中无法焚香，南唐后主李煜特意为她制作了这款合香，以助她睡眠。这款帐中香是否会放入鸭形香薰中，只是猜想。它问世后，迅速流传，后世文人墨客写诗颂扬。

此合香制作流程明确，把鹅梨挖去内核并留出梨盖，这时的鹅梨既是香料又成容器，装入沉香、檀香等香末，再盖上盖子以火蒸。蒸后，去掉梨皮，将梨肉连同香末一起研碎，再将新做好的香品储于地窖或埋于地下，这个过程即窨香，窨的时间长短不一，这里提示要"久窨"；最后取出，即可焚香。苏轼在《与欧阳知晦四首》中提到用鹅梨合药："合药须鹅梨，岭外固无有，但得凡梨稍佳者，亦可用，此亦绝无。"[52]

黄庭坚的两首诗都离不开"帐中香"之名，显然是有意提及，彰显风雅，一款是

苏轼别传
茶道 香道 器道

友人送的，眼下他重新制作一款，分享给老师。这般美妙不可方物的帐中香，也是文人墨客闻香悟道时最大的享受。之后，帐中香不限于帐内使用，也成为文人间玩香的时尚，唯此雅品，方显风流。黄庭坚自制合香，苏轼十分赞赏，情不自禁和诗两首："四句烧香偈子，随香遍满东南。不是闻思所及，且令鼻观先参。""万卷明窗小字，眼花只有斑斓。一炷烟消火冷，半生身老心闲。"（《和黄鲁直烧香二首》）

和诗说，香气传遍东南，欲感其中美妙，得用鼻子来闻。香烟袅袅，休闲阅读，回归清静无为，这才是打发坎坷人生的最佳生活方式。"偈"是梵语"偈佗"的简称，佛事活动中的唱颂词，四句为一偈。这里主要说说"鼻观"。《楞严经》里描写过香严童子的鼻观故事："香严童子即从座起，顶礼佛足而白佛言：'我闻如来教我谛观诸有为相。我时辞佛，宴晦清斋。见诸比丘烧沉水香。香气寂然来入鼻中。我观此气，非木、非空、非烟、非火。去无所著，来无所从。由是意销，发明无漏。如来印我得香严号。尘气倏灭，妙香密圆。我从香严得阿罗汉，佛问圆通，如我所证，香严为上。'"[53]

经文描写了香严童子讲述自身悟性的因缘，即以闻香得道。如来也启示，嘱咐谛观一切有为相，之后一直静思冥想、自我修炼，鼻闻沉香。香者，"去无所著，来无所从"，去和来，无执着、无依附，不是空幻的，不存在于烟，也不存在于火。这奇妙的香参与了"我"的证悟，这尘气倏灭、妙香密圆才最为殊胜。苏轼用此典故，似乎含有幽默与调侃之意，称赞黄庭坚的香事已抵达别样的境界，闻香不能仅仅停留在器官的层面上，还得靠精神观照。"鼻观"又称观鼻端白，是佛教修行法之一，注目谛观鼻尖，时久鼻息成白。鼻息，二十五圆通之一，二十五圆通谓诸菩萨、声闻证悟之二十五种方法。[54] 香严童子闻香参透禅关才是首要，参透禅悟的关口，意味着悟彻佛教教义，进而各类感官能相互为用。这样的思想见于佛教诸种经典："如来一根，亦能见色闻声，嗅香别味，觉触知法。"（《涅槃经》）"如诸佛等，于境自在，诸根互用。"（《成唯识论》）总体的思想，就是"六根互用""诸根互用"。《楞严经》这样阐述"六根互相为用"，认为人的眼、耳、鼻、舌、身、意六根，对应于客观世界的色、声、香、味、触、法六尘，而产生见、闻、嗅、味、觉、知等作用，即六识，眼识、耳识、鼻识、舌识、身识、意识。消除六根污染，清净自来。六根有时也能通用，这具体表现在闻

第三章
香道：银篆盘为寿，甲煎粉相和

香上，闻香用鼻，鼻且能观。[55] 在欣赏艺术时，欣赏者"耳观""目听"，听觉、视觉等器官彼此借用，不分界限，类似近代社会出现的心理学和美学中的"通感"现象。可见古代出现的"六根互用""诸根互用"的说法为近代理论所证。

和诗第二首说，以文人书斋中的熏香，作为内心表露的回应。明窗之下看书，字显得小，难以看清，苏轼50多岁，已觉得老眼昏花。当时他正受挫于黄州，笔下的文字间不免露出伤感。当一炷香烧尽时，个中妙意尽是心境的平静，或象征精神上的熄灭而升华，或欲隐居世外之意，即使暂时不能，对苏轼而言，已半生身老，唯剩"心闲"。苏轼在面对困境时，借助闻香，消解当下，随运自适，求得即使是暂时的心灵自由。诗中一句"一炷烟消火冷"，透露出苏轼闻香的情景，点燃一炷香，往往可以闻很长时间。这般日常的闻香形式，好友小聚而品香参禅，自制合香，款待友人，以示尊重，这也是宋代文人繁花似锦的精神生活的标配。

苏轼与黄庭坚的香事交往，成了香文化史上的著名事件。香是雅物，朋友来往，以制香款待友人，做成合香相互欣赏评价，都是由闻香引申出的雅事。再比如，送香也被看作是宋人送礼文化中的高雅之举，犹如前文提及送水，千里迢迢带上一瓶泉水前来拜友，似清风吹至。送水、送香（特别是自制的合香），要是延续到今天，说不定能改变送礼讲究排场、铺张浪费的陋习。宋代文人龚明之在《中吴纪闻》中写了一则故事《姚氏三瑞堂》，记载了一桩苏轼与姚淳以香为礼的逸闻。《中吴纪闻》是龚明之晚年口述、其子龚昱整理的一部随笔集，主要记录的是吴中地区的掌故。《姚氏三瑞堂》记述："阊门之西，有姚氏园亭，颇足雅致。姚名淳，家世业儒，东坡先生往来必憩焉。姚氏素以孝称，所居有三瑞堂，东坡尝为赋诗云：'君不见董召南，隐居行义孝且慈。天公亦恐无人知，故令鸡狗相哺儿，又令韩老为作诗。尔来三百年，名与淮水东南驰。此人世不乏，此事亦时有。枫桥三瑞皆目见，天意宛在虞鳏后。惟有此诗非昔人，君更往求无价手。'东坡未作此诗，姚以千文遗之。东坡答简云：'惠及千文，荷雅意之厚。法书固人所共好，而某方欲省缘，除长物旧有者，犹欲去之，又况复收邪？'固却而不受。此诗既作之后，姚复致香为惠。东坡于《虎丘通老简》尾云：'姚君笃善好事，其意极可嘉，然不须以物见惠也遗已领其厚意，与收留无异。

实为它相识所惠皆不留故也。切为多致，此恳。'[56] 予家藏三瑞堂石刻，每读至此，则叹美东坡之清德，诚不可及也。"[57]

此文记述了苏轼在苏州的故事。苏轼到苏州，时常会住在好友姚淳家里。姚淳以孝闻名，范成大《吴郡志》卷十四记："（三瑞堂）在阊门以西枫桥，孝子姚淳所居，家世业儒，以孝称。"姚淳建造的三瑞堂就是为了纪念祖先的功德。他请苏轼品题，苏轼为之赋诗，颂扬了姚氏的孝道。为此，姚淳"以千文遗之"，又要奉上价值昂贵的惠香。但苏轼既不受千文之酬，也不受八十罐香，后人皆叹"东坡之清德"。宋代文人送香被视作雅事，苏轼却婉拒，为何？显然是沉香名贵，原本稀少，一下子赠送这么多，苏轼不愿接受。苏轼这般的行为也影响了很多人，包括他的弟子。以香作礼，反映了宋代文人生活的清雅部分，而时常赠送贵重的沉香，那就容易滋生礼品贵重与否的攀比之风。若赠送合香，往往是制香人生活方式的体现，显示了清雅、简约之风，闻香人更看重喧嚣在外的平宁之心，如此香事，求的是清德。

4. 缪篆纹起烟缕

苏轼写给弟弟的诗《子由生日、以檀香、观音像及新合印香银篆盘为寿》："旃檀婆律海外芬，西山老脐柏所薰。香螺脱黶来相群，能结缥缈风中云。一灯如萤起微焚，何时度惊缪篆纹。缭绕无穷合复分，绵绵浮空散氤氲，东坡持是寿卯君。君少与我师皇坟，旁资老聃释迦文……国恩当报敢不勤，但愿不为世所醺。尔来白发不可耘，问君何时返乡枌，收拾散亡理放纷。此心实与香俱焄。闻思大士应已闻。"诗的前面部分提到了可以做合香的材料，上文已做了分析。接下来要讨论的是合香制成后以什么形式闻香？苏轼明确描写的是篆香。合香做成粉末后，经过打香调理，再嵌入印香银篆盘里点燃。"如萤"是微火，所以叫作"微焚"，这是点燃篆香的典型特征。"缪篆纹"，摹刻印章的香纹，也称摹印篆，即篆香。"卯君"指苏辙，己卯年生。"君少与我师皇坟，旁资老聃释迦文"，作者回顾兄弟俩的生平，在家以父为师，父亲苏洵对道释经籍很有研究，常让儿子一起读，可以看出苏轼一生崇奉道学，事出有因。

第三章

香道：银篆盘为寿，甲煎粉相和

"乡枌"，乡即家乡，枌指枌榆社，刘邦故里的土地神祠。后世以"乡枌"代指家乡。我们何时一起回故乡，再一起闻闻香？"焄"同"熏"，熏炙。此刻论香，就不局限于香事，还蕴含着闻香悟道，显示了兄弟俩一致的性情趣味。

诗中提到的篆香（即印香），是古代香事活动中的一个重点，其复杂的过程和仪式，主要体现在雅静的氛围、精致与细腻的手势、缓慢的流程以及虔诚心之中。诗的开头几句，提到的"旃檀""婆律""香螺脱黡"，皆为做合香的香料。这些香料经过缓慢有节奏地拌合调打，接着填入印香银篆盘中，制作"缪篆纹"，整个填入的合香线条必须光滑、松软一致、密度一致，其精致的制作流程也是香道仪式的重要部分。点燃后，"缭绕无穷合复分，绵绵浮空散氤氲"。焚篆香，关键是不能断线，呈现缭绕无穷、绵绵不尽的状态，这也是检验香事质量的方法。苏轼在《哨遍·春词》中也写到了篆香讲究追香逐丝，连绵不断："睡起画堂，银蒜押帘，珠幕云垂地。初雨歇，洗出碧罗天，正溶溶养花天气。一霎暖风回芳草，荣光浮动，掩皱银塘水。方杏靥匀酥，花须吐绣，园林排比红翠。见乳燕捎蝶过繁枝。忽一线炉香逐游丝。昼永人间，独立斜阳，晚来情味。""银蒜"，银质蒜形帘坠。早晨起来，用银蒜将帘子押上，饰有珠玉的帷幕云一般触到地面。正好雨停歇，天空碧绿，像被洗过一样，暖洋洋的天气，适合花卉生长。暖风吹过，芳草再生，正是好时光。池塘泛起银色的涟漪，花蕊吐绣，嫩燕飞过了茂密的树林。词的重点是"忽一线炉香逐游丝"，此刻正点燃着篆香，一线游丝连绵追逐，香烟袅袅。夏日的白天，一个人独自凝望着斜阳，闻着篆香，体会着傍晚时光的慢慢到来。篆香，是由一根香线组成的篆字，点燃一头，游丝般燃烧，似在追香，这个追逐的过程，又起计时作用。这类细篆香由极小的颗粒组成，之前得经过打香的过程，要求纤弱匀细，不能有丝毫杂质。香粉调打得越细，香品越好。这是香道仪式中的重要阶段，过程寂寞枯燥，调打的手势要不停地变化，正向打、逆向打，目的是使香颗粒均匀分布，最后出香时的香味才能前后一致，初学者很难做到，非香道高手所不能为。细烟随篆字走，非常雅致。

所谓"缪篆纹"，是篆香形象化的说法。《汉书·艺文志》："六体者，古文、奇字、篆书、隶书、缪篆、虫书。"其文屈曲延伸缠绕成图，故摹印章，此处就指篆香。

制作篆香过程复杂，很耗工夫，香粉嵌入银制的篆盘里，要达到"缪篆纹"的观赏效果，不仅要求线条光滑，还要疏密均匀，满足视觉审美要求。最为紧要的，是香粉线条的整体质量，要保证在屈曲缠绕、流畅松软、糯滑无杂质的情况下，焚香逐丝到尽头，不能断香，才算香道仪式的结束。要是断了香，表明事先打香不到位，或是技术不熟练，手势不匀，分拣不细，甚至偷工减料，才致使杂质颗粒混在里面，造成香粉颗粒分布不匀，阻断了香火。断头烟还达不到计时的目的。篆香，最初的功能是计时，于唐宋时期流行，主要用于佛寺诵经计时。《古今合璧事类备要》描写了篆香的使用方法："镂木以为之范，文准十二辰，分百刻。凡然一昼一夜，于饮席或佛像前。"[58] 填入香末，像拓字，故也称拓香。点燃，从头到尾一气呵成。洪刍《香谱》"百刻香"说："近世尚奇者，作香篆，其文准十二辰，分一百刻。凡然一昼夜巳。"[59] 古人将一昼夜划分为百个刻度，用作计时，篆香还称百刻香。"文"，纹饰。"然"，通燃。百刻的篆香可燃烧一昼夜，除了计时，还是文人雅士玩香的常见形式。香印模设计巧妙，常见的印字，有福、禄、寿等，篆体要是设计得千绕百回，则是更胜一筹。要观赏效果佳，又要萦环游丝逐香不断，这确实很难，尤其是把几种名贵的香料进行调和、打细，其不急不躁、缓慢调打的过程，似在禅修悟道。合香粉调打完毕，填入香印模，有几种方法。一种是承底兜接，翻覆脱出印模，类似翻砂工艺。不过翻砂容易，翻印模则难，原本面积小于巴掌，又因篆线纤细，不能轻易翻动，容易断印。另一种篆香的玩法，是把香粉填入镂空的篆印模具，这种方法稍晚才出现。填入香末后，提起模具同样困难，需之前的道道工序到位，提模才会顺利。其难点主要在于，游丝线条必须处处压得紧实，才能保证提模时不影响香印线条两边的光滑，使得燃火逐香后不至于间断。香粉拌和打匀是难点，篆印模具质量同样紧要，浅口工艺得精细，香线小心填入，起模时又光滑脱落，要是有粘连，断裂了，则前功尽弃。

由此可见，篆香不仅仅在于玩，更是养性修身的训练，要把一盘篆香从起初的点位燃到终点，需要优质香材与精致的香具，制香过程中更需要充分的定力、耐力、腕力，以及深刻领会香道的核心在于人与神的沟通，起恭敬意，香事得心，进而开启睿智。

在另一首名词《满庭芳·香靉雕盘》中，苏轼也着重描写了篆香："香靉雕盘，

第三章
香道：银篆盘为寿，甲煎粉相和

寒生冰箸，画堂别是风光。主人情重，开宴出红妆。腻玉圆搓素颈，藕丝嫩、新织仙裳。双歌罢，虚檐转月，余韵尚悠扬。人间，何处有，司空见惯，应谓寻常。坐中有狂客，恼乱愁肠。报道金钗坠也，十指露、春笋纤长。亲曾见，全胜宋玉，想像赋高唐。""雕盘"，雕刻图案的篆香印盘，随着香粉嵌入印盘，篆线被填塞得线条光滑整齐，点燃后香烟缭绕起来。而此刻天气酷冷，屋檐上的冰柱抽出寒气，倒成就了特别的风光。主人情意重，展开宴席招待来宾，红装素裹的歌女款款出现，圆润洁白的颈项，穿着的美裙质地藕丝般纤细，唱完歌曲，月亮转过房檐，余音缭绕。这些描写，似乎语意双关，从歌女纤纤身材、仙裳飘动，到悠扬的余音，都可以想象闻香的场景。篆香线条做得纤细，打香又匀柔，以至能升腾出袅袅轻烟，如藕丝一般细嫩。要是篆香的各道工序做得不到位，那么起烟往往浓烈，时而烟丝断裂，就不会有纤细连绵的轻柔之感，也无"余韵悠扬"。词的下片赞叹了歌女，哪来这天仙一般的美貌？这可不是那种司空见惯的美，而是非比寻常。此刻，歌女突然金钗坠地，她便弯腰去拾，从衣袖里伸出了纤长细嫩的手臂，十指尖尖，如春笋一般细嫩。这突然的小插曲，使得故事的叙述突起波澜，读者的视线瞬间集中在此，强化了这种无与伦比的美。这种美，可能超越了宋玉《高唐赋》中描写的巫峡神女。苏轼对歌女手指的描写，又像是在呼应篆香的千绕百回、婀娜婉转。

苏轼描写篆香的诗词不少："灯花结尽吾犹梦，香篆消时汝欲归。搔首凄凉十年事，传柑归遗满朝衣。"（《上元夜过赴儋守召独坐有感戊寅岁》）"闭门群动息，香篆起烟缕。觉来烹石泉，紫笋发轻乳。"（《宿临安净土寺》）

篆香对于宋代文人而言，应是日常闻香的形式，比较普遍（图3-15）。"黄庭两卷伴身闲，盘篆香残日未残。泛泛孤身似萍叶，始知天地不胜宽。"（陆游《杂题》）"草木扶疏春已去，琴书萧散日初长。破羌临罢楷颐久，又破铜匜半篆香。"（陆游《北窗》）其他诗人也不少："宝篆香沈。锦瑟尘侵。"（朱敦儒《行香子》）"碧雾暗消香篆半……雨过不知春事晚。"（王之道《蝶恋花》）"宝

图3-15 篆香

篆烟消香已残。婵娟月色浸栏干。"（赵长卿《鹧鸪天》）

5. 独沉水为近正

宋代文人风行闻篆香，篆香中常见的香材，就是沉香。从苏轼诗文中可以发现，有关香材，提到较多的是沉香，描写也较深入。沉香种类很多，屈大均在《广东新语》中将沉香分为十多种，比如蜡沉、水沉（沉水）、生结、伽楠、鸡骨香等。[60]

苏轼是玩香高手，自能分辨各类香的特点。他并不刻意追求沉香的级别，香对于他，首先是修行，与其他文人所好相类。只要条件允许，住处稍稍落定，就会专门辟出香室或书房之类的地方。他在诗词中经常提到沉香："柿叶满庭红颗秋，薰炉沉水度春籥。"（《睡起》）"绿槐高柳咽新蝉，薰风初入弦。碧纱窗下水沈烟，棋声惊昼眠。"（《阮郎归·初夏》上阕）窗外，槐树、柳树之间的蝉鸣戛然而止，初夏的风伴着弦歌传来，绿色的纱窗下，沉香的轻烟袅袅，恰好是昼眠时，却被隔壁的下棋声惊醒。"水沈"，即水沉、沉水，沉香的一种。"闻道双衔凤带，不妨单著鲛绡。夜香知与阿谁烧。怅望水沈烟袅。云鬟风前绿卷，玉颜醉里红潮。莫教空度可怜宵。月与佳人共僚。"（《西江月·闻道双衔凤带》）这首词也出现了"水沈"。再比如"西阁珠帘卷落晖，水沉烟断佩声微。"（《九日，舟中望见有美堂上鲁少卿饮，以诗戏之》）"夜烧沉水香，持戒勿中悔。"（《和陶拟古九首》）"深宫无人春日长，沉香亭北百花香。美人睡起薄梳洗，燕舞莺啼空断肠。"（《续丽人行》）这首诗描写了沉香茶汤等一派出尘、随运自适的景观，食罢茶瓯，一榻清风，清凉自在，人卧回廊有沉香相伴，听水流响有飞蚊鬓鸣："陶令思归久未成，远公不出但闻名。山中只有苍髯叟，数里萧萧管送迎……食罢茶瓯未要深，清风一榻抵千金。腹摇鼻息庭花落，还尽平生未足心。日射回廊午枕明，水沉销尽碧烟横。山人睡觉无人见，只有飞蚊绕鬓鸣。"（《佛日山荣长老方丈五绝》）"沉香作庭燎，甲煎粉相和。岂若炷微火，萦烟袅清歌。"（《和陶拟古九首》之六）此诗自注："朱初平、刘谊欲冠带黎人，以取水沉耳。"沉香拌合着甲煎粉，甲煎，又名甲香。《世说新语》记载："石崇厕常有十余婢侍列，

第三章
香道：银篆盘为寿，甲煎粉相和

皆丽服藻饰，置甲煎粉、沉香汁之属，无不毕备。又与新衣著令出，客多羞不能如厕。"此文献注："甲香膏，用作唇脂的方香软膏。用一种产于江南水边形似蜗牛的软体动物叫做'甲香'的甲或盖，磨碎，和以药草，或再加沉香、麝香之类，浸渍在蜂蜡中制成。"[61]

苏轼《沉香石》这样描写："壁立孤峰倚砚长，共疑沉水得顽苍。欲随楚客纫兰佩，谁信吴儿是木肠。山下曾逢化松石，玉中还有辟邪香。早知百和俱灰烬，未信人言弱胜强。"诗的上半部分描写沉香生长的环境，以及沉香的来之不易。沉香外形类似"壁立孤峰"，这是指沉香脱落时的形态。沉香结香一般有虫漏、脱落、土沉、水沉等几种形态，其中脱落之形类似孤立的山峰。沉香也被当作装饰品，佩在身上。"百和"，即指合香。苏轼的学生李之仪也爱玩沉香，写了一首《次韵东坡沉香石诗》："海南枯朽插天长，岁久峰峦带藓苍。变化那知斫山骨，仪刑空只在人肠。"[62]

苏诗中的"辟邪香"，或许指安息香？洪刍《香谱》载："安息香，《酉阳杂俎》云出波斯国，其树呼为辟邪。树长三丈许，皮色黄黑，叶有四角，经冬不凋。二月有花，黄色，心微碧，不结实。刻皮，出胶如饴，名安息香。"[63]"叶廷珪云：（安息香）出三佛齐国，乃树之脂也。其形色类胡桃瓤，而不宜拎烧，然能发众香，故多用之以和香焉。"[64]虽有相关文献，但从这些安息香的资料看不出与玉有什么关系。另外还有一个解释，唐代笔记小说集《杜阳杂编》中有唐肃宗赠送李辅国辟邪香玉的论述："肃宗赐李辅国香玉辟邪，玉之香可闻数里……"[65]辟邪，原意指辟邪驱恶，存在于一切趋吉避灾的文化活动中。另指古代传说中的神兽，如貔貅等。辟邪香，是说香能够辟邪，这符合古代养生学中香能清身祛毒的说法，这里似乎指一种能够辟邪的香玉，即诗题中的沉香石。玉为石之美者，但这香玉或沉香石是如何形成的，其意不明。

苏轼被贬儋州后，赠送沉香山子给弟弟，还写了一篇《沉香山子赋》。沉香产地很多，但这一篇赋专门写海南沉香，可谓珍贵。此赋可说是苏轼对海南沉香认识与研究的集大成之作，也是论述沉香与人格品性关系的经典作品。

闻香是苏轼的日常雅事，有时只是点上一炷香，闻之静心而已，正如他在《养生诀》中所说的，闻香冥思、打坐握固、闭息内观、调息漱津，是他的日常功课，主要

苏轼别传
茶道　香道　器道

是养生静息、修心养炼。有时又不止于身心，更重精神，使得他性格上愈加坚韧而豁达，对这个世界的认知上升到哲学与宗教层面。从此意义上说，香是明志的媒介，而沉香更具有象征意义。

《沉香山子赋》是一篇很长的赋。苏轼被贬海南，这里是中国乃至世界最著名的产香地之一。沉香是宋朝文人书房的常备清供。文人无香不书房，但要接触到好香，难，遇到高级的沉香，更难。苏轼一生中最惨、也是最后的经历就是落难海南，却意外有机会亲近这稀世珍宝，似乎是冥冥之中的撮合，香中精品对应人之英杰，两者偶遇，自是因缘。而此刻苏辙也身陷逆境，苏轼为了抚慰与勉励他，给弟弟赠送了一尊沉香山子。这显然有隐喻在其中，即把人生比作沉香。这不仅是对弟弟的身心体贴，更上升到对人性的终极关怀。赋云：

"古者以芸为香，以兰为芬，以郁鬯为祼，以脂萧为焚，以椒为涂，以蕙为薰。杜衡带屈，菖蒲荐文。麝多忌而本羶，苏合若芗而实荤。嗟吾知之几何，为六入之所分。方根尘之起灭，常颠倒其天君。每求似于仿佛，或鼻劳而妄闻。独沉水为近正，可以配薝卜而并云。矧儋崖之异产，实超然而不群。既金坚而玉润，亦鹤骨而龙筋。惟膏液之内足，故把握而兼斤。顾占城之枯朽，宜爨釜而燎蚊。宛彼小山，岌然可欣。如太华之倚天，象小孤之插云。往寿子之生朝，以写我之老勤。子方面壁以终日，岂亦归田而自耘。幸置此于几席，养幽芳于帨帉。无一往之发烈，有无穷之氤氲。盖非独以饮东坡之寿，亦所以食黎人之芹也。"

赋中的沉香，专指品质卓越的海南沉香。用沉香做成的山形，即山子，作为陈设品，常用作案头清供。

中国最有名的沉香在海南。宋代以前，特别是在宋代，沉香大量耗用，以致供不应求，于是邻国诸如越南、柬埔寨等国的沉香进入了中国市场，作为对主流海南沉香的补充。《沉香山子赋》开篇就描写多种香草，如草本植物，常用于书房的菊科草本芸香，幽香淡远又可入药的兰草，秋初开红花的香草植物蕙兰，树皮中夹有树脂的苏合，生香草可入药的杜蘅，香味浓烈可供观赏的菖蒲等，都是古代常见的熏香材料。"以芸为香"，芸是一种有名的香草，芸草能驱蠹虫，藏书者常用芸草

第三章
香道：银篆盘为寿，甲煎粉相和

入书页内，书房遂雅称芸斋。"以郁鬯为祼"，酒不加盖，香气溢出。郁鬯，《辞海》："酒名。用黑黍酿造，再捣煮郁金香草调和而成。"古代用于祭祀或敬客。《礼记·礼器》："诸侯相朝，灌用郁鬯。""以脂萧为焚"，萧，草本植物名，即艾蒿。《诗经·王风·采葛》："彼采萧兮。"《诗经·大雅·生民》中："载谋载惟，取萧祭脂。"脂萧，指膏脂和萧艾调和在一起的香料。"以椒为涂，以蕙为薰"，椒与蕙，都指芳草。《诗经·陈风·东门之枌》："视尔如荍，贻我握椒。"是说向喜欢的人赠送芳草。椒，植物名。椒房，汉代后妃所住的宫殿，用椒和泥涂壁，取其温暖有香。蕙，芳草名。《离骚》："余既滋兰之九畹兮，又树蕙之百亩。""杜衡带屈"，杜衡，香草名。屈原《九歌·山鬼》："被石兰兮带杜衡，折芳馨兮遗所思。"

苏轼认为这些香草做成的香料，常闻令心智颠倒不清。"常颠倒其天君"，以致鼻子嗅而不辨，"或鼻劳而妄闻"，不如沉香温润味正，"独沉水为近正""实超然而不群"。沉香有着许多独特之处，首先其香味纯正淡雅，更接近文人的审美，常闻之，益身心。"嗟吾知之几何，为六入之所分"，沉香"矧儋崖之异产，实超然而不群。既金坚而玉润，亦鹤骨而龙筋。惟膏液之内足，故把握而兼斤"。苏轼对海南沉香的描写类似于香道大家丁谓对海南沉香所叙："或有附于柏栟，隐于曲枝，蛰藏深根；或抱真木本；或挺然结实，混然成形……夫如是，自非一气粹和之凝结，百神祥异之含育，则何以群木之中，独禀灵气，首出庶物，得奉高天也？"[66]

以龙筋鹤骨比喻海南沉香外观的肌理效果，其质"金坚"又"玉润"。海南沉香名冠天下的原因：质地细、手感润、膏液内足、脂润外观。苏轼对海南沉香不吝赞美之词。接着笔锋一转，"顾占城之枯朽，宜爨釜而燎蚊"，这里是说占城出产的沉香不如海南产的，只能用来烧火煮饭，熏蚊虫。占城沉香，也是古已有之，但在北宋时地位不高。海南沉香优质在先，其他的自然不及。这表明当初的玩家都认可海南沉香之首席地位。海南沉香自汉代就开始流行，到了隋唐时期一直在香事活动中占主流地位。到了宋朝，海南沉香资源枯竭，真腊、占城等地的沉香接踵而至。可见，"爨釜而燎蚊"，可能是作者的夸张，占城沉香不会这么差。当时等级在海南沉香之下的占城、真腊沉香，也登上了南宋香事的主流地位。到了二十世纪乃至今天，越南、柬埔寨沉香也几乎被开采殆尽。

"宛彼小山,巉然可欣。如太华之倚天,象小孤之插云。往寿子之生朝,以写我之老勤。子方面壁以终日,岂亦归田而自耘。"描写了小巧玲珑的沉香小山,上倚晴天,插入云霄。以这可爱的山子,祝贺你的生日,表达我的厚意。你每日面壁读书,还会想着种田的农事吗?"幸置此于几席,养幽芳于帨帉。无一往之发烈,有无穷之氤氲",把这尊沉香置放在床头,让它的幽香陪伴着你,其绵延不绝,会给你无尽的力量。香之芬芳暗合了人之品德,以香为寿礼,君子比德以香,再合适不过。最后说,既要品饮东坡献与的寿酒,还要尝尝百姓家的野菜食品。总之,以沉香的品质自况,无论落难何处,即使万念俱灰,也不能断了沉香芬芳的传递。沉香形成于树木受伤糜烂聚集的树脂,或埋于土中,长年发酵,则称土沉;落于水中,则称水沉;历经昆虫、细菌虫咬经年转化结成之香,称虫漏。沉香树结香还有熟结、生结之分,前者是指树木枯死并受伤处糜烂聚集树脂而结香,后者是指树木健在,伤口系人工所致糜烂聚集树脂结香而成。可见沉香历经多样创伤,遍尝风吹雨打、天灾人祸,犹似一位长者,虽垂垂老矣,外表腐朽,内里却暗芳自绽、清幽淡雅,香播人间。人们因而恭敬极是,奉为神物,视其为大地合香,集日月之精华。沉香之香,是虫咬伤病腐结转化中,劳筋伤骨、木质变异,最终蚌病成珠,其香乃出,寓意涅槃新生也。[67]

苏辙读到兄长这篇寿赋后,十分感动,海南沉香向来稀少,兄长如何能得到如此珍贵的沉香山子?海南沉香的特别之处在于"非如琼管皆深峒,黎人非时不妄剪伐,故树无夭折之患,得必皆异香"。海南沉香自然生长,当地人不任意砍伐,发酵时间最充分,形成特殊的香味,远胜于其他种类的沉香,成香中翘楚,供不应求。[68]宋人这样认为,到了明代也以为然:"苑香出占城者,不若真腊,真腊不若海南黎峒,黎峒又以万安黎母山东峒者冠绝天下。谓之'海南沈,一片万钱'。"[69]

苏辙热情洋溢地回赠《和子瞻沉香山子赋》,前有小序:"仲春中休,子由于是始生。东坡老人居于海南,以沉水香山遗之,示之以赋曰:以为子寿。乃和而复之。"其词曰:"我生斯晨,阅岁六十。天凿六窦,俾以出入。有神居之,漠然静一。六为之媒,聘以六物。纷然驰走,不守其宅。光宠所眩,忧患所迮。少壮一往,齿摇发脱。失足陨坠,

第三章
香道：银篆盘为寿，甲煎粉相和

南海之北。苦极而悟，弹指太息。万法尽空，何有得失。色声横鹜，香味并集。我初不受，将尔谁贼。收视内观，燕坐终日。维海彼岸，香木爱植。山高谷深，百围千尺。风雨摧毙，涂潦啮蚀。肤革烂坏，存者骨骼。巉然孤峰，秀出岩穴。如石斯重，如蜡斯泽。焚之一铢，香盖通国，王公所售，不顾金帛。我方躬耕，日耦沮溺。鼻不求养，兰芷弃掷……奉持香山，稽首仙释。永与东坡，俱证道术。"[70]

有关苏辙和赋，《苏颍滨年表》云："元符元年戊寅二月，轼以辙生日，有《沉香山子赋》赠辙，辙和以答之。"子由和作见《栾城后集》卷五。[71]

苏辙的赋的起头与结尾部分，感叹人生恍惚，瞬间就到甲子，已现不堪的样貌。"齿摇发脱""失足陨坠"，真是人生如梦，一切皆是浮云，"万法尽空，何有得失"。赋中部分描写了沉香的来龙去脉、性状特征。"维海彼岸，香木爱植。山高谷深，百围千尺。"点明了出产地在南海彼岸等地，以及那里山高谷深的生长环境。"风雨摧毙，涂潦啮蚀。肤革烂坏，存者骨骼"，沉香内部生长的物理过程，经风雨摧打，受虫咬腐烂，终骨骼尚存，形成了"如蜡斯泽"的外貌特征。"焚之一铢，香盖通国，王公所售，不顾金帛。"王侯将相不惜重金购买收藏。"鼻不求养，兰芷弃掷"，兰草、白芷之类的香草，就不值得鼻嗅闻玩了。赋的最后，感慨因与兄长志趣同好，就一起研究香道吧。同样，这里说的香道，不只是身体层面的赏闻，更是精神层面的炼养。

苏氏兄弟两篇赋都集中描写了沉香，表明当时的沉香在文人玩香中的重要性。特别是苏轼的赋，堪称描写沉香文化的代表作。古代有关沉香的文献记载甚多，其中丁谓之的《天香传》给海南沉香的分类对后世产生了很大影响："香之类有四：曰沉、曰栈、曰生结、曰黄熟。其为状也，十有二，沉香得其八焉。曰乌文格，土人以木之格，其沉香如乌文木之色而泽，更取其坚格，是美之至也；曰黄蜡，其表如蜡……"[72]明代的《香乘》也大致承袭了古文献的描述："木之心节署水，则沈故名沉水，亦曰水沈，半沈者为栈，香不沈者为黄熟香。南越志言：'交州人称为蜜香。谓其气如蜜脾也，梵书名阿迦嚧香。'香之等凡三，曰沈、曰栈、曰黄熟是也。沉香入水即沉，其品凡四，一曰熟结乃膏，凝结自朽出者。二曰生结，乃刀斧伐仆膏结聚者。三曰脱落，乃因木朽而结者。四曰虫漏乃因蠹隙而结者。生结为上，熟脱次之，坚黑为上，黄色次之……"

范成大《桂海虞衡志》:"琼州崖万琼山定海临高,皆产沉香,又出黄速等香。"《大明一统志》:"香木所断岁久朽烂,心节独在,投水则沉。同上,环岛四郡以万安军所采为绝品,丰郁酝藉,四面悉皆,翻烬余而气不尽,所产处价与银等。"《续博物志》:"琼崖四州在海上,中有黎戎国,其族散处无酋长,多沉香药货。孙升设困水沈出南海,凡数种。外为断白、次为栈、中为沉。"[73]这些文献材料对沉香的生结、熟结、脱落、虫漏等分类以及海南沉香的特点,做了权威的描述。

6. 闭阁烧香一病僧

香在古代常作药物,称之香药。人们通常理解的闻香能养生,经现代科学研究,其原理是香药透过呼吸道、皮肤的吸收,药性进入体内,起到疏肝理气、通经开窍、安神助眠以及驱臭除秽的效果。闻香养生对提升生命质量起到积极的作用,应归属生命科学的范畴。

有专家研究,《黄帝内经》最早将"香薰"作为一种治疗疾病的方法,称"灸疗""香疗"。芳香疗法从广义上是指用含有芳香的药物来预防和治疗疾病,包括内服外用。应用芳香药物通过嗅觉器官或皮肤吸收而起到预防和治疗疾病的作用,属于外治法,其常见的方法有嗅鼻法、香佩法、香身法、环境香气法等。《香乘》中有以香薰的方法治疗疾病的介绍,如沉香行气止痛、温中止呕、纳气平喘;檀香理气和胃、散寒止痛;安息香开窍醒神、行气活血;龙脑香可治疗闭证神昏、目赤肿痛。现代香薰形式多样,如香氛蜡烛、香薰灯、香薰沐浴、精油香皂等。在治疗抑郁症方面,专家们发现给患者应用香薰疗法可以降低焦虑的程度,这是因为特定的芳香精油(如薰衣草、天竺葵)可以影响脑电波,从而引起行为的改变。此外,在一位高龄阿尔茨海默病患者综合能力的训练过程中,联合香薰抚触对其进行护理,获得了良好的疗效,原因是香薰精油为小分子结构,通过皮肤按摩能很快吸收,信息传递到脑部,使大脑前叶分泌出内啡肽和脑啡肽两种荷尔蒙,让患者精神舒适,不仅有利于安抚患者的焦虑情绪,改善睡眠质量,同时还能促进血液循环,排出体内毒素,增强免疫力。[74]

第三章
香道：银篆盘为寿，甲煎粉相和

中医专家张大宁在中央电视台《中华医药·闻香祛病》栏目（2018年6月9日）中曾说，闻香祛病，香药能起到既治标又治本的作用。从中医的角度看，香能驱邪辟秽，活血行气，通经开窍，因此能够防病养生，疗疾治病。《神农本草经》："香者，气之盛，正气盛则除邪辟秽也。"古代医药学家华佗、孙思邈、李时珍都曾用闻香疗法治过病。《西京杂记》记载，汉成帝的皇后赵飞燕用琥珀做枕头，目的是摄取芳香，美容养颜，驱邪防疫。陆游曾有使用菊花香枕的习惯，以达到调理身体的目的，他在《剑南诗稿》中写道："余年二十时，尚作菊枕诗。采菊缝枕囊，余香满室生。"古人比较常见的是佩戴香药袋，如香囊（容臭）、香包、香袋等，民间有"戴个香草袋，不怕五虫害"之说。文人雅士、大家闺秀常戴香囊，风流偶傥，优雅动人。

在古代，闻香养生被人们广泛接受，因为整个过程非常愉悦。这种愉悦的闻香治疗同样被今人青睐。随着现代生活节奏的加快和工作压力的增大，人们开始寻求与之匹配的健康的生活方式，简便易行的香薰疗法开始受到人们的关注，其闻香养肤、理气排毒、安定神经系统等特殊疗效，尤为受欢迎。

苏轼闻香，在于调养性情，有时也用来治病，求得身体的放松。他在诗词中有不少描写，每当生病，就会闻香。"月入秋帷病枕凉，霜飞夜簟故衾香。"（《明日重九亦以病不赴述古会再用前韵》）"草没河堤雨暗村，寺藏修竹不知门。拾薪煮药怜僧病，扫地焚香净客魂。"[《是日宿水陆寺寄北山清顺僧二首（其一）》]"新年乐事叹何曾，闭阁烧香一病僧。"（《和陈传道雪中观灯》）"西风初作十分凉，喜见新橙透甲香。迟暮赏心惊节物，登临病眼怯秋光。"（《初自径山归述古召饮介亭以病先起》）"公退清闲如致仕，酒余欢适似还乡。不妨更有安心病，卧看萦帘一炷香。心有何求遣病安，年来古井不生澜。"（《臂痛谒告作三绝句示四君子》）"先生病不饮，童子为烧香。"[《和鲜于子骏郓州新堂月夜》（其一）]

苏轼的《次韵钱舍人病起》："坐觉香烟携袖少，独愁花影上廊迟。何妨一笑千痾散，绝胜仓公饮上池。"诗歌开头几句，用了几个典故，这些典故暗示生命长短自有命定。苏轼认为，当身体不适时，不妨平常心面对，安下心来闻香静坐才是好的选择。闻香能使人静思现实，化解生活中的困惑，平常心面对生活中难测的福祸，胜过扁鹊用圣水来治病。

苏轼生病时闻得较多的是柏子香。"铜炉烧柏子，石鼎煮山药。一杯赏月露，万象纷酬酢。"（《十月十四日以病在告独酌》）柏子香在古代常用，其制作也被认为最简便，《陈氏香谱》中只有一句话："柏子实（不计多少带青色未破未开者）右以沸汤焯过，细切，以酒浸，密封七日，取出阴干爇之。"[75]

柏子带青色，未开破，新鲜柏子随意采集，到处都是，可广泛使用，又不破坏环境。柏子简单加工即可成香，如直接磨成粉做成香丸后在香炉内熏烤，能起到清心安神的作用，此法最为简便。或以闷香方式闻香，准备一小炉香灰，把烧透的小炭饼埋入其内，上置云母、钱币之类的隔火片，再将柏子撒上即可，炭火慢慢熏烤香味即散发而出。唐宋时期，柏子香十分流行，常见于寺庙与道观。寺庙与道观周围，往往柏树林立，因此取材十分容易。铜炉静焚柏子，是香火之地的常见景观，清修静坐，和谐一体。诗中的画面显示了出尘山客的清风气质，而围绕着他的铜炉、柏子、石鼎、山药、月露等，皆是大自然的馈赠。人的生老病死，实属平常，而能深切体会到人与自然融会一体，非常人所能为。柏子随处可见，容易被人忽略，然而其朴实无华，反而显示出气质不凡。柏树因其健壮挺拔，凛然迎风，如此结香，更为历代文人青睐。魏晋时期的嵇康就在《养生论》中说："虱处头而黑，麝食柏而香。"是说虱子寄生在头发里，会使发色变黑。雄鹿吃了柏子容易生成麝香，表明了麝香与柏子的关系。宋代梅尧臣在《寄题终守园池》中说："老柏麝不食，古色侵青冥。"是说柏树要年轻，柏子要新鲜，才能溢出好香。唐代诗人唐彦谦《题证道寺》："弯环青径斜，自是野僧家。满涧洗岩液，插天排石牙。炉寒余柏子，架静落藤花。记得逃兵日，门多贵客车。"

苏轼以香养身治病，有一则故事。他自述被贬黄州后，为养家糊口，欲在黄州东南30里地的沙湖购地建屋，前往途中遇雨得风寒，请人用方剂调理，却不见好转，之后名医庞安常上门来探病。庞安时是一位医道高人，《伤寒总病论》的作者，被誉为"北宋医王"，一些文献中也将其记为"庞安常"。他见苏轼脸色晦暗、身子无力，号脉后，将苏轼安顿入睡，叫学徒拿来用稻草等制作的"烟把"，用脚踩实，撒上一层药末，

第三章
香道：银篆盘为寿，甲煎粉相和

药末是用几十味中药材研磨而成，据说是安息香。关上门，虚掩窗。苏轼睡了一觉，翌日清晨起床，到户外活动筋骨，只觉得身心轻松，病乃痊愈。苏轼称他"神医神香"。[76]

《陈氏香谱》这样描述安息香："《本草》云：'出西戎，树形似松柏，脂黄色为块。新者亦柔韧，味辛、苦、无毒，止心腹恶气、鬼疰。'"《酉阳杂俎》云："（安息香）出波斯国，其树呼为辟邪。树长三丈许，皮色黄黑，叶有四角，经冬不凋。二月有花，黄色，心微碧，不结实。刻皮出胶如饴，名安息香。"[77]

有关苏轼前往黄州东南途中得病，肩臂肿痛，巧遇庞安时之事，也有书信记录。"因视臂肿，云非风气，乃药石毒也。非针去之，恐作疮乃已。遂相率往麻桥庞家，住数日，针疗。寻如其言，得愈矣。"[78] 孔凡礼的《苏轼年谱》中写道："得臂疾，往麻桥庞安时（安常）家治疗，留数日，愈。安时尝求书字，书之，安时赠李廷珪墨。《文集》卷五十三《与陈季常》第三简叙往安时家治臂疾。卷七十三《单庞二医》：'元丰五年三月，予偶患左手肿，安常一针而愈。'"[79]

另一篇短文也记录了相似的内容，先是把庞安时的医术与蜀医单骧相比，前者的医术似乎更为高超。庞安时针对臂膀肿的医治方法也是采用针疗："蜀人单骧者，举进士不第，顾以医闻。其术虽本于《难经》《素问》，而别出新意，往往巧发奇中，然未能十全。仁宗皇帝不豫，诏孙兆与骧入侍，有间，赏赉不赀。已而大渐，二子皆坐诛，赖皇太后仁圣，察其非罪，坐废数年。今骧为朝官，而兆死矣。尔来黄州邻邑人庞安常者，亦以医闻，其术大类骧，而加以针术绝妙……骧、安常皆不以贿谢为急，又颇博物通古今，此所以过人也。元丰五年三月，予偶患左手肿，安常一针而愈，聊为记之。"[80]

苏轼在黄州因病结识庞安时，两人性情类似，遂成好友。他在一则短文里这样写道："蕲州庞安常，善医而聩。与人语，在纸始能答。东坡笑曰：'吾与君皆异人也。吾以手为口，君以眼为耳，非异人而何。'"[81]

闻香对疾病康复有疗效，古典文献上说了不少，苏轼同时代不少诗人也认可闻香能调节性情、愉悦身心。"下帷听雨声，开户延月色。霏霏半篆香，湛湛一池墨。徐行舒血脉，危坐学踵息。吾闻诸先贤，养生莫如啬。"（陆游《东斋杂书》）陆游说

苏轼别传
茶道 香道 器道

闻香能舒血脉，写字时闻香，心情大好，半篆香点完，一池墨也用完，相当有效。"毫盏雪涛驱滞思，篆盘云缕洗尘衿。"（陆游《梦游山寺》）闻香能净化环境、净化心怀。"风传芳信，晓色便清霁。帘幕护春寒，篆香温、笙簧韵美。"（丘崈《蓦山溪》）闻香能使性情平和美好。"睡起朦腾小篆香。素纨轻度玉肌凉。"（陈允平《浣溪沙》）闻香让人精神爽利清凉。"院落深沉，池塘寂静。帘钩卷上梨花影。宝筝拈得雁难寻，篆香消尽山空冷。"（洪迈《踏莎行·院落深沉》）"寂寂禅林绕篆香，长廊古殿总虚凉。"（郭印《陪元允大受游天宁寺诗》）在禅林寺院闻香，更有一种超凡脱俗的清凉感。"风帘交翠篆香飘。却暑卷轻绡。最好佳辰相近，寿觞对饮连宵。"（侯置《朝中措·风帘交翠篆香飘》）在夏天，闻香更使人神清气爽、清凉却暑。

古代文献中还有一个记载，据说闻香有一个特别的功效，就是返魂。苏轼有诗《岐亭道上见梅花戏赠季常》："蕙死兰枯菊亦摧，返魂香入岭头梅。数枝残绿风吹尽，一点芳心雀啅开。"唐朝诗人张祜在《南宫叹亦述玄宗追恨太真妃事》诗中写道："何劳却睡草，不验返魂香。"唐朝诗人韩偓的《湖南梅花一冬再发偶题于花援》中也有类似的句子："玉为通体依稀见，香号返魂容易回。"

返魂香是传说中的一种香，据说点燃后能引导人见其亲人亡灵。"司天主簿徐肇，遇苏氏子德哥者，自言善为返魂香，手持香炉，怀中取一帖白檀香末，撮于炉中，烟气袅袅直上，甚于龙脑。德哥微吟曰：'东海徐肇欲见先灵，愿此香烟，用为引导，尽见其父母、曾、高。'德哥曰，死经八十年已上者，则不可返。"[82]

单从字面上理解，返魂香很容易让人想到一些迷信观念，有传说性质；其实这可能是一种由多种植物制成的来自西域的香药。张骞出使西域，促进了中西方贸易的发展，香料贸易也日益频繁。"延和三年，武帝幸安定。西胡月支国王遣使献香四两，大如雀卵，黑如桑椹。""香气闻，数百里，死者在地，闻香气乃却活，不复亡也。以香熏死人更加神验。"[83] 汉武帝时，西域月支国遣使进献返魂香，大如雀卵，黑如桑椹，点燃后，临死的病人闻香就能活过来。此说有些夸张。不过用多种植物制成的合香，香气浓郁，能飘很远，要是得了疾病的人昏厥过去（古人以为死亡），闻到此类合香能活过来，也不无可能。凡遇到这类记载，死者所闻的，古人皆称之为返魂香。《香

第三章
香道：银篆盘为寿，甲煎粉相和

乘》记载："长安城内病者数百，亡者大半，帝试取月支神香烧于城内，其死未三月者，皆活。芳气经三月不歇，于是信知其神物也。"[84]

《香乘》一书影响很大，但这条长安城内瘟疫病人死而复活的记载未必可信。要是只说长安城内瘟疫流行，昏厥的人不少，几天间闻香而醒，这还是可信的。有关返魂香，民间文献多有记载。之后也可能传到日本，日本《源氏物语》四十八回中有记载：大女公子与二女公子相拥哭泣，想念去世的父亲，大女公子渴求中国古代的返魂香，希望与父亲灵魂相见。

从以上的材料可见，古人相信闻香能使人清静出尘、性情温和，且对养身、治病有益，因而历代文人风行闻香养生，也遗存了不少香具（图3-16）。古代香材非常丰富，药用价值大同小异。其中有关沉香的药用价值，古代记载很多。香学专家叶岚对之做了筛选：

沉香性味：辛、苦、温。《海药本草》："味苦、温、无毒。"《本草纲目》："咀嚼香甜者性平，辛辣者性热。"

沉香归经：入肾、脾、胃经。《本草经疏》："入足阳明、太阴、少阴，兼入手少阴、足厥阴经。"《药品化义》："入肺、肾二经。"

沉香功效：降气温中，暖肾纳气。《药品化义》："纯阳而升，体重而沉，味辛走散，气雄横行，故有通天彻地之功……总之，疏通经络，血随气升，凡属痛痒，无不悉愈。"《本草通玄》："沉香，温而不燥，行而不泄，扶脾而运行不倦，达肾而导火归元，有降气之功，无破气之害，洵为良品。"《本草述》："按诸香如木香之专调滞气，丁香之专疗寒气，檀香之长理上焦气，皆不得如沉香之功能，言其养诸气，保和卫气，降真气也。"《珍珠囊》："补肾，又能去恶气，调中。"《本草新编》："沉香，温肾而通心，用黄连、肉桂以交心肾者，不若更为省事，一药而两用之也。"《本经逢源》："沉水香专于化气，诸气郁结不伸者宜之。温而不燥，行而不泄，扶脾达肾，摄火归原。"《大同药物学》："沉香之辟邪强志，益气和神，聚木之精，得气之全，具质之重，合色之黑，准性理以推治功，显而易见，无待言也。"《本草求真》："沉香，辛温，体重色黑，落水不浮，故书载能下气坠痰；气香能散，故书载能入脾调中；

图3-16 宋、明香具

色黑体阳,故书载能补火、暖精、壮阳。"[85]

7. 德仁明者佩玉,行清洁者佩芳

  苏轼被发配南方儋州不久,忽闻弟弟苏辙也被贬到南方的雷州。郁郁寡欢的他,又惊又喜,这大约是老天给予兄弟俩最后见面的机会。同胞相思难相逢,共为天涯沦落人,见面总是幸事。这次见面,兄弟俩颇为伤感,皆预感将是生离死别。这样的时刻,

第三章
香道：银篆盘为寿，甲煎粉相和

固然可以相拥而泣，苏轼却收敛哀伤，随即一番精神鼓励，充满兄长之爱、手足之情。苏轼想安慰弟弟，毕竟弟弟还年轻，得激活他的生存意志，让人从艰难的困境中走出来。给弟弟说什么呢？好像该说的都说了，于是他赠送弟弟一尊沉香山子，作了一首《沉香山子赋》，千言万语都在里面。苏轼给予弟弟的自然不只是一块香料，更是体恤与勉励，希望弟弟看重其意蕴，关注沉香的精神之道。

沉香是植物遭遇了创伤，或水沉或倒沉，或历经虫咬雨撕种种磨难之后，积岁月沧桑，聚天地精华，形成了深色浓烈、皮质皲裂又油腻、没有美感的腐烂树皮形状，溢出的却是超凡脱俗的淡雅清新之香味，这真是天下最为奇异的现象，是大自然极致的造化。如此奇异，造就沉香为天下第一号名贵香材，其寓意深藏，象征意味特殊。沉香所显示的寓意，仿佛一首祭歌，却能开拓未来，一边挽叹生命的终结，一边又激励人们百般修炼，修炼到一定程度，便成沉香，看似腐烂，却能溢香。芸芸生命得以传承，是一种永恒。这正是苏轼赠送沉香山子的寓意。

苏轼一生的修炼总是很务实，并非只在精神世界的上空飘浮，而是时常落地。沉香给予的实在接地气，即把坎坷的现实当作修炼。兄弟俩曾途经一家破旧的饮食店，过了这家店没有其他村，他俩很饿，没有选择，只能将就。弟弟明明饥肠辘辘，却无法咽下这难吃又脏兮兮的面食。哥哥却不，饥来则食，端碗就吃。这情景可以联想到他被贬惠州时，躺在竹椅上就能呼呼入睡，还写诗记录："报道先生春睡美，道士轻打五更钟。"可见，苏轼佛道的修为已经炉火纯青，到了随心所欲、随运自适的境地。弟弟看着哥哥吃饱后心满意足的样子，心里泛出的不知是喜还是悲，但明白哥哥的良苦用心，暗叹自身修为不如兄长。之后，黄庭坚听了这个故事，说老师在践行佛法。生活中的任何艰难都是一种磨砺。其实苏轼践行佛法、自觉修行的例子很多。他曾遇到自己被捕入狱时一个凶狠的小吏，小吏惶恐不安；他收到章援（曾是苏轼的学生）恳求老师原谅他的父亲章惇的信件，他都一笑了之。苏轼还宽恕了一名罪犯，此罪犯叫吴味道，因屡考不中，同乡人凑了两百匹麻纱让他带到京城去卖，作为住宿考试的盘缠，但从福建赶往京城，沿途要抽税。他便冒名称是苏轼委托自己带麻纱给苏辙的，不料恰巧遇到出知杭州的苏轼；苏轼起了怜悯之心，没揭穿他，还认可他的冒名顶替。

苏轼别传
茶道 香道 器道

苏轼给弟弟送沉香,自然也有修行、以香明志的寓意。

《诗经》《离骚》里面描写过很多香草,这些香草通常不只是当普通的植物来描写,还是一种明志的象征。西汉刘向《说苑·谈丛》:"十步之泽,必有香草;十室之邑,必有忠士。"刘向的这句名言,象征意味明显。东汉文学家王逸《离骚》序:"《离骚》之文,依《诗》取兴,引类譬喻,故善鸟、香草以配忠贞。"唐朝诗人卢纶的诗句:"佳人比香草,君子即芳兰。宝器金罍重,清音玉珮寒。"(《送尹枢令狐楚及第后归觐》)宋代诗人江休复:"所思在遐方,欲往路阻修。香草有蕙茝,嘉树有梧秋。"(《秋怀》)戴复古:"香草汀洲付骚客,红莲幕府聚名流。"(《长沙呈赵东岩运使并简幕中杨唯叔通判诸丈》)苏舜钦:"楚客留情著香草,启期传意入鸣琴。"(《依韵和王景章见寄》)梅尧臣:"香草叶常碧,本生岩涧边。佳人昔所爱,移植堂阶前。"(《麦门冬内子吴中手植甚繁郁罢官移之而归不幸》)而苏洵则更明确,把香草比作君子:"骚人足奇思,香草比君子。况此霜下杰,清芬绝兰茝。气禀金行秀,德备黄中美。古来鹤发翁,餐英饮其水。但恐蓬蘱伤,课仆加料理。"(《菊花》)

香草,与沉香之类的结香原理不同,但都是大自然的馈赠。沉香、香草的叙述与意义的延伸,通常成为古代士大夫追求精神生活的最后归宿,以香草自喻,淡泊明志。一个人来到这个世界,时不时地经受挫折,要是能一路挺过来,把人生的遭际当作磨炼,当作一种修炼,最终还能坚持初心,是很不容易的。如同香草,出污泥而不染,无论生长与消亡,香味如一。

屈原,可能是中国历史上最早也最为有名的以香草自喻的诗人。其《离骚》呈现出的各类香草,寓意显然。古代士大夫借香草表示洁身自好,暗示纵然周遭晦暗,我自芬芳依然,这是君子该有的性情。香草与人皆来自自然,这符合《齐物论》的思想,万物与我同生,我与自然同在。除了香草,古代士大夫还佩戴美玉。玉石,也是一种象征,"君子无故,玉不去身"。香草与玉,观念上同类。玉,也为自然之精灵。大自然到处都是石头,石之美者为玉。玉之无瑕、坚韧、沉稳、滋润等特点,反映了附丽于君子之身的品德。古代士大夫常常把戴玉与佩香看作一个整体。佩玉也明志,君子比德以玉,孔子在《礼记·聘义》中说:"昔者君子比德于玉焉,温润而泽,仁也。"

第三章
香道：银篆盘为寿，甲煎粉相和

就是说君子德操能类比玉，玉色温润，质地坚硬，暖而有光，是仁的表现。玉还有很多品性："坚而不蹙，义也；廉而不刿，行也；鲜而不垢，洁也；折而不挠，勇也。"玉，原本像一块顽石，散落乡间野外，无人识荆。《诗经·卫风·淇奥》中："有匪君子，如切如磋，如琢如磨。"君子的形成，就像要获得美玉一般的品质，须经切、磋、琢、磨，石头才会变美玉。美玉与香草一样，是君子修行的媒介，言行的圭臬。

屈原以香草自喻，后代文人大多以屈原为先驱，面对喧嚣没落的世道，临风而立，特立独行，持有君子之风。君子风范的含义在西方也风行，人们崇尚真正的贵族，定具备独立修身、芳香自我的品德。香对于古代士人而言，又是风流倜傥的代名词。东汉名士荀彧，平日很注重外表，香不离身，风度翩翩。这跟当时流行佩戴香物的风俗有关，人们相信容臭（即香囊）佩戴于身，除了清身，还会赢得尊敬。荀彧爱香，是明志的衍生，表现在言行上，看重的是精神上的品质。他爱香的名声传开，因曾为尚书令，人称荀令，又雅称"荀令香""令君香"，此称又用来形容人风采高雅。《三国志》中对荀彧有描写："清秀通雅，有王佐之风，然机鉴先识，未能充其志也。"有关荀彧爱香的故事，不少文献有记载，如《香谱》《古今合璧事类备要》等。"刘季和性爱香，常如厕，还辄过香炉上。主簿张坦曰：'人名公作俗人，不虚也。'季和曰：'荀令君至人家，坐席三日香。比我如何？'坦曰：'丑妇效颦，见者必走。公欲遁走邪？'季和大笑。"古代一个叫刘季和的人爱香，上完厕所也要熏香。张坦说他果然是俗人。刘季和说自己远不及荀彧，荀彧所到之处，香气三日不散。[86]

有关"荀令香""令君香"，不少古诗有提及。"满酌胡姬酒，多烧荀令香。"（张正见《艳歌行》）"遥闻待中佩，暗识令君香。"（王维《春日直门下省早朝》）"云飞凤台管，风动令君香。"（李百药《安德山池宴集》）"桥南荀令过，十里送衣香。"（李商隐《韩翃舍人即事》）"鄂君绣被朝犹掩，荀令熏炉冷自香。"（钱惟演《无题三首之一》）"花炉谢家妓，兰偷荀令香。"（白居易《奉和裴令公新成午桥庄绿野堂即事》）"岩下清阴引兴长。坐中初识令君香。"（刘一止《鹧鸪天》）苏轼的一首《次韵王晋卿奉诏押高丽燕射》中也写道："北苑传呼陛楯郎，东夷初识令君香。天山自可三箭取，海国何劳一苇航。宣劝不辞金碗侧，醉归争看玉鞭长。锦囊诗草勤

苏轼别传
茶道 香道 器道

收拾，莫遣鸡林得夜光。"此诗起句出现的"陛楯郎"，原意是指执楯立于殿陛两侧的侍卫，守护皇家园林，其勇武的气息，与"令君香"蕴含的风流倜傥相类。"三箭取"，是说薛仁贵领兵击突厥于天山，发三矢，射杀三，虏皆降。大将军三箭定天山，武艺盖世，英名远扬。"一苇航"，语出《诗经·卫风·河广》："谁谓河广，一苇杭（即航）之。"一苇者，指捆苇草当小筏，代称小舟。"金碗"，言其贵重、隆重，让人联想到壮士行军前的举碗豪饮。"玉鞭长"，也很容易以此捕捉到威严武士的形象。可见全诗的主要内容都在描述勇士的风采，符合古代士大夫一体两面的性格特征，一则以香洁身，另则当国家濒危时，他们也会身佩三尺宝剑前往报效国家。

　　古人以香明志，看重的是其精神气质，比如古代诗文中常见的香草玉簪。玉簪，又名白萼、白鹤仙，顶生总状花序，花白色，筒状漏斗形，因其花外形似头簪而得名，头簪自是最为重要的部位装饰。玉簪花苞质地娇嫩，花色如玉，幽香四溢，所有的这一切，皆跟古代君子的风范相符，因而被古人钟爱，成为著名的香花。不仅如此，西方学者爱德华·谢弗研究，原产中国的玉簪，1789年传入欧洲后立即风靡起来。[87] 玉簪，洁白温润、清雅脱俗，为古代文人骚客所青睐，仕途不顺的文人用来自喻，表明自己像玉簪般情操高尚。唐代诗人罗隐多次科考失败，却不愿巴结权贵以求进身之阶，遂写诗嘲讽不公的世道，《玉簪》："雪魄冰肌俗不侵，阿谁移植小窗阴。若非月姊黄金钏，难买天孙白玉簪。"雪魄冰肌的玉簪植于小窗，卓然独立，世俗难侵，以明操守。还比如菊花，是大诗人陶渊明的最爱，诗作多有颂扬，最让人联想的是清风淡月的君子风度："采菊东篱下，悠然见南山。"莲花，也受诗人垂青。莲花是草本植物，喜欢在池塘、湖沼的浅水中生长。周敦颐《爱莲说》很出名："莲，花之君子者也。噫！菊之爱，陶后鲜有闻。莲之爱，同予者何人……予独爱莲之出淤泥而不染，濯清涟而不妖，中通外直，不蔓不枝，香远益清，亭亭净植，可远观而不可亵玩焉。"显然，如此津津乐道的描述，是以此自喻。陈子昂在《感遇》中歌咏兰花："兰若生春夏，等萧何青青。幽独空林色，朱蕤冒紫茎。迟迟白日晚，袅袅秋风生。岁华尽摇落，芳意竟何成？"兰秀于众芳，自然易遭暴风打击。

　　以上所描述的香草也频繁出现在苏轼的诗文中，由此引发的内在含义也类似于上

第三章
香道：银篆盘为寿，甲煎粉相和

面所列诗人的所感所想。"入袂轻风不破尘。玉簪犀璧醉佳辰。一番红粉为谁新。"（《浣溪沙·端午》）"汤饼一杯银线乱，萎蒿如箸玉簪横。"（《过土山寨》）"荷尽已无擎雨盖，菊残犹有傲霜枝。"（《赠刘景文》）"菰蒲无边水茫茫，荷花夜开风露香。"（《夜泛西湖》）"曲港跳鱼，圆荷泻露，寂寞无人见。"（《永遇乐》）"明朝端午，待学纫兰为佩。"（《殢人娇·或云赠朝云》）"纫兰为佩"诗意取自屈原作品，因其佩戴香草以示志向高洁，同时也表明宋代仍有佩戴香草或香囊的习惯。

在《和子由记园中草木十一首》中，苏轼描写了芎䓖、白芷、江蓠等香草，"芎䓖生蜀道，白芷来江南""楚客方多感，秋风咏江蓠"。苏轼在两首诗中提到了芍药具有的风流气质："芍药樱花两斗新。名园高会送芳辰。洛阳初夏广陵春。"（《浣溪沙·芍药樱花两斗新》）"倚竹佳人翠袖长，天寒犹著薄罗裳。扬州近日红千叶，自是风流时世妆。"（《赵昌四季芍药》）在《六月二十七日望湖楼醉书五首》中苏轼这样形容杜若："献花游女木兰桡，细雨斜风湿翠翘。无限芳洲生杜若，吴儿不识楚辞招。"此诗的灵感来自屈原的《九歌·湘夫人》："搴汀洲兮杜若，将以遗兮远者。时不可兮骤得，聊逍遥兮容与！"植物学家潘富俊在《楚辞植物图鉴》中对芎䓖、江蓠、芍药、杜若等香草做过描绘：芎䓖除了食用，一则是药，有活血行气止痛之效，另则可做香料。其苗叶被称为江蓠、江离、蘼芜等。芎䓖，古人常将其置阴凉处风干，配药或做成香囊随身佩戴，增加体香，显示德行。魏武帝有诗云："蘼芜香草，可藏衣中。"芎䓖在《楚辞》中被列为香草，以喻君子。"扈江离与辟芷兮"，白芷在《楚辞》中出现最多，白芷含挥发油、多种香豆素及其衍生物。王逸云："行清洁者佩芳，德仁明者佩玉，能解结者佩觿，能决疑者佩玦，故孔子无所不佩。"可见孔子时常佩香戴玉。《礼记·内则》记载，古时父母长辈常赏赐家族妇女饮食、布帛及茝兰（白芷），白芷可能是古代主要的香草植物。芍药，又称留荑、留夷等，芍药香气浓郁，历来被视为香草。古时男女惜别常互赠芍药，因此又名"将离"。杜若，即杜衡、马蹄香，有特异的辛香气味，在古代也是诗人寄寓情感的一种香草。

苏轼对有的香草会做重点关注，如《西江月·真觉赏瑞香二首》："公子眼花乱发，老夫鼻观先通。领巾飘下瑞香风。惊起谪仙春梦。""后土祠中玉蕊，蓬莱殿后鞓红。

此花清绝更纤秾。把酒何人心动。"这两首诗作于元祐六年（1091），福建路转运判官曹铺(字子方)来了，苏轼陪他雪中游湖，龙山真觉院的瑞香花开了，他们前去赏花。[88] 瑞香，又称睡香、蓬莱紫、风流树等，瑞香科瑞香属植物。诗中描写了瑞香的香气奇特，刺激人的感官。"鼻观"即观鼻端白，佛教修行法之一。鼻观冥想，佐以闻香养性，从闻香提升到修心的层面。《刁景纯赏瑞香花忆先朝侍宴次韵》一诗中也描写了瑞香："上宛夭桃自作行，刘郎去后几回芳。厌从年少追新赏，闲对宫花识旧香。"《陈氏香谱》中"南方花"条说："梅花、瑞香、酴、蜜友、栀子、茉莉、木犀及橙、橘花之类，皆可蒸。"[89] 这里是说古人用瑞香等香花与沉香一起蒸沉而成的熏香产品。苏轼还重墨描写海棠，香草明志的寓意明显："东风袅袅泛崇光，香雾空蒙月转廊。只恐夜深花睡去，故烧高烛照红妆。"（《海棠》）此诗写于1080年被贬黄州时，诗句浅显易懂。"香雾空蒙"写海棠阵阵暗香，随后，玉轮转过，照不到了。夜已深，人无寐，易联想，远离江湖，就孤芳自赏吧。还比如月季花，随处可见，文人会夸，布衣也赞。苏轼也写诗赞美月季花的日常与默默无闻："花落花开无间断，春来春去不相关。牡丹最贵惟春晚，芍药虽繁只夏初。惟有此花开不厌，一年长占四时春。"诗意显见，以香草自居，不必远行千里荒野去寻孤高名花，到处能见的路边香草足以明志。春天来临，街头梨花开了："梨花淡白柳深青，柳絮飞时花满城。惆怅东栏一株雪，人生看得几清明。"（《东栏梨花》）梨花常见，却在作者心底引起伤感，人生易逝，春光短促，东栏的一株梨花花期短暂，但依然自清。牡丹也是苏轼喜爱的香花，牡丹栽培甚广，到处能见，写诗赞美者芸芸，出新意难。苏轼的《牡丹》："小槛徘徊日自斜，只愁春尽委泥沙。丹青欲写倾城色，世上今无扬子华。"《雨中看牡丹三首》："雾雨不成点，映空疑有无。时于花上见，的皪走明珠。秀色洗红粉，暗香生雪肤。黄昏更萧瑟，头重欲相扶。"在诗人看来，海棠也好，牡丹也罢，绽放出香，自然会引来虫子叮咬，长得茂盛也会引来寒风吹打，换了季节，自然枯萎。一旦气候适宜、阳光充足，假以时日，又开新花，而早先受伤之处，依着自身的纹理，重新出芽，"花落花开无间断"，实在正常。

苏轼在诗中还描绘过常见的香草鸡舌香、栀子香。"蟾枝不独同攀桂，鸡舌还应

第三章
香道：银篆盘为寿，甲煎粉相和

共赐香。""苏门山上莫长啸，薝蔔林中无别香。"(《景纯复以二篇一言其亡兄与伯父同年之契一言》)鸡舌香，即丁香。上文提到侍中刁存年老口臭，汉桓帝赐鸡舌香令其含之的故事，苏轼等宋代文人在诗中也曾多次描述。"薝蔔"也称"薝卜"即栀子香，产自印度，据传释迦牟尼成道时此花在场，薝卜纹遂与禅宗有关。此香用于禅林，自然颇具深意，香味独特。吉州窑茶盏的纹饰中有一种梅花纹，专家刘新园研究认为，这梅花纹其实是薝卜纹，吉州境内禅寺林立，吉州窑时常为禅林定烧法事用器，这是薝卜在宋代受欢迎的一个证明。宋代其他诗人描述薝卜："芳林园里谁曾赏，薝卜坊中自可禅。"(董嗣杲《栀子花》)"禅友何时到，远从毗舍园。妙香通鼻观，应悟佛根源。"(王十朋《书院杂咏·薝卜》)

苏轼因诗受挫，按理说，受过如此重大打击，应变得乖巧。其父给他起名"轼"。轼原义是车子前的横木，是一个配角，虽不可或缺，但不张扬。或许这正是父亲希望他成为的样子。然而直率坦然却是苏轼的个性，不懂得与当权者妥协或合作。诗文一旦写来，倾吐为快，全赖性情，独立的秉性依然。正如结香的芳草，无论经历怎样的风雨摧残，初心不变。人生一世，历经磨难，清晨还电闪雷鸣、风疏雨骤，入夜却春风细雨、海棠依旧，因此根本无须刻意躲避严寒霜雪。有德行的人，谁不经历一番磨难？没有悲欢离合，岂能称作人生？屈原、苏轼等文人的香草情结，昭示着如此信念：香草志洁，香草时被风吹雨打，坠入泥土，被污染，却改变不了其属性，无论什么样的环境，其始终香气自持。

托物言志，借景抒怀，赋予自然物象以人格，屈原为此开了先河。香草象征着君子的德才，历朝文人心向往之，以屈原为引领，渐渐构建起中国古代文人人格的基本范式。苏轼的出现，更是执着于香草卓尔不群、超凡脱俗、自然天成的秉性，这极大地丰富了自古形成的被后人所崇拜的文人人格风范，苏轼可以说是一个集大成者，在同时代发扬光大，影响一大批文人，又传播历代，泽被千秋，至今余响不绝。

可见，若要触摸古代文人真实的精神状态，岂能置香于不顾？苏轼爱香草、玩香事正是这种香草观的延伸。苏轼来到海南，不幸之中的万幸，接触到了真正的沉香，这是苏轼之福，也是沉香遇到了知音。苏轼与沉香的相遇，可谓人杰地灵，是人与自然的结缘。沉香通过苏轼传芳千里，也是沉香之幸。

在苏轼之前，丁谓对海南沉香做过研究并竭力推广弘扬，首次对沉香作了分类，比如"生香"与"熟香"以及等级的划分，对研究沉香文化起了极大的推动作用，他在《天香传》中的评述流传很广："天上诸天之香，又佛土国名众香，其香比于十方人天之香，最为第一。"[90]丁谓在香文化的研究上当称大家，但与苏轼的独立桀骜相比，高下立现。丁谓在任宰相期间，竭力迎合真宗，大兴土木，对上阿谀奉承，对下专横跋扈，贬黜迫害寇准等人，在历史上留下了"奸臣"的骂名。[91]

在此，我们重温这两句诗："试问岭南应不好，却道。此心安处是吾乡。"（《定风波·南海归赠王定国侍人寓娘》）倘若时常修行，静养得当，无论是居庙堂之高，或处江湖之远，还是远在天涯海角，近在咫尺巷街，这一切都可看作是"外部世界"，只要有自己的"内心世界"，就是安身立命的"吾乡"。苏轼在《问养生》里讨论的"安"与"和"的养生观："余问养生于吴子，得二言焉。曰和。曰安……安则物之感我者轻，和则我之应物者顺。外轻内顺，而生理备矣。吴子，古之静者也。其观于物也，审矣。"[92]在"吾乡"里修炼，坚持不懈地长年赏玩茶香，修习道家内丹养生功法，并成日常的功课，这看似闲玩，实乃正事，不仅能调理，还能促成任运自适、豁达乐观的性格。这些茶道、香道、道家内丹的炼养皆为中国古代文化中的精华，苏轼之后的众多追随者，在学着坦然面对现实，保持独立品格与性情的同时，顺其自然地运用它们化解苦难。道家的清静无为、随运超脱，佛家的空无超然、明心见性，同时又不忘儒家之进取，把这三者统摄在身，为我所用。

这首词之立意颇具现代气息，今人看了，易滋同感。生活在当下，时时处在烦躁状态的人们，如何规避焦虑，又保持性情之独立？展开此诗会发现，近千年前苏轼已经说明白了：修行炼养，心安之处，就是吾乡。到了这般的心安时刻，精神世界会慢慢散发馥郁的香气："我爱幽兰异众芳，不将颜色媚春阳。西风寒露深林下，任是无人也自香。"（薛纲《题徐明德墨兰》）

第三章
香道：银篆盘为寿，甲煎粉相和

注释

[1] 爱德华·谢弗《唐朝的外来文明》，陕西师范大学出版社，2005，第378页。

[2] 程庸：《瓷耀世界》，江西美术出版社，2017，第37-46页。

[3] 爱德华·谢弗《唐朝的外来文明》，陕西师范大学出版社，2005，第378页。

[4] 陈敬：《陈氏香谱》卷四《丁谓之〈天香传〉》，中国书店，2018，第26页。

[5] 谢维新：《古今合璧事类备要》，上海古籍出版社，1992。

[6] 叶岚：《闻香》，山东画报出版社，2011，第135页。

[7] 谢维新：《古今合璧事类备要》，上海古籍出版社，1992。

[8] 刘义庆：《世说新语》，张㧑之译注，上海古籍出版社，2007，第21-22页。

[9] 张国刚、吴莉苇：《中西文化关系史》，高等教育出版社，2006，第114页。

[10] 谢维新：《古今合璧事类备要》，上海古籍出版社，1992。

[11] 《太平御览》卷八，河北教育出版社，1994。

[12] 谢维新：《古今合璧事类备要》，上海古籍出版社，1992。

[13] 周嘉胄：《香乘》，日月洲注，九州出版社，2015。

[14] 陈敬：《陈氏香谱》卷一，中国书店，2018，第17页。

[15] 刘义庆：《世说新语》，张㧑之译注，上海古籍出版社，2007，第583页。

[16] 谢维新：《古今合璧事类备要》，上海古籍出版社，1992。

[17] 刘昫：《旧唐书》卷二二五，中华书局，1975，第3130页。

[18] 《传世藏书·总集·全唐文》，海南国际新闻出版中心，1995，第2039页。

[19] 谢维新：《古今合璧事类备要》，上海古籍出版社，1992。

[20] 爱德华·谢弗《唐朝的外来文明》，陕西师范大学出版社，2005，第209页。

[21] 爱德华·谢弗《唐代的外来文明》，陕西师范大学出版社，2005，第218页。

[22] 爱德华·谢弗《唐朝的外来文明》，陕西师范大学出版社，2005，第212页。

[23] 刘良佑：《香学会典》《做课香事与香席》，东方香学研究会，2003。

[24] 孔凡礼点校《苏轼文集》第二册卷十一《喜雨亭记》，中华书局，1986，第349页。

[25] 贾铭：《饮食须知》，山东画报出版社，2007。

[26] 孔凡礼点校《苏轼文集》卷五十九《与范元长十三首》，中华书局，1986，第1459页。

[27] 洪刍：《香谱》上卷，中国书店，2018，第2页。

[28] 陈敬：《陈氏香谱》卷一，中国书店，2018，第5页。

[29] 周嘉胄：《香乘》，日月洲注，九州出版社，2015。

[30] 孟元老：《东京梦华录》，王永宽注释，中州古籍出版社，2017，第130页。

[31] 洪刍：《香谱》上卷，中国书店，2018，第2页。

[32] 陈敬：《陈氏香谱》卷一，中国书店，2018，第130页。

[33] 孔凡礼点校《苏轼文集》第四册卷五十七《答吴秀才书》，中华书局，1986，第1738页。

[34] 陈敬：《陈氏香谱》卷一，中国书店，2018，第9页。

[35] 周嘉胄：《香乘》，日月洲注，九州出版社，2015。

[36] 陈敬：《陈氏香谱》卷一，中国书店，2018，第5页。

[37] 周嘉胄：《香乘》，日月洲注，九州出版社，2015。

[38] 陈敬：《陈氏香谱》卷一，中国书店，2018，第23页。

[39] 陈敬：《陈氏香谱》卷二、卷三，中国书店，2018，第226-238页。

[40] 陈敬：《陈氏香谱》卷二《苏内翰贫衙香》，中国书店，2018，第14页。

[41] 太平惠民各剂局：《太平惠民和剂局方》，人民卫生出版社，2007。

[42] 陈敬：《陈氏香谱》卷二，中国书店，2018，第13-17页。

[43] 陈敬：《陈氏香谱》卷二，中国书店，2018，第13页。

[44] 孔凡礼点校《苏轼文集》第五册卷七十《书赠孙叔静》，中华书局，1986，第2236页。

[45] 孔凡礼点校《苏轼文集》第六卷《香说》，中华书局，1986，第2370页。

[46] 陈敬：《陈氏香谱》卷二、卷三，中国书店，2018，第42-16页。

[47] 洪刍：《香谱》下卷，中国书店，2018，第11-12页。

[48] 陈敬：《陈氏香谱》卷一，中国书店，2018，第186页。

[49] 陈敬：《陈氏香谱》卷二、卷三，中国书店，2018，第203-301页。

[50] 陈敬：《陈氏香谱》卷二《江南李主帐中香》，中国书店，2018，第11页。

[51] 周嘉胄：《香乘》卷一，九州出版社，2021。

[52] 孔凡礼点校《苏轼文集》第四册卷五十八《与欧阳知晦四首》（其二），中华书局，1986，第1755页。

[53] 孔凡礼点校《楞严经》卷五《佛教十三经》，中华书局，2012，第159页。

[54] 丁福宝：《佛学大辞典》，孔凡礼点校，福建莆田广化寺印行，1990，第2473页。

[55] 孔凡礼点校《楞严经》卷四《佛教十三经》，中华书局，2012，第155页。

[56] 孔凡礼点校《苏轼文集》第五册《与通长老九首》，中华书局，1986，第1877页。

[57] 龚明之：《中吴纪闻》，上海古籍出版社，1986，第28页。

[58] 谢维新：《古今合璧事类备要》，上海古籍出版社，1992。

[59] 洪刍：《香谱》下卷，中国书店，2018，第7页。

[60] 屈大均：《广东新语》，中华书局，1997。

[61] 刘义庆：《世说新语译注》，张㧑之译注，上海古籍出版社，2007。

[62] 李之仪：《姑溪居士集》前集卷四，《文渊阁四库全书》本，第36页。

[63] 洪刍：《香谱》上卷，中国书店，2018，第 4 页。

[64] 陈敬：《陈氏香谱》卷一，中国书店，2018，第 14 页。

[65] 陈敬：《陈氏香谱》卷四《香玉辟邪》，中国书店，2018，第 422 页。

[66] 陈敬：《陈氏香谱》卷四《丁谓之〈天香传〉》，中国书店，2018，第 26 页。

[67] 孙名：《东坡赋译注》，巴蜀书社，1995，第 125 页。

[68] 陈敬：《陈氏香谱》卷四《丁谓之〈天香传〉》，中国书店，2018，第 26 页。

[69] 周嘉胄：《香乘》，日月洲注，九州出版社，2015。

[70] 孙名：《东坡赋译注》，巴蜀书社，1995，第 128 页。

[71] 吴雪涛：《苏文系年略考》，内蒙古教育出版社，1989，第 425 页。

[72] 陈敬：《陈氏香谱》卷四《丁谓之〈天香传〉》，中国书店，2018，第 28 页。

[73] 周嘉胄：《香乘》，日月洲注，九州出版社，2015。

[74] 梁祺、左安娜、刁建新：《中药香薰疗法抗抑郁现状及进展》，《中国中医药现代远程教育》2019 年 2 月上半月刊。

[75] 陈敬：《陈氏香谱》卷三，中国书店，2018，第 14 页。

[76] 许杰：《千古奇香：卫生安息香》，《黄冈日报》，2018 年 7 月 28 日。

[77] 陈敬：《陈氏香谱》卷一，中国书店，2018，第 14 页。

[78] 孔凡礼点校《苏轼文集》《与陈季常十六》，中华书局，1986，第 1565 页。

[79] 孔凡礼：《苏轼年谱》，中华书局，1986，第 536 页。

[80] 孔凡礼点校《苏轼文集》《杂记医药·庞安常善医》，中华书局，1986，第 1341 页。

[81] 孔凡礼点校《苏轼文集》《杂记医药·庞安常善医》，中华书局，1986，第 1341 页。

[82] 谢维新：《古今合璧事类备要》，上海古籍出版社，1992。

[83] 东方朔：《十洲记》，上海古籍出版社，1990。

[84] 周嘉胄：《香乘》，日月洲注，九州出版社，2015。

[85] 叶岚：《闻香》，山东画报出版社，2012，第 235 页。

[86] 谢维新：《古今合璧事类备要》，上海古籍出版社，1992。

[87] 爱德华·谢弗《唐朝的外来文明》，陕西师范大学出版社，2005，第 212 页。

[88] 孔凡礼：《苏轼年谱》，中华书局，2005，第 953 页。

[89] 陈敬：《陈氏香谱》卷一，中国书店，2018，第 148 页。

[90] 陈敬：《陈氏香谱》卷四，中国书店，2018，第 26 页。

[91] 王瑞来《宋代权相第一人》，《河南大学学报（社会科学版）》2009 年 4 月。

[92] 孔凡礼点校《苏轼文集》第五册，卷六十四，中华书局，2005，第 1982 页。

◇ 第四章

器道：摩挲钟鼎，格物静心

苏轼别传
茶道 香道 器道

苏轼闲玩茶香道，自然离不开对茶具、香具等相关器物的鉴玩与收藏。有关他诗词中提到的茶香具品名，在茶道、香道章节有所提及，本章将专门论述。茶道中的器皿，多是瓷质，古代有名的瓷器窑场就有百余座，每年烧造出来的茶具数量巨大，既要满足国内市场，还要不断外销世界各地。茶离不开器皿，喝茶又是最日常的民生。民间有俗语："器是茶之父，水为茶之母。"明代茶专家许次纾说："茶滋于水，水藉乎器，汤成于火，四者相须，缺一则废。"[1] 好水滋养好茶，茶汤色泽往往需借助于器皿的衬托。茶汤煮得是否成功，又取决于火力。这四者相辅相成，说出了茶与水、火、器物之间的依赖关系，缺少一样，都煮不出一碗好茶。因此，爱玩茶道、香道，也需会玩相关的器皿，否则很难体现完整的茶香道。中国唐宋之后各朝各代的茶道、茶会和日本等国的近代茶道，都继承和借鉴了中国唐宋茶道中赏玩茶器古物的仪式（图4-1）。宋代流行点茶，以冲点出洁白细腻的茶沫为上品，这样的茶汤，配以深色的器皿如福建产的黑釉茶盏，色泽对比最是完美。有时也可用类似色泽的精细瓷盏。

苏轼把茶香道与修身养性相结合，把如何煮好茶、闻好香以

图4-1 明 杜堇 《玩古图》 中国台北故宫博物院

第四章
器道：摩挲钟鼎，格物静心

及配佳器，视为一体。除了茶香器，苏轼还涉及其他艺术品类，其赏玩之道类似，诸如赏画、玩砚、研墨、玩铜器。鉴藏赏玩之道，无论何种品类，在他看来都是一种休闲与修行。

1. 诗人笔下的瓷碗和日常用具

苏轼喝茶，用什么样的茶具，自然是看以什么方式喝茶。煎茶、点茶，这两种方式苏轼喝得较多。煎茶所使用的茶具，要求并不严格，茶具色深色浅，没有多少分别。点茶就不同了，得用特殊的茶碗，常用的就是福建产的黑釉茶盏，也是苏轼在诗词中提到较多的瓷器品种。同时代的诗人也这般描绘，可见点茶使用的最主要的器皿是这类黑釉茶盏，已确定无疑。点茶而出的白色乳茶，与黑釉碗的色泽对应，黑白两色，与道家美学理念趋同。蔡襄说："茶色贵白。""茶色白，宜黑盏。建安所造者绀黑，纹如兔毫。"[2] 要说苏轼采用的黑釉茶盏一定是产自福建建窑，那也未必，还得分析具体语境。宋代生产黑釉茶盏的并非只有一个窑场，很多窑场模仿福建建阳的产品。南宋文献《方舆胜览》说："兔毫盏，出瓯宁之水吉。"[3] 宋人风行用黑釉茶盏喝茶，建阳产固然最优，但其产品不可能覆盖全国。各地开始仿造，生产的黑釉茶盏大多受建阳茶盏的影响，这类产品称建窑系产品。建窑生产的茶盏特征显著，比如有兔毫纹、油滴，器型上束口、便于截止茶沫；深腹，便于起茶乳；胎体厚重能保温，因为汤水点茶，端起易烫手，故要胎体厚。蔡襄说："其坯微厚，熁之久热难冷，最为要用。出他处者，或薄或色紫，皆不及也。其青白盏，斗试家自不用。"[4] 蔡襄是北宋茶道大家，他的这个说法，表明斗茶只有建窑黑釉茶盏最为合适，其他同时期的黑釉茶盏只适合日常喝茶，不宜斗茶。如青白瓷，其色泽不符，且胎薄，茶汤烫手，不能用来斗茶。明代许次纾也说："茶瓯，古取建窑兔毛花者，亦斗碾茶用之宜耳。"[5] 明初曹昭《新增格古要论》："古建窑，器出福建，其碗盏多撇口，色黑而滋润，有黄兔斑、滴珠大者真，但体极厚，少见薄者。"[6]

建窑系的产品大多不如建窑生产的，但毕竟实用为上，还是很受欢迎的。全国生

苏轼别传
茶道　香道　器道

产黑釉茶盏的窑口很多，光福建就有很多窑场模仿建阳茶盏，如南安窑、宁化窑、闽侯窑、泰宁窑、福州窑、南平窑、福清窑等。建阳黑釉茶盏生产地在闽北，闽北地域更有不少窑场因近水楼台，生产的同类产品质量不错，如茶洋窑、建瓯窑、遇林亭窑、邵武窑、光泽窑等。福建邻近省市以及朝北发展，至少有几十座窑场在生产黑釉茶盏，其中河南最多，有鲁山窑、郏县窑、宝丰窑、宜阳窑、密县窑、修武窑、登封窑等；山西有怀仁窑、长治窑、平定窑、浑源窑、介休窑等；还有湖南的岳阳窑、耒阳窑，四川重庆窑，以及河北磁州窑等。黑釉茶盏在宋代产量非常之大，佐证了宋代喝茶之风以及斗茶风俗的盛行。

苏轼使用的茶具，在不少诗歌中写得很明确，比如："明窗倾紫盏，色味两奇绝。"（《游惠山》）点茶的步骤通常这样：在深腹状的黑釉茶盏里放上刚刚磨碾好的茶粉，随即用开水冲泡。"倾"指倒水。"紫盏"，即兔毫盏，是宋代建窑黑釉茶盏中的系列品种之一，最具代表性。茶盏之所以设计成黑釉带兔毫纹的，可能是为了打破黑釉的沉闷感，遂在黑釉表面呈现花纹。黑釉上的兔毫，或许原本是一种窑变，不经意地奇象浮现，仿佛天体流星穿梭，这种美术效果自然被保存了下来。在器皿上模拟天体自然纹理的做法，也符合宋代理学的概念。同时期诸多窑口的纹饰呈现出星空天体、自然万状的理趣，绝不是偶然现象，这些呈现天道自然之美的纹饰，很显然与宋代风行的程朱理学相关。程朱理学，北宋程颢、程颐始创，至南宋朱熹集为大成，主张万事要遵从自然规律，自然中的道高于一切，传统儒学中原本的"天命"观被遵从自然规律的"天理"所取代。[7]宋代理学充满了开放的姿态，融合儒释道三位一体的思想，讲究天人合一。宋朝理学由此生发的"理趣"具有普遍性。大自然充满了规律和趣味，顺理得趣。宋代哲学的理趣常被运用到器物上来，比如建窑还有油滴纹，状如满天星，其他窑口如蓝天晚霞的钧窑，黑釉玳瑁斑。以木叶贴花表现秋叶变黄飘落的吉州窑，色如白玉凝脂的影青瓷，质地碧玉一般的龙泉窑，以及让人联想到冬日大地冰裂纹理的哥釉裂纹等。人们在使用这般理趣盎然的器物时，容易感应自然界的声音、状态，进而产生恭敬之心。理趣一说，最早见于宋人包恢《答曾子华论诗》："古人于诗不苟作，不多作。而或一诗之出，必极天下之至精，状理则理趣浑然……"[8]状万物之理，

第四章
器道：摩挲钟鼎，格物静心

趣味便可意会，便可凸显。清人史震林在《华阳散稿》中说："理有理趣，景有景趣。趣者，生气与灵机也。人与物两两相望，互生理趣……天人合一。"[9]

黑釉茶盏产生这些纹饰的物理原因，是在高温状态下，釉中的铁离子发生了运动变化，产生窑变，如呈现雨丝状的筋脉，均匀细密，纤柔绵长，状如兔子身上的毫毛，故称"兔毫"，除此之外，还有金兔毫、银兔毫、蓝兔毫，以及铁离子浮在表面宛如满天星星的"油滴"等（图4-2）。对于这些品种，人有所好，各取所需，宋徽宗赵佶喜欢建盏上的兔毫："盏以青绿为贵，兔毫为上。"[10]

苏轼《送南屏谦师》中的诗句在描写点茶的同时，也写到了茶具，"忽惊午盏兔毛斑，打作春瓮鹅儿酒"，使用的茶盏正是黑釉兔毫建盏。不过和上面描写的黑釉茶盏略有不同，多了"毛斑"两字。兔毫是自上而下呈现流动状的线条纹，而黑釉釉面呈现的点点白色斑块，通常叫"斑点"，黑釉茶盏带斑点，就是有名的品种"黑釉茶盏鹧鸪斑"。这个"毛斑"应该指的是鹧鸪斑。这类品种难烧，因此建窑产品遗留下来的兔毫纹居多，鹧鸪斑等品种较少。鹧鸪鸟的羽毛多为紫赤相杂的条块纹，外观类似鹌鹑、沙鸡胸前密布的白点圆珠。鹧鸪斑、兔毫纹的出现，打破了纯黑的凝重，使得乌黑的釉生动起来。陶谷《清异录》中说："闽中造盏，花纹类鹧鸪斑点，试茶家珍之。"[11]唐代鲁山窑黑釉瓷器，就用蓝斑、白斑来点缀，丰富了黑釉瓷器的审美感受。这类色泽表现的器物，接近道家美学的范畴，黑色也常为古代皇家所钟爱。[12]上文提到的"明窗倾紫盏，色味而奇绝"，其特别之处是用黑釉建盏饮茶，在味觉、视觉上都给人奇绝的感受，特别是茶盏紫黑，茶汤乳白，两者有趣的搭配正如蔡襄在《茶录》所说："茶色白，宜黑盏。建安所造者绀黑，纹如兔毫，最为要用。"[13]诗中短短两行，紫黑的茶盏，雪白的茶沫，黑白相对，隐含着大道

图4-2 宋 建窑油滴盏

苏轼别传
茶道 香道 器道

至简、阴阳相合的道家思想。"紫盏",虽然没有明说是建盏,但一般特指建窑茶盏。再比如"银瓶泻油浮蚁酒,紫碗铺粟盘龙茶。"(苏轼《兴龙节侍宴前一日微雪与子由同访王定国小饮》)"明日南山春色动,不知谁佩紫微壶。"(苏轼《章钱二君见和复次韵答之》)上述两首诗中的"紫碗""紫微壶",也可以推测为同类的瓷器,"紫碗"显然和"紫盏"同类。"紫微壶"的称呼不太明确,有可能指相类的黑釉壶。黑釉壶属于立件,工艺复杂,制作难度大,多见施釉不匀,釉薄处有时泛褐,时常被看作是紫色。如定窑中的褐色、酱色,俗称紫定。

宋人诗词中类似的描写不少,如"轻淘起,香生玉尘,雪溅紫瓯圆"(米芾的《满庭芳·咏茶》),"兔毫紫瓯新,蟹眼青泉煮"(蔡襄《北苑十咏·试茶》),"黄金碾畔绿尘飞,紫玉瓯心雪涛起"(范仲淹《和章岷从事斗茶歌》)。诗中提到的"紫盏""紫瓯"可能都是一个意思,就是形容黑釉茶盏。有学者说诗中的"紫盏"可能指紫砂器皿,其实不然,唐宋没有用紫砂器皿来泡茶的记载。通常认为,紫砂茶器出现在明代正德、万历年间,并被典籍文字与出土文物所证明。宋代流行点茶,茶汤以白色为流行,这种色泽的茶汤很难在紫砂器皿上显示对比、凸显美感。茶盏与茶汤的黑白对应,白色色泽是否柔美,又是宋代斗茶中的关键环节。黑釉茶盏时常被用"紫色"形容,还有一个文学修辞的原因,有时更凸显诗意。

苏轼描写茶盏的诗词还有:"汤发云腴酽白,盏浮花乳轻圆。"(《西江月·茶词》)"红焙浅瓯新活火,龙团小碾斗晴窗。"(《记梦回文二首并叙》)一个"盏"一个"瓯",出现在茶汤"花乳轻圆""龙团小碾斗晴窗"的斗茶语境里,就是指黑釉茶盏。

同时代很多文人都描写过黑釉茶盏,表明用此类茶器喝茶代表了宋代的主流。黄庭坚的《西江月》:"龙焙头纲春早,谷帘第一泉香。已醺浮蚁嫩鹅黄。想见翻成雪浪。兔褐金丝宝碗,松风蟹眼新汤。无因更发次公狂。甘露来从仙掌。"此诗描写了好茶、好水与好茶盏,通过点茶,可打出上好的雪白茶汤。"兔褐金丝宝碗"就是对兔毫茶盏的描写。宋徽宗赵佶的《宣和宫词》:"螺细珠玑宝合装,玻璃瓮里建芽香。兔毫连盏烹云液,能解红颜如醉乡。"苏辙《次韵李择以惠泉答章子厚新茶二首》:"蟹眼煎成声未老,兔毛倾看色尤宜。枪旗携到齐西境,更试城南金线奇。""兔毛"

第四章
器道：摩挲钟鼎，格物静心

就是指黑釉茶盏上的兔毫纹。欧阳修的《和梅公仪尝茶》："溪山击鼓助雷惊，逗晓灵芽发翠茎。摘处两旗香可爱，贡来双凤品尤精。寒侵病骨惟思睡，花落春愁未解醒。喜共紫瓯吟且酌，羡君潇洒有余清。"诗中叙述用建窑茶盏品尝建州贡茶，同时与友人相互和诗吟唱的场景。

除日常的黑釉茶盏进入苏轼的视野之外，还有影青瓷（青白瓷）、青釉瓷等。"暂借垂莲十分盏，一浇空腹五车书。青浮卵碗槐芽饼，红点冰盘藿叶鱼。"（《二月十九日携白酒鲈鱼过詹使君食槐叶冷淘》）"青浮卵碗"是指釉彩浮现出蛋青色，显然是说景德镇窑的影青瓷。蛋青色，属于青（蓝）色系中的一种，多见于古人对瓷器釉色的评论，如陈浏《匋雅》一书就有不少描绘。这两句描写了瓷器盘上盛满了菜肴，一个是槐芽饼，一个是藿叶鱼，色彩又形成对比，起到衬托作用。

"青缸明灭照悲啼。青缸挑欲尽。"（苏轼《临江仙·冬夜夜寒冰合井》）词中的"青缸"，应该是指青瓷缸，用来点上蜡烛照明，至于是什么窑口的青瓷，造型的细节，没有说。北宋时期很多窑口都生产青瓷，有龙泉青瓷、越窑青瓷、耀州青瓷、钧窑青瓷等。"回观佛骨青螺髻，踏遍仙人碧玉壶。野客归时山月上，棠梨叶战暝禽呼。"（《宝山新开径》）"碧玉"之说，今人时常用来形容龙泉青瓷，并称"瓷中碧玉"。2021年浙江省博物馆就曾推出"碧玉流光，龙泉青瓷制釉技艺古今对比展"，今人称龙泉瓷为碧玉；但这不等于苏轼诗中"碧玉壶"就是指龙泉青瓷壶。有专家认为苏诗中也可能是指碧玉制作的壶，理由是宋代欧阳修在《归田录》中提到过碧玉："余家有一玉罂，形制甚古而精巧。始得之，梅圣俞以为碧玉。在颍州时，尝以示僚属，坐有兵马钤辖邓保吉者，真宗朝老内臣也，识之曰：'此宝器也，谓之翡翠。'"[14]文中虽出现"碧玉"，但不能确定是矿物碧玉。有一点很显然，《归田录》中的"碧玉"应该是虚指，碧玉的主要产地在新疆玛纳斯，开采时间是明代以后。考古资料也几乎不见宋代的碧玉遗物或相关记述。因此苏轼诗中的"碧玉壶"很有可能只是对青瓷的美称。

《赠常州报恩长老》一诗中又出现了"碧玉"："碧玉碗盛红玛瑙，井花水养石菖蒲。"其中的碧玉，比较明确是指青瓷碗，瓷器碗中放着红玛瑙，符合器物搭配的逻辑。倘

苏轼别传
茶道 香道 器道

若指的是碧玉，矿物材质的碧玉盛放矿物材质的玛瑙，搭配显然不和谐。以玉的色泽描述来指代器物，时常出现在宋人的诗词中。不只是以碧玉来形容青瓷，还以白玉来描述白瓷。"安得佳人擢素手，笑捧玉碗两奇绝"（苏轼《和柳子玉喜雪次韵仍呈述古》），诗中提到的玉碗，显然是用白玉来描述白瓷碗、影青瓷之类的器皿。"两寺妆成宝缨络，一枝争看玉盘盂。"（苏轼《玉盘盂二首（并叙）》）"玉盘盂"应该也是描述白瓷、影青瓷之类的器皿。另外，还有用"银"字形容白瓷，这种描述早在唐代陆羽的《茶经》中出现过，用类银类雪来描绘邢窑白釉的洁白精美。苏轼诗中也多次出现"银盘""银瓶"。"知君欲写长相忆，更送银盘尾鬣红。"（《与秦太虚、参寥会于松江，而关彦长、徐安中》）"细声蚯蚓发银瓶，拥褐横眠天未明。"（《次韵柳子玉二首·地炉》）"三日开瓮香满城，快泻银瓶不须拨。"（《蜜酒歌（并叙）》）

苏轼在《试院煎茶》中还提到北方的定红瓷，即定窑产品："蟹眼已过鱼眼生，飕飕欲作松风鸣。蒙茸出磨细珠落，眩转绕瓯飞雪轻。银瓶泻汤夸第二，未识古人煎水意。君不见昔时李生好客手自煎，贵从活火发新泉。又不见今时潞公煎茶学西蜀，定州花瓷琢红玉。我今贫病常苦饥，分无玉碗捧蛾眉……"诗题提到煎茶，表明宋人除了玩本朝的点茶之外，继续钟情前朝的煎茶。宋人玩唐朝的煎茶，未必只使用建窑茶盏。而诗中提到了"定州花瓷琢红玉"，很明确地说明是定窑作品。诗中描写的若是唐朝语境，那么"花瓷"应该是指类似河南鲁山花瓷的产品。这里描写的是宋朝，主要指向带有刻花、划花、印花等装饰工艺的定窑瓷器。《书青州石末砚》中明确了定窑与花瓷的关系："柳公权论砚，甚贵青州石末，云'墨易冷'。世莫晓其语。此砚青州甚易得，凡物耳，无足珍者。盖出陶灶中，无泽润理。唐人以此作羯鼓腔，与定州花瓷作对，岂砚材乎？"[15] 苏轼的另一首诗也提到了定窑白瓷："镕铅煮白石，作玉真自欺。琢削为酒杯，规摹定州瓷。"（《独酌试药玉酒盏有怀诸君子明日望夜月庭佳景》）把白石琢削成定瓷一般色泽的酒杯，表明定瓷经常进入苏轼的视野。接着要讨论一下"琢红玉"三个字的意思到底是什么，目前争论甚多。有一点是肯定的，到目前为止宋代没有出土过高温铜红釉的品种，只发现过瓷器上的红彩、红斑，不见通体施红釉的成品。仅仅靠红彩、红斑，难以联想到红玉。有专家认为可能用定窑酱

第四章
器道：摩挲钟鼎，格物静心

釉的碗盛茶汤，有一种红汤的联想，进而夸张地形容为红玉，这是文学家的修辞手法与想象，不必等同实际。"青浮卵碗槐芽饼，红点冰盘藿叶鱼。"（《二月十九日携白酒鲈鱼过詹使君食槐叶冷淘》）这里也出现了"红"，可能是描述瓷器上的红釉。"红点冰盘"，从上句来看，也应该是对瓷器釉色的描述，与红釉有关。这两句的排列强调青色与红色的对比，并对食物起到装饰作用。不过"红"字究竟是否指红釉，还不太明确。苏轼的另一首诗中写道："溪边石蟹小如钱，喜见轮囷赤玉盘。"（《丁公默送蝤蛑》）"赤玉盘"指什么？会不会也是指红釉盘？或者是酱釉盘？如果是后者，那么便能解惑，南北方窑口生产酱釉产品的不少，比如柿红釉，应该是酱釉产品的延伸。

有关茶具，苏轼涉猎的通常是当时甚为流行的建窑黑釉茶盏、定窑茶碗等。同时他还对其他的茶具器物予以关注，比如陶制或铁制之类的。"大瓢贮月归春瓮，小杓分江入夜瓶。"（《汲江煎茶》）在描写唐代煎茶时提到这样的瓮，类似唐代人煮茶常用的鍑，是一种大口锅，又称釜，陶制或铁制居多。陆羽在《茶经》中说："鍑以生铁为之，今人有业冶者所谓急铁。其铁以耕刀之趄，炼而铸之，内摸土而外摸沙土。滑于内，易其摩涤；沙涩于外，吸其炎焰。方其耳，以正令也；广其缘，以务远也；长其脐，以守中也。脐长则沸中，沸中则末易扬，末易扬则其味淳也。洪州以瓷为之，莱州以石为之，瓷与石皆雅器也，性非坚实，难可持久。用银为之，至洁，但涉于侈丽。雅则雅矣，洁亦洁矣，若用之恒，而卒归于银也。"从这段文字中可看出，瓮与鍑功能类似，但是鍑还有自身的特点，"长其脐，以守中也。脐长则沸中，沸中则末易扬"，鍑的器型比瓮更为考究，更适合煎水。和煎茶相关的煎水容器还有铛、铫、急须等，这些器型大同小异。铛多见三足，也有无足或折足，器型显然受直足、折足青铜鼎的影响；铫子平底无盖有柄，外形稍扁，与匜类似；急须与铫子相类，无足，壶身高，流也高，可能煮水的容量需要，或防止沸水时汤水溢出。这三种容器皆可用来煮茶、煮酒，或其他类似用途。苏轼给道潜的信中说过自己在惠州的艰难日子："折足铛中，罨糙米饭便吃。"表明铛的用途广泛。苏轼在《狄韶州煮蔓菁芦菔羹》一诗中也提到过这种折足器物："我昔在田间，寒疱有珍烹。常支折脚鼎，自煮花蔓菁。"折足铛、折脚鼎用途类似，可见这类器物是他常用的。

苏轼别传
茶道 香道 器道

  苏轼在谪居地儋州，日子过得艰难，与在惠州时常使用普通的折足铛器物类似，家用的皆是日常粗简器物。他在《夜卧濯足》中写道："长安大雪年，束薪抱衾裯。云安市无井，斗水宽百忧。今我逃空谷，孤城啸鸺鹠。得米如得珠，食菜不敢留。况有松风声，釜鬲鸣飕飕。瓦盎深及膝，时复冷暖投。明灯一爪剪，快若鹰辞鞲。天低瘴云重，地薄海气浮。土无重腿药，独以薪水瘳。谁能更包裹，冠履装沐猴。"在谪居地，他自然不可能像在中原时那样常喝名茶，常用名器建盏，而是使用陶制的炊器"釜鬲"。这种器具为老百姓日常所用，圆口、空心三足。这般简粗的炊具在薪火的煮烧下，茶汤的乳花照样翻腾，伴随着松林间的风声轰鸣，也能自得其乐。如此"斗水"（斗茶），能驱百忧。正如苏轼之前写过的诗句："雪乳已翻煎处脚，松风忽作泻时声。"晚上睡觉前，两脚浸泡在"瓦盎"内泡脚，"瓦盎"是一种瓦制的盆，高如深桶，两脚伸入，热水临近膝盖。如此泡脚，活血面积大，甚益于睡眠，这也是一天下来活血解乏的享受。其苦中作乐、随运自适，可见一斑。

  日常所用的茶器，特别是炊器，煮茶煮饭，大多用石制的。"衣染炉烟金漏迥，茶烹石鼎玉蟾留。"（苏轼《宿资福院》）"铜炉擢烟穗，石鼎浮霜沤。"（苏轼《雪后至临平与柳子玉同至僧舍见陈尉列》）这两首诗提到的"石鼎"，都是烹茶器物。"晴天敲虚府，石碾破轻绿。"（苏轼《寄周安孺茶》）这里的"石碾"用于磨茶，即把茶饼先分成小块，然后放入茶碾中碾碎成茶粉，再用沸水冲点。苏轼诗词中还描写过一些冷门的器物，如"花香袭杖屦，竹色侵盏斝。樽酒乐余春，棋局消长夏"（《司马君实独乐园》）。"盏斝"，通常指酒杯，但不知什么材料。从这古意盎然的字面意思看，其形显然来自古代青铜器，而且可能是盏与斝两种造型的结合，当然这只是猜测。其材质，或许是铜器，或许是陶瓷。在《和陶时运四首》中："旦朝丁丁，谁款我庐。子孙远至，笑语纷如。剪髦垂髫，覆此瓠壶。三年一梦，乃复见余。"诗中的"瓠壶"，是指古代一种盛液体的青铜大腹容器，最早出现于春秋。据词典解释，这类壶外形仿自然界的植物瓜瓠（瓜类一种，隶属葫芦）。瓠与壶相通，瓜瓠熟后去其瓤，阴干后可作容器。这类容器陶质、铜质较多。宋代时出现过陶瓷制作的，却少见铜制器物。

第四章
器道：摩挲钟鼎，格物静心

铁制的壶在宋代较为流行，也曾为苏轼使用，不过他提出了自己的看法，"铜腥铁涩不宜泉"，最好用石制茶壶烧水。有关茶壶，据传苏轼在宜兴时，还设计了提梁式紫砂壶，然后题铭"松风竹炉，提壶相呼"，"东坡壶"于是诞生。

2. 香炉、熏笼、熏球

闻香默坐，是苏轼最日常的修行功课。闻香，自然不仅仅是点燃一支香闻闻就算完成，用什么样的香具，用什么样的方法闻，大有讲究。宋代文人使用的香具，瓷制与铜制居多，从当时的诗词描写中就可看出制瓷业、铸铜业的高度发展。宋代几十个瓷器名窑，遗留至今的有大量的香具，成为宋代香具的主流，香炉、香盒、香碟等尤为多见。此外，铸铜香具也不少。有关香具中的香炉，苏轼的诗词中时常有提到，还有熏炉、熏笼、熏球等。在这些器物的描写中，除了瓷炉，出现较多的铜炉，也许是他常用的闻香器皿。"幽人忽富贵，蕙帐芬椒兰。珠煤缀屋角，香雅流铜盘。"（《夜烧松明火》）诗中写到，"蕙"，即蕙草，"椒兰"即椒与兰，三者皆芳香之物，但这些香草粉是否做成合香，作者没有说，这些香草用来做香料是肯定的。"铜盘"是指香具，材质很明确，"盘"在香具中通常指印盘，即篆香盘。但语意环境看不出是在做篆香。可能是直接焚烤香材，香液流到了香炉的铜盘上。在香道章节中提及过的苏轼的《翻香令》，明确描写了焚香方式以及使用铜香炉的类型。"金炉犹暖麝煤残。惜香更把宝钗翻。重闻处，余熏在，这一番、气味胜从前。背人偷盖小蓬山。更将沈水暗同然。且图得，氤氲久，为情深、嫌怕断头烟。"

此词首句说的"金炉"，就是香炉。"香炉不拘银铜铁锡瓦石，各取其便，用其形，或作狻猊、獬豸、凫鸭之类，计其人之当作。头贵穿窾可泄火气，置窍不用大，多使香气回薄则能耐久。"[16] 在宋代的诗词中，出现"金炉"词语的不少。金炉的"金"字，多起修饰作用，未必指金。金子稀有，制作器物者通常以小件居多。而点香的香炉一般不会用金子制作，即使有，也只是宫廷的祭祀用器，多半作陈设之用，"魏武上御物三十种有纯金香炉一枚"[17]。这是记载比较早的金制香炉，之后历朝很少出现这类香炉，即使有，也通常出现在皇家阶层，作祭祀之用。金子贵重，材料有限，纯金打造的焚香器具罕见。且纯金延展性强，不适合做香炉。也可能是其他材料表面涂金，比如铜鎏金。铜鎏金香具，较早的传世品有北魏鹊尾香炉，材质为铜鎏金，此物现藏于洛阳龙门博物馆。香炉是实用器，手端指捏，且要时常擦拭，多有不便，金饰易脱落。从出土的宋代金属香炉来看，常见素面铜质，器型有仿商周青铜造型，或铜制神兽形雕刻鎏金香炉，如金兽。"歌停檀板舞停鸾。高阳饮兴阑。兽烟喷尽玉壶干。香分小团风。"（《阮郎归·歌停檀板舞停鸾》）苏轼在这首词中提到了"兽烟"，应该指兽类外形的香炉或铜制，或瓦制。李清照《醉花阴》

图4-3 元 龙泉甪端熏炉

"薄雾浓云愁永昼，瑞脑销金兽"中的"金兽"指兽形的铜香炉。宋元瓷器中也有兽形香炉（图4-3）。兽形的，比如甪端、貔貅铜炉。

"惜香更把宝钗翻"，"宝钗翻"，是说用簪子（宝钗）替代香夹来翻动香块，或者说用簪子那般的香夹来翻动。宝钗在这里成了香具。这也表明，宋人闻香时常用金银珠宝制作的簪子来翻动香块。所谓簪子，又称簪、发簪、冠簪，是固定发髻或顶戴的发饰，为妇女所用，有单股（单臂），也有双股（双臂），双股形似钗，故称钗、发钗。那么为何用双股簪子来翻香？这里自然是用了借代手法。一般香具，有香铲用来铲香，香押用来平整，香针用来打洞，皆为隔火熏香时所用。香夹，便以夹香块。也可能原本就是用的香夹，只不过其造型与发钗类似，诗中就借代了。香炉里的香块没有烧透，用香夹翻动一下。

"小蓬山"，指汉代焚香的名器博山熏炉。汉代博山炉通常以铜器居多，陶瓷制作的也不少。铜制还有鎏金作，自是精品。陶瓷有两类，一类是青瓷，多见越窑、婺

第四章
器道：摩挲钟鼎，格物静心

州窑产，这时期的产品施釉薄而有剥釉现象。另一类是陶器产的，往往施绿釉，属釉陶。博山炉造型多见豆形，炉顶有盖。有关博山炉，南北朝时期的两位诗人皆有佳作，刘绘的诗："参差郁佳丽，合沓纷可怜。蔽亏千种树，出没万重山。上镂秦王子，驾鹤乘紫烟。下刻盘龙势，矫首半衔连。旁为伊水丽，芝盖出岩间。复有汉游女，拾翠弄余妍。荣色何杂糅，缛绣更相鲜。麋麚或腾倚，林薄香芊眠。掩华终不发，含熏未肯然。风生玉阶树，露湛曲池莲。寒虫悲夜室，秋云没晓天。"[18] 沈约的诗："范金诚可则，摘思必良工。凝芳自朱燎，先铸首山铜。瑰姿信岩崿，奇态实玲珑。赤松游其上，敛足御轻鸿。蛟螭盘其下，骧首盼层穹。岭侧多奇树，或孤或复丛。岩间有佚女，垂袂似含风。翚飞若未已，虎视郁余雄……百和清夜吐，兰烟四面充。如彼崇朝气，触石绕华嵩。"[19]

避开一些难懂的用典，可大致看出两首诗是对博山炉外形的描绘，且符合传世汉代铜制博山炉的形制。铜制博山炉盖饰万重山峦、亭台楼阁，或下刻海水蟠龙，游动在朵朵莲花之中，或上饰云雾缭绕于层峦叠嶂之间。铜制的博山炉盖高而尖，陶制的炉盖形较矮。无论铜制或陶制，盖多山形，镂空状，这个山形，通常被称为"小蓬山"。博山炉为道家焚香敬神的器物，炉盖上的小蓬山造型，或为简约线纹，或为层层叠叠的纹饰，通常点缀着飞禽走兽，外围还饰以海浪云象，自然而然地让人遐思成海上的蓬莱仙山，即道家文化的古刹奇观。当炉内放入香料并被点燃，镂空状的炉盖冒出烟雾，弥散而出，一派仙境。特别是当这样的博山炉是绿釉陶制作而成时，绿釉陶的山体，俨然崇山峻岭的景观，烟雾升腾于青岚，一派仙山缥缈。当时流行的博山炉材质以铜制与瓷制为主，苏轼的时代诸多窑口都有这类博山炉。当然也有可能，苏轼是收藏世家，拥有的是汉代铜制博山炉，词的开头已点明"金炉"。汉代的铜制博山炉，多地皆有出土。1968年，河北满城中山靖王刘胜墓发现了一款错金博山炉，便是这类器物的典型（图4-4）。小蓬山博山炉，汉代开始流行，用如此香炉做香事，道家色彩浓郁，正合苏轼的审美趣味。当然这"金炉"也可能是唐宋时代的。总之，苏轼在妻子灵柩前如此焚香，以及惜香之举，皆深藏对妻子的怀念。

苏轼诗词中描写的香炉还有："一炉香对紫宫起，万点雨随青盖归。"（《残句》）

苏轼别传
茶道 香道 器道

"风吹河汉扫微云，步屧中庭月趁人。泔泔炉香初泛夜，离离花影欲摇春。"（《台头寺步月得人字》）"小儿亦何知，相语翁正乐。铜炉烧柏子，石鼎煮山药。"（《十月十四日以病在告独酌》）"莫邪当自跃，岂复烦炉炭。"（《乔太博见和复次韵答之》）"静士素寡言，相对自忘忧。铜炉擢烟穗，石鼎浮霜沤。"（《雪后至临平与柳子玉同至僧舍见陈尉列》）"月明写照寺林幽，最是江湖入念头。衣染炉烟金漏迥，茶烹石鼎玉蟾留。"（《宿资福院》）苏轼在一首诗的题目中提到了竹香炉，《送竹香炉》："枯槁形骸惟见耳，凋残鬓发只留须。平生大节堪为底，今日灰心始见渠。"意思似乎很明确，指竹制的香炉。但古代竹制香炉几乎不见，即使有，或许也

图4-4 西汉 错金铜博山炉 河北博物院

不实用，焚香会损坏炉身。会不会是指竹节纹香炉？如果是的，通常有两种材料，一为瓷器竹香炉，如龙泉青瓷竹节香炉；另外还有铜制竹节香炉。若"竹香炉"有着某种特定的含义，这就得依赖相关文献加以佐证。

南宋赵希鹄《洞天清禄》记载了苏轼如何把香炉与假山组合，营造香烟绕岩岫的景观，显然是由香炉引申而出的创意："东坡小有洞天石。石下作一座子，座中藏香炉，引数窍正对岩岫间，每焚香则烟云满岫。"[20] 给洞天石做了一个座子，座子镂空，以便置放香炉，焚香时，烟气袅袅升起，从假山环身布满的孔窍中引出云烟，呈现其无心以出岫之状。这样的闻香方式模仿了博山炉引烟出山洞的构思。苏轼这般的香炉设计，据说在文人圈影响很大。

第四章
器道：摩挲钟鼎，格物静心

设计洞天石香炉，体现了苏轼对文玩鉴藏的雅兴。在京城做官时，他时常带妻儿去附近的相国寺逛街，那里商业繁荣，有不少古玩店，他曾买过鸟笼子与漆器。在京城，跟文物打交道的事自然也多一些。他任翰林学士知制诰期间，曾为朝廷拟了八百道圣旨，长期在宫廷工作，常与宫廷的精美文物近距离接触，也使得他的文玩眼光高于常人。一次他与高太后闲聊，高太后随手拿起一件刻有莲花的金烛台赏赐给他。[21]

苏轼平日里除了闻香，还用熏香架（或熏笼）熏衣服、被褥等。"阑街拍手笑儿童。甚时名作锦薰笼。"（《浣溪沙》）直接点明使用熏笼。"雾帐吹笙香袅袅，霜庭按舞月娟娟。"（《浣溪沙》）说的是被熏笼熏过的床上帐子。"蜡烛半笼金翡翠，更阑。绣被焚香独自眠。"（《南乡子·何处倚阑干》）绣被之前被熏香熏过了，睡觉时感觉非常惬意。这种熏笼，在唐朝开始兴盛，即罩在香炉上的笼架，上挂衣服、被褥等，便于取香。王昌龄有诗："金井梧桐秋叶黄，珠帘不卷夜来霜。熏笼玉枕无颜色，卧听南宫清漏长。高殿秋砧响夜阑，霜深犹忆御衣寒。"（《长信秋词》）

这些熏香器有铜制的、银制的。苏轼在《祥符寺九曲观灯》七律诗中写到"银叶"："纱笼擎烛迎门入，银叶烧香见客邀。金鼎转丹光吐夜，宝珠穿蚁闹连宵。""银叶"有多种解释，可指一种植物，或者指用银片制成的茶盏、熏笼等类器物。这里应该是指香具，在宋代，银制的茶盏与香炉都有。也曾有其他诗人写到类似的内容："香暖候知银叶透，酒清看似玉船空。"（陆游《初寒在告有感》）显然是描写熏香的香具。"玉笋弹珠泪，银叶冷金貌。良夜迢迢玉漏迟，闷把帏屏倚。"（佚名《醉扶归·一点芳心碎》）银制的香具冷却了下来，香烟断了。"金饼著衣余润，银叶透帘袅。素被琼簟夜悄。"（周密《天香（龙涎香）》）银制香具在焚香，香烟袅袅穿透了帘子。"新卜凤皇佳鹾。银叶添香香满袖。"（葛立方《夜行船·章甥婚席间作》）

宋代人还流行银制的香球。香球在唐代就很风行，既可作垂挂式的香薰，也可放入被中闻香。唐代诗人罗虬有诗："越人若见红儿貌，绣被焚香独自眠。"这类香球通常会在里面设置一个圆形香盒，置香块于炭火上微焚，徐徐出烟。香球，即熏球，也可称卧褥香炉、被中香炉。"长安竹工丁缓作被中香炉，亦名卧褥香炉，本出房风，其法后绝，缓始更为之机，环转运四周，而炉体常平，可置被褥，故以为名。今之香球是也。"[22]

唐代元稹的《香球》："顺俗唯团转，居中莫动摇。爱君心不惻，犹讶火长烧。"此诗并没有描述香球的熏香原理，而是借用焚香的球体在随意翻转时不会倾覆里面的香丸的细节，由此感慨做人也要有这般定力：无论风云变幻，我自岿然不动。

这种被子里的闻香方式风雅之极。"香粉镂金球。花艳红笺笔欲流。"（苏轼《南乡子·用韵和道辅》）诗中提到的"镂金球"，就是指熏香球，金球采用镂空工艺制作，又叫垂香球。"月入秋帷病枕凉，霜飞夜簟故衾香。"（苏轼《明日重九亦以病不赴述古会再用前韵》）被子含香，通常是说被窝里藏熏球。"前堂画烛夜凝泪，半夜清香荔惹衾。"（苏轼《和人回文五首》）诗句中也没出现熏球之类的名称，只说荔枝一般的香味沾惹了被子。但床上闻香，应该是熏球出香所致。除了被子中放熏球使得被子含香外，也可能是在床边放香炉。

有关熏球闻香，唐宋文人使用者不少。"铁檠移灯背，银囊带火悬。深藏晓兰焰，暗贮宿香烟。"（白居易《青毡帐》）银囊，即熏香球。"华轩敞碧流，官妓拥诸侯。粉项高丛鬓，檀妆慢裹头。亚身摧蜡烛，斜眼送香球。何处偏堪恨，千回下客筹。"（张祜《陪范宣城北楼夜宴》）陆游《老学庵笔记》中描述了汴梁贵族妇女乘坐犊车时携挂香球，"皆用二小鬟持香球在旁，而袖中又自持两小香球。车驰过，香烟如云，数里不绝，尘土皆香"。"兰帐玉人睡觉，怪春衣、雪沾琼缀。绣床旋满，香球无数，才圆却碎。"（章棨《水龙吟·燕忙莺懒芳残》）"弄玉轻盈，飞琼淡泞，袜尘步下迷楼。试新妆才了，炷沈水香球。记晓剪、春冰驰送，金瓶露湿，缇骑新流。"（郑觉斋《扬州慢·琼花》）"怅望翠华春欲暮，六宫都锁春愁。暖风吹动绣帘钩。飞花委地，时转玉香球。"（许庭《临江仙》）

唐代的熏球或香球，其使用方式大约也是悬挂在犊车之旁或床帐之间。日本奈良正仓院所藏不装链、不能悬挂的那类香球，更方便置于被褥当中。而特小的香球还可能在酒筵上行"抛打令"时使用，如白居易诗所云："香球趁拍回环匝，花盏抛巡取次飞。"《冥音录》云："每宴饮，即飞球舞盏，为佐酒长夜之欢。"（鲁迅校录《唐宋传奇集》）

第四章
器道：摩挲钟鼎，格物静心

香球的产生，起因于以香供佛，人们知道香能解秽流芳，也能涤荡心灵，且滋润身心比德于玉。这半空悬一镂空球，香烟袅袅从里往外散，熏香出烟，象征着人与神的沟通。陕西西安曾出土了一件稀罕之物，是一件花鸟纹鎏金镂空银香球(图4-5)，球壳上镂空花纹，便于香气散出。这种设计与所有的熏香器具类似。此物纯银制作，镂刻繁丽花纹，器身上、下两个半球合成，接合处备银制勾链，据考证乃唐代之物。球中配有小盂，里面轻搁小块沉香，再添炭火。香球摇晃滚动，小盂却能保持平衡。如果放入被中熏香，熏球内的香灰、火星也不会溅出。这主要是在熏球内配上了两个能转动的同心圆环，环内以滑动的轴承连接着小盂。即使熏球在被中滚动，由于重力原理，小盂平衡的状态也不会被打破。古人如此巧妙设计，令人叹服。香球尽可被放置在被褥间，即使它在推碰下发生滚动，球中的圆钵或小盂始终能保持平衡，钵里的燃炭也就不会倾洒出来，烫伤肌肤、灼燃被褥，而香料在炭火的静静熏炙中散发芬芳，从香球的镂空花纹间不断散出，弥夜飘袭。这样的闻香方式特别风雅。

图4-5 唐 花鸟纹鎏金镂空银香球 陕西历史博物馆

此等香球球外时常有一根银链衔接银钩，吊挂于横梁或其他建筑构件上。在堂内空间，香蕴自镂空处袭袭而出，弥蒙萦纡间，再配一碗佳茗，既理气调中，又享受风雅。这是室内玩香。而室外，同样有携带香球呈现于行走之间的风雅。从前文所引陆游《老学庵笔记》的记述可见，居住或出行，只要有心，香事不误。这与之前流行的手持鹊尾炉、手握行香炉有异曲同工之妙。当然，陆游所记载的出车而行悬挂小香球，通常与妇女相关。描写香与女人的关系，诸如由女人的身体联想到香，或者直接描写香等同于女人等，也是古代文人常见的题材。苏轼也不例外："新愁旧恨眉生绿，粉汗余香在蕲竹。象床素手熨寒衣，烁烁风灯动华屋。夜香烧罢掩重扃，香雾空蒙月满庭，抱琴转轴无人见，门外空闻裂帛声……真态香生谁画得，玉如纤手嗅梅花"。（《四时词》）诗中描写了女人身体的香，或者没见人来，已闻其香。

与熏香球功能类似的还有鸭形香熏。"漏声透入碧窗纱，人静秋千影半斜。沉麝不烧金鸭冷，淡云笼月照梨花。"（苏轼《寒食夜》）鸭形香熏是古代常见的熏香器皿，通常置于床上。之所以采用鸭形，一则鸭原本良禽，另则鸭形下部敦实不易倾斜，鸭颈延伸，有利于引气向上，如此造型较瓶盘又添了动感与乐趣。五代诗人和凝有诗："却爱熏香小鸭，羡他长在屏帏。"熏鸭乃富贵人家屏帏中的实用器物。古代床设多见屏风围拢，四合床帐，人们慵懒栖息于内，或阅读或冥思，惬意自来。

晚上睡觉，整个房间放一个稍大一点的熏炉，"夜香烧罢掩重扃，香雾空蒙月满庭"（苏轼《四时词》），整个房间香烟袅袅，自然也有助于睡眠。"柿叶满庭红颗秋，熏炉沉水度春簪。"（苏轼《睡起》）这里说的熏炉，可能属于一种较为高级的香炉，带盖，盖上有孔，又配以沉香中的高等材料沉水，这样闻香，通常少见。熏炉是香炉中的名品，其出现可以追溯到五千年前，1983年上海青浦福泉山遗址一座新石器时代晚期墓葬出土了一件灰陶竹节纹熏炉，之后各地又出现豆式熏炉等，直至演变到汉代的博山炉。这些器型虽多有差别，但其设有杯状底座的形制基本不变。博山熏炉较之前的熏炉，炉腹宽松许多，显然是满足容纳炭火、传热于上之需，这也成了之后熏炉的一个基本模式。

至于苏轼词《瑞鹧鸪·城头月落尚啼乌》中提到的"鹊尾炉"，乃稀罕物，不知他是否有过收藏，但可以表明他熟悉这类香具。其父苏洵的诗句中也提到过这一类香炉："捣麝筛檀入范模，润分薇露合鸡苏。一丝吐出青烟细，半炷烧成玉筋粗。道士每占经次第，佳人惟验绣工夫。轩窗几席随宜用，不待高擎鹊尾炉。"（苏洵《香》）苏轼的这首词："城头月落尚啼乌。朱舰红船早满湖。鼓吹未容迎五马，水云先已漾双凫。映山黄帽螭头舫，夹岸青烟鹊尾炉。老病逢春只思睡，独求僧榻寄须臾。"瑞鹧鸪是词牌名。此词作于熙宁六年（1073）三月。词前小序："寒食未明至湖上。太守未来，两县令先在。"整首词从写景开始，展现了在寒食节迎接太守到来的场面，实景即录，

第四章
器道：摩挲钟鼎，格物静心

隐隐表达出作者的倦意，"老病逢春只思睡，独求僧榻寄须臾"。自己身体不适，又是春天之晨，天气未明，还没睡好呢，就要起来迎接上头来的官僚，多想独自躺在僧榻上再睡一会。这是这首词的大意。"夹岸青烟鹊尾炉"一句中出现的"尾炉"，即鹊尾炉。《陈氏香谱》中说："香炉有柄可执者曰鹊尾香炉。"[23] 宋代诗词中很少提到的这类鹊尾炉，通常是指带柄的香炉，一般由杯形承炉与长柄组成，长柄尾端下折似鹊尾而称为鹊尾炉。据记载，鹊尾炉最早出现在南北朝，有相关的出土文物为证，河北景县北魏封魔奴墓出土了鹊尾炉；另一款也是北魏时期的，铜鎏金质，长柄与承炉连接处装饰有云纹，杯底为花瓣状，柄上及背部刻文"清河王布施"，现收藏于洛阳龙门博物馆。还有年代稍后的，自洛阳唐神会墓出土的，类似鹊尾炉的镇柄炉，以及南京大报恩寺遗址北宋长干寺真身塔地宫出土的莲花形银鎏金鹊尾炉，内蒙古赤峰宁城头道营子乡埋王沟出土的辽代鎏金莲花宝子银柄炉，现藏于内蒙古自治区文物考古研究所。

鹊尾炉，为行香的道具。有关行香，根据《佛教大辞典》描述，是一种仪式。香者为对佛信心之使，故施与僧而烧之以使劝请佛也。此事为法会之严仪，非大会不作，作之者多系上位之人。《僧史略》中曰："安法师三例中，第一是行香定座上讲，斯乃中夏行香之始也。"同曰："唐中宗设无遮会，诏五品以上，行香，或以然香熏手，或将香末徧（遍）行，谓之行香。"烧香谓为行香。敕修清规圣节曰："烧香侍者覆住持，来早上堂，至五更住持行香。"《尚直编》曰："行中仁禅师，每旦行香。至世尊前，于小合中，别取好香一炷进之。"备用清规达磨忌曰："行者鸣行香钹，维那转身炉前，揖住持上香。"《云麓漫钞》曰："遗教经云：比邱欲食，先烧香呗案法师行香定坐而讲，所以解秽流芬也。斯乃中夏行香之始。"《西溪丛语》曰："行香起于后魏，及江左齐梁间，每燃香薰手，或以香末散行，谓之行香。"《演繁露》曰："东魏静帝常设法会，乘辇行香，高欢执炉步从。凡行香者，步进前，而周匝道场，仍自炷香为礼。静帝，人君也，故以辇代步，不自执炉，而使高欢代执也。以此见行香只是行道烧香，无撒香末事也。"按今作佛事，僧偕主斋者持炉巡坛中，或仪导以出街巷，曰行香，与《演繁露》中的说法正合。[24]

从上文可以看出行香的流传过程，以及行香之于佛事的重要性。其实行香也流行于朝廷。苏轼词中描述的不过是地方官员的来到，缘何要用此等高级礼仪？或许当地流行这般行香风俗。究竟怎样，词中没有展开，显然，苏轼的嘲讽埋伏在器物之中：为何要用这高级的香炉，如此隆重的行香礼仪来欢迎你？你是何人？潜台词为德不配香。常见的香炉是安置在桌上，而增了鹊尾的香炉，即尾炉，可端持行香。随着香事的发展，鹊尾炉的形式式微，由此演变而来的行炉开始流行。行炉与常见的香炉不同，折沿敞开，圆形直腹，喇叭状高足，高足出翼方便手指夹持行香，故称行炉（图 4-6）（图 4-7）。

这样的形制与南北朝的尾炉形制类似，只不过少了一柄鹊尾。演变到行炉，通常由瓷器来完成，因此宋代多见瓷质行炉，浙江龙泉窑，福建闽北邵武窑、将乐窑，江西景德镇窑，河南磁州窑、扒村窑，山西平定窑、介休窑等都有生产。鹊尾炉演变成行炉，反映了宋人闻香香具简约化的趋势。

不仅香具在简约化，闻香焚香的过程也在发生变化，原本隔火熏香、篆香等繁复耗时的香事不再是文人闻香参禅的日常，有时点燃一支香照样能达到修行的目的。苏轼在《和黄鲁直烧香二首》第二首中这样写道："万卷明窗小字，眼花只有斑斓。一炷烟消火冷，半生身老心闲。"苏轼时常居所不定，最简便的方式就是点燃一炷香，如此也能香味长久。说到香具，上文大致说了汉代博山炉演变到熏炉的经过。苏轼所

图 4-6　宋　登封窑行炉　　　　　　　　图 4-7　宋　影青行香炉

第四章
器道：摩挲钟鼎，格物静心

处的时代渐渐流行简约的款式，刚开始使用的熏炉，山水仙阁的炉盖有时被神兽造型取代，如狻猊式熏炉。狻猊是狮子的古称，传说为龙生九子之一，以此作为熏炉之盖，显然取其神意。狻猊当盖，镂空以便出烟，烟自孔口出，颇具仙气。除了这类，当时还流行简约的瓷制三足鼎式筒身香炉，苏轼诗词中多有描写。这类香具熏香方式多样，可以焚香、闷香等，但最简便的焚香，就是点一炷香。这样一来，铜制的、瓷制的、石制的皆可用来插上一炷香。采用微型香材，各类熏炉皆适用。书斋、禅室，香烟袅袅，自成景观，三两好友照样聚而焚香参禅，形成风雅的气氛。

从以上对茶香器皿的描述可看出，茶香对于苏轼，有茶香养性、器物闲玩等诸多方面的切入。茶香作为宋代风行的雅事，为大多数文人雅士们所青睐。为了更好地玩茶香道，自然也得精于茶香器皿的鉴赏，否则难入其壶奥、鲜察其妙趣。

3. 文玩观德，笔墨见性

苏轼是书画家，也是书画鉴定家。在古代，能称书画家的，大多懂得鉴赏，是鉴赏家的，多半会一点笔墨。书画鉴定家不会一点笔墨，往往底气不足，时常务虚。苏轼两者兼备，他写过大量鉴赏书画的题跋。苏轼鉴赏书画的成就很大，被后人广泛推崇，影响深远。几乎与他的诗词创作所取得的成就等量齐观。苏轼在书画研究与创作上的成就，跟苏洵是一个书画收藏大家有一定关系，他从小随父亲观摩真迹，所得的鉴赏能力、所写所论皆为真才实学。

《跋汉杰画山》是苏轼一篇著名鉴赏书画的短文，也是一篇被称作第一次提出"文人画"概念的文章："唐人王摩诘、李思训之流，画山水峰麓，自成变态，虽萧然有出尘之姿，然颇以云雾间之。作浮云杳霭，与孤鸿落照，灭没于江天之外，举世宗之，而唐人之典刑尽矣。近世唯范宽稍存古法，然微有俗气，汉杰此山，不古不今，稍出新意，若为之不已，当作着色山也。又：观士人画，如阅天下马，取其意气所到，乃善画工，往往之取鞭策皮毛、槽枥刍秣，无一点俊发，看数尺许便卷，汉杰真士人画也。"[25]

文人画又称"士夫画"，泛指中国封建社会中文人、士大夫所作的画。古代文人

苏轼别传
茶道　香道　器道

　　画萌芽于唐，鼻祖是王维，而文人画概念的倡导者则是苏轼。苏轼画的竹石图很出名，石头的纹理不拘古法，笔意随着性情走，皴法独特。有关山石皴法，古代画家已创立了相应的章法，如五代时期的画家荆浩、董源、巨然等。荆浩的山石皴法是依据北方的山势特征总结而出，皴法干枯有力。董源的皴法模拟江南的山水体貌，山石皴法以短披麻皴为主，柔软而带弧形。巨然描写的江南风格，跟随董源，皴法与苔点结合。大画家都有自己的独特技法，并成圭臬，后人都会依此方法绘画。而苏轼突破前人的窠臼，他笔下的石头，自创一路，皴法线条如螺丝状扭曲，生硬短促，密集而有力量，完全是自己"胸中盘郁"的情绪所致。前人创造出来的皴法，揭示了山石质地的实际，但苏轼的皴法也显示了自身主观情绪的本真。通过观赏这些画，可以联想，他是否时而走在郊外的十字路口，茫茫然无所适从，便有了这样"石皴硬，亦怪怪奇奇无端"的理趣作品。简言之，文人画不拘一格，重在表达人心的自由自在、无拘无束，绘画技法不是它的终极目标，突破的对象是占统治地位的院体画或宫廷画。这般绘画领域里的新潮观念很快受到人们的注意。基于这个原因，苏轼在鉴赏古画时，就会觉得范宽等人的绘画"稍存古法，然微有俗气"。关于绘画，苏轼鉴赏的不只是技法，更重线条色块下观念与性情上的埋伏。他认为王摩诘、李思训笔下的作品，更为高级，他们的画作"自成变态……出尘之姿……作浮云杳霭……灭没于江天之外"。这样的作品"举世宗之"。而宋汉杰的文人画，其风流倜傥之气息，其山水之不古不今，颇出新意。

　　《题笔阵图王晋卿所藏》也是一篇鉴赏文人画的文章："笔墨之际，托于有形，有形则有弊，苟不至于无，而自乐于一时，聊寓其心，忘忧晚岁，则犹贤于博弈也。虽然，不假外物而有守于内者，圣贤之高致也，惟颜子得之。"[26]《笔阵图》旧题卫夫人撰，后众说纷纭，作者是谁仍无定论。书法能形象地表达这个世界，或者表达作者对这个世界的认知。书法在揭示宇宙万物的真理时，是通过字的"有形"反映"道"的"无形"。虽然难以达到颜回那样的高度，"不假外物而有守于内者"，但可以凭借笔墨之趣表现内心。正如中国文人画讲究"书卷气"，以书法入画法，重视笔墨情趣。苏轼显然在说，有了这种情趣，书画才值得鉴赏。或者说，同等水准的技法，或一个画派的两

第四章
器道：摩挲钟鼎，格物静心

幅作品，若哪个画家的笔墨不止于技法，而是情趣、心意随笔墨行走，那么其境界高下，自能立判。

苏轼对竹石画的品论也强调了心意和情趣。"苏轼为方竹逸画竹石，并跋。《六砚斋三笔》卷一：苏文忠《竹石》一卷，有题跋，绝俗神品也，录之：'昔岁，余尝偕方竹逸寻净观长老，至其东斋小阁中，壁有与可所画竹石，其根茎脉缕，牙角节叶，无不臻理，非世之工人所能者。与可论画竹木，于形既不可失，而理更当知，生死、新老、烟云、风雨，必曲尽真态，合于天造，厌于人意，而形理两全，然后可言晓画。故非达才明理，不能辨论也。今竹逸求余画竹，因安袭与可法则，为之，并书旧事以赠。元丰五年八月四日，眉山苏轼。'"[27] 他的这段论画言辞，强调的是"常形"与"常理"，前者指事物的外部形态，后者指认知事物的内部理趣，"而理更当知，生死、新老、烟云、风雨，必曲尽真态"，这"曲尽真态"，便是性情表现，生命力随着每个独立的个体反应而存在。绘画除了写实还得究事物之天理，要对自然界做细致的观察，表现出对自然界的亲和贴近，合自然之理趣。他在《净因院画记》中说："余尝论画，以为人禽、宫室、器用皆有常形。至于山石竹木、水波烟云，虽无常形，而有常理。常形之失，人皆知之。常理之不当，虽晓画者有不知。故凡可以欺世而取名者，必托于无常形者也。虽然，常形之失，止于所失，而不能病其全，若常理之不当，则举废之矣。以其形之无常，是以其理不可不谨也。世之工人，或能曲尽其形，而至于其理，非高人逸才不能辨。"[28]

在苏轼看来，绘画中"常形"之失不算大毛病，而"常理"之失则会导致笔墨的核心——画格的失去。苏轼在黄州时，前来索书画的不少，他总是乐意为朋友铺开笔墨。同时，他时常会发一点论画的感慨，比如这个"常形"与"常理"的关系，这些文字不局限于论述绘画，也在暗示人生。

在《跋鲁直为王晋卿小书尔雅》一文中，苏轼赞赏黄庭坚书法："鲁直以平等观作欹侧字，以真实相出游戏法，以磊落人书细碎事，可谓三反。"苏轼鉴赏黄庭坚的字，也如同鉴赏文人画一样，肯定这类的"三反"书法奇崛天真，性情磊落。[29]

古典美学中向来有尚清意识，苏轼追崇老庄之学，也常以清远为鉴赏之圭臬。他盛赞颜鲁公与欧阳修,《题颜鲁公书画赞》:"颜鲁公平生写碑,唯《东方朔画赞》为清雄。字间栉比,而不失清远。其后见逸少本,乃知鲁公字字临此书,虽大小相悬,而气韵良是。非自得于书,末易为言此也。"[30]《跋欧阳文忠公书》:"文忠公用尖笔干墨,作方阔字,神采秀发,膏润无穷,后人观之,如见其清眸丰颊,进趋奕如也。"[31]苏轼推重他们的书法,文人性情、神采秀拔、清淡飘逸、洒脱自然。书法和绘画,无论工笔与写意,还是繁复与简约,都得体现清新自然的精神气质,驱逐世俗的表达。苏轼有诗曰:"先生可是绝俗人,神清骨冷无由俗。"(《书林逋诗后》)

苏轼在《书黄筌画雀》一文中批评了黄筌:"黄筌画飞鸟,颈足皆展,或曰:飞鸟缩颈则展足,缩足则展颈,无两展者,验之信然,乃知观物不审者,虽画师且不能,况其大者乎?君子是以务学而好问也。"[32]通常,鉴赏者论起名家的书画,大多只赞成就,而忽视不足,甚至人云亦云,盲目跟从别人的评点。苏轼不然,直截了当指出黄筌犯了一个错误,"飞鸟缩颈则展足,缩足则展颈",这是飞鸟的真实状况,如此是为了身体平衡,而不可能"颈足皆展",短短几句,足见苏轼的鉴赏功力。

苏轼书画题跋的鉴赏文章有百篇之多,所评所论多入木三分。苏轼之所以具有如此深厚的书画鉴定能力,跟家学渊源有关,其父苏洵也有很多书画题跋的鉴赏文章,这对苏轼影响很大。《题阎立本画水官》是苏洵的鉴赏名篇:"水官骑苍龙,龙行欲上天。手攀时且住,浩若乘风船。不知几何长,足尾犹在渊。下有二从臣,左右乘鱼鼋。矍铄相顾视,风举衣袂翻。女子侍君侧,白颊垂双鬟。手执雉尾扇,容如未开莲。从者八九人,非鬼非戎蛮。出水未成列,先登扬旗旜。长刀拥旁牌,白羽注强弮。虽服甲与裳,状貌犹鲸鳣。水兽不得从,仰面以手扳。空虚走雷霆,雨雹晦九川。风师黑虎囊,面目昏尘烟。翼从三神人,万里朝天关。我从大觉师,得此诡怪编。画者古阎子,于今三百年。见者谁不爱,予者诚已难。在我犹在子,此理宁非禅。报之以好词,何必画在前。"

苏洵是大收藏家,除了藏有大量书画作品,还搜集了各类文玩杂项,如古琴、茶器、怪石等。如此家庭环境,苏轼免不了受影响,他的鉴赏能力建立在大量实物鉴赏的基础上。苏轼精于书画创作(图 4-8)(图 4-9),还擅长茶香具、书画的鉴赏,又涉猎

第四章
器道：摩挲钟鼎，格物静心

诸多文玩杂项，诸如砚台、墨等。人们通常以为苏轼一生磨难无数，颠簸不定，要想收藏器物有点难，其实不然。他在《书墨》中说："余蓄墨数百挺，暇日辄出品试之，终无黑者，其间不过一二可人意。以此知世间佳物，自是难得。茶欲其白，墨欲其黑。方求黑时嫌漆白，方求白时嫌雪黑，自是人不会事也。"[33]一个时常旅途颠簸的人，竟然藏墨数量如此之多，见出无论生活如何动荡，我藏我如故。

也许因为动荡不安，有些藏品不适合随身携带。在黄州的一天，苏轼闲赏着唐代大画家吴道子的画，反复琢磨，爱不释手。"某有吴道子绢上画释迦佛一轴，虽颇损烂，然妙迹如生，意欲送院中供养。如欲得之，请示一书，即为作记，并求的便附去。可装在板子上，仍作一龛子。此画与前来菩萨天王无异，但人物小而多尔。"[34]吴道子的画极其珍贵，自己一人庋藏赏鉴，独乐乐，太奢侈，苏轼思忖着是否送入佛院供养，这可是个好归宿。米芾知道了此事，特意大老远赶来黄州观赏。大老远赶去就为观赏一幅画、一件器物，可见这是鉴赏家的本能，因为鉴赏的根本，上手为王，百闻不如一见。两人对吴道子的画做了一番讨论，米芾又讨教苏轼画竹之法。寂静的黄州郊外，小屋里，

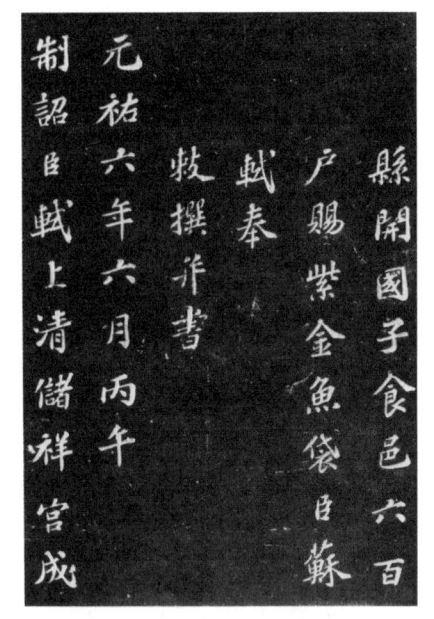

图4-8 宋 苏轼 《上清储祥宫碑》 拓片1
吉林省博物馆

图4-9 宋 苏轼 《上清储祥宫碑》 拓片2
吉林省博物馆

苏轼别传
茶道　香道　器道

两位大师级的人物在观赏吴道子的画的同时，又闲聊画竹之技，此景也能入画。"米芾在黄州，得观苏轼所藏唐代画家吴道子画释迦佛像，称赏不已。其《画史》云：'苏轼子瞻家收吴道子画佛像及侍者、志公等十余人，破碎甚，而当面一手，精彩动人，点不加墨，口浅深晕，故最如活。'又问画竹之法，苏轼为作竹石图与之。米芾《画史》：'苏轼子瞻作墨竹，从地一直起至顶。余问：何不逐节分？曰：竹生时何尝逐节生？运思清拔，出于与可。自谓与文拈一瓣香。以墨深为面，淡为背，自与可始也。'"[35]

文玩于苏轼而言，三两知己一起把玩闲聊才最为怡悦，要是仅仅一人独乐，未必有此乐趣。文物如过客，赏过了，归宿何处，苏轼视作浮云。之所以如此想，跟他的颠沛流离之生平有很大关系，时常漂荡江湖，器物如之奈何？除了日常所用的笔墨砚台尽力随身携带，其他的则随意。"砚细而不退墨，纸滑而字易燥，皆尤物也。吾平生无嗜好，独好佳笔墨。"[36]苏轼说自己无嗜好，自是谦辞，他是文玩大家，不仅通晓笔墨砚台，还对书画、瓷器与铜器鉴定都有研究。这天他正巧获得一枚铜镜，便安静坐下，做一番小考证，欣赏铜镜漆色，光明冷彻，背有铭云："汉有善铜出白阳，取为镜，清如明，左龙右虎辅之。字体杂篆隶，真汉时字也。白阳不知所在，岂南阳白水阳乎？'如'字应作'而'字使耳。'左龙右虎'，皆未甚晓，更闲，为考之。"文集注：有文本作"俌"。俌，古同"辅"。"左龙右虎"，有版本作"左月右日"。[37]苏轼在鉴赏文章中还提到过玉磬，这样写道："其清越以长者，玉也。听万物之秋者，磬也。宝如是中，藜藿不再食。以是乐饥，不以告籴。"[38]这玉磬，或是苏轼藏品，或是在寺庙里欣赏过的文物。玉磬，通常指玉或铜制乐器，为佛寺中召集僧众所用的法器。念经时击磬，打击时回音，以此召集寺众。他考察这件铜镜，也许只是闲玩，这类器物未必是他关注的重点。

他把珍爱的吴道子的画捐掉了，那是在他极度困难的时期，他完全可以出售，换一点钱改善一下生活，但他没有，吴道子的画太稀罕了，应该放在寺庙里保管，以求众乐。不久，落住在武昌的蜀人收藏家王文甫来购买他的书法。苏轼的藏品捐赠了，他的书法作品又成了别人的收藏，这样的故事颇有情趣。这一时期，王文甫与他来往甚频，其中一次见面，苏轼在《书赠王文甫》中作了记载："王文甫好典买古书画诸物。

第四章
器道：摩挲钟鼎，格物静心

今日自言典两端砚台及陈归圣篆字，用钱五千。余请攀归圣例，每日持一两纸，只典三百文。文甫言甚善。川僧清悟在旁知状。"[39] 苏轼与王文甫谈妥，每天写一两张字，只典三百文。王文甫如获至宝，苏轼则甚为喜悦，以字换银缓解囊中羞涩。

苏轼痴迷于收藏墨，墨好，有利于写字画画。为了得到好墨，他甚至曾和黄庭坚争夺宝墨。黄庭坚的藏品中有制墨大师李承晏制的半块墨，十分珍贵，结果被苏轼夺走。《记夺鲁直墨》云："黄鲁直学吾书，辄以书名于时，好事者争以精纸妙墨求之，常携古锦囊，满中皆是物也。一日见过，探之，得承晏墨半挺。鲁直甚惜之，曰：'群儿贱家鸡，嗜野鹜。'遂夺之，此墨是也。元祐四年三月四日。"[40] 如此夺人所爱，还"明火执仗"地记下年月日，显示了他与学生黄庭坚特殊的友情，也反映了他嗜好成癖的放浪性情。

好友孙觉寄来了墨，其中有的出自制墨名家潘谷，苏轼顿生欢喜而写诗盛赞。《墨史》记载，潘谷在临终时，"取积券焚之"，烧了不少欠他墨钱的借据，可见他的慷慨，他的墨德。《东京梦华录》记载，他的墨在东京相国寺的交易市场上很受欢迎。苏轼在《孙莘老寄墨四首》诗中吟道："徂徕无老松，易水无良工。珍材取乐浪，妙手惟潘翁。鱼胞熟万杵，犀角盘双龙。墨成不敢用，进入蓬莱宫。"他敬重潘谷的人品，尊称他为"潘翁"，得到了他的好墨，不舍得用。当墨用完，他决定自己制墨。原本说藏墨很多，怎么眼下又没有？他被贬海南，来到这个蛮荒之地，所带东西有限，大多杂物都放在惠州了。墨用完了，老叫家人邮寄也不便。这可说是苏轼一贯的生活态度，一种实践精神，天生一双手，什么事情皆可尝试、实践一下。苏轼在《书所造油烟墨》中写出了他对制墨的感受："凡烟皆黑，何独油烟为墨则白，盖松烟取远，油烟取近，故为烟所灼而白耳，予近取油烟，才积便扫，以为墨皆黑，殆过于松煤，但调不得法，不为佳墨，然则非烟之罪也。"[41]

在这一过程中，他与另一位制墨名家潘衡有了交往。"金华潘衡初来儋耳，起灶作墨，得烟甚丰，而墨不甚精。予教其作远突宽灶，得烟几减半，而墨乃尔。其印文曰'海南松煤东坡法墨'，皆精者也。常当防墨工盗用印，使得墨者疑耳。此墨出灰池中，未五日而色已如此，日久胶定，当不减李廷珪、张遇也。元符二年四月十七日。"潘衡向

苏轼别传
茶道　香道　器道

苏轼学习制墨，他以松树为材料制墨，遂戏称"海南松煤东坡法墨"。[42]之后潘衡还借着苏轼的名义卖墨做生意。"《避暑录话》卷上：宣和初有潘衡者，卖墨江西，自言尝为子瞻造墨海上，得其秘法，故人争趋之。余在许昌见子瞻诸子，因问其季子过，求其法，过大笑曰：'先人安有法！在儋耳无聊，衡适来见，因使之别室为煤，中夜遗火几焚庐，翌日，煨烬中得煤数两，而无胶和，取牛皮胶以意自和之，不能为挺，磊块仅如指者数十，公亦绝倒，衡因是谢去。'盖后别自得法，借子瞻以行也。""天下事名实相蒙类如此，子瞻乃以善墨闻耶！衡今在钱塘，竟以子瞻故，售墨价数倍于前，然衡墨自佳，亦由墨以得名，其用功可与九华朱覲上下也。"就是说，苏过说潘衡并没有从苏轼那里学到什么方法，潘衡才是制墨高手，只是借苏轼名义推销自己的产品。[43]

苏轼虽然不是制墨高手，但可以看出他制墨时认真专业的精神。林语堂先生说苏轼做什么像什么。苏轼无论喜欢什么，都习惯亲力亲为，种茶、制茶、合香、篆香，眼下又制墨等，这种种皆性情人所为。

砚台也是苏轼的最爱，他收藏砚台的数量多，涉及的名品不少，如端砚、凤砚、歙砚等。面对诸多砚台，苏轼通过题刻与题诗进行鉴赏。苏轼与米芾争夺紫金砚台，乃一则佳话，流传甚广。藏于中国台北故宫博物院的米芾行书《紫金研帖》，叙述了一段他与苏轼争夺一方紫金砚台的故事，虽细节不详，但此事不虚，表明他精邃此道。苏轼喜爱文房用具中的砚台，曾以自己收藏的宝剑换取朋友的砚台："我家铜剑如赤蛇，君家石砚苍璧椭而洼。君持我剑向何许，大明宫里玉佩鸣冲牙。我得君砚亦安用，雪堂窗下尔雅笺虫虾。二物与人初不异，飘落高下随风花。蒯缑玉具皆外物，视草草玄无等差。君不见秦赵城易璧，指图睨柱相矜夸。又不见二生妾换马，骄鸣嚘泣思其家。不如无情两相与，永以为好譬之桃李与琼华。"（《张近几仲有龙尾子石砚以铜剑易之》）

苏轼写过很多砚台方面的铭文，不少朋友得了好砚，都请他写铭文。文同得了玉堂砚，请苏轼为之题铭："文同与可将赴陵州，孙洙巨源以玉堂大砚赠之。与可嘱苏轼为之铭，曰：'坡陀弥漫，天阔海浅。巨源之砚，淋漓荡潏。神没鬼出，与可之笔。烬南山之松，为煤无余。涸陵阳之水，维以濡之。'"[44]《孔毅甫龙尾砚铭》："涩不留笔，滑不拒墨。爪肤而縠理，金声而玉德。厚而坚，足以阅人于古今。朴而重，

第四章
器道：摩挲钟鼎，格物静心

不能随人以南北。"[45]《米芾石中山砚铭》："有盗不御，探奇发瑰。攘于彭蠡，斫钟取追。有米楚狂，惟盗之隐。因山作砚，其词如陨。"[46] 此外还有《黄鲁直铜雀研铭》《陈公密子石研铭》《唐陆鲁望研铭》等。[47]

他玩砚台，也有自己的寄托，与闻香喝茶，是一体性的修行，正如在《故人王颐有自然端砚砚之成于片石上稍稍加磨治而已铭曰》中说："其色马肝，其声磬，其文水中月，真宝石也。而其德则正，其形天合。"[48]《端砚铭》页中说："与墨为人，玉灵之食。与水为出，阴鉴之液。懿矣兹石，君子之侧。匪以玩物，维以观德。"[49]

苏轼的收藏活动看似随意，性情所致，其实有着"观德"的寓意。他收藏了一方"天石砚"，来历十分有趣。在苏轼眼里，自然万物都可以作为修行的对象。砚台，就是石头，或者说是加工后的好石头。成为砚台，常人以为有两个先决条件：好石头，经过加工，两者缺一不可。纵然一块石头，也让苏轼动心。他的散文《天石砚铭并序》这样写道："轼年十二时，于所居纱縠行宅隙地中，与群儿凿地为戏。得异石，如鱼，肤温莹，作浅碧色。表里皆细银星，扣之铿然。试以为砚，甚发墨，顾无贮水处。先君曰：'是天砚也，有砚之德，而不足于形耳。'因以赐轼，曰：'是文字之祥也。'轼宝而用之，且为铭曰：一受其成，而不可更。或主于德，或全于形。均是二者，顾予安取。仰唇俯足，世固多有。元丰二年秋七月，予得罪下狱，家属流离，书籍散乱。明年至黄州，求砚不复得，以为失之矣。七年七月，舟行至当涂，发书箧，忽复见之，甚喜，以付迨、过。其匣虽不工，乃先君手刻其受砚处，而使工人就成之者，不可易也。"[50]

苏轼童年时在纱縠寓所空地上与小伙伴们玩耍。掘地游戏，意外得到一块奇石，形状像鱼，外表温润，色浅绿，呈现细小银星，击之铿锵作声。试着当砚台，容易发墨，只是遗憾没有水池用以储水。父亲说："就是一方天砚，不具砚之形，却有砚之德。这可能是你写文章的祥瑞之兆。"苏轼遂珍惜使用，并刻上铭文。上天成就了这砚台，就不能改变其初衷。维持砚台之品德，还是要求其形体。均衡两者，取法哪个？如同仰唇俯足，这类的事人世间常有。元丰二年秋七月，苏轼得罪下狱，与家人颠沛流离，书籍散乱。第二年被贬黄州，却找不到这方砚台，以为已经丢失。元丰七年七月，乘船到当涂，打开书箱，忽然又看见了它，甚喜，就把这方砚台交给儿子苏迨、苏过保存。

苏轼别传
茶道　香道　器道

砚盒上的工艺一般，却是父亲亲手雕刻而成，盒子请工匠依据砚的造型制成，不能随意更换。

苏轼偶拾砚台，经过父亲点拨，用心对待这上天的赐予，最后又郑重地托付给儿子，表现了苏轼对这天赐石砚的珍爱之情。这体现了他对待世间万物的态度：事物之德与事物之形，两者都重要，但当两者不能齐全时，就看它是主于德，还是主于形。此砚台色温润，发墨好，是天生的好砚，天生其"德"，此时自然不必太在乎其形。砚之德喻人之德，自然也是有德更为可贵。这是玩石之德，也是这类玩法的首要，推及其他，书画之德、器玩之德、茶之德、香之德，全赖此理。

苏轼对上古青铜器的鉴藏，留有不少短文，也见出他擅于此道。如《书黄州古编钟》："黄州西北百余里，有欧阳院。院僧蓄一古编钟，云得之耕者。发其地，获四钟，斫破其二，一为铸铜者取去，独一在此耳。其声空笼，然颇有古意，虽不见韶濩之音，犹可想见其仿佛也。"[51]《书古铜鼎》："旧说明皇羯鼓，卷以油，注中不漏。或疑其诞。吾尝蓄古铜鼎盖之。煮汤而气不出，乃知旧说不妄。"[52]《书金錞形制》："《周礼》有金錞，《国语》有錞于丁宁，萧齐始兴王鉴尝得之，高三尺六寸六分，围二尺四寸，圆如筒，铜色墨如漆。上有铜马，以绳悬马，令去地尺余，灌之以水，又以器盛水于下，以芒茎当心跪注錞于，清响如雷，良久乃已。记者既能道其尺寸之详如此，而拙于遣词，使古器形制不可复得其仿佛，甚可恨也。"[53]

苏轼写过不少古琴的鉴赏短文，在《家藏雷琴》一文中说："余家有琴，其面皆作蛇蚹纹，其上池铭云：'开元十年造，雅州灵关村。'其下池铭云：'雷家记八日合。'不晓其'八日合'为何等语也？其岳不容指，而弦不㪇，此最琴之妙，而雷琴独然。求其法不可得，乃破其所藏雷琴求之。琴声出于两池间，其背微隆，若薤叶然，声欲出而隘，徘回不去，乃有余韵，此最不传之妙。"[54]古琴的形制定型于汉魏，至唐斫琴技艺达至巅峰。斫琴名家不少，其中西蜀雷氏所制的雷琴非常有名，不少音乐家极力推崇雷琴为天下无双。苏轼在文中展现了他的鉴藏心得，很有可能这款雷琴是家中所藏。《文与可琴铭》中说："文与可家有古琴，予为之铭曰：攫之幽然，如水赴谷。醳之萧然，如叶脱木。按之噫然，应指而长言者似君。置之枵然，遗形而不言者似仆。"[55]

第四章
器道：摩挲钟鼎，格物静心

文与可，即文同，苏轼表兄，北宋画家。文与可家藏古琴，苏轼爱之并撰铭文。铭文描写了弹奏时指法上的变化。"攫之幽然，如水赴谷"，攫和醳，可能是描写指法，攫，急速抓弦，声音如清泉冲入山谷。醳，古通"释"，释放之意，攫取之后，突然放开，声音如萧瑟之秋纷纷掉叶，所以战国时邹忌这样论琴："攫之深，醳之愉。"

苏轼有关描写琴的鉴藏短文，还有《琴非雅声》《琴贵桐孙》《桑叶揩弦》《书仲殊琴梦》《书林道人论琴棋》等。

苏轼是一个大作家，喜爱读书，但藏书不多，因时常居无定所，也不便多藏。他在《李氏山房藏书记》一文中写到了藏书，道出了他对藏书的看法：

"象犀珠玉，怪珍之物，有悦于人之耳目，而不适于用。金石、草木、丝麻、五谷六材，有适于用，而用之则弊，取之则竭。悦于人之耳目而适于用，用之而不弊，取之而不竭，贤不肖之所得，各因其才，仁智之所见，各随其分；才分不同，而求无不获者，惟书乎！

"自孔子圣人，其学必始于观书。当是时，惟周之柱下史老聃为多书。韩宣子适鲁，然后见《易象》与《鲁春秋》。季札聘于上国，然后得闻《诗》之风、雅、颂。而楚独有左史倚相，能读《三坟》《五典》《八索》《九丘》。士之生于是时，得见《六经》者盖无几，其学可谓难矣。而皆习于礼乐，深于道德，非后世君子所及。自秦汉以来，作者益众，纸与字画日趋于简便。而书益多，士莫不有，然学者益以苟简，何哉？余犹及见老儒先生，自言其少时，欲求《史记》《汉书》而不可得，幸而得之，皆手自书，日夜诵读，惟恐不及。近岁市人转相摹刻诸子百家之书，日传万纸，学者之于书，多且易致如此，其文词学术，当倍蓰于昔人，而后生科举之士，皆束书不观，游谈无根，此又何也？"

"余友李公择，少时读书于庐山五老峰下白石庵之僧舍。公择既去，而山中之人思之，指其所居为李氏山房。藏书凡九千余卷。公择既已涉其流，探其源，采剥其华实，而咀嚼其膏味，以为己有，发于文词，见于行事，以闻名于当世矣。而书固自如也，未尝少损。将以遗来者，供其无穷之求，而各足其才分之所当得。是以不藏于家，而藏于其故所居之僧舍，此仁者之心也。"

苏轼别传
茶道 香道 器道

"余既衰且病,无所用于世,惟得数年之闲,尽读其所未见之书。而庐山固所愿游而不得者,盖将老焉。尽发公择之藏,拾其余弃以自补,庶有益乎!而公择求余文以为记,乃为一言,使来者知昔之君子见书之难,而今之学者有书而不读为可惜也。"[56]

此文文首开宗明义,说象牙美玉等藏品只用来欣赏,金石、草木、丝麻等物品容易破损而不能持久。一个人无论资质天分高低,只要爱上读书,总是会有收获的。从圣人孔子开始,要想学习往往从读书开始。古代读书人条件艰苦,能够读到儒家六部经典之作的不多。礼制和音乐的造诣,道德上的学养,为后来的读书人所不能及。秦汉以降,著书的多了起来,书写工具简便,读书人不会不藏书,然而读书之人却越来越苟且度日,这是为何呢?我有幸见到爱读书的长辈,他们说孩提时想看《史记》《汉书》等,有福气地借到了书,都会抄写下来,以便能日夜诵读。近年来书市发达,刊印翻刻也多,对于想读书的,想觅好书的,都容易,按常理文词学术应该比古人好。然而眼下参加科考的年轻人,将书籍捆扎起来不读,言谈没有根底,十分空洞。好友李公择,少年时在庐山五老峰下白石庵中苦读。他离去后,住过的僧舍被命名为"李氏山房",藏书多达九千多卷,保存完整,没有损毁。他愿意把这些书留传给后来的学子,供他们学习。所以藏书者,不把书藏于家里,而是分享给其他读书人,这才是藏书人的仁者之心。苏轼在这篇文章中,称赞这种可贵的藏书人,正好反衬当时那些不好书本的言语浮夸者。他感叹,藏书者只是为了获名,而不发挥藏书的作用,能有多少价值呢?李公择慷慨捐藏以遗来者的义举,深得苏轼称赞。

这篇文章,显示了苏轼的收藏重在德、行以道。苏轼曾在《海上与友人书》中说:"到此抄得《汉书》一部,若再抄得《唐书》,便是贫儿暴富。"他被贬谪到海南儋州以后,无书可读,就向当地的士人借来《汉书》并抄录,又想若能再抄到一部《唐书》,那种感觉就像"贫儿暴富"。[57]

苏轼把借到书后可以抄书,看作突然暴富起来,可以想象,他是多么爱书。要是他安居乐业,一定会大量藏书。他多次被贬,开始还随身带一点书,之后就带得少了。渡海至儋州,他随身所带的只能以笔墨等文玩为主。

奇石,宋人收藏者不少,苏轼自然也喜欢。收藏到几尊美石后,他写下了咏石的

第四章
器道：摩挲钟鼎，格物静心

诗词，如《仇池石》《咏怪石》《雪浪石》《双石》等。他把在定州收得的雪浪石，视若珍宝，并吟诵："尽水之变蜀两孙，与不传者归九原。异哉驳石雪浪翻，石中乃有此理存。玉井芙蓉丈八盆，伏流飞空漱其根。东坡作铭岂多言，四月辛酉绍圣元。"雪浪石布满黑白纹饰，白色纹路如雪花逐浪奔腾，遂安置在用曲阳白石制作的芙蓉纹大盆里，时常欣赏，其居室因此被命名为"雪浪斋"。"《墨庄漫录》卷八叙苏轼知定，得黑石白脉，如孙知微所画石间奔流，尽水之变；又作白石大盆以盛之，激水其上，名其室曰雪浪斋。"一年后苏轼被贬英州，还未启程，又被加重惩罚，被贬往更远的惠州。到了惠州，苏轼仍怀念这尊雪浪石，在写给好友滕希靖《次韵滕大夫三首》中两次提到了雪浪石。[58]

"仇池石"也是苏东坡所爱，他写道：

"仆所藏仇池石，希代之宝也。王晋卿以小诗借观，意在于夺，仆不敢不借，然以此诗先之。

"海石来珠宫，秀色如蛾绿。坡陀尺寸间，宛转陵峦足。连娟二华顶，空洞三茅腹。初疑仇池化，又恐瀛州蹙。殷勤峤南使，馈饷扬州牧。得之喜无寐，与汝交不渎。盛以高丽盆，藉以文登玉。幽光先五夜，冷气压三伏。老人生如寄，茅舍久未卜。一夫幸可致，千里还相逐。风流贵公子，窜谪武当谷。见山应已厌，何事夺所欲。欲留嗟赵弱，宁许负秦曲。传观慎勿许，间道归应速。"

原来这块心爱的奇石被好友王诜借去，苏轼恐怕他不还，戏写这首《仇池石》，表明自己心之所爱，希望王诜完璧归赵。[苏轼的另一首《咏怪石》也非常有名："家有粗险石，植之疏竹轩。人皆喜寻玩，吾独思弃捐。以其无所用，晓夕空崭然。砧础则甲圻，砥砚乃枯顽。于缴不可礜，以碑不可镌……云我石之精，愤子辱我欲一宣。天地之生我，族类广且蕃。子向所称用者六，星罗雹布盈溪山。伤残破碎为世役，虽有小用乌足贤。如我之徒亦甚寡，往往挂名经史间。居海岱者充禹贡，雅与铅松相差肩。处魏榆者白昼语，意欲警惧骄君悛。或在骊山拒强秦，万牛汗喘力莫牵。或从扬州感卢老，代我问答多雄篇。子今我得岂无益，震霆凛霜我不迁。雕不加文磨不莹，子盍节概如我坚。以是赠子岂不伟，何必责我区区焉。吾闻石言愧且谢，丑状欻去不可攀。

苏轼别传
茶道 香道 器道

骇然觉坐想其语，勉书此诗席之端。"

《双石》是苏轼的一首七律，描写了在扬州觅得绿、白两块奇石："梦时良是觉是非，汲井埋盆故自媿。但见玉峰横太白，便从鸟道绝峨眉。秋风兴作烟云意，晓日令涵草木姿。一点空明是何处，老人真欲住仇池。"

苏轼在徐州为官时，曾来到灵璧张氏兰皋园，园中假山奇石让他踯躅不前，反复欣赏其中麋鹿宛颈状的石头，遂作《丑石风竹图》。主人甚喜，送麋鹿宛颈状的灵璧石给苏轼。"灵璧出石，然多一面。刘氏园中砌台下，有一株独巉，然及覆可观，作麋鹿宛颈状。东坡居士欲得之，乃画临华阁壁，作丑石风竹。主人喜，乃以遗予。居士载归阳羡。元丰八年四月六日。"[59]之后苏轼又写文章《灵璧张氏园亭记》记录了一些感受："古之君子，不必仕，不必不仕。必仕则忘其身，必不仕则忘其君。譬之饮食，适于饥饱而已。然士罕能蹈其义、赴其节。处者安于故而难出，出者狃于利而忘返。于是有违亲绝俗之讥，怀禄苟安之弊。今张氏之先君，所以为其子孙之计虑者远且周，是故筑室艺园于汴、泗之间，舟车冠盖之冲，凡朝夕之奉，燕游之乐，不求而足。使其子孙开门而出仕，则跬步市朝之上，闭门而归隐，则俯仰山林之下，于以养生治性，行义求志，无适而不可。故其子孙仕者皆有循吏良能之称，处者皆有节士廉退之行。盖其先君子之泽也。"[60]

苏轼离开京师东行来到灵璧。张氏的园亭位于汴水之北，风景很美。张氏家族世世代代都颇为显达。张氏园亭之好，可隐居，可养性情。张氏子孙凡出仕皆获好名声，而不仕者更是保持了高洁廉退的品性，是为先君之泽。苏轼从参观张氏的园亭到对灵璧石的鉴藏，就想过这般生活："南望灵璧，鸡犬之声相闻，幅巾杖屦，岁时往来于张氏之园。"

关于收藏，苏轼认为无论什么物类，最终得符合自身修身养性之需。从大量文献遗存以及古画描述的博古图可看出（图4-10）,宋代文人喜欢庋藏古物的风气非常浓厚，赵佶、欧阳修、王晋卿、李公麟、苏轼、米芾、黄庭坚、赵明诚、李清照、贾似道等皆为收藏大家，这些宋朝知名的皇帝、诗人、艺术家、官僚等不仅热衷收藏，更是博古通今，追求收藏背后的学术、闲玩的趣味。只有这样，才能显示士人生活的格调不凡，

第四章
器道：摩挲钟鼎，格物静心

求得别样的生活方式。正如此词的描摹："明窗净几，罗列布置，篆香居中，佳客玉立相映，时取古人妙迹以观，鸟篆蜗书，奇峰远水，摩挲钟鼎，亲见商周，端砚涌岩泉，焦桐鸣玉佩。"（南宋赵希鹄《洞天清禄集》）

图4-10 宋 刘松年（传）《博古图》 中国台北故宫博物院

苏轼别传
茶道 香道 器道

注释

[1] 许次纾：《茶疏》《大观茶论·外二种》，中华书局，2015，第 109 页。

[2] 蔡襄：《蔡襄集》，徐勃等编、吴以宁校，上海古籍出版社，1996。

[3] 祝穆、祝洙、施和金编撰《方舆胜览》卷十一《建宁府》，台湾文海出版社，孔氏岳雪楼影钞本。

[4] 蔡襄：《蔡襄集》，徐勃等编、吴以宁校，上海古籍出版社，1996。

[5] 许次纾：《茶疏》《大观茶论·外二种》，中华书局，2015，第 117 页。

[6] 桑行之等编《说陶》，上海科教出版社，1993，第 364 页。

[7] 李娟：《宋代程朱理学官学地位研究》，东北师范大学出版社，2015。

[8] 《中国历代文论选》（第 2 册），上海古籍出版社，1979，第 305 页。

[9] 《中国文学珍本丛书》第 55 号卷六，江苏古籍出版社，1991。

[10] 赵佶：《大观茶论》，中华书局，2015，第 33 页。

[11] 陶谷撰，李益民等注释《清异录》，中国商业出版社，1985，第 84 页。

[12] 赵青云、赵文斌：《钧窑瓷》，江西美术出版社，2000，第 6 页。

[13] 蔡襄：《蔡襄集》，徐勃等编、吴以宁校，上海古籍出版社，1996。

[14] 欧阳修：《归田录》，上海古籍出版社，2012。

[15] 孔凡礼点校《苏轼文集》卷七十《书青州石末砚》，中华书局，1986，第 2241 页。

[16] 陈敬：《陈氏香谱》卷三，中国书店，2018，第 51 页。

[17] 陈敬：《陈氏香谱》卷四，中国书店，2018，第 25 页。

[18] 陈敬：《陈氏香谱》卷四，中国书店，2018，第 54-55 页。

[19] 同上注。

[20] 赵希鹄：《洞天清禄》《怪石辨·东坡小有洞天》，广陵书社，2020。

[21] 林语堂：《苏东坡传》，陕西师范大学出版社，2006，第 234 页。

[22] 陈敬：《陈氏香谱》卷四，中国书店，2018，第 25 页。

[23] 陈敬：《陈氏香谱》卷四，中国书店，2018，第 26 页。

[24] 丁福保：《佛教大辞典》，福建莆田广化寺印行，1990，第 1077 页。

[25] 孔凡礼点校《苏轼文集》卷七十《又跋汉杰画山二首》，中华书局，1986，第 2216 页。

[26] 孔凡礼点校《苏轼文集》卷六十九《题笔阵图王晋卿所藏》，中华书局，1986，第 2170 页。

[27] 孔凡礼：《苏轼年谱》，中华书局，2005，第 546 页。

[28] 孔凡礼点校《苏轼文集》第二册卷十一《净因院画记》，中华书局，1986，第 367 页。

[29] 孔凡礼点校《苏轼文集》第五册六十九《跋鲁直为王晋卿小书尔雅》，中华书局，1986，第 2195 页。

[30] 孔凡礼点校《苏轼文集》第五册六十九《题颜鲁公书画赞》，中华书局，1986，第 2177 页。

[31] 孔凡礼点校《苏轼文集》第五册六十九《跋欧阳文忠公书》，中华书局，1986，第2185页。

[32] 孔凡礼点校《苏轼文集》第五册卷七十《书黄筌画雀》，中华书局，1986，第2213页。

[33] 孔凡礼点校《苏轼文集》第五册卷七十《书墨》，中华书局，1986，第2221页。

[34] 孔凡礼点校《苏轼文集》第五册卷七十《与宝月大师五首》，中华书局，1986，第1889页。

[35] 杨胜宽：《苏轼与米芾交往评述》，《乐山师范学院学报》2002年第5期。

[36] 孔凡礼点校《苏轼文集》第五册《付过二首》，中华书局，1986，第1840页。

[37] 孔凡礼点校《苏轼文集》第四册《答李方叔十七首》，中华书局，1986，第1576页。

[38] 孔凡礼点校《苏轼文集》第二册《玉磬》，中华书局，1986，第559页。

[39] 孔凡礼点校《苏轼文集》第五册卷六十九《书赠王文甫》，中华书局，1986，第2188页。

[40] 孔凡礼点校《苏轼文集》第五册卷七十《记夺鲁直墨》，中华书局，1986，第2226页。

[41] 孔凡礼点校《苏轼文集》第五册卷七十《书所造油烟墨》，中华书局，1986，第2224页。

[42] 孔凡礼点校《苏轼文集》第五册卷七十《书潘衡墨》，中华书局，1986，第2229页。

[43] 孔凡礼：《苏轼年谱》下，中华书局，1986，第1308页。

[44] 孔凡礼点校《苏轼文集》第二册卷十九《玉堂砚铭》，中华书局，1986，第548页。

[45] 孔凡礼点校《苏轼文集》第二册卷十九《孔毅甫龙尾砚铭》，中华书局，1986，第549页。

[46] 孔凡礼点校《苏轼文集》，第二册卷十九《米芾石中山砚铭》，中华书局，1986，第550页。

[47] 孔凡礼点校《苏轼文集》第二册卷十九，中华书局，1986，第552–554页。

[48] 孔凡礼点校《苏轼文集》第二册卷十九《故人王颐有自然端砚砚之成于片石上稍稍加磨治而已铭曰》，中华书局，1986，第555页。

[49] 孔凡礼点校《苏轼文集》第二册卷十九《端砚铭》，中华书局，1986，第552页。

[50] 孔凡礼点校《苏轼文集》第二册卷十九《天石砚铭并序》，中华书局，1986，第556页。

[51] 孔凡礼点校《苏轼文集》卷七十一《书黄州古编钟》，中华书局，1986，第2251页。

[52] 孔凡礼点校《苏轼文集》卷七十一《书古铜鼎》，中华书局，1986，第2251页。

[53] 孔凡礼点校《苏轼文集》卷七十一《书金錞形制》，中华书局，1986，第2251页。

[54] 孔凡礼点校《苏轼文集》卷七十一《家藏雷琴》，中华书局，1986，第2243页。

[55] 孔凡礼点校《苏轼文集》第五册卷七十一《文与可琴铭》，中华书局，1986，第2245页。

[56] 孔凡礼点校《苏轼文集》第二册卷十一《李氏山房藏书记》，中华书局，1986，第359页。

[57] 吕友者《苏东坡的收藏逸事》，《读者欣赏》2017年第9期。

[58] 孔凡礼点校《苏轼年谱》，中华书局，1986，第1125页。

[59] 孔凡礼点校《苏轼文集》卷七十《书画壁易石》，中华书局，1986，第2214页。

[60] 孔凡礼点校《苏轼文集》第二册卷十一《灵壁张氏园亭记》，中华书局，1986，第368页。

第五章 养内之道，超然物外

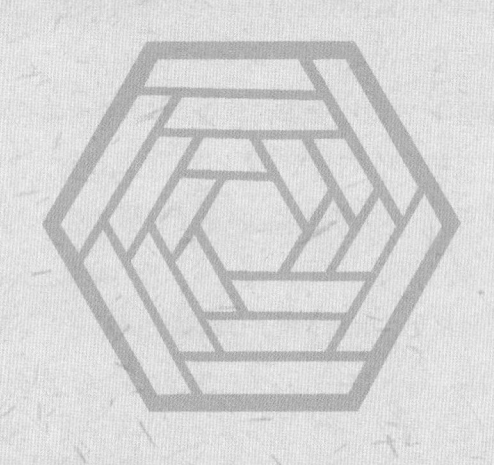

苏轼别传
茶道　香道　器道

苏轼的藏品种类较多，无论哪一类的闲玩庋藏，都体现了这样的价值观：崇尚器物背后的天道与天然理趣，格物静心，内养性情。苏轼《定风波》中写："此心安处是吾乡。"心安，是收藏的核心。这个核心的建立，首先得具有不慕荣利、超然物外的情怀。苏轼醉心于闲玩，逐渐远离官场生活，是倾心老庄哲学的结果。他自称"某龆龀好道"，到了中年，他的老庄思想已经衍化为修性的精神养料，贯穿于茶道、香道、器玩等相关的活动中，其本质益于精神生活，能提高生活质量，给人以心安。除了崇奉老庄思想，苏轼还追慕陶渊明的生活方式。他在《借前韵贺子由生第四孙》一诗中写道："今日散幽忧，弹冠及新沐。况闻万里孙，已报三日浴。朋来四男子，大壮泰临复。开书喜见面，未饮春生腹。无官一身轻，有子万事足。"这首诗的思想基础自是老庄哲学。首先，人生一世，不做官也能获得快乐，子孙后代身强力壮，躬耕田亩，乃人间快事。其次，安居乐贫，安于简陋的乡居生活，此乃道家追求的生活方式。苏轼追慕陶渊明，时常和陶渊明的诗，推崇高风绝尘的魏晋诗风。"东坡尤喜渊明诗，在扬州，因饮酒，遂和渊明饮酒二十首，序其和诗之因，仄曰，将尽和其诗而后已。"[1]苏辙曾在文章中谈及苏轼心系陶渊明之况："是时，辙亦迁海康，书来告曰：'古之诗人有拟古之作矣，未有追和古人者也。追和古人，则始于东坡。吾于诗人，无所甚好，独好渊明之诗。渊明作诗不多，然其诗质而实绮，癯而实腴，自曹、刘、鲍、谢、李、杜诸人皆莫及也。吾前后和其诗凡百数十篇，至其得意，自谓不甚愧渊明。今将集而并录之，以遗后之君子，子为我志之。然吾于渊明，岂独好其诗也哉？如其为人，实有感焉。渊明临终，疏告俨等："吾少而穷苦，每以家贫，东西游走。性刚才拙，与物多忤，自量为己必贻俗患，黾勉辞世，使汝等幼而饥寒。"渊明此语，盖实录也。吾今真有此病而不蚤自知，半生出仕，以犯世患，此所以深服渊明，欲以晚节师范其万一也。'嗟夫！渊明不肯为五斗米一束带见乡里小人，而子瞻出仕三十余年，为狱吏所折困，终不能悛，以陷于大难，乃欲以桑榆之末景，自托于渊明，其谁肯信之？虽然，子瞻之仕，其出入进退，犹可考也。后之君子其必有以处之矣！"[2]

从文中可看出，经历仕途颠簸，苏轼开始追求清静，看淡复杂的现实，不为官场、物事所累。他屡屡被贬，每次都容易深陷绝望，每次又都能轻盈转身，可以说主要是

第五章
养内之道，超然物外

道家思想在起作用。

苏轼多次被贬到蛮荒之地，衣食忧，居住愁，但他能清茶一碗，焚香冥想，安静下来。他平日里的茶道、香道、器道，看似闲玩，其实早就被当作修心内养之道，这在茶香生活中体现得十分充分。在其诗词中经常出现这样的场景，"清风击两腋，去欲凌鸿鹄""意爽飘欲仙，头轻快如沐"。仿佛道家高人在品茗，在驰骋。"壁上墨君不解语，见之尚可消百忧。而况我友似君者，素节凛凛欺霜秋。清诗健笔何足数，逍遥齐物追庄周。夺官遣去不自沉，晓梳脱发谁能收。江边乱山赤如赭，陵阳正在千山头。君知远别怀抱恶，时遣墨君消我愁。"他信奉的是逍遥庄周，看开得失，豁达人生。"浓茗洗积昏，妙香净浮虑"，茶首先提神，更重要的是能驱除忧伤，把消极浮躁、无望等情绪抛开，清茶入口，闻香窈冥，大脑除净了"积昏"和"浮虑"。这般茶香生活，成了解脱烦累、安然面世的良方，能够赖以抵达道家彼岸清风澄明之境。苏轼的大半生总是在如此努力，学习如何控制自己的心灵，进而稳定情绪，以求心安。这些闲玩成了他的生活态度、生活方式。不过要想获得持久的安宁，除了闲玩养性，还要修身，通过一系列道家养生功法，增强体质。

苏轼的丹道养生功法总体上立足于日常的保健，并使之成为一以贯之的生活方式，与茶香结合，茶禅合一、闻香静坐。这般的保健，即静坐冥想、运气吐纳等内丹养生方法，隶属于丹道，性命双修为其主要目的。用现在的话讲，这是一种追求生命科学的养生方法。练运气、勤吐纳等此类养生方法是古代内丹养生术中常见的修炼手段，专于内守，以养其神。有关运气功法的文字描述，最早出现在战国后期的一件十二面棱柱状体玉器上："行气，深则蓄，蓄则伸，伸则下，下则定，定则固，固则萌，萌则长，长则退，退则天。天几春在上，地几春在下。顺则生逆则死。"这件玉器被称为"行气玉佩铭"，现藏于天津博物馆，是迄今为止我国发现的最早的养生文献。不少专家认为此铭文描写了小周天功的炼养方法以及行气时的要诀，虽其内容所指尚有争议，但关乎运气养生这一点已成共识。

本章着重描述苏轼长期坚持闻香静坐以及道家养内术的修炼，这些描述主要来自他的诗文所涉及的道家养内术的内容，他的这些修炼方法已被很多史学家证实。宋人

苏轼别传
茶道 香道 器道

平均寿命通常 50 岁不到，宋代文人中受了磨难，早夭的，不到 50 岁就去世的不少。而苏轼经历的苦难远甚于多数人，却活到 66 岁，远高于当时的平均寿命。从他一生中三次大的磨难可看出，他之所以能够一一挺过难关，主要是依赖了这些养内健身活动。苏轼注重身体实践、体能炼养，追求静以养气、以气养神，重视传统养内术的吐纳之法，以增强呼吸系统的功能，进而达到健身延寿的目的。苏轼中晚年更加迷恋这些养生功法，源于其自身的现实，是精神解脱和强身之所需。

1. 我守其一，摄心定念

无论是茶香道的养性还是养内术的健身，都被苏轼当作了日常的功课，其原动力主要是道家思想。中年之后他的宗教思想广纳并蓄，道佛并摄，最终寻得安身立命、超然物外的处世哲学。他崇尚道家的"归根守一""顺乎自然"，之后又迷恋佛家的"乃无一可守，此外皆是幻"。[3] 亲人去世，以佛理自慰，遇到官宦沉潜，赖道家之学以求散淡。苏辙在墓志铭中描述了苏轼的学问范围："少与辙皆师先君。初好贾谊、陆贽书，论古今治乱，不为空言。既而读《庄子》，喟然叹息曰．'吾昔有见于中，口未能言，今见《庄子》，得吾心矣。'乃出《中庸论》，其言微妙，皆古人所未喻。尝谓辙曰：'吾视今世学者，独子可与我上下耳。'既而谪居于黄，杜门深居，驰骋翰墨，其文一变，如川之方至，而辙瞠然不能及矣。后读释氏书，深悟实相，参之孔、老，博辩无碍，浩然不见其涯也。先君晚岁读《易》，玩其爻象，得其刚柔远近、喜怒逆顺之情以观其词，皆迎刃而解。作《易传》，未完。疾革，命公述其志。公泣受命，卒以成书，然后千载之微言，焕然可知也。复作《论语说》，时发孔氏之秘。最后居海南，作《书传》，推明上古之绝学，多先儒所未达。既成三书，抚之叹曰：'今世要未能信，后有君子当知我矣。'"[4] 从苏辙文中可见，苏轼一生学习甚杂，积淀丰厚，这给他平日里的茶道、香道、丹道养内修行奠定了深博的文化基础。考察其文学创作，他能取得如此伟大的天才般的成就，跟他广泛涉猎、学养丰厚有重大关系。

苏轼早年崇道，跟整个宋代风行道教有关。这首先在于朝廷积极崇道，学者杨万

第五章
养内之道，超然物外

里在《宋词与宋代的城市生活》"道教之学"一节中写道：当时各地道宫甚多，都城开封道教建筑林立，其中最为奢华的是玉清昭应宫，其规模盛大，光房屋就有2610间，此外还有景灵宫726间、东太一宫1100间、上清宫1242间，其道观盛况十分惊人。另外，宋真宗时期的天书事件加速了整个宋代推崇道教的步伐。天书事件即在皇城上空出现黄帛，上书当今皇帝赵恒是天命所赐云云，此景又恰巧符合真宗梦中所见，故改元大中祥符。宋代的宗教政策又是道佛并重，僧尼道士的数量大增，并可任官。苏轼的道教思想，也跟他的出生地有关。苏轼生于四川眉山，道教正发源于巴蜀地区，道教观宇遍布城乡，人们前往祭拜神灵，寻求精神寄托。道观道教活动兴盛，尽显教化功能，遇到灾年时还能起到救济作用。苏轼童年时就生活在道家文化圈中，这是他人生旅程的出发点，之后，道家文化成了他精神生活的重要组成部分。他八岁就拜道士为师，在《道士张易简》中写道："吾八岁入小学，以道士张易简为师。童子几百人，师独称吾与陈太初者……"[5] 在另外一篇小文《陆道士能诗》中，他写到自己与陆道士交往频繁，陆道士仙风道骨，精通丹药，还擅写诗。苏轼赞赏道："陆道士惟忠字子厚，眉山人，好丹药，通术数，能诗，萧然有出尘之姿，久客江南，无知之者。予昔在齐安，盖相从游，因是谒子由高安，子由大赏其诗。会吴远游之过彼，遂与俱来惠州，出此诗。"[6] 道士情结，在苏轼被贬时起到了精神化解的作用，他时常给道观、道堂撰文，于是有了《众妙堂记》《观妙堂记》《庄子祠堂记》等美文。苏轼推崇心灵虚寂、坚守清静、修身养性、复返自然。这些道家思想伴随他一生，对他的养内修炼起到了重要的作用。

苏轼步入仕途时，朝廷正上演着革新与守旧两派的斗争，王安石在宋神宗支持下力推新法，苏轼不愿做官场中的看客，上书神宗反对新法。结果被冷落，频频受到打压。他只得上书请求自贬外任，获准后就职杭州通判，之后又到密州、徐州、湖州等地任知州。在此期间，他积极参与地方治理，做了不少市政之事，如携百姓治理西湖等，至今传为美谈。可见他在仕途上的退，并没有让他产生多少消极的情绪，只要时机合适，他会积极参政，惠及民生，也见出儒家思想在起作用。闲暇时他又崇道，深居简出，自我修行。然而，被贬黄州，苏轼发生了很大的变化，从之前持有的儒家情怀渐转为道家的看淡放下，对官场的兴趣已大大减退。宋神宗念他在黄州之苦，把他调到汝州。

苏轼别传
茶道　香道　器道

苏轼婉辞，写信给皇帝，说身体不好，要去常州养老。不久神宗去世，其子赵煦（哲宗）即位，年仅十岁，其祖母宣仁太后以太皇太后的身份执政。苏轼开始得宠，在一年多的时间里连连升官，从一名犯官一跃升到三品大员，登州知州、礼部郎中、起居舍人、翰林学士等，穿金戴紫，荣极一时，距离宰相一步之遥。此时党争诸多，他又看不惯司马光等人全部否定革新派的做法，受到攻击，他开始厌倦，又自贬外任，还是觉得做地方官来得清静。

这个阶段，他似乎采取了分身术，一半介入政事，一半过着退隐山林的生活。眼下的心情与上次自贬时期写的《宿九仙山》透露的心迹类似。通常说苏轼从"乌台诗案"开始觉得政治上不得志而迷恋道教，其实不然，他在落难黄州之前，已经预感到将来的命运，他敢说敢为的天性，与谨小慎微、见风使舵的官场之道格格不入。七律《宿九仙山》是他38岁任杭州通判期间，游览九仙山、夜宿无量院时写的："风流王谢古仙真，一去空山五百春。玉室金堂余汉士，桃花流水失秦人。困眠一榻香凝帐，梦绕千岩冷逼身。夜半老僧呼客起，云峰缺处涌冰轮。"

九仙山，苏轼心仪已久，相传是东晋葛洪、许迈等炼丹成仙之处。他在诗题下自注："九仙谓左元放、许迈、王、谢之流。"苏轼宽谷博学，不同宗教被有些人视若水火，在他眼里却三教贯通。儒家重求实入世，佛家讲世道轮回，道家则超然出世。苏轼每个阶段各有偏重，因时而异。从这首诗就可看出，他非常心仪古代那些道教高人。苏东坡与那些醉心于"茹草木，服金石，吸日月之精"的外丹养炼者不同，他希望通过炼丹、服食丹药来求得身体健康和内心澄澈，求得有别于这个污浊现实的清凉世界，而不只是追求长生不老之术。他与欧阳修一样，欣赏道教的"养内之术"，注重性命双修。他来到九仙山，自然得叩拜两位得道高人，同时还拜谒名流王导、谢安等人的故地。他在诗中感慨，东晋的王导与谢安是风流人物，政治上比自己得志多了，但再风流，时光荏苒，一晃五百春秋过去了。"玉室金堂余汉士，桃花流水失秦人"，这华美的道观"金堂玉室"，是古代仙人道士炼丹之地，如今只留下左元放、许迈等人的塑像，而陶渊明笔下的桃源仙境里的人，他们在哪？隔世穿越，依稀唯见山间淙淙，万物归寂。左元放，是东汉道士；许迈，乃东晋道士。《晋书·许迈传》记载，许迈给王羲之写

第五章
养内之道，超然物外

信说："自山阴南至临安，多有金堂玉室，仙人芝草，左元放之徒，汉末诸得道者皆在焉。"游览毕，苏轼晚上宿于山上，点了香："困眠一榻香凝帐，梦绕千岩冷逼身。"诗中的主人公在香帐中睡了一个混沌觉，寒风刺骨，半夜被叫醒，"夜半老僧呼客起，云峰缺处涌冰轮"，去欣赏云峰天宇间涌出的一轮清冷圆月。诗句蕴藉，富有禅意，折射出他平时坐禅闻香、静养练功的状态。赏月是诗人的日常行为，为何要在短短的诗歌里特意描写？只因如此景观还寓意道家的色彩和指向——看来我今后的命运将是常伴一月冰轮。这是写景名句，九仙山上无量院有冰轮阁，因苏轼的诗句而得名。

从上面的诗句可看出，在落难黄州之前，苏轼已有看淡名利、离开官场的思想准备。他自贬就职杭州通判之后前往密州，在赴密州之前写的词《浣溪沙》："细雨斜风作小寒，淡烟疏柳媚晴滩。入淮清洛渐漫漫。雪沫乳花浮午盏，蓼茸蒿笋试春盘。人间有味是清欢。"以及在密州期间写的《望江南·春未老》，都抒发了一种脱俗超然的情思："寒食后，酒醒却咨嗟。休对故人思故国，且将新火试新茶。诗酒趁年华。"这两首词中都写到了茶，体现了苏轼向往的生活带有道家思想特征。

苏轼崇尚的道教，是在道家思想影响下的道教。通常认为，以老庄之学为代表的先秦道家，先以老子发轫，后以庄子集道家思想之大成。汉代发展出来的道教，是以老庄思想为圭臬，并把老庄思想宗教化，杂糅战国、汉朝的神仙方术、民间巫术、养生医术等所形成的道教，对当时社会产生了深远的影响，同时道家思想也借助于道教得到了传播和发展。从苏轼崇道的诗文中可看出，他看重的，是在道家思想观照下的道教养生理念，如精气搬运、存神闭息、吐故纳新等方法，以求得内观守静、祛病强身。

"吾侪渐衰，不可复作少年调度，当速用道书方士之言，厚自养炼。谪居无事，颇窥其一二。已借得本州天庆观道堂三间，冬至后，当入此室，四十九日乃出，自非废放，安得就此。太虚他日一为仕宦所縻，欲求四十九日闲，岂可复得耶？当及今为之。但择平时所谓简要易行者，日夜为之，寝食之外，不治他事，但满此期，根本立矣。此后纵复出从人事，事已则心返，自不能废矣。此书到日，恐已不及，然亦不须用冬至也。"[7]

从这段文字可看出，苏轼在黄州天庆观跟随道士学习打坐静功，冬至后打坐连续坚持七七四十九日。如此短时炼养的经历，在他之后的文章中多次提及，表明对他影响颇深。

除了浸淫于道学思想，苏轼还热衷于佛经研究，文献记载，苏轼多次抄写《金刚经》。《夷坚志》记载："东坡先生居黄州时，手抄《金刚经》，笔力最为得意，然止第十五分，遂移临汝。已而入玉堂，不能终卷，旋亦散逸。其后谪惠州，思前经不可复寻，即取第十六分后续书之，置于李氏潜珍阁。"苏轼抄写佛经，在于其可以摄心正念，修养心性。《书孙元忠所书华严经后》中说："其子元忠，为公亲书《华严经》八十卷，累万字，无有一点一画，见怠堕相。人能摄心，一念专静，便有无量感应。而元忠此心尽八十卷，始终若一。"（《苏轼文集》卷六十九）[8]苏轼认为抄写佛经可以参悟佛理，悟入本心。《书若逵所书经后》一文中说："怀楚比丘，示我若逵所书二经。经为几品，品为几偈，偈为几句，句为几字，字为几画，其数无量。而此字画，平等若一，无有高下，轻重大小。云何能一？以忘我故。若不忘我，一画之中，已现二相，而况多画。如海上沙，是谁磋磨，自然匀平，无有粗细？如空中雨，是谁挥洒，自然萧散，无有疏密？咨尔楚、逵，若能一念，了是法门，于刹那顷，转八十藏，无有忘失，一句一偈。东坡居士，说是法已，复还其经。元祐七年四月二十五日。"（《苏轼全集》卷六十九）[9]《书若逵所书经后》是苏轼观僧人若逵书法有所得而发。若逵所书两部经书，竟能笔笔匀平，令人惊叹。苏轼从一字一画中看到了"平等若一"和"无我"精神，可见书写经书，正可参悟经义，清静身心。若逵何以能忘我？自是虔诚的信仰力量，以至不畏艰险、锲而不舍，最终进入"忘我"的最高境界。《金刚经跋尾》中云："闻昔有人，受持诸经，摄心专妙。常以手指，作捉笔状。于虚空中，写诸经法。是人去后，此写经处，自然严净，雨不能湿。凡见闻者，孰不赞叹，此希有事。有一比丘，独拊掌言，惜此藏经，止有半藏。乃知此法，有一念在，即为尘劳。而况可以，声求色见。今此长者，谭君文初，以念亲故，示入诸相。取黄金屑，书《金刚经》，以四句偈，悟入本心。灌流诸根，六尘清静。方此之时，不见有经，而况其字。字不可见，何者为金。"（《苏轼全集》卷六十六）苏轼书写《金刚经》，深感能有助于摄心定念、体悟佛理。[10]他非常认可《金刚经》中的世事"梦幻"思想。《金刚经》中载："凡有所相，皆是虚妄，若见诸相非相，即见如来。"[11]佛教认为事物都本无自性，唯缘汇而成，缘散而

第五章
养内之道，超然物外

灭，是一种虚幻的存在。《金刚经》中最能体现这一思想的就是"四句偈"，即"一切有为法，如梦幻泡影，如露亦如电，应作如是观"。[12] 这四句偈包含了"六观"，又可称"六如"，是佛教著名的"六如偈"。"六如"即梦、幻、泡、影、露、电，比喻世事空幻无常。用观察这六种事物的方法去观察一切事物，自会看空一切。苏轼不少诗词写到了梦幻："人生如梦，一尊还酹江月。"（《念奴娇·赤壁怀古》）"聚散细思都是梦，身名渐觉两非亲。"（《至济南李公择以诗相迎，次其韵二首》）"世事一场大梦，人生几度秋凉。"（《西江月》）苏轼认为，不能只停留在对虚幻世界的认知上，要建立起自觉，认清现实世界的虚幻，放弃对现实世界的执着，便能获得无生无灭的清净法身，方能自由自在，任性逍遥。

苏轼表达的这些思想，主要取自《金刚经》。苏轼对《金刚经》的推崇，影响了苏辙，他在《书金刚经后二首》中说："予读《楞严》，知六根源出于一，外缘六尘，流而为六，随物沦逝，不能自返……如来犹恐众生于六根中未知所从，乃使二十五弟子各说所证，而观世音以闻、思、修为圆通第一……既又读《金刚经》，说四果人须陀洹名为入流，而无所入，不入色、声、香、味、触、法，是名须陀洹。"[13] 苏轼还影响了一大批文人，如黄庭坚、晁补之、秦观、陈师道、张耒等，他们都抄写、信奉《金刚经》。[14]

被贬的生活影响了苏轼，原本信奉道教的苏轼与佛家思想有了接触，道家回归自然的梦幻感与佛家的消遁空幻结合，令他着迷，丰富了他的养生功法。他在定惠院辟出一间"啸轩"，时常"随僧一餐"，"惟佛经以遣日""是诸众宝，及诸佛子，光色声香，自相磨激，璀璨芳郁，玲珑宛转，生出诸相，变化无穷。不假言语，自然显见，苦空无我，无量妙义……而作佛事，求脱烦恼，浊恶苦海。"（《胜相院经藏记》）。此文是元丰三年成都胜相院僧惟简派其法孙悟清来黄州探望苏轼，并请求苏轼撰写《经藏记》而成。[15]

历史上很多的文人雅士迷恋道佛，且好道者众。汉代张良助刘邦夺天下后立即退隐，他洞察世道，不恋权位，崇信黄老哲学，专心归隐闲居、修道冥思。陶渊明曾做过彭泽令之类的小官，因不为五斗米折腰而辞官，归隐山林，成为千古闻名的高洁隐士。他的诗风平和散淡，体现了道家的"自然"和玄学的"平淡"，为后代文人所仰慕。

苏轼别传
茶道 香道 器道

他的隐退，显示了道家自然无为、乐天安民的思想。辛弃疾晚年，报国热情频受打击，最终厌倦了官场沉浮，退隐山林。他曾在《水龙吟·老来曾识渊明》一词中说："问北窗高卧，东篱自醉，应别有，归来意。"唐代李白更是浸淫道术，曾与道士隐居于岷山，乐不思蜀，蔑视权贵，放浪形骸，写出"天子呼来不上船"这般散发仙气的诗句。

这些历史名人皆为苏轼所崇拜，特别是陶渊明，苏轼时常挂在嘴边，心仪一生。不过，苏轼不同于很多暮年归隐山林、过着与世隔绝的生活的文人。他的养生功法，更多的是想恢复健康的精神状态，打造完整的人格模式，另外，也是对自己身体的调养。关于自己的身体状况，苏轼与朋友们通信中有很多的描述，如与米元章在登州通信时生病："某自登赴都，已达青社，衰病之余，乃始入闹，犹畏而已。"[16]"某两日病不能动，口亦不欲言，但困卧耳。承示太宗草圣及谢帖，皆不敢于病中草草题跋，谨具驰纳，俟小愈也。河水污浊不流，薰蒸益病，今日当迁往通济停泊。虽不当远去左右，且就快水活风，一洗病滞，稍健当奉谈笑也。"[17]"某昨日啖冷过度，夜暴下，旦复疲甚。食黄耆粥甚美。卧阅四印奇古，失病所在。"[18]"两日来，疾有增无减。虽迁闸外，风气稍清，但虚乏不能食，口殆不能言也。"[19]"某一病几不相见，今始觉有丝毫之减，然未能作书也。"[20]与朱康叔在黄州的通信："数日来，偶伤风，百事皆废。今日微减，尚未有力。"[21]与杜孟坚在黄州的通信："某启。前日方欲饮茶道话，少顷，忽然疾作，殊不可堪忍。欲勉强出见，竟不能而止，惭悚不可言。辱手教，重增反侧。稍凉，起居何如？承明日解舟，病躯尚未能走别，非久当渡江奉见也。不一一。"[22]与上官彝在黄州的通信："适病中，人还，草率奉谢。""闲居，阙人修写，又病中，亲书不周谨，望一一恕之。"[23]"近两辱手教，以多病不即裁谢，愧悚殊深。"[24]在黄州时的通信："而春夏依赖，卧病几百日，今尚苦目疾。"[25]"某卧病半年，终未清快。近复以风毒攻右目，几至失明，信是罪重责轻，召灾未已。杜门僧斋，百想灰灭，登览游从之适，一切罢矣。"[26]与罗秘校在惠州的通信："某启。衰病，裁答草草，不讶！不讶！"[27]"某启。新诗幸得热览，至于钦诵。老病废学，无以少答重意，愧怍而已。"[28]

"近辱过访，病中恨不款奉。人来，枉手教，具审起居佳胜，至慰至慰！"[29]"某别时饮，过数日，病酒昏昏，如梦中也。且速发此书，不周谨，恕恕。"[30]"某启。

第五章
养内之道，超然物外

久以病倦，阙于上问。""舟中病暑，疲倦不谨。"[31]"某旧苦痔疾，盖二十一年矣。近日忽大作，百药不效，虽知不能为甚害，然痛楚无聊两月余，颇亦难当。出于无计，遂欲休粮以清净胜之，则又未能遽尔。但择其近似者，断酒断肉，断盐酢酱菜，凡有味物，皆断，又断粳米饭，惟食淡面一味。其间更食胡麻、茯苓面少许取饱。胡麻，黑脂麻是也。去皮，九蒸曝白，茯苓去皮，捣罗入少白蜜，为面，杂胡麻食之，甚美。如此服食已多日，气力不衰，而痔渐退。"[32]与姜唐佐秀才在儋州的通信："长笺词义兼美，穷陋增光。病卧，不能裁答，聊奉手启。"[33]"某疾虽轻，然头痛畏风也。"[34]

从上面的材料大致可看出，苏轼中年以后体质较弱，患病频繁，这与他长期被贬南方、被热毒侵犯有一定关系，其中眼病、头痛、痔疮等多发，特别是痔疮令他苦不堪言。与友人通信中他常常提到："某一向苦痔疾，发歇未定，殊无聊也。"[35]多病应该是他长期坚持养身的根本动力。苏轼命途多舛，时运颠簸，又常常生活在恶劣的环境中，他意识到养生之首要。疾病来了，不少人会怨天尤人，尤其久病不治时，通常会自暴自弃。苏轼则不然，他常以务实的态度面对诸多困难，面对疾病，他似乎从本我中跳出，以一个非我的姿态，审视久病的自己。每当他孤苦地进入瘴疠之地，病情加重，内心深处孤独绝望时，先是喝茶、闻香，借以消遣，然后从闻香、参禅、冥想中消解焦虑，进入内丹养生状态。

综上所述，苏轼的内养修行有着道佛的文化背景，接着来看看，他是如何研究与实践丹道养内功法的。

2. 闻香默坐而行气，坎离相交

在古人的生活里，无论是否崇道拜佛，闻香都是最日常的修行。古人相信，香是一种能与神沟通的媒介，因此也成为祭奠时节普遍流行的正事。陶弘景在《登真隐诀》说："香者，天真用兹以通感；地祇缘斯以达言。""若因病入静，四面烧香，安四香炉。""当夜半入静，亥子二时之间也。烧香向北，朝太上玉晨道君。"[36]

闻香静坐，延伸开来，往往是养内修炼。苏轼在《安国寺记》里这样记录来到黄

苏轼别传
茶道 香道 器道

州之后的念佛生活：

"其明年二月至黄。舍馆粗定，衣食稍给，闭门却扫，收召魂魄。退伏思念，求所以自新之方。反观从来举意动作，皆不中道，非独今之所以得罪者也。欲新其一，恐失其二；触类而求之，有不可胜悔者。于是喟然叹曰：'道不足以御气，性不足以胜习。不锄其本而耘其末，今虽改之，后必复作。盍归诚佛僧，求一洗之？'得城南精舍曰安国寺，有茂林修竹、陂池亭榭。间一二日辄往，焚香默坐，深自省察，则物我相忘，身心皆空，求罪垢所从生而不可得。一念清净，染污自落；表里翛然，无所附丽。私窃乐之。旦往而暮还者，五年于此矣。"[37]

苏轼回忆以往的官场生活，觉得道不同不相为谋，所以屡屡得罪人，很想改过自新去面对，但又恐怕失去自己的秉性，便感叹：正道不足以抵御这些官场风气，我的秉性也同样不能。要是我的秉性不能改变，以后老毛病还会犯。就像不铲除树根，只拔树叶，是没用的。"不锄其本而耘其末，今虽改之，后必复作。"如此状况，我何不静下心来皈依佛门？"盍归诚佛僧，求一洗之"？这些话，也写出了他迷恋道佛的原因。文章描写安国寺的景色之美，茂林修竹、陂池亭榭，这里又是焚香默坐、修行的佳处。

在这样的内养修行过程中，运用调息、调气或吐纳功法，控制呼吸的节奏以增加氧气的吸入，心神由散而入定，由少思入无思，此刻闻的香，便能全方位进入身心，渐入一种滋养的状态。苏轼自这个阶段起，成了一个自觉的修行者，除了这般修炼，他还广泛地进行理论研究，从古代内丹理论文献中寻找营养，这些理论反过来再指导他的养内修炼。

苏轼所处的时代，已经渐渐从道教外丹养生转向内丹养生，或者说这已成了当时的养生主流。养内术注重身体内部的调养，把身体当作一个修炼的"熔炉"，重在身体本身的修炼，比如通过运气、吐纳、胎息等方法，使得人体内精、气、神相结合。这种结合后的自省，启发自身元气的修炼法，成了苏轼养生的主要功课。从苏轼的一首咏茶诗中可以看出他在养生方面的务实思路："示病维摩元不病，在家灵运已忘家。何须魏帝一丸药，且尽卢仝七碗茶。"（苏轼《游诸佛舍：一日饮酽茶七盏，戏书勤

第五章
养内之道，超然物外

师壁》）"维摩"，菩萨名，维摩诘的简称，其义为净名，净者清净无垢之谓。即说，维摩诘是一个以洁净、没有染污而著称的人。[38]

这里写维摩诘与谢灵运，显然是隐喻，一位是洁净无垢的世外仙人，另一位是身处俗世的隐退高人，维摩诘示病显出人生无常，谢灵运在家居士志在退隐。他们两人代表的神俗两界，已是至高境界，难道还需要像魏文帝那般寻求长生不老药？魏文帝有《折杨柳行》："西山一何高，高高殊无极。上有两仙僮，不饮亦不食。与我一丸药，光耀有五色。服药四五日，身体生羽翼。轻举乘浮云，倏忽行万亿。流览观四海，茫茫非所识。彭祖称七百……"诗中显露了祈求长生不老的心态。对于这样的求长生，苏轼一语中的："且尽卢仝七碗茶"。可见他觉得不必讨论长生不老，炼丹原本就是一种实践，欲求健康，唯有内养。平日能常喝上几碗茶，喝到痛快淋漓，气血畅通，已足够。

苏轼有过一段时间迷恋丹药，对外丹养生颇感兴趣，也实践过一番。之后，有一道人赠苏轼秘方和丹药，他拒绝了："承录示秘方及寄遗药，具感厚意，然此事本林下，无以遣日，聊用适意可也。若待以为生，则为造物者所恶矣。仆方苟禄出仕，岂暇为此。谨却驰纳，且寄之左右，异日归田却咨请。感愧之至，千万悉之，不一一。"[39]苏轼作于惠州时期的《与程正辅七十一首之五十五》说："某近颇好丹药，不惟有意于却老，亦欲玩物之变，以自娱也……兄试为体问，如可求，买得五六两，为佳。若费力难求即已，非急用也。""广州多松脂，闽甫尝买，用桑皮灰炼得甚精，因话告求数斤。仍告正辅与买生者十斤，因便寄示舶上。硫黄如不难得，亦告为买通明者数斤，欲以合药散。铁炉熬，可作时罗夹子者，亦告为致一副中样者。"[40]在《答范蜀公十一首》的信中说："死生寿夭皆常事，惟有后可以少慰。"[41]

以上几封信的意思十分明确，那就是秘方和丹药都是"无以遣日"，只为"适意"而用，长生不老并不可能。他对于神仙、丹药、方术存在一种娱乐的态度。不过在他被发配黄州之时，心底之震撼难以言表，退隐之心强烈，进入道门就要炼丹，且很认真地面对。他在《临江仙》一词中说："龙丘新洞府，铅鼎养丹砂。"相类的诗句还有"自此养铅鼎，无穷走河车"。（《次韵致政张朝奉仍招晚饮》）当然，炼丹实践于他更多的是一种体验。自他在黄州道士堂打坐练功始，一直以性命双修为根本，坚持日常炼养并屡获成效。正如苏辙在诗中描述兄长："自从落江湖，一意事养生。"（苏辙《次韵子瞻和渊明饮酒二十首》其三）在这个过程中，苏轼认真记下了自己的内丹养生感受。他在《养生偈》中说："闲邪存诚，练气养精。一存一明，一炼一清，清明乃极，丹元乃生，坎离乃交，梨枣乃成。"[42]

一段时间的内丹功法修行，"练气养精"，颇有"清明乃极、心神完备、丹元乃生"之效。"坎离相交"，是指运气吐纳训练之后，容易心肾相交，精神内守，心火因此而汇聚。如此状态下，"梨枣乃成"，似乎得了道家养生中的仙果，即精气神足。他尝到了甜头，在《续养生论》中，又对心肾相交、精神内守等方面做深入讨论：

"郑子产曰：'火烈，人望而畏之；水弱，人狎而玩之。'……予参二人之学，而为之说曰：火烈而水弱，烈生正，弱生邪，火为心，水为肾。故五脏之性，心正而肾邪。肾无不邪者，虽上智之肾亦邪。然上智常不淫者，心之官正而肾听命也。心无不正者，虽下愚之心亦正。然下愚常淫者，心不官而肾为政也。知此，则知铅汞龙虎之说矣。何谓铅？凡气之谓铅，或趋或蹶，或呼或吸，或执或击。凡动者皆铅也。肺实出纳之，肺为金，为白虎，故曰铅，又曰虎。何谓汞？凡水之谓汞，唾涕脓血，精汗便利，凡湿者皆汞也，肝实宿藏之。肝为木，为青龙，故曰汞，又曰龙。古之真人论内丹者曰：'五行颠倒术，龙从火里出。五行不顺行，虎向水中生。'世未有知其说者也。方五行之顺行也。则龙出于水，虎出于火，皆死之道也。心不官而肾为政，声色外诱，淫邪内发，壬癸之英。下流为人，或为腐坏……真人教之以逆行，曰：'龙当使从火出，虎当使从水生也。'其说若何？孔子曰：'思无邪。'凡有思皆邪也，而无思则土木也。孰能使有思而非邪，无思而非土木乎？盖必有无思之思焉。夫无思之思，端正庄栗，如临君师，未尝一念放逸。然卒无所思，如龟毛兔角。非作故无本性，无故是之谓戒。戒生定，定则出入息自住，出入息住则心火不复炎上……"[43]

春秋时期的思想家郑子产说，人们见到猛烈的火会害怕，而见到温弱的水，会生戏玩之心。在道家的养生观念里，火与水象征着心与肾。火控制着心和正义，心在控制身体时，肾听命于心，不会过度纵欲，过度劳累。要是心听命于肾，就如失去理性

第五章
养内之道，超然物外

的人往往会放纵自己。苏轼认为，懂得这个道理，就知晓了龙虎铅汞的学说了。"何谓铅？凡气之谓铅。""或趋或蹶，或呼或吸，或执或击。凡动者皆铅也。肺实出纳之，肺为金，为白虎，故曰铅，又曰虎。"铅虎出于离卦，关联于火、肺心；汞龙出于坎卦，关联于水、肝肾。若"心不官而肾为政"，那么声色犬马，邪淫内发，最终会腐败了身体。反之，若心官正，其肾听命，实现五行颠倒，龙从火里出，虎向水中生，龙虎交媾，凝结成丹。苏轼强调人的生死出自坎离，坎离交则生，分则死，这是自然规律。所以离为心，坎为肾，心正为官，其他就会跟着生出正能量，这就是提倡以心为内养的根本、以心支配自己行为的"龙虎铅汞学说"。马钰在《丹阳真人语录》中称："夫修此之要，不离神气。神气是性命，性命是龙虎，龙虎铅汞是水火，水火是婴姹，婴姹是真阴真阳，真阴真阳即是神气。种种名相，皆不可着，只是神气二字而已。"朱熹在《〈周易参同契〉考异》中说："坎离、水火、龙虎、铅汞之属，只是互换其名，其实只是精气二者而已。精，水也，坎也，龙也，汞也；气，火也，离也，虎也，铅也。其法以神运精气，结而为丹。阳气在下，初成水，以火炼之，则凝成丹。"

苏轼给子由的信中也解释了"龙虎铅汞"的含义："人之所以生死，未有不自坎离者。坎、离交则生，分则死，必然之道也。离为心，坎为肾，心之所然，未有不正……肾强而溢，则有欲念，虽尧、颜亦然。其所以为尧颜者，以内重而外轻。故常行其所然者尔……龙者汞也，精也，血也，出于肾而肝藏之，坎之物也。虎者，铅也，气也，力也。出于心而肺生之，离之物也。心动，则气力随之而作，肾溢，则精血随之而流。如火之有烟，未有复反于薪者也。若世之不学道，其龙常出于水，龙飞而汞轻；其虎常出于火，故虎离而铅枯，此人生之常理。顺此者死，逆此者仙。故真人之言曰：'顺行则为人，逆行则为道。'又曰：'五行颠倒术，龙从火里出。五行不顺行，虎向水中生。'"[44]

对以上养生理论，苏轼给出了核心句子："龙从火里出，虎向水中生。"火代表正义，身体被心控制时，趋势是善。可见内丹养生功法中心占主位。若被肾控制时，类似被性欲左右，过度成害，趋势成邪，元气就大为毁损，即"龙从火里出"。另则，要是人受心火引起的烦躁情绪困扰，心骚动不安，气力跟随消耗，心火肾溢，精血随

苏轼别传
茶道 香道 器道

之大动而流失,如火之有烟,再也回不到柴禾里去一样,即"虎向水中生"。苏轼总结,不学道的人,其龙常出于水,那么龙飞而汞轻,阳气飞掉,精气就弱了。其虎常出于火,虎走铅枯,生命也就衰竭了。在操练运气吐纳的养生功法时,脑子里要扫除一切念头。若思虑过多,不仅对修行无益,还容易骚动急躁,损耗气力。若成为日常,则心火肾溢,精神容易萎靡,可见心肾和谐相交至关重要。正如千字文中说:"心动神疲。"因此要排除外界的诱惑、干扰,确立自主的"无思之思""非作故无本性,无故是之谓戒。戒生定,定则出入息自住,出入息住则心火不复炎上"。

苏轼写了不少养生文章,这跟他花大量时间研读道家养生书籍分不开,这类书籍有《黄庭经》《金液还丹歌》《参同契》《悟真篇》等。其中《参同契》,为东汉魏伯阳著,是一部较系统的内外丹理论养生著作,具有黄老道家特色,被看作道教养生经典。《悟真篇》,北宋张伯端著,以诗、词、曲等体裁阐述内丹理论。《四库全书·总目提要》称:"专明金丹之要,与魏伯阳《参同契》,道家并推为正宗。"苏轼花时间研读这两部书,加上自身以及道士们修炼内丹的实践,理论与实践的整体思考,使他对龙虎铅汞的学说理解得更为全面,并常写文阐释。他时常手不释卷的,还有另一部道家重要内丹专著《黄庭经》,并多次抄写,"真游有黄庭,闭目寓两景"。抄写《黄庭经》,是日常功课。"忽见《黄庭》丹篆句,犹传青纸小朱书。"(苏轼《次韵回先生石榴皮书三首》)苏轼研读《黄庭经》之后,养生功法深受其影响。"余既书《黄庭内景经》,以赠葆光道师,而龙眠居士复为作经相其前,而画余二人像其后。笔势隽妙,遂为希世之宝,嗟叹不足,故复赞之。"[45]《黄庭经》也成为中国气功养生学的经典著作,被历代方术之士奉为"学仙之玉律,修道之金科",其运气吐纳的养生学问有着深远的影响,内丹家视之为内丹修炼的必备书籍。

《黄庭经》,传为魏晋之际的魏夫人魏华存从景林真人处取得秘藏文字撰稿而成,吸收了道家学说,也强调修身得少思寡欲、恬淡自适,回归道之本性。据传作者魏华存为避乱世隐居修炼,开创性地撰写道家内丹养生功法,提出"吐纳""导引""咽津""存思""服气"等。道教上清派以《黄庭经》为修行要义,魏华存因而被尊为上清派祖师。《黄庭经》包括《上清黄庭内景经》和《上清黄庭外景经》。《黄庭经》描述人身脏腑,

第五章
养内之道,超然物外

五脏六腑各有司主之神,相助彼此,修养丹田,保气炼精。通常说,人体称黄,内中称庭。黄者,指中央之色,庭者,寓意四方之中,故曰黄庭。《黄庭经》将人体分为上中下三部分,提出"三丹田"修行方法:上部脑室中有泥丸宫等九宫,泥丸宫即上丹田;中部胸腹内五脏一腑,其中心神居绛宫为中丹田;下部肠胃等消化排泄及生殖器官,其中脐下的气海或精门为下丹田,是男子藏精、女子藏胎之处,乃积聚精气之要穴,为修炼重点。[46]

苏轼的道教内丹养生知识不少来自《黄庭经》,在诗文创作中,他也多次引用《黄庭经》中的词语和典故。苏轼的另一篇文章《养生诀》阐述了练习运气吐纳法中的闭息:"闭息,最是道家要妙。先须闭目净虑,扫灭妄想,使心源湛然,诸念不起,自觉出入息调匀,即闭定口鼻。"苏轼根据《黄庭经》描述的胎息和内视反观养生的炼养方法,时常修炼此术,实践后感到奇妙。苏轼的内丹炼养功法,还强调养心寡欲。万病从心生,人的一切愁苦焦虑皆在于"心"之不宁。经历了磨难,很多人哭天喊地、怨天尤人,觉得自己是了不得的,老天为何如此待我?或者自视过大,欲望膨胀,看不到别人的好。或者落地在这个世界,只想要满足自己所需,什么都想要,没有丝毫的节制退守意识。如果是这样,再高超的修炼方法,也无效。提倡寡欲,是指要剔除多余的欲望,只有这样,才能求得内心的宁静平和。苏轼在《与王定国书》中说了体会:"道术多方,难得其要。然以某观之,惟能静心闭目以渐习之。"[47]时常闻香静坐(图5-1),通过呼吸闭息等修炼达到精气神足。当然,如此炼养须经过很长的一段时间,随之才可以获得控制元液的能力,如这般元力充沛,能提高免疫力、抵抗力,再控制自己的情绪,就会变得易如反掌。心火呈现了正义,就不会"心动,则气力随之而作,肾溢,则精血随之

图 5-1 宋 银器香鼎

苏轼别传
茶道 香道 器道

而流"。

　　古今中外，无论哪种养生流派，皆知心静是养生之本。苏轼的养生，以及与之相配合的茶香禅修，都是一个目的，求得静宁、心安。茶香能使人心灵宁静，静生智慧，这不仅是心理暗示，也有实际效用。根据现代医学研究，茶叶里面有伽马氨基丁酸，是一种神经介质，能降低神经感知到的噪声，神经噪声被控制，心便安静下来。时常闻香能疏肝理气，通畅经络，加上道教的内丹养生运气功法，能够控制心灵。当然要想获得这般状态，必然是伴随一生的修行内养。王阳明《传习录》所说："身之主宰即是心，心之所发便是意。"王阳明的这个说法，是论述心与法的关系，万法从心生是一个普遍的真理。这方面，南宋白玉蟾就有类似的论述，与苏轼的道学养生思想相似。

　　学者张立华研究：在白玉蟾的著述中常可以看到关于法的记述。法包括两个方面的内容：一是指斋醮、祈雨等与仪式有关的法术；二是指个人以成仙为目的的修炼方法。白玉蟾所谈到的法，往往更多是指前者。关于心与法的关系，白玉蟾说："万法从心生，心心即是法。语默与动静，皆法所使然。无疑是真心，守一是正法，守一而无疑，法法皆心法。法是心之臣，心是法之主，无疑则心正，心正则法灵，守一则心专，心专则法验。非法之灵验，盖汝心所以。"（《海琼白真人语录》）白玉蟾又说："法法从心生，心外无别法。"所有的法都根源于心，法的灵验与否，与心的状态有关，只要心做到了诚正，法的灵验自然而然也就包含在其中了。而心的正和专决定于人能否做到"守一"和"不起念"，白玉蟾认为："不问灵不灵，不问验不验；信手行将去，莫其一切念。"法是次要的，一切都决定于心。如果不能领悟到本然的心体，即所谓"不识天心两字真"，而是"只会三光符水熟"，那么所做的一切道法都是毫无意义的。[48]

　　白玉蟾，南宋道人，一生无心仕宦，向往山林清泉，迷恋老庄玄理，时常赤足蓬发，一派道仙模样。他作诗自题："千古蓬头跣足，一生服气餐霞。笑指武夷山下，白云深处吾家。"早年师从道教南宗四世祖陈楠，得其传承，创立道教金丹派南宗。金丹派是道教内丹派别，与北方全真道相对，故称"南宗"。金丹派南宗的丹法理论中，强调"本心""天心"，即是本体意义上的本然之心，呈现为"清静灵明、冲和温粹"。从这个意义上说，心与道同一，南宗因此提出"此心即道""心外无别道"。白玉蟾

第五章 养内之道，超然物外

学道途中，心仪苏轼禅定的生活哲学和道家达观的清静之道，从他诗歌中就可看出这一点，白玉蟾的诗中多称苏轼为"坡仙"。"往古来今如换肩，我疑公便是坡仙。满城都没个伯乐，一日可能无乐天。"（《寄苏侍郎》）"洞霄大涤扈神京，玉佩金珰会百灵。天柱一尖凌碧落，云关九锁叠苍屏。前峰后峰烟漠漠，东洞西洞风泠泠。见说坡仙诗墨在，约君同坐翠蛟亭。"（《演教堂》）"坡仙何日跨鲸归，公是苏家老白眉。把剑舞残杯内酒，抚琴弹破笔头词。"（《见懒翁》）"坡仙曾此缕归程，归雁因而扁此亭。草劲风刚苔水绿，水枯雪老弁山青。霜翎去去宾沙漠，云足翩翩影洞庭。渠亦偶来还自去，弋人何用慕冥冥。"（《归雁亭》）

道学大家白玉蟾崇拜苏轼，在诗词方面也多加仿效，明人杨慎说他的诗词"雄壮有意，效东坡"。在诗词中白玉蟾时常称苏轼为"坡仙"，把苏轼尊为同道。苏轼以道佛学说为本源的养生心性之功法，得到白玉蟾的推崇，可证苏轼在内养修行方面有很深的造诣。

苏轼有文《广成子解》，取《庄子》中"黄帝问道于广成子"一章，边读边解，文章大意是黄帝求问治理天下以及修身养性之道，广成子一一作答。特别是养性之道，庄子哲学中强调清静之心、无心之心，可见道家养生学说的核心，早就强调万法根源于心。心的状态决定了法的灵验与否，心至诚正，法的灵验自然而然。

汉代葛洪在《神仙传》中说，广成子即老子，"老子黄帝时为广成子，颛顼时为赤松子"。此说难以考证，但广成子、赤松子、老子等都属于同一学派，这是被后人认可的。广成子语录不少，苏轼的读解也比较广泛，这里只选取有关内养修性的内容，这些内容可以看出苏轼被贬惠州之后由苦闷达到理性认知的升华。《广成子解》的行文格式为一段《庄子》原话，一段苏轼评论：

"无视无听，抱神以静，形将自正。必静必清，无劳汝形，无摇汝精，乃可以长生。目无所见，耳无所闻，心无所知，汝神将守形，形乃长生。慎汝内，闭汝外，多知为败。"

"自此以上，皆真实语，广成子提耳画一以教人者。无视无听，抱神以静，则无为也。心无所知，则无思也。必静必清，无劳汝形，无摇汝精，则无欲也。三者具而形神一，形神一而长生矣。内不慎，外不闭，二者不去，而形神离矣。或曰：广成子之于道，

苏轼别传
茶道　香道　器道

若是数数欤？曰：谷之不为稗，在种者一粒耳，何数不数之有。然力耕疾耨，不可废也……窈冥昏默，长生之本。长生之本既立，亦必有坚凝之者。二者如日月水火之用。所以修炼变化，坚气而凝物者也，盖必有方矣。然皆必至其极，不极不化也。"

"天地有官，阴阳有藏。"

"广成子以窈冥昏默立长生之本，以无思无为无欲去长生之害，又以至阴至阳坚凝之，吾事足于此矣。天地有官，自为我治之，阴阳有藏，自为我蓄之。为之者在我，成之者在彼。"

"慎守汝身，物将自壮。"

"言长生可必也，物岂有稚而不壮者哉。"

"'我守其一，以处其和。故我修身千二百岁矣，吾形未尝衰。'黄帝再拜稽首曰：'广成子之谓天矣。'广成子曰：'来，余语汝。彼其物无穷，而人皆以为终，彼其物无测，而人皆以为极。'"

"物本无终极，其分也成也，其成也毁也。物未尝有死，故长生者物之固然，非我独能。我能守一而处和，故不见其分成与毁尔。"[49]

广成子为黄帝提供了至道功，常态是静坐、坐忘，追求精神上的自由解脱。广成子的修身养炼似乎要从"守形"达到延寿，与庄子的顺应天命、顺应自然有所不同。而苏轼认为，求道如同一粒种子入土，必须耕耨而有收获。苏轼解说广成子向黄帝讲授"至阳""至阴"等得道原理，他的理解是"坚气而凝物者也，盖必有方矣"。广成子说无思无为可以得道："我守其一，以处其和。故我修身千二百岁矣，吾形未常衰。"可见广成子的至道功，先是入静，次是守一，调节人体生命活动中的"和"，长久保存真气，同时用来抗击衰老，达到延缓生命的目的。至于入静时如何做到心无杂念、心念守一，如何集中意念，那就必须"无视无听"，即目无所见，耳无所闻，心无所知，以及"闭汝外"，规避外界干扰；"慎汝内"，色欲得慎行，心境得恬淡。只有长时间"我守其一"，达到心肾交会、形神合一，精气才能固守："此窈冥昏默之状，乃致道之方也。"守住窈冥之门（丹田），是中和之气调节阴阳的关键："慎守汝身，物将自壮。"体内平衡了阴阳，身体就会强壮。至道功练到这般境界，"昏昏默默者，

第五章
养内之道，超然物外

所以全真也"，就会到达一种窈窈冥冥、昏昏沉沉的飘飘然状态，如登仙境。广成子说心无旁骛、无思无为可以得道，苏轼却认为无思无为不能太过，故意为之也是一种有为，是否得道，自己不能左右，而修炼才是首要，修炼到一定火候，会发生自然而然的事。故言"言长生可必也，物岂有稚而不壮者哉"。苏轼从身心养炼到期盼长生再回到现实，努力"守一而处和"，无论什么养生功法，首先要做到心静守一，淡泊平和，那么无论世事怎样，都可以淡然面对。

苏轼在研究养生术的同时，写了《问养生》《书养生后论》《养生说》《续养生说》《养生偈》等诸多文章，包括《广成子解》，其中《养生诀上张安道》一文，是对他养生功法的具体描绘，这是一个综合握固、运气吐纳、闭息服气、调息漱津等丹道内养术的功法，追求的是心无杂念、心念守一，最终能安心睡眠。因其方法简便易行，故传播很广：

"每夜以子后（三更三四点至五更以来）披衣起（只床上拥被坐亦可），面东或南，盘足，叩齿三十六通，握固（以拇指握第三指，或第四指握拇指，两手拄腰腹间也），闭息（闭息，最是道家要妙。先须闭息静虑，扫灭妄想，使心源湛然，诸念不起，自觉出入息调匀，即闭定口鼻），内观五脏，肺白、肝青、脾黄、心赤、肾黑。（当求五脏图，常挂壁上，使心中熟识五脏六腑之形状）次想心为炎火，光明洞澈，入下丹田中。待腹满气极，即徐出气。（不得令耳闻）候出入息均调，即以舌接唇齿，内外漱炼津液，（若有鼻涕，亦须漱炼，不嫌其咸，漱炼良久，自然甘美，此是真气，不可弃之）未得咽下。复前法。闭息内视，纳心丹田，调息漱津，皆依前法。如比者三，津液满口鼻，即低头咽下，以气送入丹田。须用意精猛，令津与气谷谷然有声，径入丹田。又依前法为之，凡九闭息，三咽津而止。然后以左右手热摩两脚心，（此涌泉穴上彻顶门，气诀之妙）及脐下腰脊间，皆令热彻。（徐徐摩之，微汗出，不妨，不可喘促）次以两手摩熨眼、面、耳、项，皆令极热。仍按捏鼻梁左右五七下，梳头百余梳而卧，熟寝至明。"[50]

苏轼时常半夜披衣起床，盘腿坐，面向东偏南，叩齿三十六下。"握固"出自《道德经》五十五章："含德之厚，比于赤子。蜂虿虺蛇不螫，攫鸟猛兽不搏。骨弱筋柔

苏轼别传
茶道 香道 器道

而握固,未知牝牡之合而朘作,精之至也,终日号而不嗄,和之至也。"是说赤子与生俱来地含德,赤子之手经常握得紧紧的,时常嚎啕大哭而声音不嘶哑,元气淋漓。握固,之后成为道教养生修炼中的常用手势。晋朝葛洪在《抱朴子》倡导"握固守一",具体方法是大拇指扣于手心,指尖入无名指根部,再四指弯曲用力总握拇指,两手挂在腰上。当代名中医夏公旭在养生文章中说,用左右手以拄腰腹之间,这是因为肝经、肾经循行的位置都经过腰腹,握固同时用拳头按压腰腹,能刺激肝肾经络,让人自然神清气爽。[51]"闭息",即闭气,摒除一切杂念,呼吸平和,渐渐屏住。"闭息,最是道家要妙。"内观五脏,要熟识五脏六腑之性状,肺为白,肝为青,脾是黄,心赤红,肾黑色。然后,想象心是一团火,光明洞彻,渐移丹田。待小腹胀满,气息憋不住时再徐徐吐出,轻微到不能让耳朵听到。出入息调均时,舌舔唇齿内外,津液留住,不能咽下。然后再按照上述方法做三次:闭息内观,纳心丹田,调息漱津。口内津液满,低头咽下直送丹田,这时要中气充足,最好有咕咚的咽入声。再依照上面的方法,九次闭息,三次咽津即可。接着以左右手热摩两脚心的涌泉穴,及脐下腰脊间,慢慢按摩至热,微汗最好。然后按摩眼、脸、耳、颈项,皆使其极,再按捏鼻梁左右五至七下,手指梳头百余而卧,如此,元气被调动起来,便能熟睡到天亮。

这套功法简便易习,苏轼谈起修炼的要点,通常五下为一息,闭息时间为"一闭百二十至而开,盖已闭得二十余息也",不可闭息时间太长,要使得呼吸节奏在可控的状态。只要长期坚持修炼,加上"常节晚食,令腹中宽虚,气得回转",就可避免躁急、贪欲,进而获得健康。苏轼还记录了相关的养生心得和体会:"惟在常久不废,即有深功,且试行一二十日,精神自已不同。觉脐下实热,腰脚轻快,面目有光,久之不已。去仙不远,但当习闭息,使渐能持久,以脉候之,五至为一息。近来闭得渐久,每一闭百二十至而开,盖已闭得二十余息也。又不可强闭多时,使气错乱,或奔突而出,反为害。慎之!慎之!又须常节晚食,令腹中宽虚,气得回转。昼日无事,亦时时闭目内观。漱炼津液咽之,摩熨耳目,以助真气。但清静专一,即易见功矣。神仙至术,有不可学者。一躁急,二阴险,三贪欲。公雅量清德,无此三疾,切谓可学。故献其区区,笃信力行,他日相见,复陈其妙者。"[52]

第五章
养内之道，超然物外

有关握固，热摩涌泉穴，皆归属于行气，且能使行气更为有效。有病人如此坚持锻炼而痊愈者，其中一位是欧阳修。苏轼短文记载："扬州有武官侍其者，偶忘其名。官于二广恶地十余年，终不染瘴。面红盛，腰足轻快，年八十九乃死。初不服药，唯用一法，每日五更起坐，两掌相乡，热摩涌泉穴无数，以汗出为度。欧阳文忠公不信仙佛，笑人行气。晚年见之，云：'吾数年来患足气，一痛殆不可忍。近日有人传一法，用之三日，不觉失去。'其法：垂足坐，闭目握固，缩谷道，摇飔两足，如摄气球状，无数。气极即少休，气平复为之，日七八度，得暇即为之，无定时。盖涌泉与脑通，闭缩摇飔，即气上潮，此乃般运捷法也。文忠疾已则废，使其不废，当有益。至言不烦，不可忽也。"[53]

在给王定国的信中，他这样写道："道术多方，难得其要，然以某观之，惟能静心闭目，以渐习之，但闭得百十息，为益甚大，寻常静夜，以脉候得百二三十至，乃是百二三十息。数为之，似觉有功。幸信此语，使真气云行体中，瘴冷安能近人也。"[54] 苏轼在信中继续讨论按摩与行气，方法同效："某启。扬州有侍其太保者，官于瘴地十余年。北归面色红润，无一点瘴气。只是用磨脚心法耳。此法，定国自己行之，更请加功不废。每日饮少酒，调节饮食，常令胃气健壮……子由昨来陈相别，面色殊清润，目光迥然，夜中行气脐腹间，隆隆如雷声。其所行持，亦吾辈所常论者，但此君有志节能力行耳。粉白黛绿者，俱是火宅中狐狸、射干之流，愿深以道眼看破。"[55] 按摩是行气的辅助手段，"盖涌泉与脑通，闭缩摇飔，即气上潮，此乃般运捷法也"，按摩得当，行气发力凸显，才见效果。信中又说起苏辙来向苏轼告别，白天见他目光迥然有神，晚上睡觉时，且听鼾声如雷。这显然是行气修炼得当、道术有成的表现。苏轼如此举例，表明只要务实修行，无论谁，坚持久，自然成。同时，他在信中表达了对那些靠妖术修炼者的不屑。

苏轼还认为静功养生不必刻板，不必非要标准姿势、非要规定时段，而是白天夜晚，坐卧两式，随人自便。坐定后，依照佛家、道家静坐调息、行气闭息的方法来练功，如观察鼻尖，并数数鼻中呼吸的次数。鼻端白，佛教修行法之一，即注目谛观鼻尖，时久鼻息成白。《楞严经》上说："世尊教我，观鼻端白，我初谛观，经三七日，见鼻中气出入如烟，身心内明，圆洞世界，遍成虚净，犹如琉璃，烟相渐销，鼻息成白，心开漏尽，诸出入息化为光明。"[56]

有关数息法，苏轼强调，不必刻意控制，应身心松弛。数到难以继续讲话，用"随"的方法解决，息出息入，皆意念跟随，甚至时而感知此息散布于身上的毛孔中，称之皮肤呼吸。苏轼所修炼的行气术正是用相当于脉搏跳动的频率来计算闭气时间的一种"闭气数息法"。其具体方法是用鼻吸入一口气，然后"闭定口鼻"，心中默记数字。若从一数到一百二十，"已闭得二十余息也"。苏轼修炼的闭气数息法，也源于葛洪《抱朴子》："其大要者，胎息而已。得胎息者，能不以鼻口嘘吸，如在胞胎之中，则道成矣。初学行气，鼻中引气而闭之，阴以心数至一百二十，乃以口微吐之，及引之，皆不欲令己耳闻其气出入之声，常令入多出少，以鸿毛著鼻口之上，吐气而鸿毛不动为候也。渐习转增其心数，久久可以至千，至千则老者更少，日还一日矣。"[57]

文中具体介绍了行气术的功效、练习方法和最佳时辰。道教行气术向来被上层阶级看作养生治病的手段，在民间也作为养生术而被广泛运用。《抱朴子》还认为："服药虽为长生之本，若能兼行气者，其益甚速，若不能得药，但行气而尽其理者，亦得数百岁。然又宜知房中之术，所以尔者，不知阴阳之术，屡为劳损，则行气难得力也。夫人在气中，气在人中，自天地至于万物，无不须气以生者也。善行气者，内以养身，外以却恶。"[58]

苏轼的养生功法，以运气吐纳为主，重视闭息胎息，从控制呼吸入手，有时不经口鼻呼吸，通过心静守一，使真气聚于脐下二寸，即所谓的气沉丹田。胎息功法要是能归于真元，恢复元气，自然能去除恶气。养生功法说到底，就是苏轼所追求的心安静宁，道家说的出尘之态，佛教说的解脱（图5-2）。

以上为苏轼落难黄州后开始的内丹养生等相关内容。下文看看他被贬惠州之后的养生修炼情况。这是他人生的第二次被贬。

苏轼原本多半生活在中原大地，物产丰富，气候适宜，眼下被贬到南蛮之地惠州，苏轼明显觉得自己的身体在朝衰弱的方向走，因长期受瘴气的侵害，精气神大不如以前："某谪居瘴乡，惟尽绝欲念，为万金之良药。公久知之，不在多嘱也。子由极安

第五章
养内之道，超然物外

常，燕坐胎息而已。有一书，附纳。长子迈自宜兴挈两房来，已到循州，一行并安。过近往迎之，得耗，旦夕到此。某见独守舍耳。次子迨在许下。子由长子名迟者，官满来筠省觐，亦不久到。恐要知。六妇与二孙并安健。过去日，留一书并数品药在此，今附何秀才去。如闻公目疾尚未平，幸勿过服凉药。暗室瞑坐数息，药功何缘及此？两承惠锡器，极荷意重。丹霞观张天师遗迹，傥有良药异事乎？令子不及别书，侍奉外多慰。子功之丧，忽已除祥，哀哉，奈何！诸子想各已之欢，某孙妇甚长，旦夕到此矣。"[59]

当时的人们普遍认为，向南迁移，意味着面临灾难，特别是对于居住在中原地带的人们而言更是如此。苏轼的体质不适于南方，这里的瘴疠气候会伤害他的身体，他只得更加注重养生。来到惠州，他时常生病，特别是痔疮频发，令他苦恼不堪。痔疮频发，根源于热毒气候，"痔疮至今未除，亦且放任，不复服药"[60]"某近苦痔疾，极无聊，看书笔砚之类，殆皆废也"[61]。

疾病易使人万念俱灰，情绪低落，苏轼也难免"尽绝欲念"，时常"独守舍耳""燕坐胎息""暗室冥坐数息"。当一个人经常处在郁闷、悲观的心境时，冥坐静思、修炼道家养生功法仿佛一帖解药。他的《思无邪丹赞》中记录了禅坐练功的效果："饮食之精，草木之华。集我丹田，我丹所家。我丹伊何？铅汞丹砂。客主相守，如巢养鸦。培以戊己，耕以赤蛇。化以丙丁，滋以河车。乃根乃株，乃实乃

图 5-2 南宋 赵孟頫 《东坡小像》
中国台北故宫博物院

苏轼别传
茶道　香道　器道

华。昼炼于日，赫然丹霞。夜浴于月，皓然素葩。金丹自成，曰思无邪。"[62]苏轼在惠州的养生功法是专心在小腹下部修炼丹田之气。以食物的精华、草木的元气，集于丹田养炼，然后借助铅汞丹砂，培养元力，最终期望达到思无邪的澄澈之境而修得正果，"金丹自成，曰思无邪"。精气神能否真正炼成？他当然知道必须依赖日常修炼，唯祈"闭目净虑，扫灭妄想，使心源湛然，诸念不起，自觉出入息调匀"。"思无邪斋"，是苏轼在惠州给自己的居室起的名，意在告诫自己，如今来到这个地方，什么也不想，什么也不思。"盖谓致身炼养，其道之旨在思无邪。"苏轼居住在嘉佑寺，之后乔迁进入白鹤峰新居，其书斋都沿用了这个名。[63]

人时常潜心于清静无为，内心易得澄澈之境，达到淡泊平和，这就叫不思之乐。"思无邪"典出孔子之言："'《诗》三百，一言以蔽之，曰思无邪。'夫有思皆邪也，无思则土木也，吾何自得道，其惟有思而无所思乎？"苏轼的修炼是认真的，"幅巾危坐，终日不言。明目直视，而无所见。摄心正念，而无所觉。于是得道，乃名其斋曰思无邪，而铭之曰：大患缘有身，无身则无病。廓然自圆明，镜镜非我镜。如以水洗水，二水同一净。浩然天地间，惟我独也正"。[64]

有关思无邪，苏轼之前为徐州名将、诗人章楶（章质夫）写的《思堂记》里已有表述："建安章质夫，筑室于公堂之西，名之曰'思'，曰：'吾将朝夕于是，凡吾之所为，必思而后行。子为我记之。'"

"余天下之无思虑者也。遇事则发，不暇思也。未发而思之，则未至。已发而思之，则无及。以此终身，不知所思……少时遇隐者曰：'孺子近道，少思寡欲。'曰：'思与欲，若是均乎？'曰：'甚于欲。'庭有二盎以蓄水，隐者指之曰：'是有蚁漏，是日取一升而弃之，孰先竭？'曰：'必蚁漏者。'思虑之贼人也，微而无间。隐者之言，有会于余心，余行之。且夫不思之乐，不可名也。虚而明，一而通，安而不懈，不处而静，不饮酒而醉，不闭目而睡。将以是记思堂，不以缪乎？虽然，言各有当也。万物并育而不相害，道并行而不相悖。以质夫之贤，其所谓思者，岂世俗之营营于思虑者乎？《易》曰无思也，无为也。我愿学焉；《诗》曰思无邪，质夫以之。元丰元年正月二十四日记。"[65]

苏轼在文章中反思自己不擅思虑，遇事就说，不假思索。如果事情未发生就思虑，

第五章
养内之道，超然物外

往往不能达到目的，如果事情发生了再细想，也无用。我这一生就是这样，常处在不知所思的地步。我年轻时，一位隐士对我说，年轻人想得道，就得少思寡欲。我问，这两者相等吗？隐士说，思虑大害。庭院中有两个装满了水的罐子，隐士指着说，下面有蚁洞。要是每天舀出一升水，哪个先枯竭？我说，自然是有蚁洞的。隐士说，多思虑对人的伤害，是从微小变化开始的。隐士的话，合我的心思，我会遵循他的教导……就用这些话作思堂记，想必不错。当然有关思虑，各人看法不一。世间万物之道，并行生长，互不伤害。章质夫才贤兼备，他的思虑岂是世俗之辈的所思所想？《周易》说"无思也，无为也"。我愿意学习《诗经》说的"思无邪"，章质夫愿意听从。

此文道家色彩浓郁，遇任何事，哪怕灾祸，也可随运自适，这是"思无邪"的本义。苏轼可能没有想到，多年前为好友写文提到的"思无邪"，眼下成了自己的斋名。

文中除了议论，把"思"与"无思"的思路厘清，还暗暗给章质夫提醒，也希望他能懂得其中的辩证关系。思虑的毛病，时常违反"无思也，无为也"的准则。事实上，"无思"不等于不思，文中那位隐士，也在做苏轼的"思想工作"："思虑之贼人也，微而无间。隐者之言，有会于余心。"可见，思虑清晰了，才能防止多思多虑，进而"虚而明，一而通"，如此，自然不会再生烦恼。当然，要做到思无邪，光靠意念控制不行，还得进行修炼。苏轼好道，正如他刚到惠州时写的诗"便向罗浮觅稚川"，眼下依据道家龙虎铅汞的理论，调息炼功，以百日为期。[66]

"人能正坐，瞑目调息，握固心定，息微则徐闭之。（达摩胎息法，亦须闭。若此佛经，待其自止，恐永不能到也）。虽无所念，而卓然精明，毅然刚烈，如火之不可犯，息极则小通之，微则复闭之。（方其通时，亦须一息，一息归之，已下丹田中也）为之。惟数以多为贤，以久为功。不过十日，则丹田温而水上行。愈久愈温，几至如烹，上行如水，蓊然如云，蒸于泥丸……"[67]

苏轼在这个时期，时常瞑目调息，握固定心。其功法注重一心调息，一呼一吸之间，念兹在兹，此心不越，此心不乱。直到微微感觉细小的气息从毛孔中出入，一息归之，慢下丹田中。不过数日，如《武当紫霄玄真悟元功法》所描绘的，"真气若云雾，热力上蒸入气穴，蒸于泥丸宫（上丹田）"。经过一段时间的修炼，身心调养似有成效。

苏轼别传
茶道 香道 器道

他在给陆子厚通信中说了这些炼养功法：

"别来岁月，及尔许也，涉世不已，再罹忧患，但知自哂尔。感君不遗，手书殷勤如此，且审道体安休，喜慰之极。惠州凡百不恶，杜门养疴，所获多矣。念君弃家求道二十余年，不见异人，当得异书。见许今春相访，果能践言，何喜如之。旧过庐山，见蜀道士马希言，似有所知。今为何在，曾与之言否？黄君高人，与世相忘者，如某与舍弟，何足以致之。若得一见子由，奢错其所未至，则某可以并受赐矣。愿因足下致恳，当可得否？韩朴处事，多从傅同年游。近傅得广东漕幕，遂带得来此否？因见，亦道意。罗浮有邓道士名守安，专静有守，皆世外良友。世外之道，金丹为上，仪邻次之，服食草木又次之，胎息三住为本，殆无出此者。嵇中散云：'守之以一，养之以和，和理日济，同乎大顺，然后蒸以灵芝，润以醴泉，晞以朝阳，绥以五弦。'仆今除五弦不用外，其他举以中散为师矣。适饮桂酒一杯，醺然径醉，作书奉答，真不勒字数矣。桂酒，乃仙方也。酿桂而成，盎然玉色，非人间物也。"[68]

苏轼初到惠州时的不适，渐渐好转。"杜门养疴，所获多矣"，心情安稳，日子慢慢好了起来，也慢慢融入了当地的生活。他得到亲戚程之才的照顾，在惠州过了一段好日子，原本落住在偏僻破旧的嘉佑寺，之后搬到"政府招待所"合江楼，苏轼担心给程之才带来麻烦，就主动搬出。当然这样居无定所不是长久之计，就像在黄州一样，还是要找一个安稳的住所。于是在友人的帮助下，又建了新屋，起名白鹤峰新居。然后家眷陆续赶来，苏轼和家人过上了天伦之乐的好日子，然而好日子三个月也就到了头。绍圣四年（1097）年中，又来事了。苏轼把自己修炼到心安的境界，想太太平平在惠州养老到终。可政敌们从他的一首诗中发现了他安逸自在的日子："白头萧散满霜风，小阁藤床寄病容。报道先生春睡美，道人轻打五更钟。"其实前两句蛮悲怆的，苍老的容貌，一副病态；只是转折句有些幽默。政敌们便责问：你不好好反思你的罪，竟然还心安理得悠闲逍遥？！还"春睡美"？！苏轼苦笑，心安下来，竟然也是罪过。接着，他便被贬到更南边的儋州。

苏轼之所以接二连三地被贬，主要是朝廷新当权的人对元祐旧臣心有余悸，非常恐惧他们卷土重来。这些反对变法的元祐旧臣，又被称作"元祐党人"。苏轼又是元

第五章
养内之道，超然物外

祐旧臣的标杆人物，就一直被政敌章惇等人盯着，不断出新招加以迫害，比如严禁地方官宽厚逐臣，甚至发布政令，对被放逐的元祐旧臣永不赦免等。

苏轼非常茫然。当时贬官发配到岭南，已是重罚，又是当时第一位被贬到此地的官员。再一次被贬儋州，属最重的惩罚，几乎相当于被满门抄斩。

苏轼已经不再意气风发，听命吧。此刻来到儋州，他的命运就像小说，时常一波三折。眼下前行到最蛮荒之地，那是一片最接近死亡的地方。然而，看似绝望，好运又来。苏轼得到当地官员张中尽心尽力的善待，让他暂住伦江驿馆。张中还特意把驿馆整修了一下。好日子很短暂，又逢波折。苏轼太有名了，什么事都会传扬出去，好歹两类追星族始终盯着他。有人举报，苏轼的政敌，湖南提举董必察访广西，听说了他的近况，就派人追查，了解了真相，张中被撤职，贬为雷州监司。把苏轼父子逐出官舍。苏轼因此而伤心，自己被贬惠州，时刻谨慎不要给人留下把柄，不要让善待他的程之才、王古等好友被自己连累。然而一到儋州，就忘了？大意了？他没想到落难到这贫困之地，只是暂时接受张中的安排，却又遭到这样的迫害。确实难以预料，此地已是天涯海角，没料到这么快就走漏了消息。要是事先谨慎对待，张中就不会无辜受牵连，他懊悔万分。

他在给程全父的信中说了自己初来乍到的情景："某启。别遽逾年，海外穷独，人事断绝，莫由通问。舶到，忽枉教音，喜慰不可言。仍审起居清安，眷爱各佳。某与儿子粗无病，但黎、蜒杂居，无复人理，资养所给，求辄无有。初至，僦官屋数椽，近复遭迫逐，不免买地结茅，仅免露处，而囊为一空。困厄之中，何所不有，置之不足道也，聊为一笑而已。平生交旧，岂复梦见，怀想清游，时诵佳句，以解牢落。"[69]

文中的"僦官屋数椽，近复遭迫逐"就是记述此事。苏轼父子先住在"官屋"，之后只得在儋州"城南污池之侧桄榔树下"构筑临时的泥屋五间，权且栖身。他在《与郑靖老》中说："初赁官屋数间居之，既不可住，不欲与官员相交涉。近买地起屋五间一龟头，在南污池之侧，茂木之下，亦萧然可以杜门面壁少休也，但劳费窘迫尔。"[70]

苏轼给简屋新居起名"桄榔庵"，想起前些日子刚刚在惠州新造了房子，眼下又在建屋，不免苦笑，遂写《桄榔庵铭并叙》为题记其事："东坡居士谪于儋耳，无地可居，

苏轼别传
茶道 香道 器道

偃息于桄榔林中，摘叶书铭，以记其处。九山一区，帝为方舆。神尻以游，孰非吾居。百柱贔屃，万瓦披敷。上栋下宇，不烦斤铁。日月旋绕，风雨扫除。海氛瘴雾，吞吐吸呼。蝮蛇魑魅，出怒入娱。习若堂奥，杂处童奴。东坡居士，强安四隅。以动寓止，以实托虚。放此四大，还于一如。东坡非名，岷峨非庐。须发不改，示现毗庐。无作无止，无欠无余。生谓之宅，死谓之墟。三十六年，吾其舍此，跨汗漫而游鸿蒙之都乎？"[71]

苏轼认为道佛在修行上是相通的，因而统称自己是居士。眼下，躺卧在桄榔树林中，常摘树叶用以记事。这片天下，我行走在哪，哪就是我的屋宇。"百柱贔屃，万瓦披敷"，桄榔树挺拔耸立犹如石柱，宽大的树叶仿佛屋宇的瓦片。天是被子，大地是床，上栋下宇，何必再挥舞大斧来建造。正如魏晋名士刘伶所说："我以天地为栋宇，屋室为裈衣。诸君何为入我裈中？"清高畅快，豁达放浪之极。文章到此，可看出作者的本心。不管是长江边的黄州，还是天涯海角的儋州，天地是我的屋宇，行者便是主人。这朗阔的境界在之前的诗文中经常出现。接着描写这幢屋宇的环境，日月为我循环，风雨来这清扫。即使有海氛瘴雾，我照样吞吐吸呼。至于蝮蛇魑魅出入，请自便吧。"习若堂奥，杂处童奴"，大地上的一切，欢迎皆来，让我们童仆一般无忧无虑地相处。

从惠州到儋州，苏轼的养生修行，所祈求的仍然是他在中年修行时所向往的目标：心安。然而当他望着这天涯海角，却不知道自己是否能达到心安的境界。

3. 节欲、节食，未饱先止

苏轼的养生术，以养气静心，配合导引或闭息运气来调动人体的元气，同时在这个过程中，他注重节欲、节食。节欲不是止欲，节食不是止食，而是说欲不可纵，食不可贪。

苏轼被贬惠州之后，开始重视节欲。他在《论医和语》中说过这样的话："男子之生也覆，女子之生也仰，其死于水也亦然。男子内阳而外阴，女子反是。故《易》曰：'《坤》至柔而动也刚。'《书》曰：'沈潜刚克。'世之达者，盖如此也。秦医和曰：'天有六气，淫为六疾：阳淫热疾，阴淫寒疾，风淫末疾，雨淫腹疾，晦淫惑疾，明淫

第五章
养内之道，超然物外

心疾。夫女阳物而晦时，故淫则为内热蛊惑之疾。'女为蛊惑，世之知者众，其为阳物而内热，虽良医未之言也。五劳七伤，皆热中而蒸，晦淫者不为蛊则中风，皆热之所生也。医和之语，吾当表而出之。读《左氏》，书此。"[72] 苏轼的这一段文字引用了古文献论述男女性别的关系，男女分别代表了阳刚与柔顺。"《坤》至柔而动也刚"，"坤"为大地，代表女性，象征着柔顺；与代表上天、男性，象征刚强的"乾"相对。但"坤"运动起来也会变得刚强。"沈潜刚克"，是说地德深沉柔弱。其实就是以柔克刚的意思，用温软的去制服刚强的，因为刚有时无法战胜柔。《左传·昭公元年》说，天有六气：阴阳风雨晦明。六气者乃人生得病的根源，阴气太盛易得寒病，阳气过盛易得热病，风气太盛体肢易得病，雨气太盛腹部易得病。"夫女阳物而晦时，故淫则为内热蛊惑之疾。"阳物，这里是指女性。杜预注曰：女常随男，故云阳物。故多淫则生热疾。至于"五劳七伤"，泛指各种疾病和致病因素，大多跟热毒有关。此文，都是医和告诫晋侯要节制男女之事的劝谏之言。[73]

古文献描述节欲的甚多，特别是道佛两家的经典。有专家研究后罗列如下：佛家主张禁欲，尤其是要禁绝外五欲中的"眼贪美色""身触细滑"和内五欲中的"希求美艳的色欲"，如《阿含经》中说："身衣随意，无复男女淫欲，以禅定法喜为食。"《因果经》："天人身净，不受尘垢，有大光明，心常欢悦，无不适之事。"如果违反了这一条戒律，就要堕入阿鼻地狱，受轮回之苦。而道教在男女问题上，最初是不主张禁欲的，而且是"主生""主乐"的门径，若有欲望，还会传授房中御女合气之术。宋、元时期，道教向佛教靠拢，也提出禁欲，如《无上秘要》中的"目不贪五色……身不贪五彩"。《升玄经》"太清九戒"："身不得秽浊不清……身不得放情任意。"《洞玄灵宝八仙王教诫经》："男女秽慢非孝道也。"宋元时期全真道首领王喆《重阳立教十五论》更是主张，入道者不能娶妻，不能吃荤，还要入观从师，静坐绝念，心离尘世。而儒家经典著作《礼记·礼运》说："饮食男女，人之大欲存焉。""好色，人之所欲。""男女居室，人之大伦也。"[74]

道教养生功法、佛教戒律都讲究节欲养生，前人已经有很多文献记录。汉代方士襄楷上书皇帝，以佛教教义规劝桓帝刘志避免纵欲奢靡，信道佛两教，就得清虚无为、省欲去奢。这里不是要求皇帝禁欲，而是节欲，有节制地面对："又闻宫中立黄、老、浮屠之祠。此道清虚，贵尚无为，好生恶杀，省欲去奢。今陛下嗜欲不去，杀罚过理，既乖其道，岂获其祚哉！或言老子入夷狄为浮屠。浮屠不三宿桑下，不欲久生恩爱，精之至也。天神遗以好女，浮屠曰：'此但革囊盛血。'遂不眄之。其守一如此，乃能成道。今陛下淫女艳妇，极天下之丽，甘肥饮美，单天下之味，奈何欲如黄、老乎？"[75]

襄楷引用的佛教教义，据专家考证，是佛教传入中国后汉译的首部佛教经典《四十二章经》，经中第二章："佛言：'除须发，为沙门，受道法，去世资财，乞求取足，日中一食，树下一宿，慎不再矣！使人愚弊者，爱与欲也。'"此段文字可见出，佛教传入，其教义在不少方面与道教学说类同，因而可以证实，佛教一开始只被当作一种道术，人们将"黄老"与"浮屠"并立，道佛思想混用。

人类的欲望简单分为心理欲望与生理欲望。佛教说，人的五欲来自五根，指眼、耳、鼻、舌、身。眼根生眼识，欣赏多彩的世界；耳根生耳识，愉悦于美好的音乐；鼻根生鼻识，嗅于芳香的事物；舌根能生舌识，品于一切美食；身根生身识，享受于各类舒适的环境，以及由异性身体带来的快乐。这五根就是感受世界的五种渠道。

我们从佛教故事中可以看到，早期的佛教徒严格甚至是严酷地执行着禁欲的清规戒律，普遍认为一切罪恶的根源在于贪欲、纵欲。济群法师在厦门大学曾做《金刚经的现代意义》的讲座，其中相关的论述："佛教并不提倡一味的禁欲。佛陀曾来到王舍城郊外的苦行林，目睹各种苦修方法：有忍饥挨饿；有整天泡在水里；有整天单足站立；有裸露身体，在烈日下暴晒自己。佛陀亦身体力行地参与了苦修实践，'或日食一麻，或日食一粟，身形消瘦，有如枯木'。佛陀最终意识到苦行不是正道。因为极端的禁欲除了给他带来羸弱的身体，并没有使他通达宇宙人生的真相。同样，西方早期的宗教、哲学也提倡禁欲。比如古希腊犬儒派哲学的代表人物安底斯泰纳和第欧根尼，认为欲望是导致人类一切痛苦的根源。因此，提出'美德是知足、无欲是神圣'的主张。他们热衷返回大自然，提倡从简的生活理念。基督教起初也认为贪欲导致了人类的堕落，之后才认为人类只有克制自己的贪欲，严格自律，才能获得心灵的纯净。之后的启蒙主义运动，开始肯定欲望的合理性，认为饮食、睡眠及性爱都是人类的本能，

第五章
养内之道，超然物外

这些希求是合理的、道德的，人类完全有理由享受与生俱来的需求。"

可见禁欲的问题中外古今讨论甚多，如今似已达成共识：完全禁止，有悖人伦；眼贪欲纵，不宜提倡。对于修行而言，解脱的方法就是少欲知足，执着减少。苏轼被贬惠州，注重节欲修行，其实之前被贬黄州时，他就意识到要节制自己的生活，从起居、饮食、房事等方面进行约束。这一方面是修行的需要，另一方面也是出于生活的窘迫。苏轼除了留下王朝云为侍妾，把其余的几位侍女皆辞去了。他还大书《四戒》于东坡雪堂，曰："出舆入辇，命曰'蹷痿之机'；洞房清宫，命曰'寒热之媒'；皓齿蛾眉，命曰'伐性之斧'；甘脆肥浓，命曰'腐肠之药'。此三十二字，吾当书之门窗、几席、缙绅、盘盂，使坐起见之，寝食念之。元丰三年十一月，雪堂书。"足见他自此节制房事，重视养生。

苏轼上述这篇短文主要借用了汉代诗人枚乘的赋作《七发》：

"楚太子有疾，而吴客往问之，曰：'伏闻太子玉体不安，亦少间乎？'太子曰：'惫！谨谢客。'……客曰：'今夫贵人之子，必宫居而闺处，内有保母，外有傅父，欲交无所。饮食则温淳甘膬，腥酰肥厚；衣裳则杂遝曼暖，燂烁热暑。虽有金石之坚，犹将销铄而挺解也，况其在筋骨之间乎哉？'故曰：纵耳目之欲，恣支体之安者，伤血脉之和。且夫出舆入辇，命曰蹷痿之机；洞房清宫，命曰寒热之媒；皓齿蛾眉，命曰伐性之斧；甘脆肥脓，命曰腐肠之药。今太子肤色靡曼，四支委随，筋骨挺解，血脉淫濯，手足堕窳；越女侍前，齐姬奉后；往来游宴，纵恣于曲房隐间之中。此甘餐毒药，戏猛兽之爪牙也。"

《七发》是枚乘的代表作，赋中描述楚太子生病，吴客去探望，两者互相问答。吴客认为这个病主要在于贪欲过度、贪得无厌，非通常的治愈手段所能为。接着想以音乐、饮食、乘车、游宴、田猎等日常事情的描述，引导太子从善改良。里面好多句子成了名言，对后世影响很大，苏轼不少养生文章的观念均出于此，并把其中的名句当作座右铭：出入都乘车，仿佛是瘫痪的先兆；宫殿清冷，是生发寒热的主因；大鱼大肉说不定是腐蚀肠胃的毒药；特别是"皓齿蛾眉"，是夺命的利斧。

苏轼在《记故人病》一文中说："元丰六年十月十二日夜，故人有得风疾者，急

苏轼别传
茶道　香道　器道

往视之，已不能言矣。方死生之争，其苦有甚于刀锯木索者矣。予知其不可救，嘿为祈死而已。呜呼哀哉，此复何罪乎，酒色之娱而已。古人云：甘嗜毒药，戏猛兽之爪牙。岂虚言哉！明日，见一少年，以此戒之。少年笑曰：'甚矣，子之言陋也。色，吾之所甚好，而死生疾苦，非吾之所怖也。'予曰：'有行乞于道，偃而号曰：遗我一盂饭。'吾今以千斛之粟报子，则市人皆掩口笑之。有千斛之粟，无一盂之饭，不可以欺于小儿。怖生于爱，子能不怖死生而犹好色，其可以欺我哉……今世之为高者，皆少年之徒也。"

此文表达了对故友的哀痛之情，指出乃酒色之害。恰在探访故友的第二天，正遇一好色少年，他告诫其纵欲之罪孽。但少年却说他说错了，喜欢皓齿蛾眉，喜欢性爱是乐趣，怕什么呢？作者见少年不惧生死之状，痛心地说道：今天那些自称高贵的人，在这方面，与这个少年同类。苏轼写此文是有感而发，影射达官显贵恣情贪欲。[76]

苏轼曾提醒好友王巩："某启。滨州必薄有瘴气，非有道者处之，安能心体健以俟否亨耶？定国必不以流落为戚戚，仆不复忧此。但恐风情不节，或能使腠理虚怯以感外邪。此语甚蠢而情到，愿君深思先构付属之重，痛自爱身啬气。旧既勤于道引服食，今宜倍加功，不知有的便可留桂府否？"宰相王旦之孙、王素之子王巩受到"乌台诗案"牵连，被贬到宾州去监督盐酒税。他是"乌台诗案"受牵连者二十多位中被发配到的最远地方的朋友，颇令苏轼担心，苏轼遂语重心长叮嘱他当心瘴气，好好养生，节欲而保持元气。[77] 不久又写信给他，再次叮嘱道："前书所忧，惟恐定国不能爱身啬色，愿尝置此书于座右。"[78]

苏轼被贬惠州之后，更加重视禁欲，王朝云体质弱，也对南方气候敏感，常得病。患病时，他们同时注重节欲养炼，以求养气静心，维护人体内的元气。只可惜朝云没有恢复过来，去世时才34岁。王朝云是苏轼第二任妻子王闰之买来的婢女，苏轼和王闰之都很喜欢王朝云。王闰之去世后，王朝云主动跟随苏轼南下到达被贬地惠州，苏轼在惠州生活得比较安稳，和王朝云的悉心照顾有一定关系。当然，最为重要的是王朝云能成为苏轼的精神伴侣，他们一起吟诗，一起念佛，一起养生。王朝云曾叹苏轼一肚皮的不合时宜，苏轼大赞，说知我者，唯有朝云也。王朝云与苏轼琴瑟和弦，眼下却早逝，这对58岁的苏东坡打击很大，一直到他离世，也没有再娶。朝云信佛，苏

第五章
养内之道，超然物外

轼为了纪念她，更增加了佛事活动。在儋州期间，苏轼常做佛事，抄写佛经，修造放生池等。如此道佛修炼，只为祈盼脱离现实的困境。苏轼虽然已达超然洒脱、随运而安的境界，但现实是严酷的，时常度日如年。苏轼被贬儋州时给侄孙苏元老的信中可看出这样的情绪。海南连年灾荒无收，广州、泉州等地的商船因气候又无法向海南运送食物与药物，以致生活用品时常跟不上。"循、惠不得书久矣"，循、惠，指循州和惠州，苏辙被贬循州，苏轼的家人则留在惠州，好久没有通信。他在这般情景下，还担心家里其他人，写了信要侄孙寄送到"许下诸子"。苏轼牵挂他们。可见在这般食物短缺、居所不定又不断生病的状况下，苏轼的牵挂之心仍无法放下。

苏轼被贬儋州，诗文中时常表现出达观，但实际困境让人无法回避。儋州是他被贬地之中最贫穷的地方，有一顿没一顿、食不果腹是常态。他在写给程德孺儿子的信中说："此间食无肉，病无药，居无室，出无友，冬无炭，夏无寒泉，然亦未易悉数，大率皆无尔。唯有一幸，无甚瘴也。近与儿子结茅屋数椽居之，仅庇风雨，然劳费已不赀矣。赖十数学生助工，躬泥水之役，愧不可言也。尚有此身，付与造物者，听其运转。流行坎止，无不可者，故人知之免忧。"在《与侄孙元老》信中说："侄孙元老秀才。久不闻问，不识即日体中佳否？蜀中骨肉，想不住得安讯。老人住海外如昨，但近来多病瘦瘁，不复如往日，不知余年复得相见否？循、惠不得书久矣。旅况牢落，不言可知。又海南连岁不熟，饮食百物艰难，及泉、广海舶绝不至，药物鲊酱等皆无，厄穷至此，委命而已。老人与过子相对，如两苦行僧尔。然胸中亦超然自得，不改其度，知之，免忧。所要志文，但数年不死便作，不食言也。侄孙既是东坡骨肉，人所觑看。住京，凡百加关防，切祝切祝！今有一书与许下诸子，又恐陈浩秀才不过许，只令送与侄孙，切速为求便寄达。余惟万万自重。不一一。"[79]

节欲养生，不只是苏轼所为，同时期的很多文人都很看重。黄庭坚尝见范景仁，终日相对，正身端坐。景仁言："吾二十年胸中未尝思虑，一二年不甚观书，若无宾客，则终日独坐。夜分方睡，虽儿曹欢呼，咫尺不闻。"东坡曰："范景仁平生不好佛，万年清慎减节，嗜欲物不芥蒂于心，却是学佛作家。"这篇短文最后，苏轼说：范景仁到了晚年，清心寡欲，减省节约，学佛坐禅。[80] 山谷曰："人生血气未定，不知早

苏轼别传
茶道　香道　器道

服仲尼之戒。故其状也，血气当刚而不刚，所以寒暑易侵耳。学道以身为本，不可不留意斯事也。"山谷，即黄庭坚；"仲尼之戒"，即指"吾未见好德如好色者也"。[81]

杨万里嘲笑那些纵欲之人，是自行提早到阎罗王那儿报到："阎罗王未曾相唤，子乃自求押到，何也？"[82]

刘元城云："安世寻常未当服药，方迁谪时年四十有七，先妣必欲与俱，百端恳辞不许。安世念不幸使老亲入于炎瘴之地，已是不孝，若非义，固不敢为。父母惟其疾之忧，如何得无疾？只有绝欲一事。遂举意绝之。自是逮今，未尝有一日之疾，亦无宵寐之变。陈瑾曰：'公平生学术以诚入，无往而非诚。凡绝欲是真绝欲，心不动故。'公曰：'然。'公曰：'安世自绝欲来三十年，气血意识只如当时，终日接士友剧谈，虽夜不寐，翼朝精神如故。'"[83]刘元城被贬到南方瘴疠猖獗之地，老母担心他受不了，他说唯一的办法就是"绝欲"。绝欲了很多年，气血意识犹如当年，与好友聊天，虽夜不寐，精神如故。

以上表明要想修炼得当，首先不可纵欲，这已成共识。也有人为了劝导人们彻底节欲，努力让修行者对其起厌恶之心，发出这般极端言论：

"昔有国干淫欲，比丘以偈谏曰：'目为眵泪窟，鼻是秽涕囊，口为涎唾器，腹是屎尿仓。但王无慧目，为色所耽荒。贫道见之恶，出家修道场。'又《伎女》偈曰：'汝身骨干立，皮肉相缠裹，不净内充满，无一是好物。皮囊盛污秽，九孔常流出。如厕虫乐粪。愚贪身无异。'又诗云：'皮包骨肉并尿粪，强作娇娆诳惑人。千古英雄皆坐此，百年同在一炕尘。'"[84]

节欲养生的观念，之后为很多文人所推崇，其核心观念是不走极端，理性面对。讲到节欲，通常会想到朱熹理学的论点，"存天理，灭人欲"。人欲即佛教讲的三毒，指世间众生所染的毒害：贪、嗔、痴。后世有人在论述宋代理学时进行了片面理解，认为"灭人欲"是抹杀了人的本性。其实，朱熹所说的，是驱除贪欲。明代李渔在《闲情偶寄·颐养部》中说："行乐之地，首数房中。而世人不善处之，往往启妒酿争，翻为祸人之具。即有善御者，又未免溺之过度，因以伤身，精耗血枯，命随之绝。是善处不善处，其为无益于人者一也。至于养生之家，又有近姹远色之二种，各持一见，

第五章
养内之道，超然物外

水火其词。噫，天既生男，何复生女，使人远之不得，近之不得，功罪难予，竟作千古不决之疑案哉！予请为息争止谤，立一公评，则谓阴阳之不可相无，忧天地之不可使半也。天苟去地，非止无地，亦并无天。江河湖海之不存，则日月奚自而藏？雨露凭何而泄。"[85]

此文意思明确：这个世界男女不可少，正如不能没有天和地，否则如何称之为世界？行乐之事，要善处之，这也符合苏轼的节欲养生之道。"肾无不邪者，虽上智之肾亦邪。然上智常不淫者，心之官正而肾听命也。"[86]这是苏轼在儋州写的《续养生论》中的句子。在儋州，南方瘴疠热毒攻身，生活条件不好，营养不良，于是他更注重静心养炼，清心寡欲，就像范景仁一样。除了注重养内术，他还积极地搜寻自然界的草药，用以配合修炼。痔疮经常发作，多方医疗后又不见明显的疗效，他十分痛苦，于是努力寻找草药，寻找合适的食疗。"遂欲休粮以清净胜之……断酒断肉，断盐酢酱菜，凡有味物，皆断，又断粳米饭，惟食淡面一味。其间更食胡麻、茯苓面少许取饱……如此服食已多日，气力不衰，而痔渐退。"但这可能只是暂缓，阶段性的痊愈、好转，否则他不会叹道："某旧苦痔疾，盖二十一年矣。"[87]

苏轼是一个实践者，遇到了什么问题，总想着自己先尝试着解决。比如生病，常见病他会通过喝茶、闻香、静坐等方法求得治愈；而一直缠绕他的痔疮，可谓顽疾，他也认真研究，自我调理，试着从食疗上入手，不吃荤。一道士也建议他吃淡面，就是不加任何菜的汤面，然后再吃一点胡麻茯苓粉。经过一段时间的治疗，他坚持食淡面，有时饿了，再吃芝麻和着茯苓粉与蜂蜜，痔疮顽疾果然有所减轻。这是古已有之的道教养生配方，对痔疮治疗有效。芝麻，古称胡麻，自古以来人们把胡麻当作仙人的食物。而茯苓更是被古人看作"四时神药"，这是一味著名的养生药材。《神农本草经》有记载，茯苓有"安魂魄，养神，不饥，延年"等功效。服用茯苓，不分四季，常与各种药物配合，对治疗寒、温、风、湿等诸疾有益。古书还说，饥时食一枚，酒送之，终日不须食，自饱。蜂蜜和芝麻皆为日常的营养品，两者搭配，既是美味食品，还利于养生，润肠通便，解毒理气。苏轼坚持如此食疗，并取得成效，便对食物治疗、植物草药等更感兴趣了。

早在黄州时，他就有着这方面的养生自觉，针对平日里的疾病，研究药食同源的原理，结合生活习惯的改善，加以调养。"大约安心调气，节食少欲，思过半矣，余不足矣。某见在东坡，作陂种稻，劳苦之中，亦自有乐事。"[88]道家养生，不只是停留在相应的功法中，还要注重平时的节食、节欲、少思、多劳作于农田等，并成为一种生活方式。要是生活方式不改变，只强调养生功法的精准，也是徒劳。

"东坡在海外，于元符二年春且尽，因试潘道人墨，取纸一幅，书曰：松之有利于世者甚博，松花脂、茯苓皆长生其节，煮之以酿酒，愈风痹、强腰足。其根皮，食之肤革香，久则香闻下风数十步外。其实，食之滋血髓，研为膏入漓酒中，则醇酽可饮。其明为烛，其烟为墨，其皮土藓为艾，纳聚诸香烟。其材产西北者至良，名黄松，坚韧冠百木。略数其用于世，凡十有一。不是闲居，不能究物理之精如此也。"[89]

在《服胡麻赋》中，他继续讨论这类植物的重要性，同时批评有些人不懂得大自然处处是宝，他强调要有务实精神，就地取材。若一定要"搜抉异物"，去寻找仙丹灵药，最终可能会"槁死空山"。大自然处处是宝，对于苏轼而言，尤其会如此感慨，被贬某处，不可能随意挪动，着眼于眼前的山山水水，去发现，去寻找，即使环境险恶的儋州，也有宝贝呈现，比如沉香。[90]

苏轼被贬地儋州，离大陆远，食物运输常受阻，饱一顿饥一顿。苏轼这一时期的养生功法，针对性就更强。吃不饱，就静坐辟谷。辟谷，源出道家养生中的"不食五谷"。苏轼在顺境时，也曾辟谷，当作修行。而在儋州辟谷是客观所需，不得已而为之，一石二鸟，既养生，又节食。下面的文章写到了"阳光止饿法"：

"洛下有洞穴，深不可测。有人堕其中，不能出，饥甚。见龟蛇无数，每旦辄引吭东望，吸初日光咽之。其人亦随所向，效之不已，遂不复饥，身轻力强，后卒还家，不食，不知其所终。此晋武帝时事。辟谷之法以百数，此为上，妙法止于此，能服玉泉，使铅汞具体，去仙不远矣。此法甚易知易行，天下莫能知，知者莫能行，何则？虚一而静者，世无有也。元符二年，儋耳米贵，吾乃有绝粮之忧。欲与过子共行此法，故书以授之。四月十九日记。"[91]

文章描述的阳光止饿法是否真实，姑且不论。文中说了一个故事：洛阳有一人不

第五章
养内之道，超然物外

小心掉落一个深洞，里面有蛇和青蛙。那个人发现每当黎明时，这些动物都会昂首伸向从缝隙中射进来的阳光，猛吸阳光并吞咽下去。他也跟着学，模仿小动物吞咽阳光，于是原本咕噜咕噜叫的肚子不叫了，饥饿感果然消失了。之后此人回到家，竟然也不知饥饿。此法易知易行，然天下莫能知，知者莫能行，何则？苏轼也未必相信此法能够解决饥饿，但到了此刻，也不得已而为之。毕竟，把过日子过下去才是首要。

正常运输时常受挫，儋州的米贵了，经济窘迫者自然艰难。吃不起米，岛上的人们通常靠吃芋头等熬挨着过日子。苏轼父子靠辟谷对付这一段艰难日子，还很有兴致地记录在案。让人读了不免为大才子难过。没想到风流倜傥、千古奇才的苏东坡也会这般忍饥挨饿。对于一个写作者而言，倘若没经历极端的苦难，很难写出悟透人生的诗文，此即所谓的文章穷而后工。

忍饥挨饿，有时会激发创造力。苏轼的《老饕赋》描写了梦境一般的生活，描写了想象中的美食，这美食也许给饥饿中的苏轼带来一种安慰。"庖丁鼓刀，易牙烹熬。水欲新而釜欲洁，火恶陈而薪恶劳。九蒸暴而日燥，百上下而汤鏖。尝项上之一脔，嚼霜前之两螯。烂樱桃之煎蜜，滃杏酪之蒸羔。蛤半熟而含酒，蟹微生而带糟。盖聚物之夭美，以养吾之老饕。婉彼姬姜，颜如李桃。弹湘妃之玉瑟，鼓帝子之云璈。命仙人之萼绿华，舞古曲之《郁轮袍》。引南海之玻璃，酌凉州之葡萄。愿先生之耆寿，分余沥于两髦。候红潮于玉颊，惊暖响于檀槽。忽累珠之妙唱，抽独茧之长缫。闵手倦而少休，疑吻燥而当膏。倒一缸之雪乳，列百柂之琼艘。各眼滟于秋水，咸骨醉于春醪。美人告去，已而云散；先生方兀，然而禅逃。响松风于蟹眼，浮雪花于兔毫。先生一笑而起，渺海阔而天高。"

这篇赋看似写美食，其实是一篇游戏之作。在儋州的日子，哪有这样的机会尝食山珍海味？哪有可能在荣华富贵如宫廷一般的所在边品尝美食边观赏美女歌舞？文章最后点明，"美人告去，已而云散；先生方兀，然而禅逃"。从这些文字中显然能看出他似乎在修炼吐纳运气的功法，游戏想象之后，一切烟消云散。最后两句应该是写实，证明他是一边修炼，一边喝茶。苏轼可能在练功时只采用普通的点茶，为了想象，也为了句式的对仗，把煎茶与点茶并列。此刻的苏轼就是端坐在家徒四壁的简屋里，

苏轼别传
茶道　香道　器道

喝茶静坐，也仿佛仍然居住在思无邪斋中。静坐久了，不经意地，遨游于神思物外的自由天地，神仙一般的景观历历出现。最后两句，一笑而起，眼前原来是光秃秃的海、山和破败的村落。这是一篇苦中作乐的文章。学者孙良考证，此赋作于元符二年（1099），此年海南儋州大旱，在缺粮少食的境遇下，苏轼与儿子苏过学前文所述"龟息法"，"洛下有洞穴，深不可测。有人坠其中，不能出，饥甚。见龟蛇无数，每日辄引吭东望，吸初日光咽之。其人亦随其所向，效之不已，遂不复饥，身轻力强"。（《学龟息法》）此文说的，貌似古为今用，传授救荒秘诀，其实也是聊以自慰罢了。这篇赋以描写吃喝为表，实写练功，有关美食只是想象。[92]

苏轼养生修炼，节俭少吃，或努力开发食材，把粗菜制成营养佳肴。他在给李公择书信中说："口腹之欲，何穷之有，每加节俭，亦是惜福延寿之道。"（《鹤林玉露》）[93]苏轼在黄州，尝书云："东坡居士自今以往，早晚饮食，不过一爵一肉。有尊客，盛馔则三之，可损不可增。有召我者，预以此先之，主人不从而过是者，乃止。一曰安分以养福，二曰宽胃以养气，三曰省费以养财。元符三年八月。"[94]就是说，从今以后，一天的饮食不超过一杯酒，一种肉。有客人来，菜肴增加三倍，可减不可增。有请我用餐的，也预先告诉我，不可铺张浪费。这样做的好处，首先，安分就可增福；其次，少吃让肠胃宽舒。

历史上的很多文人雅士，都注重节食养生，并以此当作人性的修行。反之，大吃大喝，多被看作人性退化，也有悖于安贫乐道、崇尚节俭的道家思想。明代龙遵《食色绅言》记载，范仲淹曾说："吾夜就寝，自计一日食饮奉养之费，及所为之事，果相称则鼾鼻熟寐。或不然则终夕不能安眠，明日必求所以补之者。"范仲淹晚上睡觉，都在默默计算当天饮食的费用，若做得相称，则酣然熟睡。反之，则整夜难眠，次日一定采取补救之法。"范忠宣公（范纯仁）平生自奉养无重肉，不择滋味粗粝。每退食自公，易衣短褐，率以为常。自少至老，自小官至大官如一。亲族子弟有请教者，公曰：'唯俭可以助廉，唯恕可以成德。'"宋朝大官范纯仁平时不吃大鱼大肉，也不在乎食物的好坏粗细。每天从衙门回家吃饭时，换上粗布短衣，一辈子都这样。亲戚族人中的子弟求教，他说，节俭能培养清廉，宽厚忠恕可培养高尚的品德。"李若

第五章
养内之道，超然物外

谷为长社令，日悬百钱于壁，用尽即止。"宋代大官李若谷，给自己每天的伙食费设定限制。[95] 宋代道士尹真人曰："三欲者，食欲、睡欲、色欲。三欲之中，食欲为根。吃得饱则昏睡，多起色心。止可吃三二分饭，气候自然顺畅。饥生阳火炼阴精，食饱伤神气不开。朝打坐，暮打坐，腹中常忍三分饿。"[96] 明代王阳明说过类似的话："绝饮酒，薄滋味，则气自清；寡思虑，屏嗜欲，则精自明；定心气，少眠睡，则神自澄。"[97]

苏轼深知，吃太饱易昏睡、易淫心，也会伤神。处在饥饿状态，腹内生阳气之火，能锻炼肾阴中的精气。要是吃得太饱，就不能生出精气。他在《养生说》中叙述了吃饭与炼养的关系："已饥方食，未饱先止，散步逍遥，务令腹空；当腹空时，即便入室；不拘昼夜，坐卧自便；惟在摄身，使如木偶。常自念言：'今我此身，若少动摇，如毛发许，便坠地狱！如商君法，如孙武令，事在必行，有犯无恕！'又用佛语及老聃语，视鼻端白，数出入息，绵绵若存，用之不勤。数至数百，此心寂然，此身兀然，与虚空等，不烦禁制，自然不动。数至数千，或不能数，则有一法，其名曰'随'，与息俱出，复与俱入，或觉此息，从毛窍中，八万四千，云蒸雾散。无始以来，诸病自除，诸障渐灭，自然明悟。譬如盲人，忽然有眼，此时何用求人指路！是故老人言尽于此。"[98]

此文比上文更进一步，提醒重视养生的人，如何从饭后进入养生功法。"未饱先止"，是说要节制地进食。近代东西方贵族人家的治家规矩甚严，姑娘家每逢去参加盛宴，之前都先吃一点点心，这样就不会一遇美食就狼吞虎咽地现出不雅吃相。当然苏轼这里说的"先止"，是说要想养生，必须吃得七八分，腹带三分饥，或者每每吃饭，最好等到有饥饿感时。《千字文》中的"具膳餐饭，适口充肠"，也是此意。有专家说，这篇文章非常符合现代养生概念。或者说，现代养生概念，不少来自古代。餐后去室外散步，"务令腹空"，让腹中的食物慢慢消化。为何呢，准备回家做静功。苏轼认为，吃饱了不宜静功。

苏轼的好友张鹗向他请教节食养生之道，苏轼记录了这个过程："张君持此纸求仆书，且欲发药，君当以何品？吾闻战国中有一方，吾服之有效，故以奉传。其药四味而已：一曰无事以当贵，二曰早寝以当富，三曰安步以当车，四曰晚食以当肉。夫已饥而食，蔬食有过于八珍，而既饱之余，虽刍豢满前，惟恐其不持去也。若此可谓

苏轼别传
茶道 香道 器道

善处穷者矣，然而于道则未也。安步自佚，晚食为美，安以当车与肉为哉？车与肉犹存于胸中，是以有此言也。"[99]苏轼说，我曾经使用古代战国时代的处方，效果不错。这里是指战国时期齐国人颜斶说的话。齐宣王召见颜斶，想重用他，他拒绝，隐居不仕。颜斶的一番谈论，齐宣王觉得很受用。"宣王曰：'嗟乎！君子焉可侮哉，寡人自取病耳！及今闻君子之言，乃今闻细人之行，愿请受为弟子。且颜先生与寡人游，食必太牢，出必乘车，妻子衣服丽都。'颜斶辞去曰：'夫玉生于山，制则破焉，非弗宝贵矣，然夫璞不完。士生乎鄙野，推选则禄焉，非不得尊遂也，然而形神不全。斶愿得归，晚食以当肉，安步以当车，无罪以当贵，清静贞正以自虞。制言者王也，尽忠直言者斶也。言要道已备矣，愿得赐归，安行而反臣之邑屋。'则再拜而辞去也。斶知足矣，归反朴，则终身不辱也。"（《战国策·齐策四》）[100]

苏轼非常欣赏这段对话，在《答毕仲举书》中也谈起："偶读《战国策》，见处士颜蠋之语'晚食以当肉'，欣然而笑。若蠋者，可谓巧于居贫者也。菜羹菽黍，差饥而食，其味与八珍等。而既饱之余，刍豢满前，惟恐其不持去也。美恶在我，何与于物。"[101]他在与好友张鹗探讨养生之道时提及，此药方有四味，其实就是颜斶说的话：第一"无事以当贵"。若整日忙忙碌碌，求功名利禄，计较荣辱得失，到头来可能无所得，还身心疲惫。因此休闲自适，本质上就是一种富贵，往往比前者更容易延年益寿。第二"早寝以当富"。若能常常依据规律，早睡早起，有时比心力交瘁地去追求财富来得更加雍容闲适，富贵加身。第三"安步以当车"。此药方对当今更有指导意义。常常步行，不依赖车马，长久坚持，必强壮身体。第四"晚食以当肉"。推迟时间用餐，是说最好饿了再吃，于身体有益，"已饥而食，蔬菜有过于八珍"，等到饥饿了或运动后再吃，食物也不容易过量。如此方法面对饮食，即使食用蔬菜也胜山珍海味。经常坚持运用这些"药方"，便能安然面对穷困。

这样的说法，不仅仅是节食养生，更是养性，提供了一种放之四海而皆准的生活方式。今人流行的节食养生方法，几乎是这类的翻版。

苏轼对待食物的思想，节俭而养性，早在密州为官时他就写过类似的文章，如《后杞菊赋》，序言道："天随生自言常食杞菊，及夏五月，枝叶老硬，气味苦涩，犹食

第五章
养内之道，超然物外

不已。因作赋以自广。余尝疑之，以为士不遇，穷约可也。至于饥饿，嚼啮草木则过矣。而余仕宦十有九年，家日益贫，衣食不奉，殆不如昔者。及移守胶西，意且一饱，而斋厨索然，不堪其忧。日与通守刘君廷式，循古城废圃，求杞菊食之，扪腹而笑。然后知天随之言，可信不缪。作《后杞菊赋》以自嘲，且解之云。"正文："'吁嗟先生！谁使汝坐堂上称太守？前宾客之造请，后掾属之趋走。朝衙达午，夕坐过酉。曾杯酒之不设，揽草木以诳口。对案颦蹙，举箸噎呕。昔阴将军设麦饭与葱叶，井丹推去而不哜。怪先生之眷眷，岂故山之无有？'先生听然而笑曰：'人生一世，如屈伸肘。何者为贫？何者为富？何者为美？何者为陋？或糠核而瓠肥，或粱肉而墨瘦，何侯方丈，庾郎三九。较丰约于梦寐，卒同归于一朽。吾方以杞为粮，以菊为糗。春食苗，夏食叶，秋食花实，而冬食根：庶几乎西河、南阳之寿。'"

此赋序中大意是说，唐代陆龟蒙（号天随子）说自己常吃杞菊，夏天五月的杞菊，往往枝硬、叶老、味苦，但还是吃个不停，还写《杞菊赋》宽慰自己。起先我疑惑，这只是读书人事业不顺，经济拮据而已，不至于饿到吃草皮。我做官很多年，清贫又少俸禄。这次来胶西密州任太守，本想只求温饱，不料厨房里什么都没有。时常和同僚刘廷式沿着城墙到野外找杞菊充饥，还摸着肚子大笑，这时才明白陆龟蒙所说为实。遂写《后杞菊赋》自嘲。

为何过得如此窘困，苏轼没有在文中说明，但可推测，王安石变法，其中一项政策即削减州郡"公使库"，这限制了行政用款。当然还有其他原因。苏轼是在神宗熙宁七年（1074）结束杭州的任期，前往密州。当地只产麻、枣、桑树等，与鱼米之乡的杭州不能比。密州的官员薪俸低，加上地处偏僻，生产力有限。[102]然而连官员正常的食物都不能正常供应，确实难以想象。苏轼为官之道，向来光明磊落，不会像有的官员以大欺小，压榨下级，敲诈勒索，以此获得钱财。

正文开启，先是假设有人责问，你这样也叫太守吗？正常的情况，前有人请吃饭，后有手下跟从，你何不好好享用这个位置，从早坐到晚，只是发呆呢？桌上不见有酒喝，就来一点野菜之类的食物糊口。时常对着饭桌皱眉，筷子拿起却咽不下的样子。汉朝的将军阴就只拿麦饭与葱叶招待访客井丹，井丹把这样的饭菜推到一边，看也不看。

这里用了典故，汉代阴就将军用简食招待另一位大将军井丹，井丹似乎责问，为何用薄食待我？先生听后笑着说，人活着，如同臂肘，能伸能屈。贫穷、富有、美艳、丑陋，皆是常态，有的人吃粗糠却长得白白胖胖，有的人吃山珍海味仍长得黑瘦。魏晋时的何曾每天的饭菜都很丰盛，南齐时的庾杲之时常吃得简素，无论日子过得丰腴还是清贫，到头来都是一场梦。

我以杞菊为食，春天吃苗，夏天吃叶，秋天吃果实，冬天吃其根，说不定我能像西河和南阳那儿的人一样长寿。西河，指归隐之地。《礼记·檀弓》："吾与女事夫子于洙泗之间，退而老于西河之上。"南阳，指南阳长寿老人，《抱朴子》："南阳郦县山中有甘谷。谷中皆菊花，花堕水中，居人饮之多寿，有及一百四五十岁者。"这两处都是指长寿之地。赋的最后，似乎有一股仙气飘然而至，看似在阐释人生，其实已超然物外。[103]

苏轼在这篇赋里表达的是一贯的思想，一个人要有应对各种境况的能力，既要能享受富裕的生活，也要能面对贫困清苦。人生要想过单一的富足生活，是不可能的，生活的方方面面，总有不足之处，不是这里出了问题，就是那儿遇到麻烦。"月有阴晴圆缺，此事古难全。"

世人有苏轼是吃货的说法，其实是误解。不过他自嘲是饕餮之徒，馋嘴贪吃，还自称"老饕"。苏轼对食物的考究，既是生活所迫，也是养生所需。他的饮食观念现在看来仍然超前，完全可为今人全盘吸收，以改现代人暴饮暴食的恶习。他提倡的未饱先止，是为了更好地修炼与养生。有时某类食物不受欢迎，无人问津，苏轼就动脑筋，来一个重新加工，使之可口。这显然是一种积极的人生态度，是一种豁达的表现。倘若苏轼厌世，就不会去制作中药、香料、茶汤和食物，特别是时常花心思变废为宝，把粗陋的食物进行加工，做出可口的美味。

菜羹可能在东南西北的菜肴中最为常见，通常情况下，是因为贫穷，食材太少，只得将普通的蔬菜做成羹。苏轼也是在这般经济拮据、食物短缺的情况下制成蔬菜羹，鲜美可口，人称东坡羹。苏轼采用的只是一些日常食材，营养价值也一般，如：蔓菁，即大头菜；芦菔，即萝卜；苦荠，即芥菜，再加豆粉或米粉。整个制作过程并不复杂，

第五章
养内之道，超然物外

却充分体现了苏轼的达观和随和，面对普通的食材，照样能做出美味爽口的羹来。苏轼还以赋记之，《东坡羹颂并引》："东坡羹，盖东坡居士所煮菜羹也。不用鱼肉五味，有自然之甘。其法以菘若蔓菁、若芦菔、若荠，揉洗数过，去辛苦汁……以颂问之：甘苦尝从极处回，咸酸未必是盐梅。问师此个天真味，根上来么尘上来？"[104] 此赋的落笔重点，就是制作蔬菜羹必须保留其"天真味"。这道羹，采用的全是极普通的蔬菜，老百姓的日常所食。老百姓都懂这些普通菜品对身体的益处，特别是白萝卜。民间有谚语："冬吃萝卜夏吃姜，不用医生开药方。"有的地方还把萝卜称作"小人参"。萝卜除燥生津，清热解毒，行气消食，帮助消化，还能止咳化痰，治疗咽痛等疾。萝卜与白菜搭配，不温不凉，化湿健脾。苏轼的菜羹制法，加入了少许佐料与香油，保持了原味，鲜美适口。

一碗普通的菜羹，似乎是苏轼人生的缩影。仿佛在做菜羹的同时，提醒自己心平气和地面对一切，修身养性，简约生活。

再比如闻名遐迩的东坡肉，也是在这种心情下制作的。当时在黄州，人们不喜欢猪肉，嫌脏，而牛羊肉被人追捧。猪肉少有人买，因此价格很便宜。《竹坡诗话》中记载了苏轼写的一首《猪肉颂》："黄州好猪肉，价贱如粪土。富者不肯吃，贫者不解煮。慢着火，少着水，柴火罨烟焰不起。待它自熟莫催它，火候足时它自美。每日早晨来打两碗，饱得自家君莫管。"当地人不喜欢猪肉，可能有多种原因，如不喜欢这样的味道，或者没有很好的烹饪方法。没人买，被人们弃之的食物，苏轼想方设法，心灵手巧，琢磨出一套烹饪的方法，于是让人鄙视的猪肉最终通过他的双手，变废为宝，成为人见人爱的食品，人们戏称"东坡肉"。

纵观苏轼一生，自中年以后罹难无数，接连被贬到南方，他很不适应，常常是长途颠簸，每到一地，还要自找住处，自谋生路，自找食物，他的体力几乎全部消耗在这上面。即使是一个体力劳动者也难承受这样的折腾，何况一介书生。被贬黄州时，他除了找住处、造房子，还要拓荒种地，种植蔬菜瓜果养活自己。被贬惠州，由于没有安定的居住地，多次搬迁，搞得身心疲惫，最后花了仅有的一点积蓄在山上建了白鹤新居，准备在此养老。新居甫定，他又被贬儋州，先是居住客舍，之后被赶，只得在一片树林里建造了简屋"桄榔庵"。他生命的最后十多年是在极不适应的地方度过的。古代中原人恐惧百越之地的瘴疠，认为一旦来到彼地，常会得病，容易感染瘟疫，乃至夺命。不少被贬南方蛮荒之地的官员，因不堪忍受瘴疠之疫、蛮荒之地而死去。苏轼却在被贬地的瘴气环境下生活了十年之久。要想在恶劣的生存环境中挺过来，唯一的办法，就是修性养生。而他的养生功法最终融化至实用可行，尤其是他的节食养生方法，后人纷纷仿效："已饥方食，未饱先止。散步逍遥，务令腹空。"到了明代，养生大家李渔在《颐养》"饮"章节中说："饮候无论短长，贵在能止。"[105]

这种"止"的饮食养生方法，影响甚广。此法简便易行，要是坚持数年，形成简素用餐的习惯，不仅养生，还可延年。苏轼认为："近颇觉养生事绝不用求新奇，惟老生常谈，便是妙诀。"[106]苏轼之所以能化繁为简，是因为他"近年颇留意养生。读书，延纳方士多矣，其法数百，择其简而易行者，间或为之，辄有奇验"。[107]

4. 甘之如饴，此心安处是吾乡

林语堂研究认为苏轼养生修炼主要在于求得"心神的宁静"。人间所有的烦恼都在于思虑太多、贪欲不止，以致心神不宁、痛苦不堪、疾病伴随。苏轼除了采用传统的道家内丹养生功法，又吸收了印度的瑜伽术。"由于采取身体的某种姿势与呼吸的控制，再继之一冥坐，瑜伽术的修炼者可以达到对宇宙巨大物体遗忘的心境，最后修炼者则达到物我两忘完全无思想的真空境界。"苏轼在《安国寺记》里所记录的修炼方法，与印度瑜伽类似。瑜伽的养生要义之所以被中国人接受，是因为"瑜伽的精义也是休息，是有计划的、自己感觉得到的休息，不但规定在固定时间停止呼吸，并且身体采取休息的姿态，减少头脑里的思维活动"。[108]

总而言之，苏轼的修炼，力求回到生活的本源，把自己当作一棵草、一粒尘土，求得心灵的安宁，只有这样才能去除来自外界的干扰，解除一切由此而产生的烦恼。苏轼有关心安的名诗《定风波·常羡人间琢玉郎》："常羡人间琢玉郎，天应乞与点酥娘。自作清歌传皓齿，风起，雪飞炎海变清凉。万里归来颜愈少，微笑，笑时犹带

第五章
养内之道，超然物外

岭梅香。试问岭南应不好？却道，此心安处是吾乡。"此词是苏轼因"乌台诗案"牵连了王巩而颇感内疚的情形下写出的。苏轼被贬黄州，王巩被贬到僻远荒凉的岭南宾州。王巩的侍女柔奴同行，三年后北归。王巩在宾州时，苏轼曾写信劝他保重身体。眼下，苏轼见他俩从被贬地回来，面色姣好，心情愉悦。大约是上天都怜惜这样的美男子，终于给予其佳人陪伴，给予其安宁的日子。这位柔奴原本是歌女，明眸皓齿，十分可人。唱歌时，歌声会让炎热的世界变得清凉。她始终笑吟吟，还带着岭南梅花的清香。按理说，在瘴气密布的岭南生活，他俩应会含辛茹苦，脸色憔悴；然而他俩，特别是柔奴，甘之如饴、安之若素。苏轼对此表示疑惑，说上天怜惜他俩，只是一种安慰；再怎么安慰，艰难日子也要一天天地过。于是苏轼问起了岭南风土，他想了解他俩如何度过这段艰难的生活。不料柔奴却说，心安定的地方，便是我的故乡。这道出了一个真理，只要两心相爱，在蛮荒难熬之地，也能履险若夷。

苏轼听了颇为感慨，自己因"乌台诗案"经历了人生第一次大难，花了好长一段时间才从逆境中走出。心安，是宗教、哲学上的大问题，是最难求得的境界，也是苏轼终身孜孜以求的。他所有的修行，茶、香道，道家养生诸法，最终求的就是心安。心安有时会不期而至，但瞬间又失去；很多哲人都是用一生的修行来追求这样的心安。而眼下这小女子用淡淡一句话就解决了。其实，他们的日子十分艰难，在四处瘴烟的被贬地度过了五年，王巩的儿子死了，自己又患了大病。他主动来信联系苏轼，对这些悲惨遭遇只字不提，只强调人处逆境时"以道自遣"。人生顺境与逆境，一颗心安定了，便能四处为家。很显然，这深深触动了苏轼。

要是一个人命途颠簸，意志消沉，又缺乏身心炼养，难免寿命无常。同样，倘若一个人没经历什么曲折，生活无度，万事不加节制，食欲难止，迈不开腿，管不住嘴，最终诸障难灭，别说修性养生，连小命都难保安康。苏轼的诸多养生方法之所以被广泛传播，其重要原因，就是他通过自身的实践，时常举重若轻、化繁为易，贯穿于日常生活。这样的养生实践活动，历经千年能够被人们传承下来，说明他的思维观念、生活方式，符合人性的日常所需，才为古今推崇。

人们通常认为，苏轼最后一次被贬儋州，很难活着回到中原，这可能是苏轼当时

苏轼别传
茶道 香道 器道

图 5-3 明 孙克弘 《苏学士东坡像》
中国台北故宫博物院

多次被谣传已经死亡的原因。我们来看看苏轼在他人生的最后岁月，是如何大难不死离开儋州的。

苏轼被贬儋州，因离中原遥远，音信不通，谣言不少（图 5-3）。谣传较多的是说苏轼已死。他在《东坡升仙》一文中说："吾昔谪黄州，曾子固居忧临川，死焉。人有妄传吾与子固同日化去，且云：'如李长吉时事，以上帝召他。'时先帝亦闻其语，以问蜀人蒲宗孟，且有叹息语。今谪海南，又有传吾得道，乘小舟入海不复返者，京师皆云，儿子书来言之。今日有从黄州来者，云太守何述言吾在儋耳一日忽失所在，独道服在耳，盖上宾也。吾平生遭口语无数，盖生时与韩退之相似，吾命在斗间而身宫在焉。故其诗曰：'我生之辰，月宿斗直。'且曰：'无善声以闻，无恶声以扬。'今谤我者，或云死，或云仙，退之之言良非虚尔。"[109]

这篇短文，苏轼从谣传自己死了说起：当初在黄州，临川的曾子固（曾巩）为母亲守孝几月后去世，有人就说苏轼同一天也死去。之后谣言继续，就像传言唐代李长吉死后被上天招去成仙了一般，苏轼被贬海南，传言他已得道，乘扁舟入海不再返。之后又传，说他忽然消失，只留下平日穿的道服，成了上宾。上宾，是指作客于天帝之所。此为道教的说法，也叫羽化登仙。就是说苏轼死后成仙，成仙的方法有三种，天仙、地仙和尸解。汇集魏晋南北朝各道派经典要旨的道教类书《无上秘要》云："夫尸解者，形之化也，本真之练蜕也，躯质之遁变也。"《九都龙真经》云："得仙之下者，皆先死，过太阴中炼尸骸，度地户，然后乃得尸解去耳。"古人相信道教对于死的假设是存在的，在唐代，依然有人相信颜真卿死后三十年飞腾出墓修成仙。颜真卿被李希烈所杀。隐士曹庸说，三十年后，颜真卿从墓地飞腾而出，即所谓地仙。学道求仙最上者，如许旌阳一家拔宅飞升成仙。其次是白日冲举，就是白日飞升，肉身成仙，比如黄元吉。再次，即尸解仙人，先示人以死，后遗弃肉体而脱壳仙去，假托一物（如衣、杖、剑）遗世而升天，此过程称尸解。由此而成仙的称尸解仙。苏轼曾被传遗留道服而成仙，成为尸解仙。

苏轼在此文中平静地记述了自己的几次"死亡"，最后以韩愈的话稍作抒发，感慨自己无缘无故被人谣传，或者死，或者仙，就像韩退之所叹，无可奈何。整个文章没有强烈的情绪反应，略微诧异于人们为何如此津津乐道听信自己死亡的传闻。从此文平静记录的语调，也见出苏轼以平和的心情面对生死，还不时透出一点冷幽默。他的豁达不是在晚年时才体现出来，而是早已有之。在被贬黄州时，苏轼因眼病一月闭门不出，很多人以为他死了，好友文学家、史学家范镇嚎啕大哭，还前往黄州吊唁。苏轼《送沈逵赴广南》一诗中，对自己被谣传死亡开怀大笑。"嗟我与君皆丙子，四十九年穷不死。君随幕府战西羌，夜渡冰河斫云垒。飞尘涨天箭洒甲，归对妻孥真梦耳。我谪黄冈四五年，孤舟出没烟波里。故人不复通问讯，疾病饥寒疑死矣。相逢握手一大笑，白发苍颜略相似。"

苏过也记录过苏轼死亡的谣传。《斜川集》卷三："未试凌云白日仙，此声固已速邮传（原注：公在海南，四方传有白日上升事）。阴功何止千人活，法眼要求一大缘。枕上轩裳真昨梦，腹中梨枣是归田。他时汉殿观遗鼎，犹记曾陈柏寝年。"白日上升，是指道教修炼人得道成仙。[110]

要是忧伤之人听到有人谣传他死了，也许会更加忧伤，甚至会愤世嫉俗，指责人性险恶，认为谣传他死，是因为巴不得他早死，而苏轼没有过度联想。

苏轼晚年的内养方法不求大，而是从小处与日常入手，比如运用运气吐纳这个道家内丹养生最基本的方法，闻香禅坐，闭目净虑，求得清心寡欲，使心源湛然，诸念不起。同时与节欲、节食、健康地进食紧密结合，最终达到凡气消退，真气旺盛。他时常处

苏轼别传
茶道　香道　器道

在安心的状态，故能轻松地谈论自己的死亡。

元符三年（1100）六月，也就是苏轼去世的前一年，宋徽宗登基，罢免了曾反对他继承皇位的章惇，苏轼因此得到大赦，儿子苏过和好友吴复古陪同他渡海北归。

虽然事先曾梦想过有朝一日北归，但并没有太当真。苏轼不曾料到，这个梦想竟然实现了。之前被贬惠州，他已准备老死在那儿，眼下，生还中原，如同做梦。眼下真的能获准离开儋州，他又有些不舍，就觉得离开海南，仿佛去远游，还是要回来的。他在《别海南黎民表》说："我本海南民，寄生西蜀州。忽然跨海去，譬如事远游。平生生死梦，三者无劣优。知君不再见，欲去且少留。"是的，人生如远游。"坐上别愁君未见，归来欲断无肠。殷勤且更尽离觞。此身如传舍，何处是吾乡！"（《临江仙·送王缄》）苏轼一生大半时间在漂泊，时常在传舍、旅店、驿站度日，容易淡薄故乡的概念。

苏轼遇赦北返到琼城东北隅双泉，琼人已作亭其上，为其名曰泂酌，遂作诗《泂酌亭并序》："琼山郡东，众泉觱发，然皆冽而不食。丁丑岁六月，予南迁过琼，始得双泉之甘于城之东北隅，以告其人，自是汲者常满，泉相去咫尺而异味。庚辰岁八月十七日，迁于合浦，复过之。太守承议郎陆公，求泉上之亭名与诗。名之曰泂酌，其诗曰：'泂酌彼两泉，挹彼注兹。一瓶之中，有渑有淄。以瀹以烹，众喊莫齐。自江徂海，浩然无私。岂弟君子，江海是仪。既味我泉，亦嚌我诗。'"《永乐大典》卷九百七引《李庄简公文集·跋东坡双泉诗》谓诗有讥，以下云："先生度岭海，虽黎童蛮妇，亦知爱敬，而士大夫或致厚薄爱憎于去来之间。故有时曰：'一瓶之中，有渑有淄。'又曰：'岂弟君子，江海是仪。'虽先生旷怀雅量，亦未能忘情于此时也。正德《琼台志》卷二十四谓亭在双泉上，与临清、濯缨二亭相连。"[111]

琼守陆公见苏轼经过，虔诚相待，敬重有加，并请其为一亭题名。原来，苏东坡居儋期间，新任琼州太守、承议郎陆公在苏轼到过的两处泉水建了两亭，命名为"临清亭"和"濯缨亭"，后又在两亭之间再建一亭，求苏轼命名并作诗纪念。苏轼遵嘱写毕，写得轻松愉快，也不乏幽默。这斟满的两股泉水，注入我的瓶中，好比有渑有淄，味道各不相同。渑水和淄水，皆出自山东，原本水味不同，但混合之后却难分辨。好泉水用来煮茶，或煮或烹，自然众口难调。那长江前往大海，浩荡无私啊，而君子

第五章
养内之道，超然物外

的品行，大江大海也会心仪。请来尝尝我命名的美泉。

苏轼在《六月二十日夜渡海》一诗中，写出了在北归的时刻，现实世界给他恍恍惚惚的感觉："参横斗转欲三更，苦雨终风也解晴。云散月明谁点缀，天容海色本澄清。空余鲁叟乘桴意，粗识轩辕奏乐声。九死南荒吾不恨，兹游奇绝冠平生。"（《六月二十日夜渡海》）

已经深夜了，风雨连绵这么长久，也该停了。此处看似景物描写，其实暗指自己的一生，风风雨雨，就这么过去了。月明云散不需什么来点缀，深色青天本来够澄清的。"鲁叟"，孔子。"乘桴"，《论语·公冶长》篇，孔子曰："道不行，乘桴浮于海。""道不行"，我也空怀着孔子救世的理想。倾听着轩辕黄帝的奏乐声，就觉得在这南荒之地九死一生也不过如此。"吾不恨"，或许是文学的反辞手法，是说吾恨。那么恨谁呢？没有展开，通常说，作者会恨那些陷害他的小人。不过苏轼在诗文中几乎没有描写过恨谁，现在看来，这一切梦幻一般。这语调平和淡然，似乎很难有恨意。即使有，也会片刻消解，所以"吾不恨"，是心安平和的姿态，人生的是非风波原本正常，不用过度感慨。

苏轼离开儋州，在途中免不了与诸多关怀他的朋友往来。有朋友就发现苏轼面色不好，这可能是瘴疠之地对他的伤害，也可能是海风把他吹得面如土色。原本有病，脸色自然不会健康。朱彧《萍洲可谈》卷二："余在南海，逢东坡北归，气貌不衰，笑语滑稽无穷，视面多土色。"[112] 从这个记载中也可看出苏轼的豁达。当然，一个人再怎么坚强，怎么看得开，身体的抗压能力毕竟有限。半辈子奔波不停，飘零在外，又时常衣食不及，疾病屡屡，元气时损，眼下脸色发黑，气色灰暗，自是正常。

史家说，苏轼在海南遭罪，几乎夺命。苏轼不幸，海南却有幸了，中国文学也有幸了。不少文学史专家研究，苏轼在这个时期留下了很多南方语境之下意境开阔的诗文，特别是在参透荣辱得失之后，其诗文更显朗阔豁达，那种超凡脱俗，更显内养的升华。纯澈空灵的诗风，多体现在南方的风土人情以及天阔海宏之中。这在原本以中原文化占主体的宋代文学中十分鲜见，或者说，以中原文化为基石的宋代文学，到了苏轼时期，出现了一些崭新的南方图像。苏轼文学界域的拓展，推动了整个宋代文学的发展。

苏轼别传
茶道　香道　器道

苏轼承担起了这样的使命，因为他具有广阔的文化视野，丰沛而艰难的人生履历，坚韧不拔地挺过多重命运的阻拦。与同时代的文人相比，苏轼显然更具深刻性、前瞻性、超越性。同样深具文学才华的秦观，时常被苦难阻挡，无法跳开，最终郁郁寡欢而终。秦观入仕不久，因苏轼而受牵连，屡遭贬，似乎是苏轼的翻版。宋哲宗元祐三年（1088），秦观任蔡州（今河南汝南）教授，曾写下一首描写男女情爱的词《水龙吟》，其中有"名缰利锁，天还知道，和天也瘦。花下重门，柳边深巷，不堪回首。念多情，但有当时皓月，向人依旧"的句子。词中说刚刚和情人聚会，立马要分别，为了功名，不得不抛下恋人。这首词却被人诬陷，说他是在亵渎上苍、亵渎皇帝。秦观不堪忍受现实，之后常去寺庙，与僧人谈禅，并为寺庙抄写佛经。原本是淡泊名利、归隐山林之举，却又被诬告妄写佛书，再次被贬至湖南郴州。或许是命定要与恩师有个生死牵挂，秦观最后被发配到广东雷州，与被贬琼州的苏轼隔海相望。秦观这一路写下的诗词，大多悲戚。被贬郴州，秦观只身来到异乡，这时期的诗词感伤色彩更浓。《踏莎行·郴州旅舍》："雾失楼台，月迷津渡，桃源望断无寻处。可堪孤馆闭春寒，杜鹃声里斜阳暮。驿寄梅花，鱼传尺素，砌成此恨无重数。郴江幸自绕郴山，为谁流下潇湘去。"秦观以陶渊明笔下的桃源仙境、悲戚的杜鹃啼血声声，为自己的遭遇悲愤不已，归隐不可得，归乡又无路。如此悲戚，后世的王国维在《人间词话》中这样感叹："少游词境最凄婉，至可堪孤馆闭春寒，杜鹃声里斜阳暮，则变为凄厉矣。"同为苏轼弟子，黄庭坚遇挫被贬，却没有太多的悲伤，而是像老师那样，以老庄道学以及禅修养炼，化解烦恼，求得豁达，跨越生活中的一切障碍。但秦观似乎很难做到，虽然他的诗词中也时常显现佛理思想，但最终却没能跨越眼前的磨难，以致被生活中的障碍挫败。

苏轼博学多才，以全才的姿态审视这个世界，在诸多领域，皆显示了革命性的贡献，这是苏轼历经多重炼狱之后的结果。绘画上，他提倡文人画，使得之后几个时代的画坛屡破羁绊、别开境界。文学手法上，他大胆革新，时常打破原有的写作理念，比如突破了词的束缚，冲破了原先词拘泥于男女柔情蜜意的书写藩篱，正如刘熙载所论："东坡词颇似老杜诗，无意不可入，无事不可言。"（《艺概》卷四）风雅之事，下里巴人，皆可进入描述的行列，苏轼还时常对其给予提升，使得长短句的词变成了寄情言志、

第五章
养内之道，超然物外

放浪抒情的工具，最有代表性的如《念奴娇·赤壁怀古》。《竹坡老人诗话》卷二："东坡云，街谈市语皆可入诗，但要人熔化耳。"[113]苏轼为世人留下了许多的诗文，至今仍令人口传背诵。

苏轼一生被贬多处，历经磨难，却与地方官员一起，体恤黎民，为民造福。这是中国古代文人价值观的表现，是一种难得的高贵情操，也是他长期的人生淬炼、修行内养所致。在密州为官时，苏轼带领百姓捕蝗抗灾，帮助当地人摆脱了连年叫苦的局面。两任杭州，启动大规模的疏浚工程，深挖西湖，治理西湖，建桥筑塔，所建西湖长堤被称"苏堤"。在惠州，他为百姓建桥，彻底改变了人们行走不便的苦楚，还建造陵园墓地，让野外孤魂落土为安。在儋州，他带领当地百姓种田、修路建桥，建立东坡书院、培养学子，开挖井水，为海南的后续发展注入了活力。

苏轼心怀黎民，天下百姓也感恩他所到之处的善政，从下面的文字可看出一二：

"苏东坡如今启程北上，我们无须细表。在每一个他所经的城市，都受人招待，受人欢迎，大可以称之为胜利归来。到每一个地方都有朋友和仰慕他的人包围着他，引他去游山游庙，请他题字。""六月十一日，他向米芾告别，十二日过江往靖江去。在这个地区，他特别受人欢迎。到此等于还乡。诗人自海外归来，即将到达的消息，立刻传开。百姓有数千之众，立在江边，打算一看这位名人的风采。""在六月十五，他沿运河继续自靖江北归常州家园。他万劫归来的消息引起了轰动，沿路在运河两岸，老百姓表示发乎真诚的欢迎。他体力较佳，已然能在船里坐起，头戴小帽，身着长袍，在炎热的夏天，两臂外露。他转身向船上别的人说：'这样欢迎，折煞人也！'"[114]

苏轼可能没有想到，他告别儋州，北返中原，受到沿途人民如此的爱戴和欢迎。他的北返，原本相当平静，几乎没有欣喜若狂的情绪，但在他平静心安的后面，似乎让人隐隐感觉到某种不祥，似乎是剧幕落下，或者上苍特意安排，象征着苏轼生命旅程的句号。苏轼告别了欢声雷动的欢迎，长途跋涉，继续北归，却似乎走不动了。沿途经过金山寺，在寺内自题画像写诗道："心似已灰之木，身如不系之舟。问汝平生功业，黄州惠州儋州。"不久病魔来袭，苏轼遂落脚常州养病。

苏轼别传
茶道　香道　器道

　　杭州禅宗名刹径山寺惟琳方丈来看望他。惟琳方丈，湖州人，云门宗禅僧，苏轼出知杭州时，常与他交往。《纪年录》："径山老惟琳来，说偈。苏轼《答径山琳长老》：'与君皆丙子，各已三万日。一日一千偈，电往那容诘。大患缘有身，无身则无疾。平生笑罗什，神咒真浪出。'"《纪念录》又载："将属纩，而闻、观先离，琳叩耳大声曰：'端明宜勿忘。'苏轼曰：'西方不无，但个里著力不得。'钱世雄云：'固先生平时履践，至此更须著力。'苏轼曰：'著力即差。'语绝而逝。"《清波杂志》卷三亦有此记载，较略。"闻、观"乃指耳、眼。《宋稗类钞》卷六"西方不无"，便是疑信之间，若真是信有西方，正好著力，如何谓著力不得也。[115]

　　在苏轼生命的最后关头，惟琳方丈前来看望，还说起了西方极乐世界，似乎是一个象征。苏轼已经气若游丝，他声音平和地说，即使每天读一千首偈语，人生仍像闪电一般，容不得去诘问。往生西方，与用力无关，用力也不得。从苏轼的临终所说中，我们应该得到启示。任何以人为的方法来延续生命的行为，皆是徒劳。心安气和，了无挂碍，才能回到自然。死生有命。死，是生的一部分。

注释

[1] 李之仪：《姑溪居士全集》卷三十八，《文渊阁四库全书》本，中华书局，第298页。

[2]《苏辙集》第三册《子瞻和陶渊明诗集引》，中华书局，第1110页。

[3] 孔凡礼点校《苏轼文集》第四册卷五十二《与王定国四十一首之四十一》，中华书局，1986，第1531页。

[4]《苏辙集》第三册，中华书局，2017，第1126页。

[5]《东坡志林》，中华书局，2019，第46页。

[6]《东坡志林》，中华书局，2019，第37页。

[7] 孔凡礼点校《苏轼文集》卷五十二《与秦太虚七首之四》，中华书局，1986，第1535页。

[8] 孔凡礼点校《苏轼文集》卷六十九，中华书局，1986，第2208页。

[9] 孔凡礼点校《苏轼文集》卷六十九，中华书局，1986，第2207页。

[10] 孔凡礼点校《苏轼文集》卷六十六，中华书局，1986，第2087页。

[11] 陈秋平译注，《金刚经·心经》中华书局，2016，第30页。

第五章
养内之道，超然物外

[12] 陈秋平译注，《金刚经·心经》中华书局，2016，第 111 页。

[13] 《苏辙集》第三册《书金刚经后二首》，中华书局，2017，第 1113 页。

[14] 张海沙、赵文斌：《苏轼与"金刚经"》，《中国文学研究》，2010 年第 2 期。

[15] 孔凡礼点校《苏轼文集》第二册卷十二，中华书局，1986，第 388 页。

[16] 孔凡礼点校《苏轼文集》卷五十八《与米元章一首》，中华书局，1986，1777 页。

[17] 孔凡礼点校《苏轼文集》卷五十八《与米元章二十三首》，中华书局，1986，第 1782 页。

[18] 孔凡礼点校《苏轼文集》卷五十八《与米元章二十六首》，中华书局，1986，第 1783 页。

[19] 孔凡礼点校《苏轼文集》卷五十八《与米元章二十一首》，中华书局，1986，第 1781 页。

[20] 孔凡礼点校《苏轼文集》卷五十八《与米元章二十八首》，中华书局，1986，第 1783 页。

[21] 孔凡礼点校《苏轼文集》卷五十九《与朱康叔十二首》，中华书局，1986，第 1789 页。

[22] 孔凡礼点校《苏轼文集》卷五十八《与杜孟坚三首》，中华书局，1986，第 1758 页。

[23] 孔凡礼点校《苏轼文集》卷五十七《与杜孟坚三首》，中华书局，1986，第 1713 页。

[24] 孔凡礼点校《苏轼文集》卷五十五《与杨元素十七首》，中华书局，1986，第 1650 页。

[25] 孔凡礼点校《苏轼文集》卷五十七《与陈朝请二首》，中华书局，1986，第 1709 页。

[26] 孔凡礼点校《苏轼文集》卷五十五《与蔡景繁十四首》，中华书局，1986，第 1661 页。

[27] 孔凡礼点校《苏轼文集》卷五十八《与罗秘校四首》，中华书局，1986，第 1709 页。

[28] 孔凡礼点校《苏轼文集》卷五十五《与程全父十二首》，中华书局，1986，第 1624 页。

[29] 孔凡礼点校《苏轼文集》卷五十五《与林天和二十四首》，中华书局，1986，第 1629 页。

[30] 孔凡礼点校《苏轼文集》卷五十四《与程正辅七十一首》，中华书局，1986，第 1599 页。

[31] 孔凡礼点校《苏轼文集》卷五十六《与王敏仲十八首》，中华书局，1986，第 1689-1695 页。

[32] 孔凡礼点校《苏轼文集》卷五十四《与程正辅七十一首》，中华书局，1986，第 1612 页。

[33] 孔凡礼点校《苏轼文集》卷五十七《与杜孟坚三首》，中华书局，1986，第 1739 页。

[34] 孔凡礼点校《苏轼文集》卷五十三《与刘壮舆六首》，中华书局，1986，第 1582 页。

[35] 孔凡礼点校《苏轼文集》卷五十四《与程正辅七十一首》，中华书局，1986，第 1605 页。

[36] 陶弘景：《登真隐诀》下，王家葵辑校，中华书局，2011。

[37] 孔凡礼点校《苏轼文集》第二册，中华书局，1986，第 391 页。

[38] 丁福保编《佛学大辞典》，福建莆田广化寺印行，1990，第 2513 页。

[39] 孔凡礼点校《苏轼文集》第五册卷六十《与富道人二首》，中华书局，1986，第 1851 页。

[40] 孔凡礼点校《苏轼文集》第四册卷五十四《与程正辅七十一首之五十五、七十一》，中华书局，1986，第 1615-1621 页。

[41] 孔凡礼点校《苏轼文选》第四册卷五十《答范蜀公十一首之十》，第 1449 页。

[42] 孔凡礼点校《苏轼文集》第二册卷二十二《养生偈》，中华书局，1986，第 648 页。

[43] 孔凡礼点校《苏轼文集》第五册卷六十四《续养生论》，中华书局，1986，第 1983 页。

[44] 孔凡礼点校《苏轼文集》第六册卷七十三《龙虎铅汞说》，中华书局，1986，第 2331 页。

[45] 孔凡礼点校《苏轼文集》第二册卷二十一《黄庭经赞（并叙）》，第 619 页。

[46] 宋书功编著《中国古代房室养生集要》，中国医药科技出版社，1991，第 144 页。

[47] 孔凡礼点校《苏轼文集》卷五十二《与王定国书》，中华书局，1986，第 1513 页。

[48] 杨立华：《匿名的拼接——内丹观念下道教长生技术的开展》，北京大学出版社，2002，第 130 页。

[49] 孔凡礼点校《苏轼文集》第一册卷六《庄子解·广成子解一首》中华书局，1986，第 176 页。

[50] 孔凡礼点校《苏轼文集》第六册卷七十三《养生诀上张安道》，中华书局，1986，第 2335 页。

[51] 夏公旭：《学婴儿握拳能安神》，《健康中国》2014 年 11 月 14 日。

[52] 孔凡礼点校《苏轼文集》第六册卷七十三《养生诀上张安道》，中华书局，1986，第 2336 页。

[53] 孔凡礼点校《苏轼文集》第六册卷七十三《侍其公气术》，中华书局，1986，第 2334 页。

[54] 孔凡礼点校《苏轼文集》第四册卷五十二《与王定国四十一首之八》，中华书局，1986，第 1518 页。

[55] 孔凡礼点校《苏轼文集》第四册卷五十二《与王定国四十一首之三》，中华书局，1986，第 1514 页。

[56]《佛教十三经》卷五，中华书局，2012，第 161 页。

[57] 葛洪：《抱朴子》，上海古籍出版社，1990。

[58] 葛洪：《抱朴子》，上海古籍出版社，1990。

[59] 孔凡礼点校《苏轼文集》卷五十《答范纯夫十一首》，中华书局，1986，第 1456 页。

[60] 孔凡礼点校《苏轼文集》第五朋卷六十《与邓安道四首》，中华书局，1986，第 1855 页。

[61] 孔凡礼点校《苏轼文集》第五册卷六十《与南华辩老十三首》，中华书局，1986，第 1873 页。

[62] 孔凡礼点校《苏轼文集》第二册《思无邪丹赞》，中华书局，1986，第 606 页。

[63] 孔凡礼：《苏轼年谱》，中华书局，2005，第 1179-1245 页。

[64] 孔凡礼点校《苏轼文集》第二册卷十九《思无邪斋铭（并叙）》，中华书局，1986，第 574 页。

[65] 孔凡礼点校《苏轼文集》第二册《思堂记》，中华书局，1986，第 363 页。

[66] 孔凡礼：《苏轼年谱》，中华书局，2005，第 1191 页。

[67] 孔凡礼点校《苏轼文集》第六册卷七十三，中华书局，1986，第 2331 页。

[68] 孔凡礼点校《苏轼文集》第五册卷六十《与陆子厚一首》，中华书局，2005，第 1853 页。

[69] 孔凡礼点校《苏轼文集》第四册五十五卷《与程全父十二首之九》，中华书局，1986，第 1626 页。

[70] 同上注。

[71] 孔凡礼点校《苏轼文集》第二册十九卷《桄榔庵铭》，中华书局，1986，第 570 页。

[72] 苏轼：《东坡志林》，中华书局，2019，第 60 页。

[73] 曾楚华：《秦医缓和："女，阳物而晦时"释义辨析》，《中国中医药报》2015 年 10 月 27 日。

[74] 陈克炯、陶国良、何士龙译注《养生四书》，崇文书局，2004。

第五章
养内之道，超然物外

[75]《后汉书·襄楷传》后汉书卷三十下，中华书局，1965，第1082-1083页。

[76] 宋书功编著《中国古代房室养生集要》，中国医药科技出版社，1991，第292页。

[77] 孔凡礼点校《苏轼文集》第四册卷五十二《与王定国四十一首之四》，中华书局，1986，第1515页。

[78] 孔凡礼点校《苏轼文集》第四册卷五十二《与王定国四十一首之八》，中华书局，1986，第1515页。

[79] 孔凡礼点校《苏轼文集》第五册《与侄孙元老四章》，中华书局，1986，第1841页。

[80] 陈克炯、陶国良、何士龙译注《养生四书》，崇文书局，2004第73-76页。

[81] 同上注。

[82] 同上注。

[83] 同上注。

[84] 陈克炯、陶国良、何士龙译注《养生四书》，崇文书局，2004，第72-79页。

[85] 陈克炯、陶国良、何士龙译注《养生四书》，崇文书局，2004，第187页。

[86] 孔凡礼点校《苏轼文集》第五册卷六十四《续养生论》，中华书局，1986，第1983页。

[87] 孔凡礼点校《苏轼文集》第五册卷五十四《与程正辅》，中华书局，1986，第1589页。

[88] 孔凡礼点校《苏轼文集》第四册卷五十一《与李公择十七首之九》，中华书局，1986，第1499页。

[89] 龚明之、朱卉撰，孙南园、王根林校点《中吴纪闻·曲洧旧闻》卷五，上海古籍出版社，1986，第128页。

[90] 孙名：《东坡赋译注》，巴蜀书社，1995，第16页。

[91] 苏轼：《东坡志林》，中华书局，2019，第13页。

[92] 孙名：《东坡赋译注》，巴蜀书社，1995，第48页。

[93] 孔凡礼点校《苏轼文集》第四册《与李公择十七首》，中华书局，1986，第1496页。

[94] 苏轼：《东坡志林》，中华书局，2019，第12页。

[95] 陆容、龙遵：《菽园杂记、升庵外集、食色绅言（饮食部分）》，中国商业出版社，1989。

[96] 陈克炯、陶国良、何士龙译注《养生四书》，崇文书局，2004，第187页。

[97] 陈克炯、陶国良、何士龙译注《养生四书》，崇文书局，2004，第101页。

[98] 苏轼：《东坡志林》，中华书局，2019，第7页。

[99] 苏轼：《东坡志林》，中华书局，2019，第12页。

[100] 刘向：《战国策》《齐策四·齐宣王见颜斶》，上海古籍出版社，1978。

[101] 孔凡礼点校《苏轼文集》第四册卷五十六《答毕仲举书二首》，中华书局，1986，第1671页。

[102] 林语堂：《苏东坡传》，张振玉译，湖南文艺出版社，2020，第158页。

[103] 孙名：《东坡赋译注》，巴蜀书社，1995，第19页。

[104] 孔凡礼点校《苏轼文集》第二册《东坡羹颂并引》，中华书局，1986，第595页。

[105] 陈克炯、陶国良、何士龙译注《养生四书》，崇文书局，2004，第158页。

[106] 孔凡礼点校《苏轼文集》第四册卷五十六《与王敏仲十八首之五》，中华书局，1986，第1690页。

[107] 孔凡礼点校《苏轼文集》第六册《养生诀》，中华书局，1986，第2335页。

[108] 林语堂：《苏东坡传》，张振玉译，湖南文艺出版社，2020，第212页。

[109] 苏轼：《东坡志林》，中华书局，2019，第44页。

[110] 孔凡礼：《苏轼年谱》，中华书局，1986，第1312页。

[111] 孔凡礼：《苏轼年谱》，中华书局，1986，第1338页。

[112] 朱彧：《萍洲可谈》卷一、卷二，中华书局，2007。

[113] 孔凡礼：《苏轼年谱》，中华书局，2005，第804页。

[114] 林语堂：《苏东坡传》，海南文艺出版社，2020，第336页。

[115] 孔凡礼点校《苏轼年谱》第四册卷四十九，中华书局，1986，第1418页。

苏轼别传
茶道 香道 器道

后记

　　苏东坡，可能是史上传记最多的作家之一。本书所谓的"别传"，严格意义上来说并不是一种标准的传记，只是想以一个轻松别样的视角、休闲阅读的方式，与读者一道，试图通过对苏轼大量诗文的选读，进入他的内心，感受他丰富有趣又命途多舛的人生。在这个叙述通道，我们可以看看苏轼内心世界的另一面，特别是在面临诸多险恶时，他是通过什么方法消遣化解，并保持修炼自身独立的人格的。翻阅苏轼的诗文，发现他的笔下时常展现出对喝茶、香道、庋藏器玩、丹道养炼等雅事的描述，由此可见这类雅事在他个人生活中的重要性。这些雅事，好比一扇屏风，有时能分割时空，让一个大区域变成多个互不关联的小空间。有了这扇屏风，可以抵挡或暂时抵挡来自现实磨难的冲击，赢得短暂的独立空间、短暂的自由自在。

　　本书的不少考据，除了依赖少量的相关文献，大多从苏轼的作品本身，特别是针对苏轼描写茶香道、内丹养生等方面的诗文，做了一些询问、探讨和猜想。如苏轼写香名诗《翻香令》，里面的词语"小蓬山""宝钗翻""断头烟"等，究竟指代什么？之前的研究者可能无暇面对这些闲枝末叶，或也限于考据的困难，难以阐释。他们放下的这些词语，我却兴趣盎然地拿起，反复诵读，揣摩其意。古董鉴赏、

后记

研玩器用、喝茶闻香以及诗歌写作是我的爱好，我自然愿意从这些角度探寻解答的路径。这类香诗的写作，应该会与相关的香材、香具有关，先是逐句解读，然后再做联想，比如"小蓬山"，通过对古代香具的考察，遂推测这应该是指汉代的香炉。这些联想、猜测未必准确，但也为阅读与联想提供了另一种解读的可能，增强了愉悦感。从接受美学的角度来看，一首诗未必只有一种解读，一千个读者会有一千种感受，这大约就是诗歌的魅力。

本人由于研究能力有限，对苏轼诗词中有关特指的名词和信息的研究判断可能存在失之偏颇之处，真诚期待有关专家的进一步考证和更多考古发掘的佐证，以及读者的批评和指正。在写作过程中，上海师范大学王旭川教授对本书的结构等提出了一些宝贵意见，特在此表示衷心的感谢。

2024 年 7 月

（图注：除注明出处外，皆为私人藏品、本人拍摄）

图书在版编目（CIP）数据

苏轼别传：茶道、香道、器道 / 程庸著. -- 南昌：江西美术出版社, 2025. 1. -- ISBN 978-7-5480-9896-6

Ⅰ. I247.5

中国国家版本馆CIP数据核字第20245Q8H79号

出 品 人　刘　芳
统筹策划　李国强
责任编辑　窦明月　李嘉俐
责任印制　谭　勋
版式设计　朱　燕　梅家强　李倩丽

苏轼别传：茶道、香道、器道
SUSHI BIEZHUAN CHADAO XIANGDAO QIDAO

著　者：程　庸
出　版：江西美术出版社
社　址：南昌市子安路66号
邮　编：330025
电　话：0791-86566241
网　址：www.jxfinearts.com
经　销：全国新华书店
印　刷：武汉精一佳印刷有限公司
版　次：2025年1月第1版
印　次：2025年1月第1次印刷
开　本：710毫米×1000毫米 1/16
印　张：17.25
字　数：297千字
ISBN 978-7-5480-9896-6
定　价：68.00元

本书由江西美术出版社出版，未经出版者书面许可，不得以任何方式抄袭、复制或节录本书的任何部分
本书法律顾问：北京天驰君泰（南昌）律师事务所 黄一峰律师
版权所有，侵权必究